afgeschreven

D0996765

# DENK AAN SARAH

Chris Mooney

# DENK AAN
# SARAH

the house of books

*Oorspronkelijke titel*
Remembering Sarah
*Uitgave*
Atria Books, New York
Copyright © 2004 by Chris Mooney
Copyright voor het Nederlandse taalgebied © 2006 by The House of Books,
Vianen/Antwerpen

*Vertaling*
Gerda Wolfswinkel
*Omslagontwerp en artwork*
Hesseling Design, Ede
*Foto auteur*
© 2003 Vin Catania. All rights reserved.
*Opmaak binnenwerk*
ZetSpiegel, Best

ISBN 90 443 1576 5
D/2006/8899/87
NUR 332

# Dankwoord

Met dank aan Dave Crowley, die al mijn vragen op juridisch ge-bied heeft beantwoord. Aan Richard Rosenthal, commissaris van politie van het Wellfleet Police Department, en aan John 'Zeke' Ezekiel. Alle fouten in het boek zijn van mij. Veel dank aan Greg Jackson, voor alle verhalen.

Jen, Randy, Elvis en Pam Bernstein, bedankt voor het lezen van de eerste schetsen en voor jullie eerlijke feedback, die had ik nodig. En dank aan Sarah Branham, die me op het goede spoor hield.

Mijn grootste dank gaat uit naar Mel Berger en de fantastische Emily Bestler. Jullie hielden de rode draad in het manuscript in het oog en bleven me pushen tot het helemaal rond was. Elke schrijver zou zo gezegend moeten zijn!

Wat nu volgt is fictief; dat houdt in dat ik alles verzonnen heb.

*Voor Jen,*
*Voor altijd*

Zijn herinneringen zouden altijd door kerken worden gedomineerd. Op de avond voordat zijn moeder wegging, zat Mike Sullivan naast haar in de voorste bank van de St. Stephen's-kerk. Ze kwamen hier minstens twee keer per week als ze een schuilplaats zochten. Na het gebed en als zij wat extra geld had, gingen ze naar de Strand, de bioscoop van Belham, waar je voor drie dollar oude James Bond-films kon zien, maar meestal naar de openbare bibliotheek, waar zijn moeder haar wekelijkse portie damesromans haalde, met titels als *The Taming of Chastity Wellington* en *Miss Sofia's Secret*.

Het was de sneeuw die hen die avond terugdreef, de kerk in. Na de bibliotheek waren ze op weg gegaan naar huis, toen de lichte sneeuwval plotseling zeer hevig werd en de wind zo hard huilde dat Mike dacht dat de auto omver geblazen zou worden. Overal zat het verkeer vast en dus stopten ze bij de St. Stephen's, om de storm af te wachten. Ze waren in Belham nog niet eens klaar met het ruimen na de sneeuwstorm van een maand eerder, de Blizzard van '78, en nog geen maand later voorspelde de weerman op de radio boven het noordoosten van Massachusetts alweer een volgende sneeuwstorm. Mike was acht.

De kerk zat vol met mensen die wachtten tot de wegen sneeuwvrij waren gemaakt. Zijn moeder pakte een van de drie reistijdschriften die ze uit de bibliotheek had meegenomen en begon te lezen. Haar gezicht stond ernstig maar ontspannen, net zoals ze keek als ze bad. Ze was een tenger vrouwtje, zo klein dat Mike haar handen altijd stevig vastpakte, uit angst dat als hij haar niet goed op de grond verankerd hield, ze zó zou wegwaaien. Ze sloeg een bladzij van haar tijdschrift om en streelde met haar vrije hand over de mooie blauwzijden sjaal die ze om haar hals droeg. Het was een sjaal met een print van antieke zuilen en standbeelden en engelen, en hij paste absoluut niet bij haar dikke winterjack.

'Het is niet netjes om naar de mensen te staren, Michael,' zei ze met zachte stem. Zelfs als ze boos was, wat haast nooit voorkwam, bleef die stem zo.

'Ik heb niets te lezen,' fluisterde hij. 'Waarom hebben ze geen stripboeken in de bibliotheek?'

'Je had een boek over houtbewerking mee moeten nemen.' Ze draaide zich in de bank naar hem toe en keek hem aan. Het tijdschrift lag geopend op haar schoot. 'Ik heb je in de werkplaats van je vader aan het vogelhuisje zien werken dat je me met Kerstmis hebt gegeven. En ik zag hoeveel zorg je aan het beitsen besteedde.'

'Het is goed gelukt.'

'Nee, het is je fantástisch gelukt,' zei ze met een glimlach. Die glimlach maakte dat mannen naar haar bleven staan kijken. Die glimlach stelde hem gerust dat alles in orde kwam.

'Waar heb je die vandaan?'

'Wat?'

'Die sjaal.'

'Dat ding? Die heb ik al een hele tijd.'

De leugens van zijn moeder waren even gemakkelijk op te merken als haar blauwe plekken. Ze zorgde er altijd voor dat ze de sjaal nooit droeg waar Lou bij was. Ze deed hem pas om als ze van huis was en propte hem weer in haar jaszak voordat ze naar huis ging. Mike wist ook dat ze de sjaal samen met de fotoalbums in de kelder verstopte, in een kistje met NAAIDOOS erop. Op een vroege zaterdagochtend, nadat Lou naar zijn werk was gegaan, had Mike haar in de kelder betrapt toen ze de sjaal uit de kist haalde – dezelfde plek waar ze haar fotoalbums verstopte.

Ze zag de vraag in zijn ogen en zei: 'Die sjaal is een cadeau van mijn vader. Ik kreeg hem met Kerstmis, de laatste kerst dat ik in Parijs was. Ik wil niet dat er iets mee gebeurt.'

'Parijs. Ó-la-la!'

Glimlachend legde ze het tijdschrift op zijn schoot en wees naar een kleurenfoto van het interieur van een oude kerk. De muren leken wel een kilometer hoog, gemaakt van wit marmer met barsten erin, de koepel was beschilderd met een verbluffend mooie afbeelding van Jezus Christus, die zijn hart voor de wereld ontblootte.

'Dit is de Sacré Coeur,' zei ze trots. *'C'est l'endroit le plus beau du monde.'*

Als hij zijn moeder in haar eigen taal, het Frans, hoorde spreken, hoorde hoe de woorden van haar tong rolden, leek ze meer op die exotische jonge vrouw die hij op de zwart-witfoto's had ontdekt die in het fotoalbum geplakt zaten. Soms, als hij alleen thuis was, ging hij naar de kelder om de foto's van zijn grootouders, vriendinnen van zijn moeder en haar huis te bestuderen – alles wat ze in Parijs had achtergelaten toen ze hiernaartoe kwam. De manier waarop die mensen gekleed gingen deed hem aan koningen denken. Als Mike 's avonds in bed lag droomde hij van een leger Parijzenaars die naar zijn huis kwamen om hem en zijn moeder te redden.

'Deze foto's doen het eigenlijk geen recht,' zei ze, en ze boog zich dichter naar hem toe. 'De eerste keer dat ik die kerk binnenstapte wist ik dat God een echte aanwezigheid was, die je kon voelen en je kon vervullen van liefde. Maar daar moet je in geloven, Michael. Dat is de sleutel. Zelfs als het leven niet goed voor je is, moet je eraan denken je hart open te houden voor Gods liefde.'

'Er staan waterspuwers op deze foto.'

'Dat is de Notre Dame. Geweldig, vind je niet?'

'Waterspuwers op een kerk. Dat moet wel een helemaal te gekke kerk zijn.'

'Michael, vraag je je wel eens af wat er buiten Belham allemaal gebeurt?'

'Niet echt,' zei hij. Zijn ogen waren gevestigd op een ander plaatje van een spuwer. Deze had zijn tanden ontbloot, klaar om vanuit de lucht naar beneden te springen en de sterfelijke zondaars die het waagden binnen te gaan, neer te slaan.

'Ben je er niet nieuwsgierig naar?'

'Nee.'

'Waarom niet?'

Mike haalde zijn schouders op en sloeg een bladzij om. 'Alles wat ik ken is hier. De Heuvel, de Patriots en al mijn vrienden.'

'Je zou nieuwe vrienden kunnen maken.'

'Niet zoals Woeste Billy.'

'William is wel een bijzonder iemand, dat is waar.'

'Pap zegt dat het probleem met Parijs is dat het vol Fransen zit.'

'Je vader is geen moedig mens.'

Mike keek met een ruk op van het tijdschrift. 'Maar hij heeft wel in Vietnam gevochten.' Hij wist eigenlijk niet waarom hij het voor zijn vader opnam. Mike wist niet wat de oorlog in Vietnam was – althans, niet echt. Hij wist dat een oorlog geweren en messen en bommen en heel veel bloed en heel veel dode mensen betekende. Mike had verscheidene zwart-witfilms over oorlog op de televisie gezien.

'Een geweer vasthouden of iemand anders pijn doen maken je nog niet moedig, Michael. Echt dapper zijn – échte moed – is iets van de geest. Zoals het geloof hebben dat het beter zal gaan in je leven, ook als het daar niet naar uitziet. Geloof hebben – dát is echte moed, Michael. Blijf altijd geloven, hoe erg het ook lijkt. Laat je dat nooit afpakken, niet door je vader of door wie dan ook, oké?'

'Oké.'

'Beloof je dat?'

'Dat beloof ik.'

Zijn moeder stak haar hand in haar jaszak en haalde er een zwartfluwelen doosje uit. Ze zette het boven op het tijdschrift.

'Wat is dat?' vroeg hij.

'Een cadeautje. Toe maar. Maak maar open.'

Dat deed hij. Er zat een gouden ketting met een rond, gouden medaillon in ter grootte van een kwartdollarmunt. In het medaillon was een kale man gegraveerd, met een baby op zijn arm. Die man was een heilige, wist Mike, dat zag je altijd meteen aan de stralenkrans.

'Dat is de Heilige Antonius,' sprak zijn moeder, 'de patroonheilige van de dingen die verloren zijn geraakt.' Ze haalde de ketting uit het doosje, deed het om zijn nek en maakte de sluiting dicht. Mike voelde een huivering toen hij het koude metaal onder zijn trui, op zijn warme huid stopte. 'Zolang je het draagt,' zei ze, 'zal de Heilige Antonius je beschermen. Ik heb het zelfs door pastoor Jack voor je laten zegenen.'

'Te gek. Dank je wel.'

De volgende dag was ze weg. Toen hij thuiskwam stond haar auto, een oude Plymouth Valiant vol roestgaten die met isolatieband waren afgeplakt, op de oprit. Mike verwachtte dat ze aan de keukentafel bij het raam zou zitten lezen in een van haar paperbackromans. Het was stil in huis, té stil, vond hij, en een gevoel van paniek dat hij niet goed kon thuisbrengen, sloeg hem om het hart. Hij liep naar boven, naar haar slaapkamer, en toen hij daar het licht aandeed en het keurig opgemaakte bed zag, vloog hij terug naar de keuken, deed de deur naar de kelder open en ging de trap af. Mike herinnerde zich dat zijn moeder de laatste tijd hier beneden zat, in een van de plastic tuinstoelen, helemaal verdiept in haar fotoalbums. Op de onderste tree aangekomen zag hij dat de kist met NAAIDOOS erop midden in de kelder stond. Toen hij het deksel weghaalde en zag dat de fotoalbums en de zijden sjaal die ze daar verborgen hield, weg waren, wist hij meteen met een akelige zekerheid, dat zijn moeder haar spullen had gepakt en zonder hem was vertrokken.

*Wat er in mijn hart omging*

(1999)

# 1

Het kwam waarschijnlijk door de opwinding van de weerman, die aankondigde dat er mogelijk alweer een noordoosterstorm op til was, dat de herinnering aan zijn moeder naar boven kwam. Hij en Bill waren deze vrijdagochtend in Wellesley begonnen aan de aanbouw van een etage en een keukenrenovatie in het huis van een pas gescheiden moeder met te veel geld en te veel tijd om handen, toen het lichtjes begon te sneeuwen. Bill stemde de radio af op de nieuwszender WBZ en ze hoorden de weerman zeggen dat er een omvangrijk stormfront in aantocht was. Het zou hen morgen laat in de middag bereiken en in de nacht van zondag op maandag verder trekken, nadat het om en nabij de vijfentwintig tot dertig centimeter sneeuw boven oostelijk Massachusetts had gedumpt. Bill hoorde dat, keek Mike aan en tegen tweeën beslo-ten ze er vroeg mee te nokken, om met de meisjes te gaan sleeën.

Het probleem van dit plan was Jess. Na het incident van vori-ge maand had Jess het sleeën in de ban gedaan. Nou ja, eigenlijk was het een ongeluk geweest – Mike had die andere slee niet zien aankomen, tot die hen ramde. En ja, Sarah was door de sneeuw getuimeld en met haar hoofd keihard op een stuk ijs geknald. Het was niet zó erg geweest dat ze halsoverkop naar de Spoedafde-ling moesten, maar ze hadden Sarah er desondanks naartoe ge-bracht. Onderweg had Jess verkondigd dat er voortaan niet meer op de Heuvel gesleed werd, einde discussie. Best, als Jess onder een veilige koepel wilde leven was dat haar zaak, maar het wilde niet zeggen dat hij en Sarah ook zo moesten leven. Tegen de tijd dat Mike met zijn auto de oprit opkwam had hij een solide plan bedacht.

Jess stond in de keuken met de draadloze telefoon tussen haar schouder en haar oor geklemd terwijl ze de stapels dossiermappen van de tafel in de woonkeuken pakte en in een kartonnen archief-doos stopte. Ze had een of ander strijdbaar pak aan: zwarte broek, bijpassend jasje, de brede kraag van haar witte blouse uitgespreid als vleugels, zodat het nieuwe parelcollier dat hij haar voor haar verjaardag had gegeven, zichtbaar was. Jess was voorzitter van de jaarlijkse lentemarkt van de St. Stephen's-kerk, waar ambachtelijk vervaardigde spullen werden verkocht. De opbrengst ging naar de naschoolse kinderopvang van de kerk. Haar partner en vice-voorzitter was door ziekte in de familie op het laatste moment verhinderd en aangezien de jaarmarkt al over zeven weken was, moest Jess zelf zorgdragen voor alle details.

Jess keek op van haar inpakwerk, verbaasd dat hij zo vroeg thuis was.

'Eerder gestopt,' fluisterde Mike. Hij gaf haar een kus op haar voorhoofd en pakte een Heineken uit de koelkast.

'Daar bel ik je straks wel even over terug.' Jess hing op en zag eruit alsof ze doodmoe was.

'Gaat je afspraak met pastoor Jack nog door?'

'Ja. Hoe erg is het met de sneeuw?'

'De wegen zijn prima begaanbaar. Ze zijn al aan het ruimen.'

Jess knikte. 'Shirley komt wat later – problemen met de auto – en nu jij toch thuis bent, wil ik vragen of jij op Sarah kunt passen wanneer ze thuiskomt – '

'Best. Hoe laat ben je terug?'

'Niet voor zevenen, waarschijnlijk.'

'Wil je dat ik eten haal?'

'Het vlees ligt al ontdooid in de koelkast. De rest doe ik wel als ik terug ben.' Jess pakte haar pocketboek en haar mantel en ging via de achterdeur haastig naar de garage.

Tien minuten later zat Mike in zijn gemakkelijke stoel in de huiskamer de *Globe* van die ochtend te lezen. Hij zat aan zijn tweede biertje toen hij de rode Honda Civic van Shirley Chambers de oprit op zag rijden. Sarah was zes, de kleinste van haar klas. Terwijl Mike keek hoe ze met de barbie-rugzak dansend op haar rug het pad naar de voordeur op holde, met een hand naar mevrouw Chambers zwaaide en met de andere hand haar bril op haar neus duwde, vroeg hij zich af wanneer de groeihormonen van zijn dochter eens aan het werk zouden gaan en ze haar klasgenootjes van groep één zou inhalen.

De voordeur ging open. Mike hoorde hoe Fang, de forse bull mastiff-pup die ze haar met Kerstmis hadden gegeven, de trap af kwam rennen. Mike kwam overeind en holde naar de gang, net op het moment dat Fang van de onderste tree tegen Sarah op- sprong en haar met zijn gewicht van meer dan twintig kilo tegen de grond werkte. Haar bril viel af en gleed over de vloer. Sarah gaf een gil.

'Het is oké, Sarah, ik heb hem.' Mike greep Fang vast. De staart van de puppy ging als een gek heen en weer en hij begon Mike met veel gesnuif over zijn kin te likken. Sarahs hoofd ging heen en weer, terwijl ze de grond afzocht. Voor haar was de wereld één groot waas.

'Mijn bril, pappie.'

'Denk aan wat ik je geleerd heb.'

'Ik moet mijn bril hebben,' zei Sarah opnieuw, nu met een bib- berlip. 'Ik kan niks zien zonder mijn bril.'

Hij schoot haar niet te hulp. Dat moest Jess maar doen. Zodra Sarahs bril viel (en die viel vaak af, soms wel vijf, zes keer op een dag), zodra ze een buiteling maakte of haar hoofd stootte, was Jess er al om haar op te rapen. Mike wist dat de wereld erop wachtte je een schop onder je kont te verkopen en als de wereld dat deed, zei hij naderhand geen sorry en bood hij je echt geen helpende hand. Meestal kreeg je er nog een schop achteraan. Harder.

'Pappie, help me – '

'Heb je zin om met Paula te gaan sleeën?'

Haar lippen trilden niet meer. Sarah bleef roerloos op de grond zitten.

'Oké, dan,' zei Mike. 'Als we gaan sleeën heb je je bril nodig. Die stond daarnet nog op je neus, nietwaar?'

'Ja.'

'Dat betekent dus dat hij ergens in de buurt moet zijn.'

'Maar als – '

'Je kunt het. Nu ga je heel rustig doen wat ik je heb laten zien. Je bent toch een grote meid?'

Met haar ogen samengeknepen zocht Sarah de vloer af. Ze tastte met haar handen over de hardhouten vloer en had haar bril binnen een minuut in de buurt van de kastdeur gevonden. Ze pakte hem op, zette hem op haar neus en haar gezicht straalde.

'Grote meid van me,' zei Mike. Hij zette Fang weer neer en zei tegen Sarah dat ze maar een van haar video's moest gaan bekijken terwijl hij even een douche nam, en ging naar boven. Onderweg pakte hij de draadloze telefoon van de standaard op de slaapkamer.

'Ik ben net van huis gegaan,' zei Bill. 'Moet ik jullie oppikken?'

'Laat jezelf maar binnen. Ik spring even onder de douche.'

'Ik ben er over vijf minuten.'

Bij het plan was niet ingecalculeerd dat Jess terug zou komen. Mike stond onder de douche, toen zij het huis weer binnenkwam om de archiefdoos te pakken die ze op het kookeiland had laten staan. Toen hij de kraan dichtdraaide, hoorde hij geschreeuw.

'Maar papa zei dat we konden gaan sleeën,' riep Sarah beneden.

'Sarah, ik heb nee gezegd.'

Shit! Mike kwam onder de douche vandaan, greep een handdoek en droogde zich snel af.

'Maar waarom dan niet?'

*Zeg haar de waarheid, Jess. Zeg maar tegen Sarah, dat je niet wilt dat ze gaat sleeën, dat je het niet zo fijn vindt als ze in het zwembad van de hoge duikplank gaat of 'bommetjes' maakt, of achter op een jetski of een sneeuwmobiel springt, omdat plezier maken een risico inhoudt. Omdat een risico gevaar inhoudt en omdat het gevaar op iedere straathoek op de loer ligt om je te grazen te nemen als je niet uitkijkt. Dat is wat er met je vader is gebeurd, nietwaar? Als hij op de weg had gelet en op de sneeuw, in plaats van aan zijn radio te rommelen, dan had hij die dronken chauffeur zien aankomen.*

Jess zei: 'Er wordt niet gesleed. Punt uit.'

'Maar papa heeft al gezegd – '

'Nog één woord en ik stuur je naar je kamer, jongedame.'

Mike hoorde dat Sarah de keuken uit stampte en de huiskamer binnenging. Hij deed een schoon boxershort aan en was net bezig een schone spijkerbroek aan te trekken, toen hij de laarzen van Jess in de gang hoorde klikken.

De deur naar de garage knalde in het slot. Mike knoopte zijn broek dicht en rende in zijn blote bast en op blote voeten de trap af. Hij haalde Jess nog net in, toen ze op het punt stond de garage uit te rijden. Ze keek hem woest aan en draaide het raampje van haar Explorer naar beneden.

'Ik had het kunnen weten, dat je zou proberen me een dergelijke streek te leveren,' zei ze.

'Wat er vorige maand gebeurde was een ongelukje.'

'Michael, haar schedel lag bijna open.'

'Ze had een buil, geen hersenschudding. Dat heeft de dokter ons toch gezegd, weet je het niet meer?'

'Ik wil niet dat ze naar de Heuvel gaat. Het is er te druk en zij is te klein. Ik heb je gezegd hoe ik daarover denk. Je bent niet eerlijk.'

'*Ik* ben niet eerlijk?'

'Als jij om het huis wilt sleeën, prima. Maar ze gaat niet van de Heuvel af.' Jess zette de Explorer in zijn achteruit en reed de garage uit.

Mike keek haar na toen ze wegreed en bedacht hoe Jess er, onder dat harnas van zakelijke kleding dat ze de laatste tijd droeg, onder die parels en exclusieve schoenen, nog steeds uitzag als het meisje van high school op wie hij destijds verliefd was geworden. Ze droeg haar vuilblonde haar nog altijd lang, ze zag er nog steeds fantastisch uit in haar jeans en ze kon hem, ondanks hun gebroken verleden, nog altijd, gewoon door een aanraking, het gevoel geven dat hij de belangrijkste en meest viriele man ter wereld was. Maar dat innerlijke conflict van haar, daar kon hij met zijn pet niet bij.

Jess was niet altijd zo geweest. Er was een tijd dat ze graag lol maakte. Neem dat eerste kerstfeest hier in huis. Meer dan zestig mensen in het souterrain en rond het biljart. Billy Joel uit de luidsprekers – de oude Billy dan, niet die oversekste Billy, maar het gestoorde genie – die liedjes zong als 'Scenes from an Italian Restaurant' en je het gevoel gaf dat ze gesmeed waren uit het materiaal van je eigen hart. En Jess, die het op haar heupen kreeg en meezong met 'Only the Good Die Young' en doorging tot de laatste gast vertrokken was; Jess, die er nog steeds zin in had, er 's nachts om twee uur nog goed uitzag en op de rand van de biljarttafel 'She's Got a Way' zat te zingen, terwijl ze met een uitdagende glimlach op haar gezicht waar zijn knieën van gingen knikken, de knoopjes van haar blouse openmaakte. Die nacht had ze hem hard en begerig gekust, alsof ze iets van hem nodig had – iets wat haar hielp te ademen. Toen hadden ze gevreeën tot ze uitgeput en beurs wegliepen met de absolute noodzaak om het weer te doen. De seks vervulde hen, het gaf hun energie.

De eerste miskraam kwam een paar maanden daarna, gevolgd door nog een, anderhalf jaar later, en tegen de tijd dat ze Sarah kregen was de sfeer tussen hen veranderd. Mike wist niet hoe of waarom het was gebeurd, maar als hij Jess omhelsde, voelde hij met een dodelijke zekerheid dat hij iets kouds en hols in zijn armen had.

Er zat een geel Post-it-briefje op de tafel van het kookeiland geplakt, vlak naast zijn sleutels, zodat hij het niet kon missen. ER WORDT NIET GESLEED stond er, drie keer onderstreept.

Mike pakte het briefje en verfrommelde het in zijn vuist. Het flesje Heineken stond op de tafel. Hij pakte het en dronk de rest op. Hij had zin om het dwars door de keuken te gooien, om te vloeken – iets wat de kwaadheid die door zijn lijf raasde verjoeg. Maar zulke dingen kon hij niet doen, niet met Sarah in de kamer ernaast.

Hij gooide het bierflesje en het briefje in de vuilnisbak en probeerde de woede van zijn gezicht te wrijven. Toen hij zeker wist dat hij tot bedaren was gekomen, liep hij de televisiekamer binnen.

Fang lag languit in zijn mand, half in slaap. Sarah zat in de oversized, met denimstof beklede stoel, haar hoofd schuin, haar vuist om een potlood geklemd als om een dolk, en ze kraste ermee over een bladzij van het kleurboek dat open op haar schoot lag.

Mike ging op zijn hurken zitten, bereid om te doen alsof datgene wat er net voorgevallen was niets te beteken had, en om desgevraagd een slap, maar hopelijk acceptabel excuus op te dissen, waarom mama voortdurend in een staat van doodsangst verkeerde. 'Zullen we buiten een sneeuwpop gaan maken?'

Sarah gaf geen antwoord, maar Fang, die het woordje 'buiten' had gehoord, stak zijn slaperige kop omhoog en begon met zijn staart tegen zijn mand te bonken.

'Vooruit,' zei Mike, 'we nemen Fang mee. We gaan sneeuwballen gooien en kijken hoe hij erachteraan rent.'

'Het is niet eerlijk,' fluisterde ze.

*Dat is het ook niet, Sarah. Het is niet eerlijk dat we gevangenzitten in ons eigen huis. Het is niet eerlijk, en ik weet ook niet meer wat ik eraan moet doen.*

Het was het huilen dat het hem deed – niet de tranen zelf, nee, de manier waaróp ze huilde: met haar mond potdicht, om alle woorden die eventueel gehoord wilden worden, stil te houden. Haar gezicht was donkerrood, terwijl de tranen over haar wangen liepen. Een normaal kind van zes huilde niet zo.

Er wordt niet gesleed.

*Nee, heb ik gezegd, Michael. Nee.*

'Zeg, Sarah?'

Sarahs huilen was overgegaan in gesnuf. 'Ja, pappie?'

'Ga je sneeuwpak maar aantrekken.'

# 2

Iedereen die in Belham woonde noemde het de Heuvel, maar de officiële naam was Roby Park, genoemd naar de eerste burgemeester van het stadje, Dan Roby. Toen Mike opgroeide was de Heuvel alleen maar een lange, brede grasvlakte. Boven had je Buzzy, de enige tent in het plaatsje waar je voor drie dollar een grote Coke en een papieren bord met een hamburger kon kopen en naar keus een flinke portie friet of de grootste uienringen ernaast. Buzzy was er nog. Er waren een slijterij en een videotheek bij gekomen en de Heuvel mocht zich inmiddels beroemen op een van die ingewikkelde klimrekken en een nieuw honkbalveld met tribune.

Maar de grote attractie was de schijnwerper. In New England was het 's winters tegen vier uur al pikdonker en dus deed de gemeente een royaal gebaar en installeerde een telefoonmast met een schijnwerper, die elke vierkante centimeter van de Heuvel in het licht zette. Nu kon je gaan sleeën wanneer je maar wilde.

Mike vond een plek op de parkeerplaats beneden, die aan het nieuwe honkbalveld grensde. Het daglicht was verdwenen en het sneeuwde wat harder dan een uur geleden, maar het was nog steeds licht en gezellig. Hij stapte het eerst uit, liep naar de andere kant van de truck en hielp Sarah naar buiten. Daarna pakte hij de slee uit de laadbak van de wagen. Hij stak zijn hand uit.

'Ik ben geen baby meer,' zei Sarah, en stapte weg.

Het was er bomvol. De rechterflank van de Heuvel, waar minder hobbels zaten, was voor de kinderen van Sarahs leeftijd en jonger; de linkerflank voor de oudere kinderen, de snowboarders. Toen Mike naar de snowboarders keek, moest hij denken aan de tijd dat hij hier kwam. Als zijn moeder de bloeduitstortingen op haar gezicht met make-up of een hoed wist te verdoezelen, ging ze bij de andere moeders staan praten en een Kool roken. Alle moeders keken naar de malle toeren van hun zoontjes, zoals boven op hun goedkope plastic slee gaan staan en om het hardst de heuvel af racen. Dan botste Bill tegen hem op of gaf hem een flinke schuiver, zodat Mike door de sneeuw tuimelde; het was continu dolle pret. Iedereen lachte – ook een paar moeders. In die tijd vonden ze het best als kinderen gekke dingen deden en vielen. Ze botsten tegen elkaar op, kregen blauwe plekken of ze sneden zich. Dan stonden ze weer op en botsten opnieuw en ze kregen nog meer blauwe plekken en snijwonden.

'PAPA!'

Mike zag dat zijn dochter was blijven staan. Ze wees naar de heuvel. *'Daar heb je Paula, papa! Daar heb je Paula! Ze komt eraan!'*

Daar kwam Paula, Bills oudste dochter, in haar blauwe, buisvormige slee aan. Mike wilde nog roepen dat Paula moest uitkijken voor de sneeuwrichel – maar hij was te laat, Paula vloog al door de lucht. Het was geen grote sprong – minder dan dertig centimeter van de grond – maar Paula was niet op de landing voorbereid. De slee kwam op de grond, Paula verloor haar evenwicht en viel eraf en tuimelde hard over de sneeuw.

Sarah zei: 'Ik wil met Paula sleeën.'

'Vooruit dan maar,' zei Mike, en hij stak zijn hand uit.

Sarah sloeg hem weg. 'Nee, papa, alleen met Paula.'

'Paula is acht.'

'Nou en?'

'Nou en? Jij bent zes.'

'En een hálf, papa. Ik ben zeseneenhálf.'

'Moppie – '

'Ik heb je toch gezégd dat ik dat naampje niet leuk vind.'

*O jee, ze heeft weer een bui.* 'Dat is waar, sorry,' zei Mike. Hij ging door zijn knieën om haar recht in de ogen te kunnen kijken. De sneeuwvlokken smolten op haar brillenglazen, de roze capuchon van haar sneeuwpak zat stevig om haar hoofd geknoopt en het witte imitatiebont langs de rand wapperde in de wind. 'Ik bedoel dat Paula groter is dan jij. De heuvel voor de grote kinderen zit vol hobbels en sommige kinderen hebben sneeuwrichels gemaakt.' Hij wees naar de plek waar Paula zojuist ten val was gekomen. 'Als je tegen zo'n richel aan komt vlieg je door de lucht.'

'Als een vogel?' Die mogelijkheid scheen Sarah erg spannend te vinden.

'De vorige keer dat je van je slee viel kwam je op een stuk ijs terecht en had je een grote buil op je hoofd, weet je nog?'

'O ja. Dat deed pijn.'

'Dus gaan we maar samen naar beneden,' zei Mike, die zijn hand weer uitstak.

'Nee,' zei Sarah, die zijn hand opnieuw wegsloeg, 'ik wil met Paula.'

Haar manier van doen deed hem denken aan afgelopen zomer toen hij Sarah leerde zwemmen – ze weigerde haar vlinderbandjes om te doen en ze wilde absoluut niet dat haar vader haar een handje hielp. Dus liet Mike het haar op haar eigen manier doen en keek er niet van op toen Sarah dadelijk naar de bodem zonk. Toen Mike haar naar boven had gebracht om lucht te happen, wilde ze het meteen opnieuw proberen – helemaal alleen. Hij was dol op deze eigengereide kant van zijn dochter, die bijna niet te breken behoefte om te knokken en de dingen op haar eigen manier te doen, zodat hij erg zijn best moest doen om niet te glimlachen.

*Nee*, waarschuwde de stem van Jess. *Haal het niet in je hoofd haar helemaal alleen van die heuvel af te laten gaan. Straks valt ze en bezeert ze zich een keer ernstig. Straks breekt ze een been of heeft ze een schedelbasisfractuur – jezus christus, Michael, moet je kijken hoe klein ze is. Als ze –*

En pret hebben dan, Jess? Sta je daar wel eens bij stil?

*Je moeder deed nooit haar mond open,* voegde een andere stem eraan toe. *Wil je dat meisje zo opvoeden dat ze als vrouw doodsbang is om voor zichzelf op te komen? Als je toelaat dat Jess dit stukje van Sarah monddood maakt, trouwt ze straks met net zo'n lul als je vader. Wens je haar zo'n leven toe?*

'Papa, Paula staat al klaar om de heuvel weer op te gaan, mag ik mee, alsjeblíééft – '

'Sarah, kijk me aan.'

Toen ze de klank in zijn stem hoorde, was ze een en al aandacht.

'Je mag met Paula de heuvel op en je komt samen met Paula de heuvel weer af, begrepen?'

'Begrepen.'

'Wat heb ik gezegd?'

'Samen met Paula naar boven en samen met Paula naar beneden.'

'Goed zo. Ik sta daar, samen met je peetvader, oké?'

Sarah grinnikte en die glimlach met de scheefstaande boventanden en wisselende ondertanden ging dwars door hem heen en joeg hem op een of andere manier angst aan. Ze pakte het touw van de slee en begon door de sneeuw te ploeteren, terwijl ze schreeuwde dat Paula op haar moest wachten.

*Besef je wel wat je doet.*

Jazeker. Hij beging een ouderlijke doodzonde; hij trok partij voor het kind. En raad eens? Het was het waard. Het echte leven met al zijn opdonders en dodelijk vermoeiende flauwekul was er altijd wel. Je was maar eens in je leven zes – pardon, zeseneenhálf – en als hij daarvoor een tijdlang uit de gratie lag, het zij zo.

Bill O'Malley stond alleen, met flink veel ruimte tussen hem en de mensen in, die groepjes hadden gevormd en met elkaar stonden te praten en die af en toe zenuwachtig opzij keken naar Woeste Bill, zag Mike. 'Die Bill,' zeiden de mensen hoofdschuddend. 'Een azijnzuiper. Niet helemaal goed bij zijn hoofd, waarschijnlijk.'

Iedereen in het stadje kende het verhaal van die keer dat Bill, toen hij twaalf was, op het idee kwam zelf met zijn vrienden naar school te rijden. Daarmee haalde hij het regionale nieuws van Boston, in zo'n dolkomisch item als 'De leukste thuis'. Maar hij vestigde zijn reputatie voorgoed met de stunt die hij uithaalde tijdens de play-offs in het tweede jaar op de middelbare school.

Het footballteam van Belham High had voor het eerst de kans om de kampioenstitel binnen te halen. Op die koude, bewolkte zaterdag in november leek het alsof het hele plaatsje was uitgelopen naar het stadion in Danvers, om te zien hoe hun eigen Belham-jeugd het opnam tegen die verwaande rijkeluiszoontjes van St. Mark's Preparatory High School. Met nog maar dertig seconden op de klok en veertig meter van het doel nam de arbiter de verkeerde beslissing die Belham het kampioenschap kostte. Bill rende op de scheidsrechter af, ging pal voor hem staan en rukte, voordat de coach aan kwam rennen, het toupetje van de scheids af en holde er het veld mee rond. Hij hield het hoog boven zijn hoofd, terwijl heel Belham overeind stond en juichte.

'Als jij straks volwassen bent en trouwt, hoop ik dat je tweelingdochters krijgt die net zo erg zijn als jij,' had een vermoeide Clara O'Malley na de wedstrijd tegen haar zoon gezegd.

Dit voorjaar zou Bill inderdaad een tweeling krijgen – meisjes, volgens de laatste echo van Patty, zijn vrouw. Paula O'Malley was de oudste en had op haar achtste al het onbehouwen gevoel voor humor van haar vader geërfd. Vorige week moest Paula voor het eerst nablijven, omdat ze een scheetzak mee naar school had genomen en die onder het kussentje van de leraarstoel had gelegd.

Bill zag het bekende roze sneeuwpak naast zijn dochter omhoogklimmen en draaide zich om op het moment dat Mike aan kwam lopen. Een prop pruimtabak bolde op onder zijn onderlip en hij had zijn zwarte Harley Davidson-petje diep over zijn voorhoofd getrokken. In beide oren bungelde een gouden oorringetje.

Bill boog zich naar hem toe en fluisterde in zijn oor: 'Zeg, is Jess nooit jaloers als je haar jack draagt?'

Het jack in kwestie, een kerstcadeautje van Sarah, was gemaakt van zwarte wol en kasjmier. Nog belangrijker, het was schoon en nieuw – in tegenstelling tot Bills verschoten blauwe Patriots jack, dat nog dateerde uit de beginjaren tachtig. Bill wilde het oude, haveloze jack met vetvlekken en de gescheurde zak niet wegdoen voordat de Pats de Super Bowl hadden gewonnen.

'Wat is er mis mee?'

'Niks,' zei Bill, 'alle mooie meiden dragen ze dit jaar.'

Mike haalde een pakje Marlboro uit zijn jaszak, zijn ogen op Sarah gevestigd, en keek hoe zij en Paula tegen de heuvel op sjokten. 'Ik neem aan dat je Jess tegen het lijf bent gelopen.'

'Ja. Er werd niet gesleed, zei ze. Fijn, dat ze van gedachten is veranderd.'

'Een van ons dacht er anders over,' zei Mike.

Bill spuugde in zijn Dunkin Donuts-bakje en zei niets. Opeens voelde Mike een enorme aandrang om te praten. *Ik houd het niet meer uit, Bill. Ik ben het zat om met een geharnast iemand te leven. Ik ben het zat om met een vrouw te leven die levensangst heeft en die mij tot een gevangene in mijn eigen huis maakt. Ik ben het zat te moeten vechten voor zulke simpele dingen als sleeën met mijn dochter van zeseneenhalf. Ik ben het zat en ik wil eruit.*

Dat laatste was geen nieuwe gedachte. Die dreef het laatste jaar zijn grijze massa in en uit – hij bleef alleen wat langer hangen en als Mike van en naar zijn werk reed of een of ander saai karweitje opknapte, zoals sneeuwruimen, speelde hij met de gedachte om weg te gaan, voor een deel opgewonden door alle mogelijkheden van een nieuw leven dat ergens op hem wachtte, een leven zonder al die muren en barrières.

Mike keek naar rechts, naar East Dunstable Road, waar de auto's in beide richtingen in de file stonden. Een taxi kroop westwaarts naar de afslag naar Route 1. Mike zag zijn moeder stilletjes achter in de taxi zitten, twaalf jaar huwelijk in één koffer gepakt, terwijl de chauffeur vroeg: 'Waar wilt u naartoe? Naar het noorden of het zuiden?' En voor het eerst zou zijn moeder een besluit nemen en zou een man naar haar luisteren. Mike vroeg zich af of de kreet die in haar hoofd gevangenzat eindelijk verstild was toen ze haar nieuwe richting had bepaald.

Paula's slee kwam naar beneden.

'Waar is de kleine meid?' vroeg Bill.

'Jimmy MacDonald is boven en staat iedereen te duwen,' zei Paula.

Jimmy Mac was Bobby MacDonalds jongste zoon – waarschijnlijk – aangezien Bobby Mac het type kerel was dat graag hele nesten met kinderen maakte bij verschillende moeders in de achterstandswijken van Mission Hill.

'Hij duwde eerst mij op de grond en daarna Sarah,' zei Paula.

*Fijn geregeld.* Mike schoot zijn sigaret weg. 'Ik ga wel naar boven om haar te halen,' zei hij. 'Blijven jullie hier voor het geval ze naar beneden komt.'

'Hij pest ons altijd,' hoorde Mike Paula zeggen toen hij wegliep. 'Vorige week liepen we van Stacy's huis naar ons huis en Jimmy Mac zag ons en veegde zijn neus af aan Joanne Finzi. Ze zei varkenskop tegen hem.'

'Goeie naam,' zei Bill.

De koude lucht was vol gegiechel, gegil en gelach toen Mike de heuvel op klom en zich een weg baande tussen de ouders en kinderen door die ook het pad op slenterden. Het was wel erg hard gaan sneeuwen, merkte Mike nu. Hij kon nauwelijks een paar meter voor zich uit zien.

Hij stapte uit het felle licht van de schijnwerper en kwam boven op de heuvel aan. De auto's die langs Delaney Road geparkeerd stonden probeerden in te voegen tussen de auto's die via de bochtige weg naar beneden van de parkeerplaats van Buzzy af kwamen. Tientallen koplampen schenen op hem. Mike schermde zijn ogen met zijn hand af en keek rond tussen het gewoel van lichamen, op zoek naar zijn dochter.

'Sarah, papa is hier. Ik ben boven op de heuvel.'

Vanuit het niets rende een stel kinderen langs Mike heen alsof ze achternagezeten werden – of iemand achternazaten. Mike keek om naar de kinderen die over het pad naar beneden holden en in de sneeuw verdwenen. Hij vestigde zijn aandacht weer op de heuvel en liep met langzame passen verder, terwijl hij uitkeek naar het roze sneeuwpak.

'Sarah, ik ben hierboven. Waar ben je?'

*Ze kan je niet horen.*

Natuurlijk niet. Hij had de capuchon van haar jack zo stevig om haar hoofd aangetrokken dat ze hem waarschijnlijk niet boven de wind, het geroep en geschreeuw en de chauffeurs, die met hun vuisten op hun claxons zaten te beuken, uit kon horen. Hij rende zoekend door de menigte en schreeuwde haar naam.

'Sarah, ik ben hier.'

'Sarah, zwaai naar me.'

'Sarah, waar zit je?'

De lichamen verdwenen en nu stond Mike aan het eind van de Heuvel, waar de oudere kinderen aan het snowboarden en sleeen waren. Een paar meter van de top, waar de kinderen op hun beurt stonden te wachten, lag een lange, blauwe slee, die akelig veel op die van Sarah leek. Mike holde erheen, ging op zijn hurken zitten en veegde de sneeuw van de zachte zitting. SARAH SULLIVAN stond er in zwarte blokletters, zijn handschrift.

*Misschien is ze de heuvel af gelopen, achter Paula aan gerend.*

'Bill?' schreeuwde Mike. 'Bill?'

'Ja?'

'Is Sarah daar beneden?'

'Nog niet.'

Mike voelde gefladder in zijn hart. Hij wendde zich naar rechts. Nog geen zeven meter verder was een opgehoogde sneeuwwal met een steile helling. Die plek was goed aangegeven en afgezet – en Sarah wist dat ze daar vandaan moest blijven.

Hij keek weer naar de slee en zocht er omheen naar voetsporen die overeenkwamen met die van Sarah. Bij het uiteinde van de slee stak een dun, gebogen stuk plastic uit de sneeuw. Hij pakte het op en schudde de sneeuw eraf.

Sarahs bril.

Het gefladder werd een koude, harde klomp die tegen de wanden van zijn hart bonkte. Hij krabbelde overeind en een kreet welde op in zijn keel:

*'SARAH, WAAR BÉN JE!'*

*Alsjeblieft, God, alsjeblieft, laat ze antwoord geven.*

Overal om hem heen waren auto's die van het parkeerterrein afreden en wachtten tot ze op hun beurt konden invoegen in de chaos op East Dunstable. Het verkeer bewoog centimeter voor centimeter voorwaarts.

*Ze kan hier nog steeds zijn.*

Nee, zei Mike tegen de opkomende paniek. Absoluut niet. Sarah zou niet zonder mij of Bill weggaan.

*Maar als ze dat nou wel had gedaan?*

Glibberend over de sneeuw holde Mike naar een Honda Accord, die maar een paar meter van Sarahs slee geparkeerd stond. Hij bonsde op de ruit, tot de vent met zijn pet van de Red Sox, een gast die Mike niet kende, het raampje naar beneden draaide. Zijn zoontje van ongeveer vier zo te zien, zat naast hem.

'Een meisje in een roze sneeuwpak,' zei Mike. 'Ze stond vlakbij, naast de slee.'

'Ik heb haar niet gezien.'

'Weet u het zeker?'

'Ik kan de auto voor me nauwelijks zien.'

'Ik kan haar niet vinden. Wilt u me helpen zoeken?'

De man knikte en probeerde zijn auto aan de kant te zetten. Mike rende naar East Dunstable, sprong tussen de auto's door en er kwam een gevoel van beklemming om zijn hart.

*Ze is hier. Sarah is nog hier.*

'Sully?' riep Bill. 'Sully?'

Een Explorer stond op het punt East Dunstable op te rijden, toen Mike ervoor sprong en zijn hand opstak. Er klonk getoeter van auto's toen de chauffeur het raampje opendraaide. Mike zag dat het de man van de houtafdeling van Home Depot was, Billy-die-en-die.

'Wat is er aan de hand?'

'Ik kan mijn dochter niet vinden,' zei Mike. 'Ze heeft een roze sneeuwpak aan.'

'Ik heb haar niet gezien. Moet ik je helpen?'

Mike knikte en zei: 'Doe me een plezier. Blokkeer de weg met je auto en zeg tegen de mensen wat er aan de hand is.'

'Doe ik.'

'En kijk goed op achterbanken en onder de auto's. Misschien is ze aangereden of zo.'

Er waren mensen uitgestapt en stonden te schelden dat Mike van de weg moest gaan. Mike stond op het punt de volgende auto, een Ford Mustang, aan te houden toen Bill met Paula naast hem uit een sneeuwgordijn opdook.

'Ik heb haar bril vlak naast haar slee gevonden,' zei Mike. 'Paula, wat is er boven gebeurd? Vertel wat er gebeurd is.'

Paula kromp in elkaar toen ze de stem van Mike hoorde.

'Sully, het is in orde, rustig – '

'Sarah ziet niets zonder haar bril.'

'Dat weet ik.'

'Ze is ontzettend bang als ze niets kan zien.'

Bill legde zijn vlezige hand in de nek van Mike en kneep erin. 'Iemand heeft vast gezien dat ze overstuur was en is zo verstandig geweest haar naar Buzzy te brengen. Ze zit nu waarschijnlijk een hamburger met friet te smikkelen. Maak je geen zorgen. We vinden haar wel.'

# 3

Door het slechte weer en de verkeersdrukte duurde het bijna een uur voordat de politie bij de Heuvel aankwam. Agent Eddie Zukowski ('Slome Ed') en een andere diender die Mike kende, Charlie Ripken, waren de eersten die arriveerden en zagen tot hun opluchting dat Mike zo pienter was geweest de Heuvel af te sluiten. De tweede patrouillewagen die gehoor gaf, had het parkeerterrein beneden, waar Mikes auto stond, afgesloten.

Slome Ed bracht Mike naar de Tick-Tack-Toe-slijterij. Mike stond onder een plafondventilator die hete lucht blies, zodat de smeltende sneeuw die van zijn jeans en zijn jas droop een plasje om zijn doorweekte laarzen vormde. Hij droogde zijn gezicht af met een handdoek die de eigenaar van de slijterij hem had gegeven.

'Wat betreft de kleding die Sarah aanhad,' zei agent Eddie Zukowski, die een lege bladzij in zijn notitieboekje opsloeg. Het taartvormige gezicht van Slome Ed was pafferig, te wijten aan te veel nachtdiensten en te veel fastfood, maar zijn lange gestalte was in goede conditie, nog steeds zo vet als een telefoonpaal en hij had ongetwijfeld nog diezelfde explosieve kracht die op Boston College een footballster van hem had gemaakt.

Mike zei: 'Die is niet veranderd sinds ik meldde dat Sarah zoek was.'

'Naast ons wonen drie kinderen met roze sneeuwpakken – een daarvan is een jongen, kun je nagaan. Wat ik van jou moet weten, Sully, zijn details. Het sneeuwpak, de capuchon en de handschoenen – dat soort dingen.'

Wat Mike in de stem van Slome Ed hoorde doorklinken was dezelfde futloosheid als bij de twee dienders die Lou vragen kwamen stellen over de verblijfplaats van zijn vrouw. Wat Mike nog meer bespeurde was het soort sulligheid dat het leven van de vader van Slome Ed, Grote Ed Zukowski, had gekenmerkt. Die man had zijn vrouw voor hun tiende trouwdag willen meenemen op een cruise naar Aruba, maar kreeg toen het lumineuze idee om de bank tegenover de garage waar hij sinds high school als monteur werkte, te beroven.

De wind huilde en deed de ramen en de deur aan de voorkant van de winkel rammelen. Sarah was ergens daarbuiten in die chaos. Ze was bij haar slee vandaan gelopen, vast en zeker van de sneeuwwal afgegleden en dwaalde nu door de bossen, die zich helemaal uitstrekten tot Mikes huis, tot Salmon Brook Pond en Route 4. Sarah was verdwaald, verblind door de sneeuw en ze riep hem, maar haar stem ging verloren in die wind, ze kon niets zien en ze was doodsbang zonder haar bril.

'Ik heb dit allemaal al doorgenomen met degene die mijn melding opnam,' zei Mike. 'Als je informatie wilt, ga het dan aan hem vragen.' Hij gooide de handdoek boven op een stapel kratten met Bud en had twee stappen gedaan, toen Slome Ed hem bij de arm pakte.

'Sully, je bent doorweekt tot op het bot.'

'Met mij is alles goed.'

'Ja, daarom zijn je lippen paars en sta je te klappertanden. Niet ouwehoeren, Sully, ik ken je te lang.'

'Ik moet weer naar buiten. Ze loopt in het bos te dwalen, zonder haar bril – '

'Wat voor bril?'

Mike haalde de bril uit de zak van zijn jack en gooide hem boven op de handdoek. 'Sarah is ontzettend bang als ze hem niet op heeft,' zei hij. 'Ik moet naar buiten, voordat ze van een van die paden rolt en op Route 4 terechtkomt.'

'Daar zijn al vrijwilligers aan het zoeken. Vertel nu maar waar je die bril gevonden hebt.'

'Ik ga weer naar buiten.'

'Hier blijven.' Slome Ed hield hem steviger vast en kwam met zijn grote ronde gezicht dichterbij. 'Wij gaan elke centimeter van dit gebied uitkammen, maar met zulk slecht zicht kun je misschien begrijpen waarom ik zoveel mogelijk informatie nodig heb.'

'Die heb ik al doorgegeven.'

'Je hebt hem niet over de bril verteld.'

'Dan weet je het nu.'

'Waar heb je die bril gevonden?'

'Vlak bij de slee.'

Mike wilde weer weglopen, maar Slome Ed liet niet los, Slome Ed klemde zijn vingers hard genoeg om Mikes arm om hem eraan te herinneren wie de leiding had.

Mike kon wel brullen. Hij wilde dat misselijke gevoel dat door zijn binnenste kronkelde uitschreeuwen, hij wilde Slome Ed neerslaan met de kracht ervan. *Ed, stomme lul, je praat te traag, je verspilt tijd.*

'Sarah is zes jaar en ze draagt een roze sneeuwpak,' zei Mike. 'Roze sneeuwpak en blauwe wanten – met rendieropdruk. Roze barbie-sneeuwlaarzen. Wat moet je nog meer weten?'

Slome Ed liet hem los, maar blokkeerde de weg naar de deur. Mike ging het lijstje langs: Sarahs lengte, gewicht, kleur van haar ogen en haar, het moedervlekje boven haar lip, net als bij Cindy Crawford, dat ze twee ondertanden aan het wisselen was en dat haar boventanden een beetje scheef stonden – hij sprak zelfs over de blauwe plek op Sarahs rib. Hij had hem gisteravond gezien toen hij Sarah in bad deed.

'Hoe komt ze aan die blauwe plek?' vroeg Slome Ed.

'Ze was tegen de koffietafel gebotst. Althans, dat zei Jess tegen me.'

Slome Ed stopte met schrijven en keek op. 'Geloof je haar niet?'

'Ik zeg alleen dat ik aan het werk was.' Mike pakte zijn pakje sigaretten en zag dat het doorweekt was.

'Zitten er ongewone kenmerken op het sneeuwpak van Sarah?'

'Zoals?'

'Stickers, opdrukken, dat soort dingen.'

Mike wreef over zijn voorhoofd en sloot toen zijn ogen

(*Pappie, waar ben je?*)

(De stem van Jess: *Ga je dochter zoeken. NU*)

en probeerde zich details voor de geest te halen, van die stomme details zonder betekenis – waar het nu op aankwam was dat hij weer naar buiten ging om Sarah te zoeken. Maar hoe kwam hij om Slome Ed heen?

'Haar naam staat erin, op een labeltje aan de binnenkant, met zwarte viltstift,' zei Mike. 'Er zit een scheurtje in het voorste zakje van het jack. Rechtsvoor – nee, het was het linkerzakje. Ja, de linkerkant. Dat heeft Fang gedaan.'

'Fang?'

'Onze hond.' Mike deed zijn ogen weer open. 'Dat is alles wat ik kan bedenken.'

Slome Ed stopte met schrijven. Hij viste een plastic zakje uit zijn zak en maakte het met een snelle polsbeweging open. 'Wanneer heb je die ouweheer van je voor het laatst gezien?'

'Jaren geleden. Waarom?'

'Over hoeveel jaar geleden praten we dan?'

'Dat weet ik niet. Een jaar of drie, vier. Het laatste wat ik gehoord heb is dat hij ergens in Florida woont.'

'Maar hij heeft zijn huis aangehouden, toch?'

'Ed, neem me niet kwalijk, hoor, maar wat heeft dit met het zoeken naar mijn dochter te maken?'

'Lou is hier in de stad gesignaleerd.'

Toen begreep Mike het.

'Sarah heeft hem nooit ontmoet,' zei Mike, die toekeek hoe Slome Ed zijn pen gebruikte om de bril in het zakje te duwen. 'Hij zou niet bij haar in de buurt komen, en zelfs als hij dat deed – hij zou het niet doen, maar als hij dat deed, zou Sarah hem niet geloven, omdat ik haar heb verteld dat haar grootvader is gestorven voordat ze geboren werd. Sarah zou niet met hem, noch met iemand anders meegaan. Sarah weet van het gevaar van vreemde mensen. Ze zou met niemand anders meegaan dan met mij of Bill.'

'Kinderen doen gekke dingen als ze bang zijn, Sully. Met die voortjagende sneeuw buiten, iedereen is anders gekleed, heeft zijn gezicht bedekt, ze weet niet wie wie is. Sarah heeft zich waarschijnlijk vastgeklampt aan de eerste de beste persoon die ze herkende.'

Die ziekmakende, vlijmscherpe ongerustheid die hij om Sarah voelde werd nu een heftige, verhitte energie die zijn huid deed tintelen. Mike schatte de ruimte tussen hem en Ed en dacht na over een manier om langs hem heen te komen, toen de mobiele telefoon van Ed ging.

'Heb je al naar huis gebeld om je boodschappen te beluisteren?' vroeg Ed, toen hij de telefoon van zijn riem losmaakte.

'Dat heb ik meteen gedaan nadat ik negen-een-een had gebeld.'

'Dat was ruim veertig minuten geleden. Bel nog eens om te controleren.' Ed bracht de telefoon naar zijn oor en liep naar de deur om die te blokkeren.

Mike pakte zijn gsm en zag dat de batterij leeg was. Dit was het tijdstip waarop hij hem normaal gesproken oplaadde. Hij liep langs Slome Ed heen naar de toonbank, waar een grote, bolle vent met een kaal hoofd stond te doen alsof hij de *Herald* las.

'Mag ik van je telefoon gebruikmaken, Frank?'

Frank Coccoluto gaf hem zijn draadloze telefoon.

Nadat het afgelopen jaar twee antwoordapparaten het hadden laten afweten, had Mike ervoor gekozen over te stappen op de voicemaildienst van het telefoonbedrijf. Hij toetste het nummer van de voicemailbox in, voerde zijn code in en zijn hoop steeg en sloeg te pletter toen het opgenomen bandje van de operator zei: 'Er zijn geen nieuwe berichten.'

De wind deed de ruiten weer rinkelen en Mike zag Sarah voor zich, alleen boven op de heuvel; Sarah, die in de rondvliegende sneeuw probeerde haar bril terug te vinden, alles wazig. Oké, Sarah was overstuur, maar ze was ook schrander. Sarah wist alles van monsters die vermomd als lief glimlachende mensen snoepjes aanboden en tegen kinderen zeiden dat ze hun jonge poesje of hondje kwijt waren en of ze wilden helpen zoeken, dus als er iemand kwam die zijn dochter hulp bood, wist Mike dat Sarah, zelfs op het toppunt van hysterie, pienter genoeg was om alleen mee te gaan met een stem die ze kende, een vriendinnetje of een ouder die ze kende van school, misschien iemand uit de buurt.

'Ed heeft gelijk. Kinderen doen gekke dingen als ze bang zijn,' zei Frank. 'Een paar jaar geleden was ik met mijn dochter en kleindochter van acht in Disney World. We draaien even ons hoofd om, ik weet niet, misschien maar drie tellen. Toen we weer keken was Ash weg. Opgeslokt door de menigte, foetsie, zomaar weg.' Frank knipte met zijn vingers. Die Disney-mensen hebben het hele park uitgekamd en ik zweer het je, ik dacht dat ik een hartverzakking kreeg van angst. En raad eens waar we haar uiteindelijk terugvonden? In het hotel, in mijn bed. Ze sliep als een marmot. Een vent van de parkbeveiliging had haar gevonden.

Ash was zo in paniek dat ze ons kwijt was geraakt, dat ze alleen nog maar kon zeggen in welk hotel we verbleven, kamer drie-eenentwintig, en toen hebben ze haar daar naartoe gebracht.'

Mike keek op zijn horloge. Er waren negentig minuten verstreken sinds hij de slee had gevonden.

Slome Ed zette zijn telefoon af. Mike voelde zijn hoop weer stijgen.

'Die verdomde sukkel van een weerman zit er weer helemaal naast,' zei Ed. 'De sneeuwstorm die voor gisteren was voorspeld komt nu regelrecht onze kant op. We gaan, Sully. We moeten naar je huis. De State Police komt eraan met speurhonden. Ik leg het je onderweg wel uit.'

# 4

Slome Ed sprak over bloedhonden, dat de neus van die honden zestig keer sterker was dan van Duitse herders en dat ze de geur van iemand in de lucht of op de grond, hoe zwak ook, dagen, zelfs wekenlang konden volgen, bij dag en bij nacht, door regen en sneeuw, dat maakte niets uit. Voorbeeld: een gevangene die uit een gevangenis in Kentucky was ontsnapt, dacht slim te zijn door op de bodem van een vijver te gaan liggen met een afgesneden stuk van een hoelahoep als adempijpje, zodat de honden hem niet zouden vinden. De bloedhonden waren zo schrander, zei Ed, dat ze de lucht van de gevangene door het stuk hoelahoep heen roken. Er was zelfs een geval geweest waarbij een bloedhond iemand op het spoor was gekomen die meegenomen was in de laadbak van een auto. De lucht van die persoon was vermengd met de uitlaatgassen van de auto, maar de bloedhond pikte het meteen op. En zo ging Slome Ed maar door met zijn verhalen. Zijn stem raakte steeds meer op de achtergrond toen één enkele gedachte in het hoofd van Mike postvatte:

Ze schakelen de honden in als iemand *vermist* wordt. Niet verdwaald, *vermist.*

Ze reden over een hobbel in de weg en Mike voelde het medaillon van Sint Antonius op zijn borst stuiteren.

*Houd altijd geloof, hoe erg het ook lijkt.*

En het was erg geworden, die eerste maanden nadat zijn moeder was weggegaan, heel erg. Lou was zo kwaad en zo overtuigd dat ze nooit meer terug zou komen, dat hij al haar spullen pakte en ze in de achtertuin in een aluminium afvalbak verbrandde. En hoewel God zich doof hield voor al die ellende, had Hij op een zondagmiddag eind maart wel geluisterd toen Jess zich rond de zevende maand van de zwangerschap van Sarah niet lekker voelde. Mike dacht – *had geloofd* – dat het deze keer allemaal goed zou gaan, maar toen werd Jess duizelig en begon vervolgens over te geven. Ze hadden twee miskramen overleefd – nee, eerder zoiets als doorstaan – waarna ze zich ieder afzonderlijk hadden verzoend met de mogelijkheid dat hun leven kinderloos zou blijven. Tot Jess voor de derde keer in verwachting raakte, van een meisje, Sarah. Ze leefden iedere dag met ingehouden adem, Mike dankte God elke avond als hij naar bed ging dat Hij over zijn gezin waakte, en Mike had God opnieuw aangeroepen toen hij Jess met een noodvaart naar het ziekenhuis reed. Tegen de tijd dat ze op de Spoedafdeling kwamen was de bloeddruk van Jess gedaald en haar bloed al vergiftigd door, wat hij later hoorde, een levensgevaarlijke complicatie die pre-eclampsie heette.

Uiteindelijk kwam het allemaal neer op geloof. God, Boeddha, Moeder Aarde, of die eigen intieme ruimte die je betrad als je de liefde bedreef, uiteindelijk kwam het allemaal neer op geloof. Geloof dat je leven zo zou verlopen als jij het had ontworpen. Geloof dat de mensen van wie je hield bij je zouden blijven en dat ook lang genoeg. Dus toen de chirurg de situatie uitlegde en de mogelijkheid dat een van hen, of beiden, het niet zouden halen, dacht Mike aan het medaillon van Sint Antonius om zijn hals en wees hem op zijn verdiensten – hij ging elke zondag naar de mis, hij bedroog zijn vrouw niet, hij en Jess waren allebei royaal met hun tijd en geld als het de St. Stephen's-kerk betrof, en hallo, nu we toch bezig waren, niet te vergeten de tijd die hij met Lou Sullivan had uitgediend. Spaar ze allebei, zei Mike. Spaar ze allebei en dan mag u mij hebben, het kan me niet schelen, want ik zou zonder een van hen toch niet kunnen leven.

Die dag luisterde God naar hem en terwijl Slome Ed zich met gillende sirene en zwaailicht een weg baande door het drukke verkeer op de middelste rijstrook van East Dunstable, stak Mike zijn hand onder zijn shirt, greep het medaillon vast en bad God om voor een tweede keer in te grijpen.

Slome Ed zei: 'Net als dat kind van vorig jaar, die kleine van Revere, drie was hij. Het sneeuwde als een gek en die stomme moeder ging naar binnen en liet haar kind zonder toezicht in de voortuin. Toen ze weer buitenkwam was haar zoontje weg, ja? De honden kwamen en spoorden het kind vijf minuten later op in de garage van een buurman. Het kind was bewusteloos en zat vast onder de auto. Die oude man wist niet dat hij hem geraakt had en had het kind de hele straat meegesleurd.'

Nog zo'n succesverhaal om Mike hoop te geven en het aangroeiende koor van twijfelende stemmen in zijn achterhoofd te dempen: *En als de honden haar niet vinden, wat dan? Wat moet ik dan doen?*

Slome Ed sloeg linksaf, Anderson op. De storm had inmiddels ruim vijftien tot twintig centimeter sneeuw op de trottoirs en de weg gedumpt. 'We moeten iets hebben met de geur van Sarah eraan. Wanneer hebben jullie voor het laatst haar bed verschoond?'

'Afgelopen zondag,' zei Mike.

'Zeker weten?'

'Jess doet op zondagochtend altijd de was. Voordat we naar de kerk gaan haalt ze de bedden af.' In de keuken en de woonkamer was het licht aan, zag Mike. Hij had het uitgedaan voordat hij wegging. Jess was thuis. 'Doe me een lol en zet de sirene en het zwaailicht uit. De vorige keer dat Jess een diender voor de deur zag stoppen, was het om haar te vertellen dat haar vader was overleden.'

Slome Ed zette het zwaailicht en de sirene af. Mike hoorde de banden door de modderige sneeuw knerpen. Mike wees naar een brievenbus aan het eind van de weg. Slome Ed reed erheen en parkeerde.

'Wil je dat ik mee naar binnen ga?'

De paranoia van Jess zou direct op volle toeren draaien zodra ze een blauw uniform in haar huis zag staan.

'Nee, ik ben erop voorbereid,' zei Mike, en hij opende het portier.

'Wacht even. Heb je een recente foto van Sarah?'

'We laten elk jaar met Kerstmis een foto maken.'

'Er was toevallig een cameraploeg van Channel Five in de buurt, op Route 1, weet je, om verslag te doen van de sneeuwstorm. Ze hebben afgesproken dat ze hiernaartoe komen om Sarahs gezicht de ether in te sturen. Dat kan geen kwaad.'

Mike knikte, sloot het portier en holde de oprit op. Hij hield zich onderwijl voor dat Sarah niet vermist was, maar alleen verdwaald. Daar was hij net zo zeker van als die dag bij de spoedopname, toen hij wist dat Jess en Sarah het allebei zouden halen. Sarah was uitgegleden en van de sneeuwrichel gevallen en dwaalde nu ergens in het bos rond; ze zat misschien in elkaar gedoken tegen een boom, verkleumd en gek van angst, en hij wist zeker dat hij haar straks, als hij terugkwam bij de Heuvel, in de armen van Bill zou aantreffen, of ze zat bij Buzzy aan een tafeltje warme chocola te drinken; Sarah, omringd door opgelucht lachende agenten. Jezus, Sarah, je hebt ons wel aan het schrikken gemaakt, hoor.

Mike deed de stormdeur en daarna de voordeur open en toen hij de halfverlichte hal binnenstapte, zag hij Jess tot zijn verbazing achter het fornuis staan, waar ze geschilde aardappelschijven van een snijplank in een pan met kokend water liet glijden. Ze had een gele Sony-walkman aan haar riem; de walkman met de koptelefoon waren het teken om te laten weten dat ze ontzettend kwaad was en niet in de stemming om te praten.

Mike liep de hal door en verwachtte half Sarahs rennende voetjes over de keukenvloer te horen aankomen, dat Sarah zijn naam zou roepen, dat ze zou glimlachen en dat het zieke gevoel, alsof er prikkeldraad om zijn hart gewonden zat, losgeknipt zou worden. Maar het was alleen Fang maar, die kwam aanrennen. Mike ging de keuken binnen, met Fang kwispelend achter hem aan. De keukentafel was voor drie gedekt, zag hij.

'Wat doe jij thuis?'

'Pastoor Jack moest op het laatste moment afzeggen. Een noodgeval,' zei Jess, en haar stem klonk koud en afstandelijk. 'Waarom ga jij niet naar boven om voor Sarah een bad klaar te maken. Ze zal wel door en door koud zijn na het sleeën.'

Het prikkeldraad werd strakker aangetrokken. Heimelijk had hij gehoopt dat iemand had gebeld en een boodschap had achtergelaten. Jess luisterde altijd de boodschappen af zodra ze thuiskwam. Er had niemand gebeld en Jess wist niet wat er aan de hand was.

Hij rukte de koptelefoon van haar hoofd.

'Wat doe – '

'Er is…' Wat was het goede woord hiervoor? Sarah was niet vermist – althans niet zoals hij het woord definieerde – en wat er gebeurd was, was geen ongeluk.

'Er is wat?'

'Sarah is met Paula de heuvel op gegaan, maar ze is niet naar beneden gekomen.'

De kleur trok uit haar gezicht weg.

'Luister naar me,' zei Mike. 'Alles is onder controle. De politie – '

'De *politie*.'

'Ze is gewoon zoek. De politie is er om te helpen zoeken.'

'O, jezus.'

'Het komt in orde. Ed Zukowski heeft me hierheen gereden. Hij brengt ons naar de Heuvel, maar we moeten Sarahs kussen pakken – Jess, wacht even.'

Ze was al om het kookeiland heen gelopen. Mike liep langs de andere kant op het moment dat zij haar jack van de rugleuning van een van de keukenstoelen pakte. Hij wilde haar aanraken, maar Jess deed een stap achteruit.

'Ik heb je gezegd dat je er niet heen moest gaan, klootzak die je bent.'

'Jess, luister naar me. Ze hebben bloedhonden bij zich, dat zijn van die geweldige honden die – '

'Wat ben jij voor een vader? Wat voor soort vader laat zijn dochter alleen buiten in de vrieskou? Ze is daar ergens, doodsbang, misschien wel gewond en jij gaat gewoon wég?'

Mike probeerde wat samenhangende woorden te bedenken die zouden helpen om haar tot bedaren te brengen. Dat hoefde niet. Ze stond al buiten, de stormdeur werd opengehouden door de wind en de sneeuw waaide door de hal.

# 5

Sammy Pinkerton zat op de achterbank van zijn vaders stationcar. Ze waren op de terugweg van de Heuvel en zaten vast in het verkeer. Ze luisterden naar de doodsaaie nieuwszender op de radio, waar de weerman alweer stond te wauwelen over de sneeuwstorm, hoe half Massachusetts weer zonder elektriciteit zat en dat dit, tegen de tijd dat hij voorbij was, wel eens de ergste sneeuwstorm zou kunnen zijn geweest sinds de Blizzard van '78. Sammy zette een andere zender op en bedacht dat het nog maar een paar weken was tot zijn tiende verjaardag – dubbele cijfers, officieel een man, joh – en dat hij alleen nog maar stotterde als hij nerveus was. Dat was bijna altijd het geval als hij zijn ouders ruzie hoorde maken over wie hem dit weekend bij zich zou hebben en vooral als er klootzakken als Jimmy MacDonald in de buurt waren.

Waarom moest dat walgelijke stuk vreten vanavond zo nodig naar de Heuvel komen? Sammy had alleen maar zijn nieuwe snowboard willen uitproberen en daar had je Jimmy Mac met zijn misselijke vriendjes uit de wijk Mission Hill, maar een paar meter bij hem vandaan, allemaal in een leren jack en een spijkerbroek. Ze probeerden cool te doen met hun goedkope plastic slee in de hand, wachtend tot ze van de heuvel af konden. Maar dát duurde eeuwen. Het was harder gaan sneeuwen – het was nog geen sneeuwstorm, maar het zicht was slecht en er stond een lange rij mensen voor het sleeën.

Jimmy schreeuwde: 'Laat die rij een keer in beweging komen, anders schop ik ze eraf.'

Alle gettovriendjes van Jimmy lachten té hard, om indruk op hem te maken. Iedereen lachte, behalve de twee meisjes die voor Jimmy Mac stonden. Sammy herkende het grootste meisje, Paula O'Malley, van school. Haar vader was Woeste Bill, die ontzettend massieve gast met die ingewikkelde tatoeages die over allebei zijn enorme armen liepen. Sammy had haar vader één keer gezien, toen hij Paula van school kwam afhalen – *op een Harley Davidson*. Een pa die dat deed moest wel de coolste pa ter wereld zijn.

'Ik heb het gehad,' zei Jimmy Mac, die kinderen weg begon te duwen.

Dat was het teken om weg te gaan. Sammy had zijn lesje een paar maanden geleden wel geleerd, toen hij Jimmy Mac per ongeluk in de wc tegen het lijf liep. Een foutje, gebeurt wel vaker, nietwaar? Die gevaarlijke gek nam Sammy te grazen en duwde hem met zijn gezicht in de wc-pot en trok door. Hij bleef maar doortrekken en een van Jimmy Macs vechtersbazen klapte en zei: 'Verdomd Jimmy, dat is wel een superdrijver. Hij wil niet wegspoelen.' Ze gingen lachend weg en Sammy telde tot honderd. Toen opende hij de wc-deur in de hoop dat hij alleen was. Ongeveer vijf paar ogen staarden hem aan toen hij zijn gezicht en zijn haar met water en zeep boende en zichzelf toen onder de handendroger afdroogde.

'Hé!' schreeuwde Paula O'Malley. 'Blijf van me af!'

'De babyheuvel is aan de andere kant, zeikerdje. Oprotten.'

'Wij zijn aan de beurt. Kom op, Sarah.'

Jimmy Mac pakte Paula bij haar armen op en duwde haar op de slee. Het kleine meisje in het roze sneeuwpak, Sarah, probeerde Paula te grijpen. Om haar te helpen of om bij haar te blijven en Jimmy Mac legde zijn grote hand op Sarahs gezicht en gaf haar zo'n harde duw dat ze achterover vloog.

'Jij krijgt grote problemen!' schreeuwde Paula, maar Jimmy Mac had haar slee de heuvel al afgeschopt.

*Gewoon weglopen*, zei een stem. Hoe erg het ook was, het was niet zijn gevecht, en hij had er geen belang bij om weer met Jimmy Mac in de clinch te gaan.

Dat veranderde toen hij naar het kleine meisje keek dat in de sneeuw zat te huilen zoals kleine kinderen dat doen, net alsof hun armen er zojuist afgehakt waren.

Het waren niet de tranen van het meisje die maakten dat Sammy niet wegrende, het kwam door haar bril en de manier waarop die scheef op haar gezicht hing. Ze zag er zo weerloos uit, zoals ze daar zat, en voordat Sammy wist wat er gebeurde – voordat hij zich kon inhouden, verzamelde zijn mond de woorden die hij die dag in de wc had willen zeggen en slingerde ze Jimmy Mac toe.

'Dat God je doodslaat, lelijke etterbak.'

Jimmy Mac draaide zich vliegensvlug om en staarde naar de menigte gezichten.

'Wie zei dat? Wie zéí dat?'

Sammy rende niet weg. Hij wilde het wel – een deel van zijn hersenen schreeuwde dat hij benen moest maken, nú meteen – maar iets weerhield hem ervan weg te rennen: een nieuwe gedachte over die dag in de wc. Wat hem later op die dag aan het huilen had gemaakt en hem had laten sidderen van woede, was niet dat zijn kop in de pot was geduwd of dat hij de klas weer binnen moest gaan met opgedroogd water uit de wc op zijn kleren. Nee, het ergste was iets wat hij tot nu toe niet had begrepen, namelijk dat hij niet had teruggevochten. Als je niets terugdeed tegen een pestkop, namen ze uiteindelijk een stukje van jou in bezit. Ze hadden het in hun ogen en in hun glimlach en als ze je zagen, gebruikten ze dat stuk dat ze van jou gestolen hadden en ze genoten ervan om je ermee te steken, want ze wisten dat je het lef niet had om voor jezelf op te komen. Misschien was het toch beter om terug te vechten. Misschien was de pijn van een gebroken neus of een blauw oog of wat Jimmy Mac ook uitdeelde, wel beter dan elke dag op de gang weg te moeten kijken, te horen dat je achter je rug werd uitgelachen en uitgescholden voor Vuile Stinkerd. Een blauw oog en een gebroken neus gingen weer over. In ieder geval maakte je de anderen duidelijk dat je geen lafbek was.

Het kleine meisje, Sarah, stond weer op en trok aan haar slee, o, *shit*, ze ging recht op het slechte stuk van de heuvel af. Als je daar uitgleed en viel had je een gat in je kop. Dat was vorig jaar met iemand gebeurd, met Jay Baron. Hij was met zijn slee tegen een kei geknald en vervolgens tegen een boom gevlogen. Er moest een ambulance komen om hem weg te halen. Sammy stond op het punt om het meisje te gaan helpen, toen Jimmy Mac vlak voor hem ging staan.

'Stinkerd, was jij dat, die zijn bek niet kon houden?'

'L-l-laat me met rust.'

'Weet jij waarom je st-st-stottert, Stinkerd?' Jimmy Macs ogen waren bloeddoorlopen, net als iedere ochtend in de bus. Hij had een gouden oorringetje in beide oren en zijn nieuwste piercing stak als een grote zilveren vishaak door zijn wenkbrauw. 'D-d-dat komt omdat jij a-a-achterlijk bent.'

Als je niet tegen zo'n pestkop opstond, hadden ze op het laatst voor altijd een stuk van jou in bezit.

Sammy's vader zei dat als het op vechten aankwam, winnen het enige was wat telde. Jimmy Mac mocht dan groter zijn en hartstikke sterk, maar er was één plek waar hij het meeste pijn zou hebben. Zijn gezicht brandde en de zenuwen borrelden zo hevig vanbinnen dat zijn knieën ervan knikten, maar Sammy haalde uit en trapte Jimmy Mac recht in zijn klokkenspel.

Jimmy Mac greep met twee handen naar zijn kruis en zakte door zijn knieën. Zijn ogen traanden als van een meisje en zijn mond vormde een stil, beverig 'O'.

Maar één trap in zijn ballen vond Sammy geen gerechte straf. Hij wilde dat Jimmy zich nog erger vernederd voelde, nog meer pijn had – hij wilde quitte staan voor alle kinderen die dagelijks door Jimmy werden getreiterd. Sammy zag die zilveren ring uit Jimmy Macs wenkbrauw steken en voor hij zich kon weerhouden stak hij zijn hand uit en rukte hem eruit.

Jimmy Mac schreeuwde het uit en het bloed gutste over zijn voorhoofd.

Sammy greep zijn snowboard en vluchtte de sneeuw in. Hij zag het kleine meisje Sarah pas toen hij tegen haar op botste. Voor de tweede keer in tien minuten gooide iemand haar ondersteboven.

'Het spijt me erg,' zei Sammy, die haar overeind hielp.

'Mijn bril,' huilde het meisje.

Shit. Hij kon haar hier niet achterlaten zonder haar bril. Dat hoorde niet.

'Ik help je wel zoeken, oké? Maar houd op met huilen.'

Het meisje bleef maar huilen, net als zijn zusje. Man, man, man, waarom gingen ze altijd zo door?

'Het is in orde, echt waar, houd op met huilen.'

Sammy lag op zijn knieën de sneeuw af te zoeken – waar was die bril naartoe gevlogen? – toen een man, de vader van het meisje, naast hem kwam staan.

De man droeg een spijkerbroek en had zwarte handschoenen aan en zo'n grote blauwe parka met een capuchon waardoor je zijn gezicht niet zag. Het was net zo'n jack als Sammy's vader droeg als hij de oprit sneeuwvrij maakte, alleen had deze een bontrand aan de capuchon. De bruine kleur deed Sammy denken aan wasbeerbont. De man had een deken onder zijn arm. Zonder een woord te zeggen, stak de man zijn hand uit en pakte die van het meisje. Ze rukte zich los. Typisch krengerig meisjesgedoe.

'Haar bril is gevallen,' zei Sammy. 'Ik denk dat ze daarom huilt. Ik heb haar geen pijn gedaan, dat zweer ik.'

De vader van het meisje schopte het snowboard naar Sammy toe en joeg hem toen met gebaar van zijn hand weg, het signaal voor Sammy om te maken dat hij wegkwam.

'Het spijt me,' zei Sammy nog eens. Voordat hij op zijn snowboard van de heuvel af ging, zag hij nog dat de vader van het meisje haar iets in het oor fluisterde, terwijl hij de deken om haar heen wikkelde.

De volgende ochtend dacht Sammy niet meer aan Jimmy Mac of het kleine meisje; hij dacht aan elektriciteit. Die deed het al vroeg weer, rond negen uur, ongeveer een uur nadat de sneeuw was opgehouden. Sammy ging helemaal op in Tony Hawk op de PlayStation 2, toen zijn vader, agent Tom Pinkerton, binnenkwam en aan Sammy vroeg of hij iets wist over een meisje in een roze sneeuwpak dat Sarah Sullivan heette.

Voor hij het wist zat Sammy op het politiebureau. Hij had bijna alle agenten op barbecues en bij softbalwedstrijden ontmoet. Normaal gesproken bleven ze staan en zeiden 'hoi' tegen hem, maar vanmorgen stonden hun gezichten ernstig, bijna kwaad, ze hadden het ontzettend druk en zoefden door het politiebureau, namen telefoontjes aan en schreeuwden vragen en opdrachten naar elkaar. Ontvoerd. Vermist. Verdwenen. Dat waren de woorden die Sammy de hele tijd hoorde. Toen deed rechercheur Francis Merrick de deur van zijn werkkamer open en vroeg aan Sammy of hij binnen wilde komen – alleen. Rechercheur Merrick deed de deur van zijn kamer weer dicht en Sammy ging in de stoel tegenover het grote bureau zitten. Hij dacht: *ik moet met een rechercheur praten, man, man, ik zit zwaar in de problemen.*

# 'Tomorrow Never Knows'

## (2004)

# 6

Op vrijdagmorgen zat Mike even na vijven alleen in zijn truck en keek naar de lichte sneeuwval op de Heuvel. Hij had heel veel behoefte aan een sigaret, maar wilde de geur van de seringen niet verpesten. Die bestelde hij elk jaar op de vooravond van de dag waarop Sarah was verdwenen en liet ze 's nachts naar bloemist DeCarlo sturen, en nu lagen de seringen in plastic verpakt op de stoel naast hem. De overweldigende, maar aangename geur van de bloemen vervulde de wagen en bracht hem terug naar die ene lente, toen Sarah – net drie geworden – hem had gevraagd of ze een paar seringen mocht hebben van de struik in de achtertuin en of ze die in haar kamer mocht zetten. Ze dramde maar door over hoe heerlijk ze roken. Hij had haar op zijn schouders gezet en nadat ze een van haar strandemmertjes met bloemen hadden gevuld, waren ze naar boven gegaan en hadden de bloemen overal in haar kamer neergelegd.

*Nee, pappie, leg de bloemen* onder *de kussens, niet* op *de kussens.*

Dat waren exact haar woorden geweest, maar de stem bleef verkeerd. Het was Sarahs stem wel, maar hij was blijven steken bij zes. Hij kon zich niet herinneren hoe ze klonk toen ze drie of vier was en hij had geen idee hoe haar stem nu, vijf jaar later, nu ze elf was zou klinken – elfeneenhálf. Nu zou haar lichaam tegen de puberteit aan zitten, op het punt om die langzame, onbeholpen transformatie te maken van meisje naar vrouw. Hij kon zien hoe ze haar bril verruilde voor contactlenzen. Haar kennende, zou de paardenstaart verdwenen zijn – veel te kleine-meisjesachtig – haar nieuwe haarstijl zou zo'n kort, rommelig kopje zijn, zoals hij dat de laatste tijd bij een heleboel jonge meisjes zag. Ze zou gaatjes in haar oren hebben – hopelijk maar eentje in elk oor, eenvoudig en smaakvol – en ze droeg waarschijnlijk sieraden, niet veel, ze zou make-up uitproberen en belangstelling krijgen voor kleren en kijken hoe ze pasten bij haar groeiende rondingen – en al die kleine veranderingen stuwden haar in de richting van de jongens. Hij vroeg zich af of er, als hij haar nu zag, nog wat laatste restjes van het kleine meisje zouden zijn overgebleven dat vond dat spelen met een bal in de achtertuin het leukste was wat je 's middags kon gaan doen.

Mike kon zich al deze dingen haarscherp voor de geest halen, maar Sarahs gezicht bleef zoals altijd een waas.

Natuurlijk had hij foto's. Hij had in die zes jaar dat ze bij hem was foto's genomen en hij had nieuwe foto's, die het National Center for Missing and Exploited Children aan de hand van de computer had gemaakt; tientallen duizelingwekkende combinaties van hoe Sarah er vandaag de dag uit zou kunnen zien. Maar hoe goed ze ieder jaar hun best deden met de foto van Sarah – en dat deden ze écht verdomd goed – het bekijken van al die mogelijke combinaties had zijn hoofd alleen maar vertroebeld. Als hij 's avonds in bed lag, probeerde hij zich een gezicht voor te stellen, maar alles wat hij voor zich zag was zijn kleine meid met een scheef brilletje en wisselende melktandjes. En dat vervaagde nu ook. De enige keer dat hij haar beeld vast kon houden was als hij dronk, maar op last van justitie mocht hij niet meer drinken.

De zon kwam op achter bomen van het bos toen Mike de bloemen pakte, het portier opende en voor zijn auto langsliep. De schijnwerper brandde en scheen zoals altijd neer op de lege, witte heuvel. Hij liep naar de plaats waar hij Sarahs slee had gevonden en ging door zijn knieën, balancerend op de ballen van zijn voeten, en legde de seringen op de sneeuw. De geur van de bloemen was sterk, zelfs hier in de wind, en terwijl hij naar de plek staarde waar Sarah voor het laatst had gestaan, dacht hij er weer aan dat de lucht geen begin en geen eind had en dat het fijn was om zich voor te stellen, dat de krachtige geur van deze bloemen door andere steden woei, de kamer van Sarah binnenging waar ze op dat moment lag te slapen, haar zelfs wakker maakte; misschien zou zijn dochter de seringen ruiken, dacht Mike, en maakte dat een herinnering in haar los; Sarah zou zich hem en haar kamer, die hier in Belham op haar wachtte, herinneren. Misschien dat ze vandaag de telefoon zou pakken en naar huis bellen. Volkomen belachelijk misschien, maar dat was nou hoop. Die maakte dat je in van alles geloofde.

Het kantoor van dokter Rachel Tylo in Boston had grijs geschilderde muren, in de kleur van onweerswolken, en er stonden een witte bank en bijpassende stoel, even strak als haar glazen koffietafeltje. Met uitzondering van de twee duur ingelijste diploma's, beide van Harvard, was het enige persoonlijke een olieverfschilderij dat boven haar bureau hing, een groot doek vol verftranen, krullen en klodders die je ook zag op de knoeilap van een huisschilder.

De deur ging open en daar was dokter T., meer een soort Mr. T., een waggelende bonk energie en deegachtig vlees, verpakt in een designer kostuum en wolken parfum. Uit de stapel dossiers die ze onder haar arm geklemd hield stak de *Boston Globe Magazine* van afgelopen zondag.

Dokter T. zag hem ernaar kijken en zei: 'Waarom heb je het me niet verteld?'

'Er valt niet veel te vertellen,' zei hij. 'Wanneer de dag van Sarahs verdwijning nadert bel ik mijn contactpersonen van de pers om te vragen of ze een artikel willen schrijven. Dat houdt de belangstelling levend.'

'Ik doelde op het andere verhaal, over je vader.'

'Ik had geen idee dat de journalisten met hem zouden gaan praten.' En dat was ook zo. En Mike moest toegeven dat hij onder de indruk was dat de journalist, of journalisten, er niet alleen in geslaagd waren Lou helemaal in Florida op te sporen, maar hem op een of andere manier ook zover hadden gekregen dat hij met hen praatte.

Ze ging in haar stoel zitten. 'Dit is voor het eerst dat hij iets over zijn kleindochter zegt, correct?'

'Ik heb geen idee.'

'Wat is jouw reactie daarop?'

'Die heb ik niet.'

Dokter T. had haar ogen op hem gevestigd, ze hield hem in de gaten en peilde zijn reacties, of hij tekenen gaf van wat de rechtbank noemde 'zijn problemen in het hanteren van woede'. Eerst kwam er een cursus om zijn woede te leren beheersen, gevolgd door achtenveertig verplichte sessies, met het belachelijke voor-opgestelde doel om erachter te komen waarom hij Francis Jonah had aangevallen, de man van wie iedereen wist dat hij verant-woordelijk was voor de verdwijning van Sarah en nog twee andere meisjes: de vijf jaar oude Caroline Lenville uit Seattle, Washington, en Ashley Giroux, zes jaar, uit Woodstock, Vermont.

Lou had met dit alles niets te maken, maar dokter T., man, man, wat vond ze het héérlijk om haar neus in deze kwestie te steken. Mike moest op een of andere manier de tijd vullen, dus had hij er wat algemene verhalen uitgegooid over hoe hij bij Lou was opgegroeid, hoe Lou als dief begon en huizen in dure bui-tenwijken beroofde, voordat hij overging tot het meer verfijnde werk: het leeghalen van opslagruimten met computers en andere elektrische apparaten, de overvallen op geldtransportwagens in Charlestown en Cambridge. Lou's oude bende allemaal dood nu – allemaal, behalve Lou.

Dokter T. pakte een gele boekenlegger, sloeg het tijdschrift open en vond de pagina. 'De journalist vraagt aan je vader of hij sinds de verdwijning van je dochter met je heeft gesproken, en je vader zegt: "Michael en ik hebben sinds de dag waarop hij trouwde bijna nergens over gesproken. Hij kiest daarvoor. Som-mige mensen hebben haat nodig om de dag door te komen."'

Ze keek op en wachtte op een antwoord. Mike staarde naar haar diamanten ring, drie karaats zo te zien. Met een ring als deze had ze waarschijnlijk een kindermeisje intern en woonde ze in een soort wijk als Weston, met man (vermoedelijk een chirurg) en hond (een golden retriever of een labrador, of wat op dat mo-ment in Weston maar 'in' was) en met 2,5 kind (jongens, met namen als Thad en Hunter). De observaties en oplossingen die ze op Harvard had gekocht zouden bij verveelde huisvrouwen, op zoek naar een meelevend oor en een chemische vlucht uit de monotonie van hun keurig gladgestreken leven, wellicht aan-slaan, maar waren absolute bullshit als het aankwam op raad-selachtige lieden als Lou Sullivan.

'Wat denk je nu?'

'Eigenlijk niets,' zei Mike.

'Ik denk dat je vader het interview heeft gegeven als een poging tot een handreiking en een eventuele verzoening.'

Mike boog naar voren om zijn kop koffie van het glazen tafeltje te pakken. 'Mijn ouweheer? Een handreiking? Met alle respect, ik denk dat jij degene bent die reikt.'

'De reden waarom ik je hier met de neus op druk, is dat ik wil dat je naar je vader kijkt zoals hij nu is, niet door een gekleurde bril die je uit je kindertijd hebt overgehouden.'

'Een gekleurde bril uit mijn kindertijd,' herhaalde Mike op vlakke toon.

'Ja. We hebben de neiging naar onze ouders te kijken op grond van de rol die ze speelden, niet als mensen. Ik merk dat jij vooral de neiging hebt op een of-of-manier naar mensen te kijken – goed of slecht, slim of dom. Ik begrijp je gevoelens jegens je vader zeker wel en ik probeer je niet te sussen door te zeggen dat ik enig idee heb hoe het is geweest om op te groeien bij een vader die niet alleen een dief was, maar ook onvoorspelbaar en gewelddadig.'

*En een moordenaar, niet te vergeten,* dacht hij bij zichzelf.

'Maar afgezien daarvan heeft hij klaarblijkelijk ook een andere kant, de kant die jou heeft opgevoed nadat je moeder wegliep, die je meenam naar sportevenementen. De kant waarvan je moeder ooit heeft gehouden.'

Zijn ogen gleden naar de wandklok. Nog veertig minuutjes, dan was het weer tabee.

'Als hij bereid was zijn gevoelens tegenover de pers te uiten,' hoorde hij dokter T. zeggen, 'dan is hij misschien ook bereid openhartig de waarheid over je moeder te vertellen.'

Mike dacht aan de tinnen sleutelhanger in zijn zak, een ronde penning met de Heilige Antonius en het Jezuskindje erop, met op de achterkant een kerk in Parijs, de Sacré-Coeur in Montmartre. De sleutelhanger was een maand nadat ze weggegaan was in een pakketje op het adres van Bill aangekomen. Mike had de brief zo vaak gelezen dat hij de woorden uit zijn hoofd kon opzeggen: *De volgende keer dat ik je schrijf, heb ik een adres waar je me terug kunt schrijven. Nog even en dan ben je hier bij mij in Parijs. Blijf geloven, Michael. Onthoud dat je moet blijven geloven, hoe erg het ook wordt. En denk eraan dat je dit voor je houdt. Ik hoef je*

*er niet aan te herinneren wat je vader me zou aandoen als hij ont-*
*dekte waar ik me schuilhoud.*

Die tweede brief kwam nooit, maar vier maanden later, in juli, kwam Lou thuis van een driedaagse zakenreis en nam hij Mike mee naar de achtertuin, waar hij een verhaal ophing dat zijn moeder niet meer thuiskwam. Lou had een fout gemaakt door zijn koffer open te laten staan. Mike was langs Lou's slaapkamer gelopen en toen hij de camera boven op de geopende koffer zag staan, was hij naar binnengegaan, had een beetje rondgesnuffeld en de envelop gevonden met een paspoort en vliegtickets naar Parijs onder de naam Thom Peterson – een naam die samenging met een enigszins gewijzigde pasfoto van Lou.

'Hoor eens,' zei Mike, 'ik weet dat je erop uit bent een soort Oprah-moment te creëren, waarin ik zo'n, weet ik veel, emotionele doorbraak krijg. Dat gebeurt niet.'

'Ben je je ervan bewust dat je een andere stem krijgt wanneer je over je vader spreekt?'

Nog vijfendertig minuten. Hij moest op een of andere manier de tijd vullen.

'Cadillac Jack,' zei Mike, 'die heb ik al een paar keer genoemd.'

'Dat is een van je vaders vrienden, een gangster die een garage runde.'

'Die garage was in werkelijkheid een plek waar mensen werden koud gemaakt. Hij leidde vandaar uit ook de liquidaties. Iedereen dacht dat Jack Scarlatta die bijnaam had omdat hij een voorliefde had voor Caddies. Dat was wel zo, maar alleen omdat hij twee of drie lichamen in de kofferbak kon vervoeren en ze naar zo'n afgelegen plek in Quincy kon brengen om ze te "mollen". Je weet toch wat "gemold" worden is, hè?'

'Jawel,' zei dokter T. stijfjes, 'mijn man moet ook zo nodig naar de *The Sopranos* kijken.'

'Dan heb je een idee waar ik het over heb. Cadillac Jack en mijn pa waren al sinds high school goede vrienden. Ze zijn samen naar Vietnam geweest, alleen kwam Cadillac Jack eerder terug, terwijl Lou daar nog een jaar als krijgsgevangene in een bamboegevangenis heeft gezeten – het is ironisch dat dát de enige gevangenis is waar mijn pa ooit heeft gezeten. Lou kwam terug en

Cadillac Jack had de leiding over de bende van Mission Hill. Mijn vader had talent voor het kraken van kluizen. Er bestaat geen kluis op deze planeet die hij niet kan kraken. Alles liep op rolletjes met die twee, tot vijf of zes jaar geleden, toen Cadillac Jack Lou voorstelde aan een FBI-agent die Bobby Stevens heette. Weet je nog of je daarover iets in de krant hebt gelezen?'

'Naar verluidt was Robert Stevens een corrupte FBI-agent. Ik weet wel dat er een intensief onderzoek werd ingesteld.'

'Nu moet je één ding goed begrijpen wat Ieren betreft. Je kunt in hun ogen niet lager zakken dan een verklikker. Je geeft je vrienden niet aan en in Belham bescherm je je eigen mensen. Als je iemand neergeschoten ziet worden, houd je je mond als de dienders komen om vragen te stellen. Maar Cadillac Jack bespeelde die FBI-agent – weet je wel, hij gaf Stevens wat tips, in ruil voor informatie over wat de rivalen van Jack van plan waren. Jack gaf die FBI-knaap valse aanwijzingen. Maar in de ogen van mijn pa was het slechts een kwestie van tijd tot zijn beste vriend Jack hem zou verklikken. Weet je wat er met hem gebeurd is?'

'Ik ben bang van niet.'

'Ik ook niet. Zijn lijk is nooit gevonden.'

'Je suggereert dus dat je vader hem vermoord heeft?'

'Op de avond voordat hij verdween, hoorde ik die twee in de keuken ruziemaken en mijn vader zei dat ze maar even een ritje moesten gaan maken om een frisse neus te halen en er goed over na te denken. Jack is nooit meer thuisgekomen.'

'Misschien is hij gevlucht.'

Mike zuchtte. 'Herinner je je de roofovervallen op geldtransportwagens, ongeveer vijf jaar geleden? Drie overvallen in Charlestown en Boston? Dat was ongeveer twee weken voordat mijn dochter verdween. Die gasten gingen ervandoor met om en nabij twee miljoen dollar.'

'Vaag.' Ze keek nu verveeld. 'Zulke verhalen interesseren mij over het algemeen niet.'

'Dat was de oude bende van Mission Hill. Zeven van hen. Een week later vonden ze alle zeven lijken in de kofferbakken van drie verschillende Caddies die bij Logan geparkeerd stonden. Ze waren met arsenicum vergiftigd. En Lou was in Florida bezig het geld wit te wassen.'

'Dat zijn nogal wat veronderstellingen.'

'Daar heb je gelijk in. Ik had het eigenlijk moeten melden aan de FBI-agenten die aldoor bij ons over de vloer kwamen.'

'Je vader leeft nog,' zei dokter T. 'Ik ben van mening dat hij je zal benaderen voor een verzoeningspoging.'

Jezus christus, ze snapte er echt niks van.

'Hoe jij daarmee om wilt gaan is natuurlijk helemaal jouw zaak. Ik vind dat het in je eigen belang is om je ervoor open te stellen. Dat zeg ik om twee redenen. Ten eerste zul je door een openhartig gesprek met je vader misschien in staat zijn een beetje van de woede kwijt te raken die je nog steeds opkropt. Als je kwaad op hem blijft, sta je hem in feite toe macht over je te behouden. Ten tweede heeft je vader niet het eeuwige leven. Goedschiks of kwaadschiks, hij is je enige band met het verleden. Als jij je voor hem openstelt, stelt hij zich misschien voor jou open.'

Mike keek weer op de wandklok en slaagde erin een glimlach te onderdrukken. 'De tijd zit er bijna op, zo te zien.'

'Ik wil het nog even over Jonah hebben.'

Hij voelde de hitte in zijn nek opkomen.

'Er stond ook in het artikel dat hij binnenkort zal overlijden aan kanker aan zijn alvleesklier.'

*Overlijden.* Dat woord drukte op hem als een blok beton.

'Denk je soms dat het feit dat Jonah op sterven ligt, me er opeens toe zal aanzetten opnieuw de confrontatie met hem aan te gaan?'

'Zijn ophanden zijnde dood brengt een gevoel van urgentie met zich mee,' zei dokter T.

'Ik weet zeker dat de politie met hem praat.'

'Vanaf vandaag zijn we klaar met onze sessies. Je krijgt weer zes weken op proef. Als je in die tijd, op welke manier dan ook, contact opneemt met Jonah, is dat een schending van je proeftijd en heeft de rechter geen andere keus dan je naar de gevangenis te sturen. Het is niet eerlijk, maar het is de wet. Datzelfde geldt voor het drinken. Ga je nog steeds naar de bijeenkomsten?'

'Ik werk nogal veel.'

'Toch zou je moeten proberen naar de bijeenkomsten te gaan.'

'Ik sta al twee jaar droog.'

'Ik maak me vooral ongerust over de periode wanneer je proeftijd voorbij is. Je moet een systeem achter de hand hebben dat je helpt je alcoholisme het hoofd te bieden.'

De woede was door zijn hals naar boven gekomen en draaide nu achter zijn ogen rond als kringen van gloeiendheet ijzerdraad. Als dat gebeurde – en het gebeurde vaak als hij in deze stoel zat – staarde hij naar een plek op het tapijt en begon hij aan een visualisatieoefening die hij tijdens de cursus 'omgaan met woede' had geleerd. Het beeld dat hij gebruikte om zichzelf te kalmeren was een variatie op de laatste scène uit *Misery*, waarin de strompelende James Caan de pagina's van zijn verbrande manuscript in de mond van zijn gestoorde verpleegster, Kathy Bates, propt en waarbij James Caan schreeuwt: *Vooruit, stik erin. Vreet op, tot je stikt, ziek, gestoord kutwijf.* Maar in Mikes versie propte hij honderdvijfentwintig briefjes van een dollar in de strot van dokter T., haar uurtarief voor deze bullshit.

'Is er iets?' vroeg dokter T.

'Ik doe gewoon een kalmerende visualisatieoefening die ik op de cursus "omgaan met woede" heb geleerd.'

'Echt waar? En, helpt het?'

'Ja,' zei Mike, 'het helpt fantastisch.'

# 7

Zijn reclasseringsambtenaar leed in ernstige mate aan het complex-van-de-kleine-man en benaderde zijn werk volgens het boekje. Of je nou een dief, pyromaan, verkrachter, moordenaar, drugsgebruiker of drugsdealer was, óf de vader van een vermist meisje, die de man in elkaar had geslagen van wie iedereen stellig geloofde dat hij degene was die zijn kind had laten verdwijnen – in de wereld van Anthony Testa werd je allemaal op één hoop geveegd onder hetzelfde label en werd je steevast met dezelfde mate van verachting behandeld.

Testa zette zijn versleten leren aktetas op een plank in de wc en klikte de sloten open. Ze stonden in de toiletten van een benzinestation van Mobil, vlak om de hoek van de Boston Garden (Mike weigerde het Fleet Center te noemen; een bank, jezus). Mike stond op het punt de stad uit te rijden toen zijn mobiele telefoon ging en Testa hem gelastte terug te keren.

Testa gaf hem de beker en zei: 'Je kent de routine.'

In de voorwaarden van Mikes proeftijd stond dat hij in zijn bijzijn moest urineren; dat was de enige manier om er zeker van te zijn dat het urinemonster werkelijk van hem afkomstig was. Mike ritste zijn gulp open en terwijl hij de beker begon te vullen, bracht Testa zijn mobiele telefoon weer naar zijn oor en keerde terug naar zijn gesprek. Hij liep met vooruitgestoken borst in de toiletten op en neer en pauzeerde af en toe om in de spiegel te controleren of zijn met gel in model gebrachte haar nog goed zat.

In de aktetas van Testa zat de *Globe* van vandaag. VIJF JAAR EN NOG ALTIJD ONBEANTWOORDE VRAGEN, luidde de kop; het verhaal besloeg de hele bovenste helft van de krant. De journalisten hadden geen verbeterde computerfoto's gebruikt van hoe Sarah er nu, op haar elfde, uit zou zien. Naast het glimlachende gezicht van de zes jaar oude Sarah stond een foto van Jonah, gekleed in een winterjas, die op zijn stok leunde. De fotograaf had de fragiliteit van Jonah in beeld gebracht en de bleke doodskleur van zijn huid.

*Sully, je bent een mazzelpik.*

De stem van zijn advocaat, Jimmy Douchette. Bijna vier jaar geleden, op een koude namiddag eind maart, was Mike bezig in Wayland een keuken te installeren toen zijn telefoon ging. Het was Douchettes secretaresse, die hem zei alles te laten liggen wat hij aan het doen was en zo snel mogelijk naar kantoor te komen. Nog geen uur later was Mike het kantoor van Douchette op de vijfde etage binnengegaan, met het weidse uitzicht over de rivier de Charles, waar hij de advocaat aan de telefoon aantrof. Douchette liep tegen de zestig, had wit, piekerig haar en een huid die eruitzag als door de zon gelooid leer.

*Misdrijf.* Dat woord zoemde dag en nacht door Mikes hoofd. Het deed er niet toe dat Jonah een jack had, dat exact klopte met de beschrijving van de getuige, Sammy Pinkerton. Het deed er niet toe dat de volgende ochtend, op zaterdag, toen de storm rond negen uur losbrak, de bloedhonden Sarahs geurspoor over de paden waren gevolgd naar een oud, verweerd Victoriaans huis, het huis waar Francis Jonah zijn jeugd had doorgebracht – alleen dat Jonah nu David Peters heette. Het deed er niet toe dat Jonah een ex-priester was die uit zijn ambt was gezet en twee andere jonge meisjes met blond haar had laten verdwijnen. Wat er wel toe deed waren bewijzen.

Bewijzen, leerde Mike, waren de Heilige Graal. Geen bewijs – geen zaak. De rechercheurs van Belham waren met al hun collectieve ervaring en forensische teams uitgerukt, ze onderzochten iedere vierkante centimeter van Jonahs huis, zijn gereedschapsschuur in de achtertuin, zijn bestelauto, maar slaagden er niet in de twee belangrijkste zaken te pakken te krijgen: DNA en vezels. Wat inhield dat Francis Jonah een persconferentie kon houden, het slachtoffer uithangen tot en met een verzoek aan het publiek om te bidden voor de veilige terugkeer van Sarah Sullivan – Jonah mocht, als hij dat wilde, boven op de Heuvel gaan staan en naar al die kleine meisjes kijken die daar aan het sleeën waren. Jonah was een vrij man en vrije mannen konden doen waar ze zin in hadden.

Een zaak opbouwen kost tijd, meneer Sullivan. U moet geduld hebben, meneer Sullivan. We doen er alles aan, meneer Sullivan.

De dienders waren goeie kerels, daar ging hij van uit, maar ze begrepen het niet. Voor hen was Sarah gewoon een dossier met een nummer erop en een paar aantekeningen. Sarah was zíjn dochter en hém vragen geduldig te zijn, terwijl die rotzak, die wist wat er gebeurd was, gewoon door kon gaan met zijn dagelijks leven – die wetenschap kon Mike geen dag langer van minuut tot minuut met zich meeslepen en 's avonds mee naar bed nemen.

Die avond was Mike dronken geworden, veel te dronken. Dat ontkende hij niet, maar hij zwoer bij Christus dat hij van plan was geweest naar Jonah toe te gaan om met hem te praten. Het met hem te bespreken.

Douchette hing op. 'Dat was de advocaat van Jonah.'

Mike verroerde zich niet. De laatste drie weken, toen Jonah in het ziekenhuis lag om te herstellen van de aanval waaraan hij drie gebroken ribben en een zware hersenschudding had overgehouden, had Mike gepoogd zijn hersens te laten wennen aan het idee dat hij mogelijk vijf tot acht jaar van zijn leven in een gevangeniscel zou moeten doorbrengen. Dat vooruitzicht leek nog steeds eerder een uitheems concept dan een realiteit – alsof hem was gevraagd zijn spulletjes te pakken voor een vakantie op Mars.

Maar hij had er geen spijt van. Toen hij in het kantoor van zijn advocaat stond, voelde Mike zich nog steeds niet gedrongen een stapje terug te doen in de tijd, om de geschiedenis te herschrijven. Wat Jess aanging had hij wel spijt, jazeker. Als hij de gevangenis in moest, kon ze het spaargeld voor hun pensioen opnemen en een flinke hap van hun hypotheek opnemen, maar ze zou desondanks een baan moeten nemen, waarschijnlijk haar oude vak, lesgeven, en met haar salaris zou ze nauwelijks de maandelijkse lasten kunnen betalen. Naar alle waarschijnlijkheid zou ze het huis moeten verkopen en in een flat gaan wonen, of weer bij haar moeder intrekken. Wat zijn nachtelijke bezoekje aan Jonah betrof, hij had er alleen spijt van dat hij niet te weten was gekomen wat die schoft over Sarah wist.

Douchette sloeg het dossier open. Mikes adem stokte in zijn keel en een gevoel van afgrijzen sloeg hem om het hart.

'Jonah heeft besloten alle aanklachten in te trekken,' zei Douchette. 'En hij heeft beloofd je niet te laten vervolgen.'

Mike ademde weer uit.

'Wat daar de precieze redenen van zijn zou ik je niet kunnen zeggen. Jonahs advocaat wilde het niet zeggen, maar als ik een gokje moet wagen, denk ik dat het erom gaat de zaak om te keren. Hiermee laat hij aan iedereen zien dat hij mededogen heeft. Hoeveel monsters in de wereld hebben mededogen, nietwaar?' Douchette schudde zijn hoofd. 'Je bent een enorme mazzelpik, Sully. Maar voordat je ertoe overgaat me te bedanken, moet je eerst maar eens luisteren naar de voorwaarden van die overeenkomst.'

Drie jaar proeftijd, met inbegrip van vijf weken onder behandeling in een afkickcentrum voor alcoholisten. Daarna kwamen de willekeurige drugstests – één test niet doen, betrapt worden op het gebruik van één biertje en hij zat in de bus naar Walpole om een minimum van vijf jaar uit te zitten. Zeshonderd uur taakstraf bij de hoofdtrauma-afdeling van Mass General. Twee maanden lang drie avonden per week een cursus volgen om met woede om te leren gaan en vervolgens vierentwintig privé-therapiesessies van honderd tot honderdvijftig dollar per uur, afhankelijk van de psychiater. Alles op Mikes eigen kosten. Uiteindelijk moest Jess toch weer gaan lesgeven. Dat was de enige manier om alle rekeningen te kunnen betalen.

Mike zette het urinemonster op het aanrecht en nadat hij zijn rits had opgehaald deed hij het plastic deksel erop.

Testa klapte zijn mobiele telefoon dicht. 'Heb je nog steeds die baan in Newton?'

'Nog steeds.'

'Hoelang nog?'

'Tot het eind van de maand,' zei Mike. Ook een bewijs van werk maakte deel uit van zijn proeftijd. Dat hield in dat hij Testa loonstrookjes en kwitanties moest overleggen – alles wat de reclasseringsambtenaar maar verlangde. En Testa vond het fijn om alles te onderzoeken. Niets liet hij glippen. No sir, absoluut niet.

'Het blaastestapparaat ligt naast de tas.'

Mike waste zijn handen en nadat hij klaar was met ze af te drogen aan een papieren handdoek, pakte hij het draagbare apparaat, blies erin en gaf het aan Testa, die de meter las.

'Schoon, geen alcohol.'

'Stel je voor,' zei Mike, 'schoon en nuchter, om halfnegen 's morgens.'

'Maak er maar grappen over. Een heleboel alcoholisten vinden het lekker om in de morgen te zuipen met het idee dat ik ze niet te pakken krijg.'

Mike dacht erover hem te corrigeren, door te zeggen dat hij zelfs op zijn ergst nog nooit 's ochtends vroeg een glas had genomen of met een slok op achter het stuur was gaan zitten – wel met een kater, zeker, maar dronken nooit. Maar in de ogen van Testa bleef een zuiplap altijd een zuiplap en Mike ging zich echt niet rechtvaardigen tegenover een dwerg die aan een terminaal geval van lulligheid leed.

'Zijn we hier eindelijk klaar mee?' zei Mike. 'Niet iedereen wordt per uur betaald.'

'Hoe laat stop je vandaag met werken?'

'Rond zes uur.'

'En daarna?'

'Daar heb ik nog niet over nagedacht.'

'Ga daar dan nu maar over nadenken.'

Mike stak zijn hand in zijn jaszak en haalde hem eruit met een envelop waarin een kopie zat van zijn volgende contract, nog een verbouwing in Wellesley. 'Als jij zin hebt je avond te besteden aan het controleren of ik wel of niet drink, doe je best,' zei hij, en hij legde de envelop boven op zijn urinemonster.

'Herinner je je de vorige keer nog dat je betrapt werd met drinken?'

Stommiteit nummer twee: Mike had de fout gemaakt zich te bezatten op de vooravond van de dag waarop Sarah drie jaar was verdwenen. Mike was alleen thuis toen Anthony Testa om tien uur 's avonds aanbelde voor een willekeurige alcoholtest. Geen gevangenisstraf, maar de rechter gelastte opnieuw een rondje therapie bij dokter T. en opnieuw een verblijf in het afkickcentrum. Mike was terug bij af en moest opnieuw beginnen.

'Als ik je op drinken betrap of als ik alcohol in je bloed ontdek, wordt dat de derde keer en is het spelletje voorbij,' zei Testa.
'Je kunt de gevangenis in of je leven terugkrijgen. Hoe jij het spel
meespeelt is helemaal jouw zaak.'

Mike deed de deur van de toiletten open en stapte naar buiten
in de heldere winterzon. Hij vroeg zich af op wat voor leven
Testa doelde.

# 8

Ze waren de hele ochtend en voormiddag bezig met het installeren van de ramen in de uitgestrekte aanbouw van een tweede
etage bij Margaret van Buren in Newton, een van de luxueuzere
steden ten westen van Boston. Om twee uur namen ze lunchpau-
ze. De drie mannen die voor hen werkten waren allemaal voor in
de twintig en vrijgezel, en ze praatten onophoudelijk over het ko-
mende weekend: de bars waar ze naartoe zouden gaan, alle verschillende meiden met wie ze zouden afspreken of wilden afspreken, en degenen die ze wilden dumpen.

Bill pakte zijn lunch. 'Hier kan ik niet meer naar luisteren,' zei
hij tegen Mike. 'Ik zit tot over mijn oren in de luiers en die gasten
houden whirlpoolfeesten met bikinimodellen.'

Ze gingen in Mikes truck zitten om hun enorme sandwiches op
te eten die Bill in de stad had gehaald. Bill vertelde over zijn
nachtelijke escapades met de tweeling: Grace en Emma waren
om twee uur 's nachts wakker geworden en hadden in hun kamer
zitten kleuren, tot Emma op het idee kwam het rode potlood in
haar neus te duwen.

'Zeg, moet je nou horen,' zei Bill. 'Patty en ik zaten gisteravond
met de meisjes in het Border Café aan Route One. We moesten
wachten, dus ik ga naar de bar om een biertje te pakken en ik
merk dat al die kerels alleen maar oog hebben voor een meid in
een zwart pak en een bril, die een biertje naar binnen slaat en *The
Sporting News* zit te lezen. Het was Sam.'

'Samantha Ellis?'

'De enige echte.'

Haar naam haalde een van de mooiste perioden uit Mikes
leven naar boven – de zomer na Jess' eerste jaar op de UNH, de
tijd waarin hij en Jess hadden besloten met andere mensen uit te
gaan.

Bill zei: 'Ze is een jaar of anderhalf geleden terug verhuisd naar hier. Ze werkt bij een advocatenkantoor in het centrum van Boston – zo'n tent met zes namen. Je hebt hoofdpijn als je ze allemaal opgenoemd hebt. Harrington, Dole, enzovoort, enzovoort. Ze ziet er héél goed uit voor een vrouw van middelbare leeftijd; met zo'n vlotte J. Lo-stijl.'

'J. Lo?'

'Ja, Jennifer Lopez. Kijk jij geen MTV?'

'Ik kijk al niet meer sinds Joan Jett het einde was.'

'Je loopt ontzettend achter. Met die rapvideo's is het inmiddels net een softpornozender.'

'Ik wil je wat vragen,' zei Mike. 'Heb jij dat artikel in de tijdschriftbijlage van de *Globe* van zondag gelezen? Dat interview met Lou?'

Bill knikte en grijnsde onder het kauwen. 'Je ouweheer is zijn roeping als komiek misgelopen.'

'De ijskoningin denkt dat Lou contact wil zoeken. Je weet wel, proberen de boel op te lappen.'

'Meen je het serieus?'

'Zij wel,' zei Mike en nam nog een hap van zijn broodje gehakt.

'Je had haar moeten vertellen over Cadillac Jack.'

'Komisch dat je dat zegt.'

'En?'

'Geen krimp.'

'Regel een rendez-vous. Als ze een minuutje met hem heeft gepraat garandeer ik je dat ze wegloopt met het gevoel dat ze overal gebeten is.'

*Of hij vermoordt haar*, dacht Mike, *en begraaft haar op een plek waar niemand haar ooit vindt.*

Mike keek uit het raam en dacht aan zijn moeder.

Bill zei: 'Ik heb nog een kaartje over voor het toneelstuk van Grace en Emma vanavond. Je moet meegaan. Vertrouw mij maar, het is een klucht.'

'Dotty Conasta belde weer. Ze wil nog een aantal vragen beantwoord hebben voor ze tekent. Ik dacht erover even bij haar langs te gaan.'

Bill grijnsde. 'Je hebt haar nog niet ontmoet, hè?'

'Nee, hoezo?'

'Ik ben er eergisteravond geweest. Ik sta op het punt over de plannen voor de aanbouw te beginnen, als ze tegen me zegt dat ik even moet wachten. Ze wil dat haar man meeluistert.'

'Ja, en?'

'Haar man zit in een urn. Dat wordt een hoofdpijnklus.'

Mikes mobieltje ging weer. Testa natuurlijk. Die gozer deed vandaag wel erg zijn best om iemand te nekken.

Het was Testa niet. Degene die belde was Rose Giroux, de moeder van het tweede slachtoffer van Jonah, Ashley Giroux.

Met het nieuws van Sarahs verdwijning kwam het nieuws van Jonahs identiteit, zijn achtergrond als priester en zijn connectie met de twee andere meisjes breed uitgemeten in de media. Rose Giroux, zo'n warme, ronde zonaanbidster met blondgeverfd haar en te veel make-up, kwam naar Belham om haar steun aan te bieden en de fouten te bespreken die zij en haar man hadden gemaakt bij Ashleys onderzoek. Het was Rose die uitlegde hoe belangrijk het was de media in te schakelen om de belangstelling levend te houden. Jess had haar omhelsd. Mike deed alles wat hij kon om haar te mijden.

Onder al die ervaring van Rose, haar goedbedoelde adviezen en gebeden en de behoefte om te knuffelen en te huilen en alle emoties te delen, hoorde hij het onuitgesproken feit dat Sarah niet meer thuis zou komen. Dat verdriet zat in haar stem en hij verzon een of ander excuus om de kamer te verlaten. *Zo wil ik niet zijn. Er is nog tijd om Sarah te vinden.* Een week werd een maand, drie maanden en toen een halfjaar, en pas toen voelde Mike dat hij met Rose kon praten.

'Ik belde gewoon even om te horen hoe het vandaag met je gaat,' zei Rose.

'Het gaat. En met jou?'

'Ongeveer hetzelfde.'

'Hoe gaat het met Sean?' Naast het opbellen op de dag van Sarahs verdwijning en de sporadische telefoontjes, schreef Rose lange brieven aan Mike, waarin ze gedetailleerd vertelde over de gebeurtenissen in haar gezin en het leven van haar drie andere kinderen, alsof ze zichzelf geruststelde – of misschien wilde ze hem laten zien dat het mogelijk was de draad weer op te pakken en verder te gaan.

'Sean gaat deze herfst medicijnen studeren aan Harvard.'

'Jij en Stan zullen wel trots zijn.'

'Ja. Ja, dat zijn we ook.' Rose klonk onverschillig, maar misschien was ze gewoon moe. 'Ik heb het artikel in de *Globe* van afgelopen zondag gelezen.'

De journalist had gezegd dat hij Rose zou interviewen en hopelijk ook Suzanne Lenville. Toen Mike het artikel las, merkte hij dat Ashley Giroux en Caroline Lenville nog slechts een bijrol speelden: Ashley Giroux was al zestien jaar vermist, Caroline Lenville vijfentwintig jaar. Suzanne, de moeder van Caroline, was tien jaar geleden gescheiden en hertrouwd, had haar naam veranderd en was verdwenen. Ze gaf geen interviews en ze sprak niet over wat er met haar dochter was gebeurd.

'Ik heb over jou en Jess gelezen,' zei Rose. 'Hoelang leven jullie al gescheiden?'

*Vanaf het moment dat ik thuiskwam en haar vertelde dat Sarah niet van de heuvel naar beneden gekomen was.* 'Ongeveer twee jaar,' zei Mike.

'Stan en ik hebben het ook zwaar gehad. We zijn in relatietherapie gegaan en dat heeft echt geholpen. Ik kan je een hele waslijst met therapeuten die gespecialiseerd zijn – '

'Het is over. We hebben vorige maand de echtscheidingspapieren getekend.' En hij vond het best. Eerlijk waar. Na alles waar hij haar had laten doormaken verdiende ze een nieuwe start in het leven.

'Dat spijt me, Michael.'

Hij kreeg een seintje dat er nog een telefoontje binnenkwam. Hij keek wie er belde. Het was de St. Stephen's-kerk.

'Rose, er komt een ander telefoontje binnen. Kan ik je straks terugbellen?'

'Ik ben thuis. Voordat ik ophang: klopt het, van de kanker?'

'Ik ben bang van wel.'

'Gaat de politie met Jonah praten?'

'Dat wordt gezegd.' Hoewel hij dat niet van de politie zelf wist; Mike had het vernomen van de journalist die het artikel had geschreven. 'Zodra ik iets weet bel ik je, Rose.'

'Bedankt, Michael. God sta je bij.'

'Jou ook, Rose. Bedankt voor je belletje.' Mike schakelde over naar het binnenkomende gesprek. 'Hallo?'

'Michael, met pastoor Connelly.'

De stem van pastoor Jack riep een stroom aan emoties op: de bier- en pindalucht van de oude Boston Garden toen ze naar de Celtics in hun hoogtijdagen keken, met Bird en McHale en Parish, die hen naar het kampioenschap leidden; Jess, die in haar trouwjurk over het middenpad van St. Stephen's liep; pastoor Jack, die naar het Mass General kwam om Sarah te zien; pastoor Jack, die Sarah doopte.

'Ik weet niet of dit op mijn weg ligt,' zei pastoor Jack, 'maar Jess is daarnet weggegaan, en ze is... erg overstuur.'

'Wat is er gebeurd?'

'Ik had geen andere afspraken gepland; ik had geen idee dat hij zou komen.'

Mike klemde zijn hand om de telefoon.

'Toen ze mijn werkkamer uitkwam zag ze hem in de wachtkamer zitten,' verklaarde pastoor Jack. 'Ik probeerde haar nog te kalmeren – haar zover te krijgen dat ze mijn kamer weer binnenging en de deur dichtdeed. Ik zei dat ik haar later naar huis zou rijden, maar ze was al weggerend voordat – '

'Waarom was Jonah daar?'

'Ik weet het telefoonnummer van Jess niet. Anders had ik haar wel gebeld.'

'Geef je nog antwoord op mijn vraag, of blijf je het uit de weg gaan?'

Pastoor Jack slikte hoorbaar iets weg. De stilte bleef hangen.

'Dat dacht ik al,' zei Mike, en hing op.

# 9

De laatste keer dat Mike een voet in Rowley zette was ongeveer anderhalf jaar geleden, op de dag van de begrafenis van Jess' moeder. Na de begrafenis bedankte Jess hem dat hij gekomen was en vroeg ze hem mee te gaan naar huis. Dat deed hij, deels uit respect voor Jodi Armstrong, maar eigenlijk voor Sarah. Dat was rond de tijd dat zijn herinneringen wazig begonnen te worden. Als hij een plek zag waar Sarah zoveel weekends en feestdagen had doorgebracht, werd misschien dat deel van zijn geest geprikkeld dat de herinnering aan haar moest vasthouden.

Het sneeuwde licht toen Mike bij Jess voor de deur stopte. Hij sloot de truck af, pakte de bloemen van de stoel naast hem, stapte uit en holde het pad en de veranda op, van plan om de deur open te doen en snel naar binnen te lopen, toen hij zich zijn nieuwe status in haar leven herinnerde. Hij deed de deur weer dicht en belde aan. Even later ging de deur met een zwaai open.

Een halve tel herkende hij haar niet. Jess had blonde highlights in haar haren, ze had het kort laten knippen, dik en warrig, alsof ze net wakker was en hoewel ze er helemaal niet zorgvuldig gekleed bij liep – ze droeg een steenrode broek en een witte blouse – had hij duidelijk het gevoel dat ze iemand anders verwachtte. De glimlach op haar gezicht veranderde in een verbaasde uitdrukking, licht geschokt misschien wel, toen ze hem daar zag staan met een boeket bloemen.

'Pastoor Jack belde,' zei hij.

Jess sloeg haar ogen neer toen ze de stormdeur opende.

'Ik heb geprobeerd je op je mobieltje te bellen en daarna hier.'

'Ik heb mijn mobieltje afgezet en ben een eindje gaan lopen,' zei ze. 'Ik kom net een paar minuten geleden binnen. Kom erin.'

Het was warm in de hal en griezelig stil – er stond geen televisie of radio aan – en er hing een onmiskenbare geur van spaghettisaus. Mike herinnerde zich hoe graag ze dat deed, een Iers meisje dat op haar eigen manier een saus bereidde. Twee zwarte koffers, die hij haar eeuwen geleden met Kerstmis cadeau had gegeven, stonden onder aan de trap op de witbetegelde vloer.

Ze deed de deur dicht. Mike gaf haar de bloemen.

'Aronskelken,' zei ze. Het waren Jess' favoriete bloemen. 'Mooi zijn ze.'

'Ik wilde alleen even kijken of het goed met je gaat.'

De telefoon ging.

'Een momentje,' zei Jess, en Mike keek haar na toen ze de keuken inliep, de bloemen op het aanrecht legde en de draadloze telefoon van de wandstandaard pakte.

Biechten. Dat was de enige reden waarom Jonah bij pastoor Jack kon zijn langsgegaan. Ondanks het feit dat hij uit zijn ambt was gezet, was Jonah een vrome katholiek gebleven – Mike had gehoord dat Jonah iedere zondagochtend de mis van zes uur in St. Stephen's bijwoonde. Voorbereidingen voor een begrafenis kon je netjes via de telefoon afhandelen, dus als Jonah persoonlijk kwam was dat vast en zeker om het sacrament van vergiffenis te ontvangen. Dat kon niet over de telefoon. En dat hij zomaar zonder afspraak binnenviel, hield in dat Jonah wist dat hij nog maar een paar dagen te leven had.

Of uren.

'Natuurlijk begrijp ik dat,' fluisterde Jess in de keuken. Ze pakte haar wijnglas op, nam een flinke slok en slikte het snel door. 'Met mij is alles in orde. Maak je daar geen zorgen over.'

Mike kende die toon. Jess was kwaad, maar wilde het niet laten merken aan de persoon aan de andere kant van de lijn.

'Ik zie je wel gewoon op het vliegveld... Goed. Ik ook. Dag.'

Jess hing op en kwam met vinnige passen terug naar de hal. Ze deed haar best haar teleurstelling te verbergen.

'Ik hoop dat je ergens heen gaat waar het warm is,' zei Mike, die naar de koffers wees.

'Vijf weken. Eerst Parijs en dan Italië.'

'Met een van je zusters?'

'Nee,' zei Jess, met een zuinige glimlach. 'Gewoon, met een vriend.'

De manier waarop ze 'vriend' zei duidde op een mannelijke vriend, een scharrel, of iets serieuzers.

'Heerlijk voor je,' zei Mike, en dat meende hij. Jess voelde zich schijnbaar niet op haar gemak, dus sneed hij een ander onderwerp aan. 'Je moeder had het er altijd over dat ze naar Italië wilde.'

'Mijn moeder had het voortdurend over wat ze allemaal ging doen. Ik heb vorige week de logeerkamer opgeruimd en ik zag een bobbel onder het tapijt. Wat denk je dat ik vond? Enveloppen vol spaarobligaties die helemaal teruggaan tot de jaren vijftig. En dan bedoel ik echt stápels. Ze had dit huis wel drie keer kunnen kopen.'

'Jouw moeder dacht altijd dat er een tweede Grote Depressie voor de deur stond.'

'Ze heeft dat geld allemaal opgepot, en waarvoor?' Jess ademde diep uit en schudde haar hoofd. 'Ik heb lasagne gemaakt. Heb je zin om mee te eten? Nee hoor, je stoort niet.'

Hij kon aan haar toon horen dat ze wilde dat hij bleef. Hij had geen zin om samen met zijn ex-vrouw te eten en een bezoekje te brengen aan het leven dat hij ooit had geleid. Hij begon een lijst met mogelijke excuses te bedenken, terwijl een ander deel van zijn hersens alle keren uitrekende dat Jess hem met zijn dronken kont uit het café van McCarthy had gesleept; de keren dat ze had schoongemaakt als hij had overgegeven, de scherven van de glazen, mokken en borden had opgeruimd die hij tegen de muur kapotgegooid had omdat hij dronken was en in doodsangst zat om Sarah, en omdat zijn huwelijk uit elkaar viel en hij geen mallemoer kon doen om dat te stoppen. En niet te vergeten die maanden dat ze naast hem had gestaan, toen het erop begon te lijken dat ze hun huis zouden kwijtraken, omdat al hun spaargeld nu opging aan de borgsom en het honorarium van de advocaat. Jess had alle redenen gehad om ermee te kappen en dat had ze niet gedaan. Ze had het met hem volgehouden en hoewel ze recht had op de helft van alles wat ze bezaten, had ze bij de echtscheidingsovereenkomst maar twee dingen willen hebben: kopieën van de foto's en video's van Sarah, en de dingen die aan haar moeder hadden toebehoord.

'Ik blijf graag eten,' zei hij.

Er stond een pan met lasagne op het fornuis, in het eetgedeelte van de woonkeuken was gedekt met twee kristallen wijnglazen, er stond een geopende fles rode wijn en twee borden. Jess had bezoek verwacht.

Mike trok zijn jasje uit en hing het over de rugleuning van een van de stoelen, toen Jess de borden pakte. Boven de gootsteen was een raam naar de serre. De lampen in de achtertuin waren aan en Mike kon de foeilelijke klimrekken zien staan, een verjaardagscadeautje van Jodi, toen Sarah twee werd. Hij staarde ernaar en dacht hoe eenzaam dat eruitzag, zo verwaarloosd en vergeten.

'Hoe gaat het op je werk?' vroeg ze.

'Druk, zoals altijd. Ben je nog steeds secretaresse bij dat accountantskantoor in Newburyport?'

'Ja, nog steeds. Daar verdien ik beter dan met lesgeven, wil je dat wel geloven. En dat je het maar weet, de politiek correcte term is administratief assistente.' Ze glimlachte, overhandigde hem zijn bord en maakte de koelkast open om een koud blikje Coca-Cola voor hem te pakken.

Jess ging zitten, pakte een linnen servet en spreidde het over haar schoot. Ze pakte haar vork, maar legde hem toen weer neer.

'Hij hield de deur voor me open.'

Mike wreef in zijn nek en over de achterkant van zijn hoofd.

'Daar stond hij met die... die misselijke grijns van hem. "U ziet er patent uit, mevrouw Sullivan. Het leven in Rowley doet u zeker goed." Toen hield hij de deur voor me open. Ik wist niet hoe snel ik de benen moest nemen.'

'Waarom heb je me niet gebeld?'

'Wat had je kunnen doen?'

'Ik had je naar huis kunnen brengen.'

'En zodra je op de parkeerplaats kwam zou je je straatverbod hebben overtreden. Jonah had je maar door het raam van pastoor Jack hoeven zien staan en ze zouden je naar de gevangenis hebben gesleept. Zo werkt dat prachtige rechtsstelsel van ons nou eenmaal.'

'Het spijt me, Jess.' Mike wist eigenlijk niet waar hij zich voor verontschuldigde: haar ontmoeting met Jonah of voor alles.

Ze maakte een wegwuivend gebaar om aan te geven dat ze er al overheen was.

'Heb je enig idee waarom Jonah daar was?' vroeg hij.

'Dat moet je pastoor Jack vragen.'

'Dat heb ik geprobeerd. Hij wil het me niet zeggen.'

Jess pakte de wijnfles op en schonk voor zichzelf een glas in en het klokkende geluid deed hem denken aan Jack die over ijsblokjes werd geschonken, aan de avonden dat hij popelde om thuis te komen en die eerste langzame, brandende slok in zijn maag te voelen.

Ze zag hem naar de fles kijken. 'Ik hoef niet zo nodig te drinken.'

'Ik vind het best. Waarom was je vanmiddag bij pastoor Jack?'

'Om hem gedag te zeggen.' Ze zette de fles weer op tafel en sloeg haar armen over elkaar. 'Ik ga verhuizen.'

'Waarheen?'

'New York. De stad.'

Mike legde zijn vork neer. De schrik sloeg hem om het hart.

'Een vriend – eigenlijk een vriend van een vriend – verhuist met zijn zaak naar Japan,' legde Jess uit. 'Hij heeft zo'n schitterend appartement aan Upper East Side en ik mag het een paar maanden van hem huren. Het is een prachtige flat – zo'n kans krijg je niet vaak.'

'Het klinkt duur.'

'Dat is het ook. Maar ik heb het geld dat mijn moeder me heeft nagelaten en nu ook die spaarobligaties. Het appartement ligt op de veertiende etage en je hebt er een fantastisch uitzicht over de stad. Zó mooi.'

*Ja, dat heb je nu al twee keer gezegd.* Hij zei: 'Waarom New York? Waarom ga je niet naar San Diego? Dan ben je dichter bij je zuster en haar kinderen.'

Jess zweeg even en likte over haar lippen. 'Heb jij nooit zin om je boeltje te pakken en ergens heen te gaan waar geen mens iets van je weet?'

'Daar heb ik wel eens over nagedacht, jazeker.' *In feite die avond op de Heuvel al, toen heb ik dat werkelijk gewenst,* voegde hij er bij zichzelf aan toe.

'Waarom doe je dat dan niet?'

Hij pakte zijn vork op en dacht even na. 'Op een ochtend, ik denk zo'n zes maanden nadat je moeder hiernaartoe was verhuisd, zat ik koffie met haar te drinken. Ik vertelde haar hoe prettig ik dit huis vond, en ze zei: "Er zijn hier geen herinneringen, alleen echo's." Dat is me altijd bijgebleven.'

'Het gaat niet alleen om mensen die je aanstaren,' zei Jess. 'Toen mijn vader overleed, liet hij haar achter met twee levensverzekeringspolissen en een aardig sommetje, zodat mijn moeder geen zorgen hoefde te hebben. Ze kocht dit huis en stelde zich voor dat ik, Rachel en Susan dicht bij haar zouden komen wonen en ze met kleinkinderen altijd wel iets om handen zou hebben. Toen verhuisde Rachel, en Susan, nou ja, die wilde om te beginnen al geen kinderen hebben, en toen Sarah verdween had mijn moeder... ze bleef maar naar een ander leven verlangen. Zo wil ik niet worden. Altijd maar bang zijn omdat ik had gewild dat de dingen anders waren. Kun je dat begrijpen?'

'Jawel.'

'Denk je dat je het huis ooit verkoopt?'

Mike haalde zijn schouders op. 'Op een dag.'

'Ze komt nooit meer thuis,' zei Jess zacht.

Hij pakte zijn Coca-Cola, nam een grote slok en voelde hoe het zich een weg door zijn keel brandde. Hij begon kwaad te worden en wist niet precies waarom. Het had niets te maken met haar opmerkingen over Sarah of het verkopen van het huis. Die dingen had ze al eens eerder gezegd, waarom zou hij daar nu dan kwaad om worden?

Het kwam door New York. Zijn enige connectie met Sarah ging verhuizen.

Mike zette zijn blikje weer op de tafel en wreef met zijn duim over het etiket. 'Kun jij haar nog zien?'

'Ik ben haar niet vergeten. Ik denk voortdurend aan haar.'

'Wat ik bedoel is of jij, als je je ogen dichtdoet, haar voor je kunt zien zoals ze er nu uit zou zien?'

'Ik herinner me Sarah zoals ze was.'

'Ik kan haar gezicht niet meer zien. Ik kan haar stem heel goed horen en ik kan me de dingen herinneren die Sarah zei en deed, maar haar gezicht is altijd een waas. Dat probleem had ik vroeger niet.'

'Toen je nog dronk.'

Mike knikte. Als hij dronk ging hij op Sarahs bed liggen, sloot zijn ogen en zag haar haarscherp voor zich, en dan hielden hij en zij de meest fantastische gesprekken.

Jess zei: 'Ik was vandaag in een boekhandel en er stond zo'n jongetje, niet ouder dan vier op zijn hoogst, in de rij met het boek *Make Way for Ducklings*. Herinner je je nog dat je haar dat verhaal voorlas?'

'Toen was Sarah ongeveer drie. Je had het voor Kerstmis gekocht. Sarahs lievelingsboek was dat.'

'De eerste keer dat je het had voorgelezen smeekte Sarah of we haar mee wilden nemen naar Boston, om naar de eenden te kijken, weet je het nog?'

Mike voelde een glimlach op zijn gezicht ontstaan. Hij herinnerde zich hoe teleurgesteld Sarah was, toen ze merkte dat de zwanenboten in de Public Garden geen échte zwanen waren. Die teleurstelling was bijna op huilen uitgedraaid toen Sarah het bronzen beeld zag van de moedereend en de kleine eendjes. *Dat zijn niet de eendjes uit het verhaal, pappie. Deze eendjes zijn niet echt.* Op de terugweg naar huis kwam Sarah zelf met de verklaring: *Ik weet waarom de eenden van metaal gemaakt zijn, pappie. Dat komt doordat mensen ze dan geen pijn kunnen doen. Die kinderen zaten op de rug van moeder eend en de baby-eendjes, en als ik altijd mensen boven op mijn rug had zitten, zou mijn rug ook pijn doen. Overdag zijn ze van metaal gemaakt, zodat ze geen pijn hebben. En 's nachts, als alle mensen in bed liggen te slapen, dan veranderen ze in echte eenden en gaan ze zwemmen in de vijver, samen met de échte zwanen.*

Toen ze die woorden sprak zat Sarah in haar autozitje op de achterbank van de Explorer. Het achterste raampje was open en de wind woei haar blonde haren om haar gezicht en Sarah had een witte zonnehoed op en een roze zomerjurkje aan, allebei van Jess' moeder gekregen voor haar verjaardag en er zat een chocoladevlek op haar jurk. Het gezicht van Sarah werd weer wazig en vervaagde. *Nee, Sarah, alsjeblieft. Ga alsjeblieft niet bij me weg.*

# 10

Francis Jonah zat aan het hoofd van zijn tafel in de eetkamer en haalde adem via een zuurstofmasker. Zijn huid zag er ingevallen uit, hij was vel over been en het zwarte vest dat hij droeg leek twee maten te groot. Zijn haar, dat grijs was geweest, was weg.

Een magere vrouw met kort bruin haar en een middenscheiding zette een glas water met een rietje voor hem neer. Jonah knikte als dank en reikte met de spinachtige vingers van zijn vrije hand over de tafel naar die van de vrouw.

Zeker een privé-verpleegster of een wijkverpleegster voor terminale patiënten, dacht Mike. Jess' moeder had een lange strijd gevoerd tegen longkanker en toen het duidelijk was dat de artsen niets meer voor haar konden doen, koos Jodi ervoor thuis te sterven, in haar eigen bed. Er was een verpleger gekomen, een geduldige, te zware man met een hartelijke glimlach, wiens enige taak was te zorgen dat Jodi weinig pijn en geen ongemakken had.

Mike zat in zijn truck aan de overkant van de straat een sigaret te roken en te kijken hoe Jonah zijn mond van het rietje wegtrok en begon te hijgen.

*Je moet omkeren en weggaan.*

Kijk toch. Hij kan vanavond dood zijn.

*Hij hoeft maar één telefoontje te plegen en de politie sleept je bij kop en kont naar de bak.*

Hij weet wat er met Sarah is gebeurd. Dat kan ik hem toch niet mee laten nemen in zijn graf?

Zoals Mike het zag zou de menselijke kant van Jonah of wat daarvan over was – als die kant sterk genoeg was om pastoor Jack vanmiddag te bezoeken en zijn zonden op te biechten – wie weet wás die menselijke kant van Jonah er nog en misschien was het mogelijk daar een beroep op te doen. Pastoor Jack mocht niet onthullen wat er tijdens een biecht werd gezegd, maar misschien had hij Jonah opgelegd om, ten einde vergiffenis te krijgen, op te biechten wat hij wist om de slachtoffers uit hun lijden te verlossen.

Mike deed het portier van zijn truck open, stapte uit en sloot het zachtjes achter zich.

Het was koud en guur toen hij de straat overstak en de hoek omsloeg naar Jonahs poort. De verandalampen waren uit. Mooi zo. Hij ontgrendelde de poort, duwde hem open en liep stilletjes het pad en de treden op en zag nog dezelfde blauw geschilderde deur met het ovale raampje van dik glas dat hij vier jaar geleden ook had gezien – alleen die avond was hij deze treden op gestrompeld en had hij met een vuist op de deur staan beuken en met zijn andere hand op de bel staan drukken tot de deur openzwaaide en Jonah daar stond in zijn gekreukelde kakibroek en een geel onderhemd, zijn grijze haar door de war van de slaap, zodat het in rare plukken recht op zijn hoofd stond, terwijl hij met zijn ogen knipperde om wakker te worden.

*Waar is ze?*

*Ik heb niets te maken met wat er met uw dochter is gebeurd, meneer Sullivan. Ik ben onschuldig.*

*Onschuldige mensen veranderen hun naam niet en duiken niet onder.*

*U bent dronken, meneer Sullivan. Gaat u alstublieft naar huis.*

Jonah wilde de deur dichtdoen en Mike stak zijn hand uit om dat te voorkomen.

*Je gaat me nu vertellen wat er met mijn dochter is gebeurd.*

*Alleen God kent de waarheid.*

*Wat? Wat zei je daar?*

*Wat ik niet heb kan ik niet weggeven. Ik kan u uw dochter niet teruggeven, en ik kan de schuld niet van u afnemen die u voelt omdat u Sarah in haar eentje de heuvel op hebt laten gaan.*

Toen Mike weer bij zinnen was gekomen, hadden Slome Ed en zijn partner hem tegen de grond gedrukt. Jonah lag een paar meter verder op, zijn lichaam roerloos, zijn gezicht opgezwollen, bloedend en onherkenbaar. Hoe het kwam dat Jonah er zo aan toe was, wist Mike volstrekt niet – nog steeds niet.

Mikes mobiele telefoon ging, het luide, snerpende geluid sneed door de stilte en hij schrok ervan. Hij was vergeten de ringtone uit te zetten en de trilstand in te schakelen. Hij trok de telefoon van zijn riem en wilde hem afzetten, toen hij bedacht dat het de reclasseringsambtenaar kon zijn. Hij besloot te antwoorden.

'Hallo,' fluisterde Mike.

'Ga meteen van die veranda af, dan doe ik net alsof ik je niet gezien heb,' zei Slome Ed.

Mike keek om zich heen in de donkere straat of hij een patrouillewagen zag.

Slome Ed zei: 'Ik geef je tien tellen om weer naar je truck terug te gaan.'

'Hij is vandaag bij pastoor Connelly geweest,' fuisterde Mike. 'Je bent katholiek. Je weet wat dat betekent.'

'Tien.'

'Heeft Merrick met hem gepraat?'

'Negen.'

'Ed, doe me dit niet aan.'

'Acht... zeven...'

# 11

'Papa, help me.'

Sarahs stem riep hem in de duisternis van het huis.

'Papa, alsjeblieft.'

Mike sloeg de lakens terug en beende de gang door en toen hij de deur naar Sarahs kamer opende, was die vol zonlicht. Sarah lag in haar bed met de dekens rond haar gezicht getrokken. Hij zag dat het huis op een ijsoppervlak stond dat zich mijlenver in elke richting uitstrekte. Het ijs leek veilig. Het kon het gewicht van het huis moeiteloos dragen.

Een van Sarahs kussens was op de grond gegleden. Hij pakte het op en zag een vrouw naar het raam komen.

Het was zijn moeder.

'Je moet het ijs nooit vertrouwen, Michael,' sprak ze. 'Je denkt dat het veilig is, maar soms breekt het ijs zomaar, zonder reden. En als je eenmaal onder water gegleden bent maakt het niet uit of je goed kunt zwemmen. Je wordt door je kleren naar beneden getrokken en dan verdrink je.'

Sarah zei: 'Waarom kijk je me niet aan?'

Mike trok de deken naar beneden. Hij kon haar gezicht niet zien, maar hoorde dat ze weer begon te roepen en ze hield maar niet op, dus legde hij het kussen over haar gezicht en hield het zo vast, terwijl zijn moeder 'Tomorrow Never Knows' van de Beatles begon te zingen, dat liedje dat ze altijd zong als ze overstuur was.

Hij ontwaakte uit de droom en zijn hart draaide om in zijn lijf. De droom stond hem nog helder voor de geest, maar Sarahs gezicht bleef hem ontglippen. Hij hield zijn ogen dicht, ademde diep in en probeerde het achterna te jagen. Fang lag met zijn vijfenzestig kilo aan de andere kant van het kingsize bed op de plek van Jess te snurken. Soms had Sarah zich tussen hen in gewrongen als ze akelig had gedroomd. Tjonge, wat een fantasie had ze.

Ze had zichzelf er op een of andere manier van overtuigd dat er monsters onder haar bed zaten en dat je daar alleen vanaf kon komen door een zaklantaarn aan te doen en die de hele nacht onder het bed te laten liggen. Mike zag haar lichaam omgeven door lakens, met de paarse Beanie Baby die ze overal mee naartoe sleepte, naast haar. Paars was haar lievelingskleur. Sarah had een keer een gezinspak druivensap omgekeerd in de wasmand met witte was, omdat ze wilde dat al haar kleren paars werden. Sarah stak een boterham met pindakaas in de videorecorder. Sarah glipte haar ledikantje uit om viltstiften uit de la in zijn werkkamer te pakken en begon ermee op de muur boven haar bed te tekenen en wees naar de muur met een lijnentekening van het huis, dat bruin en paars gekleurd was, met blauw gras en een groene zon, maar nog steeds kon hij haar gezicht niet zien en daar werd hij ontzettend bang van.

Mike opende zijn ogen en staarde naar het plafond.

'Ik ben je niet vergeten, lieveling,' zei hij tegen de lege kamer. 'Pappie kan het zich alleen niet meer zo goed herinneren.'

Pappie.

De telefoon ging. Mike schrok, draaide zich om en pakte de draadloze telefoon van het nachtkastje. Fang stak zijn kop omhoog en staarde hem slaperig aan.

'Hallo.'

'Ik zal in vrede sterven,' hijgde Jonah. 'Dat neem je me niet af, begrepen? Jij niet, de politie niet, de media niet. Blijf uit mijn buurt of ik laat je wegrotten in de gevangenis.'

Jonah hing op.

Mike trok met een ruk de telefoon bij zijn oor weg en staarde ernaar alsof hij door een slang gebeten was. Hij begon *69 in te toetsen om het nummer op te vragen, maar stopte toen.

De voorwaarden van zijn straatverbod waren specifiek: geen enkel contact – en dat omvatte ook telefoontjes. Als hij Jonah terugbelde, zou Jonah de politie bellen en de politie op haar beurt zou contact opnemen met het telefoonbedrijf, waar Mikes telefoontje geregistreerd stond. Het maakte niet uit of Jonah hem eerst had gebeld. Jonah had de vrijheid en het recht daartoe. Dat had Mike niet.

Waarom belde Jonah? Hij had nog nooit eerder hiernaartoe gebeld.

*Dat neem je me niet af.*

Wat nam hij hem niet af?

De telefoon ging opnieuw.

'Mike, met Francis.'

Francis Merrick, de rechercheur die Sarahs geval onderzocht.

'Neem me niet kwalijk dat ik je op dit uur lastigval,' zei Merrick, 'maar ik wil dat je naar Roby Park komt.'

Mikes hart bonkte in zijn keel. 'Wat is er aan de hand?'

'Het is beter dat ik het je uitleg als je hier bent.'

# 12

Twee patrouillewagens blokkeerden de opgang naar de Heuvel. Eén geüniformeerde agent stond midden op East Dunstable Road het verkeer te gelasten door te rijden. Mike zette zijn truck aan de kant, gooide het portier open en rende toen naar de politieman toe. De sneeuw viel als een dik, zwaar gordijn.

De agent was de maat van Slome Ed, Charlie Ripken.

'Merrick is boven,' zei Rip, die zijn blik van die van Mike losmaakte en langs de witte en blauwe flitslichten boven op de wagens naar de schijnwerper op de Heuvel wees. 'Ga er maar heen.'

In de buurt van de plek waar Mike die ochtend vroeg de seringen had neergelegd, stonden vier palen met geel afzetlint. Twee onopvallend geklede rechercheurs stonden achter het lint met elkaar te praten en hun zaklantaarns en hun ogen waren gevestigd op het voorwerp dat achter het lint lag, een voorwerp dat bedekt was met blauw plastic zeil.

Merrick dook op uit de sneeuw. Hij had een golfparaplu in zijn hand. Zijn zwarte haar en snor waren zoals steeds keurig verzorgd en elke keer dat Mike hem zag kon hij niet voorbijzien aan de man die hij altijd in de kerk zag – de man die met zijn plompe, peervormige lijf in een geperste kakibroek en een hagelwit overhemd met de collecteschaal over het middenpad liep. Zelfs met die negen millimeter aan zijn riem leek hij een watje.

'Kom eens mee,' zei Merrick. Mike volgde hem naar de plek waar de twee rechercheurs stonden. De ene met een honkbalpet van de Red Sox gaf de ander een por en beiden liepen elk naar een kant van het gele lint. Ze droegen allebei latex handschoenen, zag Mike. Wat er onder die zak lag was bewijs.

Merrick ging voor het blauwe zeil staan. Mike ging naast hem onder de paraplu staan en keek, terwijl de twee rechercheurs het zeil bij de hoeken oppakten, voorzichtig de sneeuw eraf schudden en het optilden.

Mike zag een roze flits en zijn adem stokte in zijn keel.

De twee rechercheurs deden een stap achteruit en Mike voelde drie paar ogen op zich gevestigd.

Merrick zei: 'Ik moet weten of dit van je dochter is.'

Sarahs roze sneeuwjack was helemaal tot boven aan toe dichtgeritst. De capuchon was naar voren gevouwen, beide mouwen stonden wijd uitgespreid. Er stak een stuk hout uit een van de elastische manchetten – vijf bij tien, zo te zien.

Het jack van zijn dochter zat op een kruis.

*Dit was een smerige grap.*

In het begin, die eerste weken waarin de politie onderzoek deed naar Jonah – zelfs lang nadat Jonah hoofdverdachte was geworden, verdomme – stroomde Mikes brievenbus over van anonieme brieven waarin beweerd werd dat men wist wat er met Sarah was gebeurd. Een paar waren afkomstig van gevangenen die een lange tijd uitzaten en die informatie probeerden te ruilen voor strafverlichting, maar de meeste brieven waren anoniem en volstrekt vals, behalve een select aantal dat, om redenen die Mike nooit had begrepen, kledingstukken van Sarah bleven sturen. Zoals haar roze jack.

Het was allemaal onzin. Jess kocht de kleren van Sarah meestal in paren, omdat Sarah het type kind was dat haar kleren snel afdroeg. Het vervangende sneeuwpak was naar het lab van de FBI gezonden en teruggekomen met een gespecificeerd verslag: het was gemaakt bij een bedrijf in North Carolina, genaamd Bizzmarket; het roze model was een van de populairste van het bedrijf en werd in het noordoosten overal in winkels als Wal-Mart en Target verkocht.

Dit was zo'n grap, weer zo'n zieke ellendeling die zich verveelde en een hekel had aan zijn leven en erop kickte midden in de nacht hiernaartoe te gaan en precies zo'n zelfde jack op een kruis neer te zetten.

De rechercheur met de Red Sox-pet stak zijn hand uit en vouwde voorzichtig met zijn latex handen de capuchon terug, zodat Mike het etiketje kon lezen. De andere rechercheur knipte zijn zaklantaarn aan.

Mike boog zich voorover, traag en onzeker, alsof het jack plotseling zijn armen kon uitsteken en hem omhelzen.

SARAH SULLIVAN stond er in zwarte letters op het witte label van het jack.

'Dat is het handschrift van Jess.' Mike herinnerde zich de dag dat Jess aan de keukentafel met zwarte stift Sarahs naam op het etiketje van BIZZMARKET schreef. Dat de naam van Sarah op het etiketje aan de binnenkant zat was een detail dat niet openbaar was gemaakt. 'En hoe zit het met de zak?'

De rechercheur met de Red Sox pet kneep in de rand van de linkerzak en haalde hem naar buiten, zodat het scheurtje in de naad zichtbaar werd – nog een detail dat niet bekendgemaakt was.

Mike had nooit geweten dat zijn hart zó snel kon kloppen.

Buzzy was nog open. Het licht was aan en de eigenares, Debbie Dallal, was bezig een van de hoekplanken te vullen met suikersoezen. Ze keek op toen de deur openging en het belletje begon te rinkelen. Merrick kwam binnen met zijn paraplu dichtgeklapt en Mike in zijn kielzog. Debbie kwam met een vermoeide glimlach overeind.

'Ik heb net een pot verse koffie op de bar gezet,' zei ze.

'Bedankt dat je nog zo laat opengebleven bent,' zei Merrick, die de sneeuw van zijn jas veegde. 'We waarderen het heel erg.'

'Geen probleem.' Mike ving de blik van medelijden in Debbies ogen op, voordat ze wegkeek.

Het koffiegedeelte was op een lange, losstaande bar midden in de zaak geïnstalleerd, tegenover het broodjesgedeelte en de gril. Mike schonk een kop koffie voor zichzelf in en herinnerde zich hoe Debbie de ochtend na de verdwijning van Sarah was binnengekomen. Toen de storm een paar uur lang ging liggen had Merrick Buzzy als provisorische operatiebasis gebruikt, om de vrijwilligers te organiseren die van huis tot huis Belham, Boston, Logan Airport en de luchthavens in New Hampshire en Rhode Island zouden bedelven onder kleurenkopieën van Sarahs foto, met haar leeftijd, lengte, gewicht – haar hele zesjarige leventje gecomprimeerd op een A4-tje, met het woord VERMIST in vette rode letters boven aan, recht boven Sarahs glimlachende gezicht. Mike had hier op dezelfde plek gestaan en koffie gedronken om wakker te blijven en hij had uit het raam naar de reddingshelikopter gekeken, die in de blauwe lucht boven de bossen hing, om met zijn infraroodapparatuur door de centimeters dikke laag sneeuw naar Sarahs lichaamswarmte te zoeken, terwijl de bloedhonden over de paden renden.

Mike liet zich in een van de roodleren zithoeken bij het raam aan de voorkant zakken. Het water droop van zijn gezicht op de tafel. Hij pakte een stapeltje servetjes uit het houdertje en begon zichzelf droog te deppen.

Dit kon toch niet waar zijn. Het jack van je vermiste dochter kan niet zomaar vijf jaar later midden in de nacht – *aan een kruis gehangen* – opduiken.

Merrick liet zich met een kop koffie op de bank tegenover hem glijden. 'Hou je het nog vol?'

'Ik geloof dat het nog helemaal niet tot me doordringt,' zei Mike. 'Wie heeft het jack gevonden?'

'Deb. Rond negen uur viel een van haar koelinstallaties uit. Tegen de tijd dat de servicemonteur kwam en de motor had vervangen was het al na elven. Ze ging naar haar truck en zag dat iemand in de sneeuw in elkaar was gezakt en liep erheen. Zij dacht dat die persoon gewond was, dus is ze de heuvel op gerend en in haar truck gestapt en heeft ze negen-een-een gebeld.'

'Wie was die persoon?'

Toen Mike Merricks gezicht zag veranderen kwam er witte ruis in zijn hoofd opzetten.

'Jonah loopt vaak 's nachts buiten,' legde Merrick uit. 'Overdag is hij nogal een kluizenaar. Je weet dat sommige mensen die hem herkennen hem met stenen gooien en tegen hem aan duwen – een paar maanden geleden heeft iemand serieus geprobeerd hem van de weg te rijden. Je hebt die verhalen vast wel in de krant gelezen. Dus gaat hij 's avonds dik aangekleed en vermomd op pad.'

'En dan bezoekt hij de plek waar hij mijn dochter heeft ontvoerd,' zei Mike. De woorden bleven gesmoord in zijn keel hangen.

'Ik heb geen getuige die Jonah het jack en het kruis op de heuvel heeft zien neerzetten. Nu gaan we – '

'Waar is hij nu?'

Merrick zette zijn kop koffie neer, vouwde zijn handen op tafel en leunde naar hem toe. 'Luister naar me.'

'Ga het niet zeggen.'

'Jonah belde al ongeveer vijf minuten voordat Deb het deed, negen-een-een. De politie was al onderweg.'

'Je had vijf jaar, Merrick – vijf jáár, godbetert, om een zaak tegen hem op poten te zetten. Nu heb je een ooggetuige die hem bij mijn dochters jack plaatst. Waar wacht je verdomme nog op? Dat Jonah bij je op de stoep staat en zegt: 'Hallo, ik heb het gedaan?'

'Ik snap dat je kwaad bent.' Merrick praatte op diezelfde verveelde, monotone manier als altijd – zeker in het begin, toen hij deed alsof hij alles van kinderen snapte, hoe het was om ze op te voeden, de bezorgdheid die je om ze had, elke keer dat ze de deur uit gingen. Merrick was nooit getrouwd geweest; hij woonde alleen in een appartementenflat die The Heights werd genoemd, aardig, maar niet bijzonder.

'Weet je dat hij mij opbelde?'

'Jonah? Wanneer?'

'Vlak voordat jij mij belde,' zei Mike, en hij herhaalde de woorden die Jonah had gesproken.

'Je hebt hem toch niet teruggebeld, hè?'

'Natuurlijk niet. Ik ken de rechten van Jonah. En die willen we niet met voeten treden, hè?'

Merricks gezicht bleef onbewogen. Je kon praten, schreeuwen, brullen – hem iets intiems over jezelf meedelen of instorten en voor die gozer zijn neus gaan zitten grienen, en het enige wat je terugkreeg was een wezenloze blik, alsof je hem uitlegde hoe je een boterham met kaas klaarmaakte.

Mike kon dat gezicht niet meer zien. Hij maakte aanstalten om op te staan, toen een stemmetje in hem zei: *Als je naar buiten stormt en herrie gaat schoppen, houdt Merrick je buiten het onderzoek.*

'Je weet zeker wel dat Jonah op sterven na dood is,' zei Merrick even later.

'Ja. Jij óók?'

'Waar denk jij dat hij het liefst met ons zal willen praten? In een gevangeniscel of op zijn gemak thuis, in zijn favoriete stoel?'

Mike wreef over zijn voorhoofd en probeerde in zijn geest te bevatten wat er precies gebeurde. Het was stil in de zaak, behalve zo nu en dan het geritsel van cellofaan en het geschuif van dozen over de vloer.

'Het jack gaat vanochtend regelrecht naar het lab,' zei Merrick. 'Zo gauw ik iets ontdek bel ik je op om het je te laten weten. Ga naar huis en probeer wat te slapen.'

'Hoelang gaat het duren voor je iets weet?'

'Hangt ervan af hoe druk het is op het lab. Ik bel je meteen zodra ik iets weet.'

Het begon binnen in zijn schedel te jeuken van woede. Mike zei: 'Hij was eerder op de dag bij pastoor Connelly. Weet jij dat?'

'Nee. Wat is er gebeurd?'

Toen Mike vertelde wat er was gebeurd, scheen het Merrick helemaal niet te verbazen. Hij was niet verbaasd, wist Mike, omdat Merrick Jonah door agenten als Slome Ed in de gaten liet houden – maar dat kon Mike niet zeggen. Als hij dat zei, overtrad hij de voorwaarden van zijn proeftijd en ging hij de bak in, terwijl Jonah in zijn eigen bedje mocht slapen.

Mike zei: 'En hoe zit het met die verpleegster van Jonah? Heb je al met haar gepraat?'

'Hoe weet je dat hij een verpleegster heeft?'

'Dat gerucht gaat rond in het stadje. Is het waar?'

Merrick knikte. 'Er is een verpleegster voor terminale patiënten opgeroepen.'

'En?'

'Ik moet je verzoeken bij haar uit de buurt te blijven.'

'Ik ben er tamelijk zeker van dat die verpleegster niet onder mijn beperkingen valt.'

'Er belde vanavond iemand naar het bureau om te zeggen dat er een truck aan de overkant van het huis van Jonah geparkeerd stond. Helaas heeft diegene het gezicht van de chauffeur niet goed gezien, noch zijn kentekenplaat. Als je in zijn buurt komt – als is het maar om gedag te zeggen – hoeft hij alleen de telefoon maar te pakken en ons te bellen, en dan sta jij op de nominatie om vijf tot acht jaar te brommen. En dan kan ik ook niets doen om het tegen te houden.'

'De kerel met de beste advocaat wint gewoon, hè?'

'Dankzij O.J. leven we allemaal in een andere wereld.' Merrick schoof zijn koffie opzij en boog zich over de tafel naar hem toe. Hij keek ernstig. 'De waarheid is dat jij ons onderzoek schaadt. Je loopt ontzettend in de weg. Voordat het allemaal misging werkte Jonah mee, en toen kwam jij opdraven en vermoordde hem bijna. Nu doet hij geen stap zonder met zijn advocaat te overleggen.'

Mike zei niets.

'Jonah leeft in geleende tijd. Ik denk dat ik een manier weet om uit hem te krijgen wat ik nodig heb, maar om dat te doen moet jij uit zijn buurt blijven, uit de buurt van de verpleegster, alles. Laat mij mijn werk doen en me druk maken over Jonah. Leid jij nou je normale leven.'

'Ik heb niet veel leven meer,' zei Mike, 'en ik garandeer je, dat wát ervan over is allesbehalve normaal is.'

# 13

De kroeg was aan de rand van het stadje, in de buurt van Chelsea, en droeg de passende naam The Last Pass. Het deed hem altijd denken aan een zwart-wittekening die hij destijds, toen hij nog op de katholieke lagere school zat, in een catechismusboek had gezien. De zielen die de toegang tot de hemel was geweigerd, lagen in ziekenhuisbedden met van pijn vertrokken gezichten en leken in geen enkel opzicht anders dan de stamgasten aan de bar, een stel verloren, kwaaie, verworpen zielen, die hun bijstands-, arbeidsongeschiktheids- of werkloosheidsuitkering opstreken en hun dagen doorbrachten met het zwerven van de ene kroeg naar de andere, tenten met gedempt licht en een constante wolk sigarettenrook.

De barkeeper was nog jong, ergens voor in de twintig, met een kaalgeschoren hoofd en een strak, blauw spierballenshirt met afgeknipte mouwen, om de prikkeldraadtatoeages, die over elke biceps liepen, te tonen.

'Een Jack en een biertje ernaast,' zei Mike.

'Wat voor bier?'

'Maakt me geen ruk uit.'

Eentje maar. Dat was alles wat hij vroeg. Eén lullige slok. Normale mensen kwamen na een hele dag buffelen thuis van hun werk en ontspanden zich met een slok, de beloning dat ze het weer hadden volgehouden in de dagelijkse tredmolen. Eén glas maar, om zijn zenuwen te kalmeren en hem te helpen slapen. De reclasseringsambtenaar zou hem op dit uur absoluut niet bellen of langskomen.

De barkeeper kwam terug en zette het glas Jack en het bier op de bar. Mike staarde naar de whisky en liet zijn tong langs zijn voortanden gaan.

*Je hebt zelfmedelijden.*

Laten we eens zeggen dat dat zo was. Nou en? Wat kon het voor kwaad als hij een ogenblik aan zijn zelfmedelijden toegaf?

En waarom was hij gebonden aan een serie regels die elke minuut van zijn leven dicteerden, terwijl dat stuk vuil kon gaan en staan waar hij wilde?

Mike pakte zijn whiskyglas en bracht het naar zijn lippen, de geur van de drank vulde zijn neusgaten.

Eén drankje maar. Eentje, om hem te helpen slapen, dan ging hij naar huis.

*Eén glas wordt twee glazen, dan drie en vier en vijf en je wordt straalbezopen en dan rij je weer naar Jonah. Je wilt dat glas achteroverslaan, ga je gang, maar wees tenminste eerlijk tegenover jezelf.*

Mike zette het glas weer op de bar, maakte zijn mobiele telefoon los van zijn riem en toetste het nummer in dat hij uit zijn hoofd kende.

'Heb je je wel eens afgevraagd wat het verschil is tussen het vagevuur en het leven?'

'Pastoor Jack?' vroeg Bill met een dikke stem van de slaap en groggy. 'Ik zweer dat ik mezelf niet op de verkeerde plek heb beroerd.'

'Ze hebben Sarahs jack een uur geleden boven op de heuvel gevonden.' Mike haalde diep adem en slikte. 'Het hing aan een kruis.'

'Waar zit je nu?'

'Ik zit bij The Last Pass naar een glas Jack en een biertje te staren.'

'Die gore tent? Jezus, Sully, als je toch weer aan de zuip gaat, doe het dan tenminste in stijl.'

'Ik zag hem vanavond.'

'Wie?'

'Jonah,' zei Mike, en hij bracht Bill op de hoogte van wat er gebeurd was.

'Dus Slome Ed heeft je gematst,' zei Bill. 'Goeie vent. Kwam mijn moeder opzoeken toen ze in het ziekenhuis lag.'

Mike keek naar de condensdruppels die langs het bierglas gleden. Aan de andere kant van de telefoon hoorde hij iets wat op een autoportier leek dat dichtgeslagen werd en een motor die startte.

'Zet hem uit je hoofd, Sully.'

'Het is al een uur geleden en ik wil hem nog steeds vermoorden.'

'Laat hem over aan de man met de zeis. Hij is het niet waard.'

'Jess verhuist naar New York.'

'Iedereen gaat weg uit Belham. Moet je horen. Vanavond na de wedstrijd ben ik met iedereen wezen eten in die steaktent aan Route Six, raad eens wie ik tegen het lijf liep? Bam-Bam en zijn nieuwe vriendinnetje, Nadine. Heb je die wel eens ontmoet?'

'Nog niet.'

'Ze is nog dommer dan Anna Nicole Smith.'

'Dat kan niet.'

'Nadine dacht dat varkensvlees van een paddenstoel kwam. En de wedstrijd van aanstaande zondag van de Pats is trouwens afgelast. Het schijnt dat Bam onverwachts op reis gaat naar Arizona. Waarom denk je?'

'Niet om de Grand Canyon te zien, neem ik aan.'

'Voor een kuur, man. Nadine wil dat Bam een flink aantal pondjes gaat afvallen. Dus gaat ze een week met hem naar een kuuroord. Daar gaat hij tarwekiempannenkoeken bij het ontbijt eten, aan yoga doen, modderbaden nemen, keiharde massages en klysma's ondergaan.'

Mike wreef het glas whisky tussen zijn vingers. 'Mensen doen rare dingen als ze verliefd zijn,' zei hij, en hij dacht aan de verhuizing van Jess naar New York; hij wist zeker dat die stap tenminste voor een deel te maken had met de nieuwe man in haar leven.

'Die dikke sukkel heeft zelfs zijn tanden laten bleken. Ik zeg tegen hem: 'Bam, waarom heb je niet gewoon twee dollar betaald voor een fles White-Out en heb je je tanden niet witgeschilderd, net als voor ons eindexamenfeest?'

Mike grinnikte droog.

'Zie je, dat is toch maf. Maar Nadine? Ze bleef me gewoon aanstaren. Ik zweer je, de gedachten fladderen volgens mij in haar hoofd rond als kanaries in een lege kamer. Hou vol, Sully, ik ben er bijna.'

# 14

Als je gebruikmaakt van de media, draait het er op uit dat de media jou gebruiken. Dat had Rose Giroux Mike in het begin al ingeprent. *Ze zijn op je tranen uit, Michael. Dat is het enige waar het hen om gaat. Ze willen dat je huilt, schreeuwt en vloekt, en dat je voor het oog van de camera instort, en dat bereiken ze alleen door vragen te stellen die slechts bedoeld zijn om te provoceren. Zo gauw ze die stellen – en dat zullen ze, steeds opnieuw – denk er dan altijd aan dat je op je dochter geconcentreerd blijft. Denk eraan, dat bij elke stompzinnige vraag een camera en een taperecorder lopen, die het verhaal en het beeld van Sarah uitzenden. Hoe langer je Sarah in de media houdt, hoe groter de kans is dat iemand met informatie naar buiten komt. Jij blijft vriendelijk en zo zacht als honing, want er kan een tijd komen dat je ze nodig hebt.*

In de vijf daaropvolgende dagen liet Mike, waar hij ook was, hoe hij zich ook voelde, alles liggen waar hij mee bezig was en gaf op een gespannen, maar aangename toon antwoord op steeds dezelfde geestdodende vragen. Ja, ik weet zeker dat het mijn dochters jack was, boven op de heuvel. Nee, ik kan niet verklaren waarom Jonah 911 heeft gebeld om melding te maken dat hij het jack gevonden had. Nee, ik weet niet wat er nu met het jack gebeurt. Nee, ik weet niet waarom de politie Jonah nog niet heeft gearresteerd. Ik weet helemaal niets, daarvoor moet u bij de politie zijn. Gaat u naar de politie. Spreekt u met de politie.

Merrick hield twee persconferenties – rookgordijnen en luchtspiegelingen in de trant van 'We trekken verscheidene aanwijzingen na' en 'Geen commentaar'. Merrick hield zijn kaarten voor zich; hij gaf geen enkele informatie weg. Toen de camera's en de microfoons weg waren en ze met hun tweeën alleen in een kamer overgebleven waren, trakteerde hij Mike op dezelfde lippendienst. Heb geduld. We boeken vooruitgang. Merrick ging nooit dieper in op wat voor vooruitgang precies.

Tegen het einde van de werkweek, met geen enkel nieuw feit om zich over te verheugen, gingen de media weer over tot hun tijdelijke staat van winterslaap. Ze bleven wel in de buurt van Belham hangen, voornamelijk rond het huis van Jonah, in de hoop een foto te kunnen schieten van de stervende kluizenaar. Soms reden ze bij Mike voor en klopten ze aan voor een exclusief interview – alleen, Mike was er niet. Hij was met Fang tijdelijk bij Bill ingetrokken. Anthony Testa kwam op het werk langs voor een plasje en een ademtest en ging pisnijdig weer weg. Mike had vergeten het deksel op het potje urine te doen en hem per ongeluk in Testa's aktetas laten vallen.

Iedere ochtend, van vijf tot zes, zelfs in hartje winter, ging pastoor Connelly op de trainingsbaan van Belham High School hardlopen. Mike wist dat, omdat hij vroeger op de middelbare school zelf op die baan hardliep om in vorm te blijven voor het football. Ze liepen vaak samen op en spraken dan over verschillende onderwerpen, waarbij pastoor Jack het bepaald niet schuwde zijn mening over Lou Sullivan te geven.

Op een druilerige vrijdagmorgen trof Mike pastoor Jack op de baan aan waar hij zijn rondjes afwerkte. De priester was alleen, gekleed in zijn grijze joggingbroek en een marineblauw sweatshirt met capuchon. Hij kwam de bocht om en toen hij Mike bij zijn sporttas zag staan, vertraagde hij zijn pas tot wandeltempo.

'Daar moet je toch echt eens mee stoppen,' zei pastoor Jack, die naar de sigaret in Mikes hand wees.

'Toen hij het eerste meisje had aangerand heeft de kerk het in de doofpot gestopt.'

Pastoor Jack bleef staan. De zweetdruppels liepen over zijn gezicht en zijn adem kwam als stoom naar buiten in de koude lucht.

'De kerk plaatste hem over naar een andere parochie en toen verdween Caroline Lenville,' zei Mike. 'Haar moeder was ietsje te laat om haar op te pikken, dus gaf Jonah haar een lift naar huis. De politie geloofde hem, omdat ze niets wisten van de aanklacht wegens aanranding, maar de kerk wist het wel, en toen de stofwolken waren opgetrokken, plaatsten jullie hem over naar Vermont en toen verdween Ashley Giroux.'

Pastoor Jack bukte zich en pakte een handdoek uit zijn sporttas.

'Je hebt Sarah in je handen gehouden,' zei Mike. 'Je hebt haar gedoopt. Je hebt bij mij thuis gegeten.'

'Moet ik het je nu weer zeggen, Michael? Dat ik Jonah een schandvlek vind? Dat ik me schaam voor wat de kerk heeft gedaan? Hoe ze de slachtoffers links heeft laten liggen en verraden? Je weet heel goed hoe ik denk over alles wat er gebeurd is.'

'Waarom kwam Jonah vorige week bij je langs?'

'Je weet dat ik dat niet kan zeggen.'

Het was dus om te biechten. En omdat er een biechtgeheim bestond, kon geen diender, geen enkele rechter of gerechtshof pastoor Jack dwingen te onthullen wat er was voorgevallen.

Mike knipte met zijn vinger zijn sigaret weg in de wind en ging dichter bij hem staan, met zijn gezicht een paar centimeter bij dat van de priester vandaan.

'Wat je ook zegt, ik beloof je dat het tussen ons blijft.'

Pastoor Jack keek naar het footballveld.

'Wijs me alleen een richting,' zei Mike. 'Zeg me waar ik moet zoeken.'

'Ik weet dat het een ongelooflijk pijnlijke en zware beproeving voor je is. Probeer te onthouden dat God een plan heeft voor ieder van ons. We begrijpen het misschien niet, soms worden we er zelfs kwaad om, maar Hij heeft een plan voor ons.'

'We zitten niet in de kerk. Hoe denkt je erover het mij als vriend te zeggen?'

'Het ligt in Gods handen. Het spijt me.'

Mike voelde een zware brok in zijn keel opkomen. 'Dat is het dus,' zei hij, 'ik denk dat het je niet écht spijt.'

Ray Pinkerton stond in de keuken. Hij sprak langzaam, terwijl hij het overhemd van zijn politie-uniform in zijn blauwe broek stopte. 'Het spijt me, maar dat kan ik niet doen.' Hij had een zachte, bijna vrouwelijke stem, die niet in overeenstemming was met de harde spiermassa van zijn grote, forse lijf. 'Niet na de week die Sammy achter de rug heeft.'

'Ik weet dat het een zware week voor hem is geweest,' zei Mike, en dat zei hij niet zomaar. Mike had op de tv gezien hoe de media de afgelopen week onophoudelijk achter Sammy Pinkerton aangezeten hadden; de verslaggevers hadden hun tenten bij het huis van Sammy opgeslagen en ze slopen om het terrein van de St. John's Prep high school in Danvers heen, om foto's van hem te maken als hij van de ene klas naar de andere holde en in zijn vaders auto dook.

'Er is in die afgelopen vijf jaar niets veranderd. Sammy heeft alles wat hij die avond heeft gezien aan Merrick verteld, en ook aan jou.'

'Voor zover ik weet,' zei Mike.

Daar ging Pinkerton niet op in. 'Waarom wil je nu, na al die tijd, weer met hem praten?'

Dat had iets te maken met de wens zich een beeld te vormen van Sammy en Sarah, die avond op de heuvel – en dat Sammy door dat te doen, Sarah iets dichter bij hem kon brengen. En misschien, heel misschien, dat als hij Sammy hoorde praten over wat er gebeurd was en hij het door Sammy's ogen zag, het hem op een of ander nieuw idee of in een nieuwe richting kon brengen.

'Ik wil echt niet moeilijk doen,' zei Ray Pinkerton. 'Ik weet dat je in het begin al met hem wilde praten en toen heb ik nee gezegd.' Hij zuchtte en streek met zijn hand over zijn geschoren hoofd. 'Hij geeft zichzelf de schuld van wat er gebeurd is, weet je? In die tijd sliep hij helemaal niet, hij wilde niet eten. Ik heb hem in therapie laten gaan en hij heeft zich er eindelijk boven uit gewerkt, maar met alles wat er nu weer gebeurt, gaat hij zienderogen achteruit.'

'Het is goed, pap.'

Ze keken allebei om en zagen Sammy in de gang staan.

Nu hij Sammy van dichtbij zag – Sammy was geen kind meer maar zestien en echt lang en dun, met gemillimeterd haar en plukjes baard die samen een sikje probeerden te vormen – werd Mike teruggeslingerd naar die ochtend dat hij op de heuvel stond en zich afvroeg hoe Sarah er nu uit zou zien, en hij realiseerde zich dat ze vermoedelijk vlak langs hem heen kon lopen zonder dat hij haar zou herkennen.

Ray Pinkerton wilde juist iets gaan zeggen, toen Sammy zei: 'Echt waar, pap, het gaat best.'

Maar Sammy klonk niet best. Hij klonk bang. En zo zag hij eruit ook, dacht Mike. Sammy wilde hem niet recht aankijken.

'Ik heb er niets mee te maken gehad,' zei Sammy, zijn stem was niet veel meer dan gefluister. 'Ik heb het blog van Neal gisteren ontdekt.'

Ray zei: 'Blog? Wat is in godsnaam een blog?'

'Een blog is een soort online-krant,' zei Sammy, en hij vestigde toen zijn aandacht op Mike. 'Dat is de reden waarom u hier bent, nietwaar?'

'Ik wilde met je praten over die avond op de heuvel.'

Sammy werd stil; een jongen die wenste dat hij kon krimpen of onzichtbaar worden. Hij stak zijn handen in zijn zakken en bestudeerde de grond.

'Neal,' zei Ray, 'je bedoelt Neal Sonnenberg?'

Sammy knikte en Ray mompelde iets binnensmonds.

Mike zag hoe Ray en zijn zoon blikken van verstandhouding uitwisselden. Toen zei Ray: 'Neal woont hier in Belham. Tegenover het huis van Jonah.' Ray wendde zich weer tot zijn zoon: 'Wat is dat voor iets met dat blog?'

Sammy schuifelde achteruit de gang in en Mike hoorde voeten de trap op stampen. Mike richtte zijn blik op Ray, die inmiddels even nerveus leek als zijn zoon, alsof hij wilde verdwijnen.

'Is er iets aan de hand met Jonah?' vroeg Mike.

'Ik heb niks gehoord.'

*Hij liegt,* dacht Mike, *hij liegt of hij houdt me aan het lijntje – of allebei.*

Sammy kwam weer naar beneden met een laptop. Hij zette hem op het keukenaanrecht, maakte de telefoonplug los en stak de draad achter in de laptop. Hij zette hem aan en terwijl ze wachtten tot hij opgestart was, zag Mike de spanning in de schouders van de jongen en de zenuwachtige manier waarop hij aldoor stond te slikken.

Nog geen twee minuten later was Sammy op het Internet en had hij een site te pakken die Neal's Place heette. Hij stond vol foto's van een slungelige jongen met zwart haar in rechtopstaande pieken, die poseerde met vrouwen van verschillende leeftijd op het strand, bij footballwedstrijden, op parkeerplaatsen en bij Hooters. Al die vrouwen zagen er waanzinnig goed uit en ze droegen óf heel strakke, óf onthullende kleding en Neal stond op allemaal, met een glimlach alsof hij de lotto had gewonnen.

Sammy klikte tweemaal op een icoontje onderaan en er verscheen een scherm waarop om een naam en een wachtwoord werd gevraagd. Die tikte hij in en drukte op Enter.

Een nieuw scherm verscheen met een kop in grote, vette letters OP JACHT NAAR DE BOEMAN. Mike zag een foto van zichzelf, terwijl hij de seringen op de top van de heuvel legde en links van de foto het commentaar van Sammy's vriend Neal.

'Jezus christus,' zei Ray.

Sammy ging in de verdediging: 'Ik wist hier niks van, tot gisteren. Neal heeft het zó opgezet dat je er alleen in kunt met een wachtwoord. Met Google vind je het niet. De enige reden waarom ik ervan weet is dat Barry Paley me erover vertelde en me het wachtwoord heeft gegeven om erin te komen.'

'Hoelang doet Neal dit al?' Ray begon kwaad te worden.

'Ik weet het niet. Een jaar misschien.' Sammy keek naar Mike om vergeving of in ieder geval een mate van begrip. 'Ik zweer jullie dat ik de waarheid vertel,' voegde Sammy eraan toe. Zijn stem trilde en stond op het punt te breken. 'Ik zweer het je.'

Mike stond naar het scherm van de laptop te staren. Het enige wat hij zag was de andere foto, de foto met Jonah, boven op de heuvel, die de bloemen in zijn hand hield en de geur van de seringen opsnoof.

Neal Sonnenbergs online-krant was een onsamenhangend verhaal van zes pagina's over hoe laat Jonah zijn huis verliet, waar hij op zijn wandelingen naartoe ging en wat hij deed. Nadat Mike het had gelezen, printte hij de tekst en de foto's uit en verliet toen het huis van de Pinkertons, sprong in zijn truck en belde de informatie. Er stond maar één Sonnenberg geregistreerd. Mike was op weg naar het huis, toen zijn mobiele telefoon ging.

'Je kent de voorwaarden van het straatverbod,' zei Merrick. 'Als je hierheen komt, ben je in overtreding.'

Ray Pinkerton moest Merrick gebeld hebben.

Mike zei: 'Hoelang houd je Jonah al in de gaten vanuit het huis van dat kind?'

'Als ik iets ontdek, laat ik het je weten.'

'Net zoals die website, hè?'

'Je hebt de online-krant van die jongen gelezen. Daar zit niks bijzonders bij.'

'Misschien heb je die foto van Jonah niet gezien, daar boven op de heuvel met de bloemen die ik daar heb neergelegd, of de foto's van hem op het pad achter mijn huis.'

'Ik heb je beleefd verzocht je erbuiten te houden en je blijft evengoed in mijn onderzoek klooien.'

'Dat zou ik misschien niet hoeven doen als jij je werk beter deed.'

'Als je hier komt, ga je de bak in,' zei Merrick, 'dat beloof ik je.'

# 15

Mike had een belangrijke serie bouwplannen voor een aanstaande verbouwing in zijn kantoor liggen, dus wipte hij even langs
huis en was opgelucht dat er geen journalisten waren. Er waren
mensen geweest die bloemen, kaarten en foto's van Sarah op het
gras voor het huis hadden gelegd. Hij zette de auto in de garage
en pakte de doos met post die hij eerder bij het postkantoor had
opgehaald. Op de dag nadat Sarahs jack was gevonden liet Mike
zijn post vasthouden.

Het was even na elven. Hij was klaarwakker en besloot hier
zijn post door te nemen. De jaloezieën in de zitkamer waren naar
beneden. Hij pakte een Coke uit de koelkast en de vuilnisbak uit
de keuken, zette de tv op ESPN en begon toen de berg enveloppen, pakjes en folders te sorteren.

Tot dusverre geen enkele brief van een idioot die beweerde het
jack op het kruis te hebben gehangen of die meende te weten wat
Jonah met haar had gedaan. Als er dergelijke brieven tussen
zaten, gingen ze op een aparte stapel voor Merrick. De meeste
brieven waren gebedskaartjes van mensen die hij nooit had ontmoet of brieven van helderzienden, zoals deze, geschreven op
roze papier: MADAME DORA, INTERNATIONAAL BEROEMD MEDI-
UM. De vrouw in de bijgevoegde kleurenbrochure leek op Bill
met een blonde pruik op. Mike verfrommelde hem tot een bal en
gooide hem naar de vuilnisemmer die hij in de hoek had gezet.

Sarahs jack was in het lab. Handen met latex handschoenen
bekeken het door een microscoop en op dia's om het jack zijn geheimen te ontfutselen.

Wat had Jonah bezield om het jack na al die tijd niet alleen vrij
te geven, maar het op een kruis te hangen?

Die vraag kwam telkens weer bij Mike boven en hij kon er nog
steeds geen logica in ontdekken. Het weerhield een heleboel erva-
ren FBI-agenten in ruste en de zogenaamde experts op het gebied

van de misdadige geest er natuurlijk niet van, hun gezicht op tv te laten zien. Gisteren haalde de *Herald* nog een plaatselijk hoog aangeschreven psychiater, gespecialiseerd in de psychopathische persoonlijkheid, aan met de woorden – Mike parafraseerde – dat Jonah, op zijn geheel eigen geperverteerde, psychopathische wijze aan de politie liet weten dat hij bereid was te praten. Hij wist dat hij niet lang meer te leven had en voelde dat hij moest biechten, maar weet je, hij kon gewoon de telefoon niet pakken om het te doen. Nee, hij moest ertoe gedwongen worden, dus zette hij het bewijs neer en nu was het aan de politie, haar rol te vervullen.

Er werd op de deur geklopt.

Mike liep naar het raam, trok de jaloezie omhoog en tuurde naar buiten. Geen bestelwagen van de televisie, geen auto, dus het kon geen verslaggever zijn.

*Misschien is het Merrick.*

Toen Mike de hal in liep werd er opnieuw geklopt. Hij deed de deur open en staarde in het gezicht aan de andere kant van de stormdeur.

'Het is wel zo beleefd als je me binnenlaat,' zei Lou.

Mike dacht er even over na en deed toen open. Lou stapte de hal binnen. Mike keek of hij een auto zag, maar zag er geen. Was Lou hem gevolgd?

'Je ziet er goed uit, Michael. Slank en kwaad.'

Datzelfde kon ook van Lou worden gezegd. Die was altijd slank geweest en zijn kwaadaardigheid en woede, die door het minste of geringste opgewekt werden, hadden hem op een of andere manier geconserveerd. Zijn haren waren grijzer, zijn gebruinde gezicht wat verweerder door tientallen jaren die hij in de zon had liggen bakken, maar het stond buiten kijf dat Lou nog steeds die zelfverzekerde, jeugdige zwier had als vroeger, een succesvolle straatvechter, die wist waar hij je raken moest om je wekenlang uit te schakelen.

*Of om je te laten verdwijnen,* voegde een stem eraan toe, *vergeet dat speciale talent niet.*

Mike deed de deur dicht. 'Weet de politie dat je weer in de stad bent?'

'Nee, en ik zou het zeer waarderen als je het voor je hield,' zei

Lou. Hij was gekleed in een zwart pak en een wit overhemd, met onberispelijk gepoetste, zwarte schoenen. 'Je bent zeker nog steeds dikke maatjes met die diender, die gast die op Mike Tyson lijkt, hoe heet hij ook weer? Zukowski?'

'Wat wil je?'

'Ik kom met je praten.' Lou stak een sigaret op met de gouden aansteker met het marine-embleem in reliëf op de voorkant. Die aansteker was een vast punt in huis, zolang Mike zich kon heugen. De vlam schoot even langs Lou's gezicht en verdween. 'Blijven we hier staan, of gaan we zitten?'

'Ik sta hier prima.'

Lou nam een lange trek van zijn sigaret en keek met een emotieloos gezicht rond in de kamers. 'Dokter Jackson heeft hier gewoond. Daar hield hij altijd pokeravondjes.' Hij wees naar de eetkamer. 'Best een aardige kerel. Maar hij had een groot gokprobleem.'

'Was dat die vent die ik je in Devon Street met een stuk pijp heb zien bewerken?'

Lou plukte een stukje tabak van zijn tong en bekeek het. 'Ik had gedacht dat al die tijd en je omstandigheden je misschien wat vergevingsgezinder hadden gemaakt.'

'St. Stephen's ligt de andere kant op.'

Die woorden kwamen niet aan. Ze vielen gewoon als stenen bij Lou naar binnen en verdwenen in een put.

'Je weet dat Jonah ten dode is opgeschreven,' zei Lou.

'Dat weet iedereen.'

'Ik bedoel, hij kan nu iedere dag de kraaienmars blazen. Zijn nachtkastje en keukentafel staan vol met alle mogelijke medicijnen – morfine, Demerol, Prozac, noem maar op. Het verbaast me dat die klerelijer nog kan lopen.'

Mike begon te praten, maar stopte toen.

Lou wist dat van die medicijnen omdat hij in het huis van Jonah was geweest.

'Daar gebeuren allemaal rare dingen,' zei Lou. 'Die gozer heeft kerstlichtjes en kerstversiering in zijn slaapkamer en zijn woonkamer hangen – hij heeft overal speelgoed liggen. Phil heeft me verteld – '

'Phil?'

'Phil Debrussio, een van Jonahs lijfwachten.' Ze zijn met z'n tweeën. De media zijn over Jonah heen gerold sinds de vondst van Sarahs jack.'

*Sarah.* Lou sprak haar naam alsof ze ook van hem was.

'Dat met die kerstlichtjes en het speelgoed, dat noemen ze regressie,' zei Lou. 'Die verpleegster van Jonah, Terry Russell heet die meid, zegt dat zoiets kan gebeuren als een patiënt stervende is. Hij keert terug naar gelukkiger tijden in zijn leven, snap je wat ik bedoel?'

'Heeft ze je dat verteld?'

'Natuurlijk niet. Met mij praat ze niet en ze zal zeker niet met jou praten. Die meid heeft strikte orders van meneer Merrick om geen woord tegen je te zeggen, net als dat joch met die website over Jonah.' Lou zweeg, om deze opmerking even te laten bezinken. Hij nam weer een lange haal aan zijn sigaret. 'Als Jonah helder is, praat hij veel met zijn advocaat,' zei hij door een wolk van rook heen. 'Hij is doodsbang om in de gevangenis dood te gaan. Zijn advocaat houdt vol dat hij zich geen zorgen hoeft te maken.'

*Jezus, hij heeft afluisterapparatuur in dat huis geplaatst.*

'Ik vind dat het tijd wordt dat Jonah gaat praten,' zei Lou. Mike hoorde dat moeiteloze, magnetische zelfvertrouwen in de woorden van Lou en herinnerde zich hoe zijn moeder telkens weer op die stem had gereageerd en had geloofd dat hij zijn woede de volgende keer beter onder controle zou hebben, als hij beloofde dat hij zijn mening niet meer met zijn vuisten duidelijk zou maken.

'Ik vraag je niet om erbij betrokken te raken,' zei Lou, 'maar als de politie vragen komt stellen, heb ik misschien een alibi nodig.'

Niet één keer was Mike over die lijn heen gestapt, Lou's andere leven binnen. Toen hij opgroeide ging Mike naar Bill toe als Cadillac Jack of die andere misdadigers kwamen kaarten of om zaken te bespreken, en als dat geen optie was ging hij naar zijn slaapkamer, deed de deur dicht en zette zijn zwart-wittelevisie of de radio hard aan.

Mike zei: 'Laat de politie het maar afhandelen.'

'Is dat wat je wilt?'

'Ze weten wat ze doen.'

'Hoe denk je dat Jonah die avond het huis uit heeft kunnen komen zonder gezien te worden?' grijnsde Lou, en hij voegde eraan toe: 'Als je je gabber Zukowski de volgende keer tegenkomt, moet je hem eens vragen waarom die kerel die het huis van Jonah in de gaten houdt, steeds in slaap valt.'

'Als je hier de boel gaat lopen verkloten,' zei Mike op vlakke toon, 'vertel ik Merrick van dit gesprek.'

Er kwam een griezelige leegte in de ogen van Lou. Hij deed een stap naar voren met zijn sigaret in zijn mondhoek en het gaf Mike het gevoel alsof hij weer een kleine jongen was. Zijn blik ging automatisch naar Lou's vuisten om te zien of ze gebald werden, het zekere sein dat er een kloppartij aankwam. Deze handen hadden Mikes moeder gestreeld, geslagen en, daar was Mike zeker van, begraven.

'Die avond liep ik je bij McCarthy's tegen het lijf. De volgende ochtend werd ik wakker en hoorde ik dat je Jonah in een coma had geslagen.'

'Dat ging per ongeluk.' Mike keek op. 'Dat was ik niet van plan.'

'Zeg je dat tegen jezelf als je in de spiegel kijkt?'

Mike weerstond zijn vader blik. 'Het is zo.'

'Als de politie zich zo goed van haar taak kwijt, waarom was je afgelopen vrijdag dan bij Jonah?'

'Bemoei je er niet mee.'

'Jonah praat nogal veel in zijn slaap. Ik heb er niet veel van kunnen verstaan, maar hij heeft een paar keer Sarahs naam laten vallen. Als je op andere gedachten komt, laat je bij McCarthy maar een boodschap voor George achter. Hij weet wel hoe hij met me in contact moet komen.'

# 16

Mike wist dat Slome Ed en een paar jongens van Highland Auto Body elke eerste vrijdag van de maand bij elkaar kwamen om te pokeren. Mike ging bij de garage langs en na een praatje van tien minuten met de eigenaar wist hij waar de bijeenkomst die avond om acht uur werd gehouden.

Mike reed de garage uit en toetste met een hand aan het stuur het nummer van Bill op zijn mobieltje in.

'Hoe is het verlopen?' Bill had die middag een vasectomie ondergaan.

'Het is nu vier uur geleden en mijn ballen zijn nog zo dik als meloenen,' zei Bill. 'Kleine zwelling, rot op. Kun je nog wat ijs voor me meebrengen?'

'Natuurlijk. Wat nog meer?'

'Twee anderhalve-literpakken taptemelk. Grace heeft daarnet het laatste pak door de badkuip gegooid – geen vragen graag. O, en neem wat maïzena mee. Patty maakt kalkoengehaktbrood voor het avondeten.'

'Tot zo dan.'

'Schiet op, ik zit hier midden tussen de geesteszieken.'

Mike reed de stad in. Zelfs nu, met een complimenteus zonnetje, had het centrum van Belham die groezelige zweem van verval. High TV, de elektronicazaak waar meneer Dempson videorecorders en televisies repareerde, was dichtgetimmerd, een van de vele slachtoffers van de wegwerpmentaliteit van discountzaken. Waarom zou je het laten maken, als je het kon weggooien en er sneller een nieuwere en goedkopere voor in de plaats te kopen? Kingworld Shoes kon niet die lage prijzen bieden als in het winkelcentrum en was gedwongen de deuren te sluiten. Twee jaar geleden was de hockeyzaal uitgebrand waar Sarah verscheidene verjaardagspartijtjes had gevierd, samen met de lege winkel ernaast, Cusiack Fabrics (op het bord had ooit gestaan WERELDBEROEMD SINDS 1912. The Strand, de oude bioscoop waar hij nog met zijn moeder heen ging en waar hij Sarah mee naartoe had genomen om *E.T.* te zien, zou binnenkort tegen de grond gaan. Het enige gebouw dat het had overleefd was de openbare bibliotheek. Als hij in een goede bui was reed Lou met Mike naar de bibliotheek, waar ze naast elkaar op de stoep gingen zitten en Mike luisterde hoe Lou maar doorzwamde; dat hij ver over de honderd zou worden als hij de helft van zijn leven zou terugkrijgen die hij had doorgebracht met op vrouwen te wachten.

Ook Collette's kruidenierszaak zou onder de slopershamer komen. Volgend jaar zou de winkel worden omgebouwd tot een van de grote merkwarenhuizen, compleet met drogisterij en een afdeling waar je foto's kon laten ontwikkelen. Het landschap om hem heen was aan het veranderen en toch leek niemand het op te merken of het iets te kunnen schelen, wat van de twee wist hij eigenlijk niet.

Mike besloot, nu hij hier toch was, wat boodschappen voor zichzelf te doen. Hij duwde het winkelkarretje naar de zuivelafdeling, waar hij pastoor Connelly in het oog kreeg, gekleed in jeans en een sweatshirt, terwijl hij de yoghurtsoorten stond te bekijken. Mike vroeg zich af of hij zich zou omdraaien. Te laat. Pastoor Jack had hem opgemerkt.

'Michael.'

*Waarom doet hij zo zenuwachtig – en waarom kijkt hij over mijn schouder?*

Mike draaide zich om.

Francis Jonah stond naar een pak sinaasappelsap te wijzen en hield zich met zijn andere hand vast aan zijn stok. Er stonden twee kerels naast hem – de lijfwachten, allebei dik en breed. De kerel met het kaalgeschoren hoofd pakte het pak sinaasappelsap en zette het in het winkelwagentje. De andere man was kort en had gemillimeterd haar en een enkele diamanten oorbel in zijn linkeroor. Zijn ogen waren op Mike gevestigd.

'Toe, meneer Sullivan,' zei de man met het gemillimeterde haar. 'U kent de gang van zaken.'

Mike verroerde geen vin en keek hoe Jonahs aandacht weggleed van de afdeling met sinaasappelsap en het zuurstofmasker van zijn gezicht trok.

'Je hebt hem gehoord,' piepte Jonah, 'wegwezen.'

Mikes geest vulde zich met een beeld van Sarah, die zonder haar bril bijna niets zag en om hulp riep, terwijl ze de vreemde handen van zich af sloeg, die haar gretig wilden vastpakken.

'Je zit in je proeftijd,' zei Jonah. 'Ik heb een mobiele telefoon bij me en getuigen. Nietwaar, pastoor Connelly? Toe maar, Chucky, pleeg dat telefoontje maar.'

Pastoor Jack greep Mike bij zijn bovenarm. 'Laat hem aan God over,' fluisterde hij.

Jonah likte zijn lippen af en zijn ogen glinsterden.


Reggie Dempson woonde nog altijd in hetzelfde boerenhuis, waar hij met zijn drie zussen en hun moeder, Gekke Alice, was opgegroeid. Die vrouw liet haar kinderen met aluminiumfolie om hun hoofd slapen, om te voorkomen dat de UFO, die iedere avond boven hun huis rondcirkelde, hun gedachten las. De champagnekleurige Honda Accord van Slome Ed stond op de oprit geparkeerd.

Om kwart voor tien parkeerde Mike zijn truck aan de overkant, zette de motor af, pakte een nieuw pakje Marlboro en ging al rokend zitten wachten.

Een half pakje later, om halfelf, kwam Slome Ed bij Dempson de voordeur uit en sjokte met zijn massieve gestalte de stoeptreden af, terwijl hij Reggie gedag zwaaide. Mike startte zijn truck en draaide het raampje naar beneden, net toen Slome Ed bij zijn auto kwam.

'Geen goed plan om met drank op achter het stuur te gaan zitten, agent Zukowski. Zal ik je een lift naar huis geven.'

'Praat met Merrick.' Slome Ed opende zijn portier.

'Je baas schijnt het moeilijk te vinden terug te bellen.'

'Misschien is hij bang dat je weer een bestelling bij Jonah gaat afleveren.'

'Dus Merrick heeft iets over Jonah.'

'Dat zeg jij – niet ik.'

'Kom op, Ed, ik vraag alleen om een verslag van hoever jullie zijn. Jullie zullen intussen wel iets weten.'

'Zoals ik al zei, praat met Merrick.'

'Ik hoorde dat die vent die Jonahs huis in de gaten moet houden er moeite mee heeft wakker te blijven,' zei Mike. 'Als de media daar maar geen lucht van krijgen.'

Slome Ed kwam overeind en slenterde naar de truck toe. Hij legde zijn arm op het dak en kwam dicht bij Mikes raampje staan.

'Ik mag je graag, Sully. Ik heb je altijd als een betrouwbare kerel beschouwd. Dat is de reden waarom ik die ene keer heb besloten je te matsen. Ik vertel je dat we die Jonah natrekken, zijn achtergrond en zijn naamsverandering voordat hij hier terugkwam – dat vertel ik je allemaal in vertrouwen en dan bedank je me door je als Wyatt Earp te gedragen.'

'Ik heb nooit aan Merrick verteld waar wij over hebben gepraat.'

'Maar hij wéét dat het ergens van binnen het bureau moet komen. En wie denk je welke diender dat jaar onder de microscoop is gegaan?'

'Hoe vaak moet ik me nog verontschuldigen? Ik was dronken. Ik drink niet meer.'

'Ik heb het niet over het drinken, ik heb het over je zelfbeheersing. Wat was je die avond op de veranda van Jonah van plan? Graag gedaan, trouwens.'

'Jullie hielden het huis van Jonah vanuit het huis van die jongen in de gaten, niet? Neal Sonnenberg. Die met de website met foto's.'

Slome Ed zei niets.

'Ik heb die online-krant van dat joch gelezen,' zei Mike. 'Hoeveel daarvan heeft Merrick eruit gehaald?'

'Geen woord. Dat joch doet het om indruk te maken op zijn vrienden.'

'Waarom is die website dan weg?'

'Wil je soms dat die foto's in de kranten en op tv verschijnen?'

'Er zijn bijna twee weken voorbij en ik heb nog niets gehoord.'

'Merrick loopt zijn benen uit zijn reet, Sully. Eerlijk, dat is de zuivere waarheid.'

'Ik ben bijna kapot, alsjeblieft.'

Slome Ed trommelde met zijn vingers op het dak van de truck. Zijn adem was als stoomwolkjes in de nachtlucht.

'Geef me gewoon iets waaruit blijkt dat jullie hem in het nauw hebben en ik zweer je dat ik me gedeisd zal houden.'

Slome Ed hield op met trommelen en legde zijn andere arm op het dak. 'Heb ik je woord?'

'Dat heb je.'

Slome Ed zweeg even en zei toen: 'Merrick heeft met een karakterdeskundige van de FBI gesproken. Ze zijn het er allebei over eens, dat de manier om van Jonah los te krijgen wat hij over de meisjes weet, is hem met bewijzen te confronteren. Je weet wel, laten zien dat er geen uitweg is.'

'Er is geen uitweg. Hij gaat dood.'

'Precies. Zodra Merrick het bewijs zwart op wit heeft, gaat hij Jonah voor de keus stellen: zeg ons wat je weet over die meisjes, of je kunt sterven in de gevangenis. Jonah is ontzettend bang om in de gevangenis dood te gaan. Welke keus denk je dat Jonah zal maken?'

'Hebben jullie al resultaten van het lab?'

'Alleen voorlopige – met de nadruk op voorlópig. De mensen van het lab moeten eerst hun werk doen en als de resultaten binnenkomen, sluit Merrick het net rond Jonah.'

'En over hoeveel tijd praten we dan?'

'Dat hangt van het lab af.'

'Kun je een schatting doen?'

Slome Ed dacht even na en zei toen: 'Als ik moet schatten, zou ik zeggen, nog een week, op zijn hoogst.'

'Tegen die tijd is hij dood.'

'Dat weet je niet.'

'Heb je hem de laatste tijd gezien?' vroeg Mike, die terugdacht aan eerder die dag, bij de supermarkt, hoe Jonah er toen uitgezien had: stokjes met losse kleren eromheen.

'Al die misdaadseries die je op de televisie ziet zijn bullshit. Je kunt de bewijsstukken niet bij die kerels dumpen en na een uurtje DNA en vezelmonsters binnen hebben.'

'Hebben jullie dan DNA?'

'Dat heb ik niet gezegd. Luister, ons doel is Jonah aan het praten te krijgen en ik heb er flink veel vertrouwen in dat we hem daartoe kunnen aanzetten. Probeer het vol te houden.'

Mike legde een arm over zijn stuur en keek door de voorruit. 'Het deugt niet.'

Slome Ed zei: 'Als Jonah negen-een-een niet had gebeld – als iemand hem had betrapt toen hij het kruis in de grond sloeg of hem met het jack van Sarah in zijn handen had zien staan, ja, dan was het spelletje anders gelopen. Misschien zou hij dan meteen bekend hebben; ik weet het niet. We moeten roeien met de riemen die we hebben.'

'Ik heb het over de manier waarop Jonah door iedereen wordt behandeld. Alsof hij een mens is.'

'We doen alles wat we kunnen, Sully.'

Mike dacht weer aan de supermarkt. Omdraaien en wegwezen, had Jonah gezegd. En dat had Mike gedaan, alsof hij Jonahs hond was.

'Ik wil hem laten branden, Ed. Ik zweer het bij Christus, die schoft zal branden.'

# 17

De klus had niet simpeler kunnen zijn: babysitten bij een uitge-teerde kerel die met één been in het graf stond. Chucky Bresler was letterlijk groot geworden in dit werk; begonnen met de be-veiliging van zijn vaders bar in Southie, tot hij doorschoof naar de grotere clubs aan Lansdowne Street. Hij draaide zijn hand er niet voor om vechtende zuiplappen uit elkaar te halen. Je had er alleen een paar stevige knuisten en spieren voor nodig en klaar was Kees.

Normaliter.

De uitslovers vormden het probleem. Natuurlijk had je ze zó in de gaten – kerels met strakke spierballenshirts en gouden kettin-gen, of die met een bende-uniform en veel legergroen. Die liepen in de club te pronken met hun opgepoetste egootjes en een air alsof ze het er voor het zeggen hadden, altijd op zoek naar rot-zooi. Vroeger, voordat men verplicht werd de clubs via een detec-tiepoortje te betreden of van top tot teen werd afgezocht met zo'n apparaatje dat je in de hand hield, zagen die lefgozers er geen been in een mes, of erger, een vuurwapen te trekken. Chuc-ky had nog nooit meegemaakt dat er een vuurwapen op hem was gericht, maar één keer besloot een groepje punks uit Mattapan er flink tegenaan te gaan in de club. Toen Chuck uiteindelijk orde op zaken had gesteld, lagen ze alledrie uitgeteld op de grond. Hij-zelf had een stiletto in zijn onderrug.

De dokter had hem open moeten snijden om zijn geperforeer-de nier te repareren. Met dank aan de Lieve Heer voor de pijn-stillers. Terwijl Chucky in het ziekenhuis lag te herstellen, zwaar gedrogeerd met Percodan, kwam er zo'n kolossale zwarte ijdel-tuit met ontzettend dure kleren binnenzwieren, om te zeggen dat hij zeer onder de indruk was van de manier waarop Chucky zich-zelf in de club had bewezen. De naam van die dandy was Booker en hij was eigenaar van een particulier beveiligingsbedrijf in het centrum van Boston. Of hij interesse had voor een fulltime salaris, extra gezondheidszorg, betaalde vakanties en lidmaatschap van een fitnesscentrum? Verdomd, nou en of.

Dat was bijna tien jaar terug en in die periode had Chucky, inmiddels drieënveertig, een aardig leventje voor zichzelf opgebouwd. De enige vrouw in zijn leven waar hij zeker van kon zijn was een witte pitbull, die Sneeuwbal heette. Zo nu en dan, wanneer er filmsterren naar Boston kwamen om hun nieuwste shit te promoten, werd Chucky wel eens gebeld voor het simpele klusje om met zijn grote lijf de opdringerige massa in bedwang te houden. Maar meestal werd hij opgeroepen om de bewaking te verzorgen van cliënten van Mark Thompson, kerels die op borgtocht vrij waren en een oppasser nodig hadden – zoals deze vreemde snoeshaan, Francis Jonah.

Jonah zat al vanaf zes uur vanavond met een Afghaanse deken over zijn schoot in de schommelstoel uit het raam in de achtertuin te staren. Het was nu een uur 's nachts en hij schommelde en staarde nog steeds uit het raam. Wat had het ook voor zin om te gaan slapen, als je wist dat je doodging, nietwaar? Je kon met één oogopslag zien dat deze man zijn einde naderde: beademingsslangetjes in zijn neus, een draagbare zuurstoftank op de grond, aderen die uitpuilden onder zijn huid, die zo wit was als een doek, de blik van 'niet thuis' die er in zijn ogen lag. Chucky had die blik al zo vaak in zijn beroepsleven gezien dat hij hem direct herkende.

'Moet ik iets te eten of te drinken voor u halen, meneer Jonah?' vroeg Phil Debrussio. Hij was Chucky's partner. Bij dit soort karweitjes werkte je altijd met z'n tweeën.

Jonah mompelde iets onverstaanbaars.

'Wat zegt u, meneer Jonah?'

Geen antwoord. Ook dat was niet vreemd. Jonah vond het prettig om zachtjes in zichzelf te praten zonder dat hij je hoorde, maar misschien negeerde hij je wel, Chucky wist dat niet zeker. Die gast zat waarschijnlijk te bidden. Als je wist dat je op weg was naar de andere kant, had je waarschijnlijk de neiging om je een slag in de rondte te bidden, met de man daarboven te babbelen, om ervoor de zorgen dat alles in orde kwam.

Maar deze gozer kon bidden tot hij een ons woog en het zou geen ziertje verschil maken. Na wat hij die drie meisjes had geflikt, was hij voorbestemd voor hetere vuren.

'Ik ga een boterham voor mezelf klaarmaken,' zei Phil tegen Chucky. 'Wil jij ook wat?'

Chucky schudde zijn hoofd en Phil stond op, liep de gang door en verdween in de keuken. Chucky keerde terug naar een artikel over de voors en tegens van borstimplantaten. Het artikel was geschreven vanuit medisch oogpunt, verdomd interessant, dat wel, maar er werd niets in vermeld over het soort waar mannen de voorkeur aan gaven.

'Sheila Bresler is jouw zuster,' kraakte Jonah met een vochtige stem.

Chucky sloot zijn *Newsweek* en zorgde ervoor dat hij zijn gezicht in de plooi had, voordat hij opkeek. Jonah was gestopt met schommelen; hij had zijn hoofd tegen de rugleuning van de schommelstoel gelegd, met zijn gezicht opzij en Chucky was er zeker van dat die dromerige, afwezige ogen rechtstreeks in zijn ziel staarden.

'Dat artikel in de *Globe*,' zei Jonah, 'dat ging over jouw zuster. Ze overleed aan een overdosis heroïne.'

Het interview had een maand geleden in de *Globe* gestaan. De verslaggever was een gabber uit de buurt, die iets wilde schrijven over de heroïne-epidemie in Southie en Chucky had zich de kans niet laten ontglippen om iedereen te laten weten dat zijn zus meer was dan een junkie die in een motelkamer was gestorven.

'Ik begrijp het. Soms kan de pijn té erg worden om te verdragen. De Heer begrijpt dat. De Heer veroordeelt niet, Hij *omhelst*. Blijf niet aan de pijn vasthouden. Als je die loslaat zal de Heer je bevrijden. De Heer zal je genezen, geloof dat maar van me.'

Chucky gooide de *Newsweek* op de bijzettafel en stond met krakende knieën op. Zonder een woord te zeggen liep hij de kamer uit, de keuken in.

Phil legde zijn boterham neer. 'Wat is er?'

'Ik ga even naar buiten voor een sigaretje.' Chucky pakte zijn zwarte duffelse marinejack van de kapstok en stak zijn arm in de mouw. Hij was te klein.

Het was zijn jas niet, het was die van Jonah.

Klopt. Jonah had exact dezelfde jas als Chucky.

Phil zei: 'Je ziet zo wit als een doek.'

'Kun jij hem alleen naar boven brengen?'

Phil keek beledigd. 'Chucky, die vent is zo licht als een veertje.'

'Doe maar even een oogje dicht als je zin hebt. Ik neem de eerste wacht.'

Chucky pakte zijn jas, deed hem aan en stapte naar buiten, de veranda aan de achterkant op. Toen hij later in het ziekenhuis lag en de dokters de pijn onder controle hadden gekregen, bedacht hij hoe het leven via een reeks kleine, volstrekt onbetekenende voorvallen een loop kon nemen als één grote torpedo, waardoor je leven op slag naar de kloten was.

*Een psychose, veroorzaakt door morfine.* Jonah had er moeite mee zich te herinneren waar hij zijn spullen had gelaten, zoals zijn bril en zijn sleutels, maar zijn geest kon ieder moment herinneringen uit zijn kindertijd of artikelen in tijdschriften van een maand geleden ophoesten. Vreemd. Chucky had dat eerder zien gebeuren bij zijn stiefmoeder, Trudy, de schat. Toen de borstkanker uiteindelijk al haar organen aantastte kon ze Chucky's gezicht soms moeilijk herkennen. En dan, het sloeg nergens op, begon ze de ingrediënten van een recept op te noemen dat ze in *Good Housekeeping* had gelezen. De morfine spuugde gewoon losse informatie uit, gooide die door elkaar en maakte er op een of andere manier een herinnering van.

Lieve Heer, wat was het lekker in de buitenlucht, zo koel en zacht en schoon. Na een uur in dat huis met de ramen dicht en de vloerverwarming aan, waardoor de lucht vergeven was met het genies en geproest van Jonah, kreeg je waardering voor frisse lucht. Het was op dit moment zo heerlijk stil, geen verslaggevers die in de straat geparkeerd stonden – althans, voor zover hij kon zien. Voorlopig was de stroom verslaggevers voornamelijk afgenomen. Gisteravond om deze tijd had Jonah besloten te gaan wandelen. Hij had alweer geweigerd zijn rollator te gebruiken. Die stond waar hij altijd stond, in de hoek boven aan de trap.

Chucky boog zich voorover, pakte hem en strekte zijn rug. De eerste keer dat Sheila een overdosis nam, was ze zo verzwakt, dat ze een rollator moest gebruiken om naar de wc te komen. Ze had alle ontgiftingskuren en hulpprogramma's die er maar bestonden afgewerkt; maar uiteindelijk ging ze toch weer voor de spuit. Ze hield van de spuit en Chucky wist dat. Diep vanbinnen had hij geweten dat het een kwestie van tijd was tot hij afscheid van haar moest nemen, dus had hij zich erop voorbereid met het idee dat vroege rouw, als er al zoiets bestond, hem op een of andere manier de gruwelen zou besparen die hem ergens verder op in het leven wachtten. Foutje. Uiteindelijk moest je toch rouwen. Je moest evengoed ruimte maken voor je verlies en een manier vinden om je liefde voor die persoon met je mee te dragen, zonder dat je erin omkwam.

Chucky Bresler hoorde het droge klikje van de aansteker niet en hij zag het vlammetje niet opspringen, maar hij hoorde wel het zware gekraak van rennende voetstappen in de sneeuw. Toen hij eindelijk opkeek, was de glazen fles tegen de reling verbrijzeld, waarbij er benzine op zijn gezicht en zijn kleren spatte die hem onderdompelde in de vlammen.

# 18

'Een zelfgemaakte molotovcocktail,' zei Merrick. 'Er knalde een fles op de veranda en het gezicht en de kleren van de man werden ondergespat. Gelukkig voor hem is hij onmiddellijk in de sneeuw gedoken en gaan rollen.'

Mike tilde zijn gereedschapskist in de achterbak van de truck. Ze stonden op de oprit van Margaret Van Buren in Newton. Het was zaterdag, even na enen. Mike sloot een halve dag werken af.

'Maar de lijfwacht was het doelwit niet,' zei Merrick. 'Hij had precies zo'n jas als Jonah aan. Iemand had de sensorlampen op de veranda aan de achterkant losgedraaid. Bresler stond buiten in het donker. Hij was even lang als Jonah, had dezelfde jas aan en hij stond bij de rollator; het had Jonah kunnen zijn. Als Bresler had gemerkt dat de verandalampen niet aangingen, zou hij nu waarschijnlijk niet op de brandwondenafdeling van Mass General voor zijn leven vechten.'

Mike sloeg de laadklep dicht.

'Sorry, dat ik het moet vragen,' zei Merrick, 'maar ik moet weten waar je gisteravond was.'

'Hoe zit het met het jack van mijn dochter?'

'We wachten nog steeds op de resultaten van het lab.'

Mike viste zijn sleutel uit zijn zak en Merricks stem prikte in zijn hersens.

'Dus je weet helemaal niks.'

'Nog niet,' zei Merrick. 'Maar binnenkort moet ik wel iets weten.'

Mike voelde een kreet opkomen die hij nauwelijks kon onderdrukken. Hij liep rakelings langs Merrick heen, opende het portier van zijn truck en klom in de cabine. Merrick kwam naast het open raampje staan.

'Ik vroeg je iets.'

'Ik denk dat ik het voorbeeld van Jonah volg,' zei Mike. 'Hoe noemen jullie dat? Een advocaat inschakelen?'

'Ga je nog uitleggen hoe de vork in de steel zit?'

'Sorry, maar dat is een vraag voor mijn advocaat.'

Mike startte de truck en vroeg zich af of Merrick hem in de boeien zou slaan en meeslepen naar het bureau. De man keek er nijdig genoeg voor.

'Ik stel voor dat je naar huis gaat,' zei Merrick. 'Daar wacht een rechercheur met een huiszoekingsbevel.'

'De sleutel ligt onder de mat van de veranda achter. Doe je best, Kojack.'

Het verhaal werd non-stop op de radiozender WBZ uitgezonden.

'Charles Bresler, een van de twee lijfwachten die waren ingeschakeld om Francis Jonah te beschermen, is in de vroege ochtenduren in kritieke toestand als gevolg van een aanslag met een brandbom, met derdegraads verbrandingen en letsel aan de luchtwegen in het ziekenhuis opgenomen. Het gaat hier om, wat de politie noemt, een fatale identiteitsverwisseling. Francis Jonah, de voormalig priester, die ervan wordt verdacht achter de verdwijning van drie jonge meisjes te zitten, van wie de meest recente Sarah Sullivan uit Belham – '

Mike zette de radio af en klemde het stuur zo stevig vast, dat zijn knokkels eruitzagen als witte halve maantjes. Die klootzak van een Merrick. Die gozer jaagt me op, komt regelrecht hiernaartoe rijden om zijn vragen beantwoord te krijgen en verwacht van mij dat ik meteen alles laat vallen. Vervolgens liegt hij me voor over de resultaten van het lab.

Em hoe zat het met Jess? Zij zou inmiddels moeten weten wat er aan de hand was. Het verhaal van Sarahs jack was overal bekend – USA Today, CNN. CNN zond het verhaal de eerste twee dagen continu uit. En ze hadden toch zeker wel USA Today in Parijs? En zelfs als Jess geen kranten las of televisiekeek, zou een van haar vriendinnen wel weten wat er gaande was en proberen contact met haar op te nemen in Italië, of waar ze met haar nieuwe vriendje ook aan het tortelen was.

Mike stopte bij het verkeerslicht. Het zweet brak hem uit

onder zijn kleren en er had zich een droog laagje in zijn mond gevormd. Aan de overkant was een bar. Hij staarde naar het neonlicht en het grote donkere raam dat op de straat uitkwam, toen zijn mobiele telefoon ging. Het was Slome Ed.

'Ben je soms helemaal gek geworden?'

'Denk je dat *ik* dat gedaan heb?'

'Zeg het maar. Jij was degene die zei dat je Jonah wilde laten branden.'

'Weet je wat jij moet doen, Ed? Opsodemieteren.'

'Wat is dat dan voor flauwekul dat je een advocaat in wilt schakelen? Merrick belt net dat ik moet zorgen voor een huiszoekingsbevel.'

'Merrick kwam naar de plek toe waar ik aan het werk ben om te vragen waar ik gisteravond zat.'

'Precies. Dat noemen wij politieonderzoek, Sully. Iemand heeft geprobeerd Jonah in brand te zetten en heeft de verkeerde te grazen genomen. Gezien je geschiedenis met Jonah in het verleden, ben jij wat wij noemen een hoofdverdachte.'

Mike kneep in zijn telefoon en gaf gas. 'Lekker zeg. Jullie verlangen van mij dat ik onmiddellijk laat vallen wat ik aan het doen ben om antwoord te geven op jullie vragen, maar je speelt stommetje als ik iets vraag.'

'Sully, daar hebben we het al over gehad.'

'Ik heb Merrick naar de resultaten van het labonderzoek gevraagd.'

Slome Ed zei niets.

'Ik heb hem niets verteld over gisteravond of over wat jij hebt gezegd,' zei Mike. 'Ik wilde alleen maar kijken of hij – '

'Ik kan mijn oren niet geloven.'

' – de waarheid vertelde, en zoals gewoonlijk ontkende Merrick – '

'Jou mankeert echt iets aan je oren, weet je dat?'

'Ik heb ook rechten. Jullie vergeten de hele tijd dat het hier over mijn dochter gaat.'

'Ja, je hebt gelijk, Sully. Wij zijn allemaal een stelletje harteloze klootzakken. Daarom hebben we je in het begin overal van op de hoogte gehouden, alleen vond *jij* het nodig je aan de hoofdverdachte te vergrijpen en hem verrot te slaan omdat je vond dat we ons werk niet deden.'

'Als jullie vijf jaar geleden je werk goed hadden gedaan zat Jonah nu achter de tralies. Dan zou ik tenminste die voldoening hebben. Maar hij kan gaan en staan en doen wat hij wil, en de diender die hem in de gaten moet houden valt in slaap achter zijn stuur. En ik moet me aan tijdschema's houden en geld neertellen om in bekertjes te pissen.'

'Sta je er wel eens bij stil waarom Jonah lijfwachten heeft ingehuurd? Waarom hij overal in zijn huis alarmknoppen heeft laten installeren? Denk je dat hij bang is voor ons? Of voor de media?'

Mike hoorde zijn bloed tegen zijn trommelvliezen beuken en voelde het in zijn voorhoofd en achter zijn ogen bonzen.

'En dat Merrick op je werk komt – hij komt naar jou toe, zodat jij niet naar het bureau hoeft te komen en dat rottige mediacircus kunt ontlopen – die kerel doet je een plezier en zoals gewoonlijk geef je hem een trap na. Wat is goddomme je probleem, Sully?'

'*Mijn* probleem?'

'Ja, want *jij* bent het probleem. Jij bent degene met die verdomde rothouding. Jij bent degene – '

'Ze hebben mijn dochters jack gevonden, hangend aan een kruis – aan een krúís, Ed. Ik zou wel eens willen zien wat jij zou doen als die ene persoon van wie je meer houdt dan van wat ook ter wereld – ' Mikes keel krampte samen. Hij probeerde hem vrij te maken en hij voelde de liefde voor Sarah in zijn borst branden, zijn hoop rijzen en dalen, rijzen en dalen, en toen dacht hij aan het jack aan het kruis en hij dacht dat als hem de kans werd gegeven, hij met liefde één arm liet afhakken, als dat betekende dat hij te weten kwam wat er met haar was gebeurd, omdat weten wat voor nachtmerrie ze had moeten doorstaan, alleen, zonder hem – dat weten beter zou zijn dan wat hij nu voelde. Dat moest wel.

'Dat Sarahs jack is gevonden moet iets betekenen, Ed. Ik wacht al vijf jaar. Ik heb mijn tijd uitgezeten. Probeer maar eens rond te lopen met al dat gewicht dat op je hart drukt en kijk dan eens hoever jij komt.'

'Sully.'

Mike nam de telefoon van zijn oor, veegde zijn ogen af met de rug van zijn hand, met Sarah nog steeds in zijn borst, die hem zei dat hij door moest knokken.

'Sully,' zei Slome Ed, met een wat zachtere stem, maar duidelijk nog steeds pissig.

'Wat?'

'Zeg gewoon waar je gisteravond was zonder me te belazeren, oké?'

Toen voelde Mike die behoefte om voor Sarah te vechten opdrogen.

'Mijn hond logeert bij Bill thuis,' zei hij. 'De kinderen hebben een paar dagen op hem gepast. Ik had hondenvoer in mijn truck liggen, dus ben ik naar zijn huis gereden en ben er uiteindelijk blijven slapen.'

'Hoe laat kwam je daar aan?'

'Rond halftwaalf. Bill zag me binnenkomen. Hij was op met een van de tweeling.'

'Mooi,' zei Slome Ed. 'De andere lijfwacht vertelde dat Bresler om één uur naar buiten is gegaan om een sigaret te roken. Dit is mooi. Weet Bill dat je met me gepraat hebt?'

'Ik had je mijn woord gegeven, weet je nog?'

'Blijf even hangen.'

Mike hoorde wat gemompel en toen kwam Slome Ed weer aan de lijn en zijn stem klonk als een zware zucht. 'Waar zit je nu?'

'Op de terugweg naar Belham.'

'Tref mij bij Highland Auto Body. Daar kun je je truck parkeren en bij mij in de auto stappen om je verklaring af te leggen.'

'Ik heb je net gezegd waar ik vannacht ben geweest.'

'Dat weet ik, maar ik heb zo-even vernomen dat de lijfwacht is overleden. Wij hebben nu te maken met moord, en op dit moment ben jij verdachte nummer één.'

# 19

De naam Samantha Ellis nam hem altijd mee terug naar de luie dagen op het strand, met als enige zorg of zijn biertje nog koud was en of de muziek die uit de luidsprekers kwam hem wel of niet aanstond. Mike zou Sam helemaal niet zijn tegengekomen, als Jess niet het besluit had genomen in de zomer na haar eerste jaar in Newport op Rhode Island te gaan werken, samen met haar kamergenote en beste vriendin, Cassy Black. Jess wilde andere mensen ontmoeten om te zien of datgene wat zij samen hadden echt was en zo voorbestemd, niet de wederzijdse behoefte van twee tieners die het moeilijk vonden zich aan te passen aan het leven na de middelbare school.

Hij had zich merkwaardig opgelucht gevoeld. Zeker, hij was het voorspelbare ritme van hun relatie prettig gaan vinden: iedere vrijdagavond een rit van een uur naar het noorden, om het weekend bij Jess aan de UNH door te brengen, stappen met oude vrienden van high school, jongens als John 'Bam-Bam' Bamford. Bam had een volledige beurs voor football en zijn coach had hem een lekker zomerbaantje bezorgd als huisschilder, maar die vent die het bedrijf leidde kwam handen tekort. Kende Bam soms iemand die geïnteresseerd was?

Elke zaterdagochtend sleepten ze zich met hun kater naar het noorden voor een goed uitzicht op Hampton Beach, het thuis van de neonbikini en de valse nagels, en hingen rond bij een groep meiden die achter de bar en als serveerster werkten – Bill noemde ze de Aqua Net Chicks. Gein met bubblegum kauwende giechelmeiden, die hun haar getoupeerd hadden en die een heleboel goud droegen – kettingen, armbanden, enkelbanden, ringen, noem maar op – en die wilden swingen op Bon Jovi, koning van de haarbanden.

Zo niet Samantha Ellis. Sam, zoals ze graag genoemd wilde worden, droeg haar bruine haar recht en naar achter gebonden in een paardenstaart en voelde, in tegenstelling tot de andere meisjes, niet de behoefte elke vierkante centimeter van haar huid te laten zien. Ze las boeken van Hemingway en Faulkner, ze dronk Tanqueray met tonic, terwijl haar vriendinnen *Cosmo* en *Glamour* lazen en drankjes bestelden met namen als 'Gillend Klaarkomen' en 'Tietenknijper'. De andere meisjes verdroegen haar als ze erbij was, maar zodra ze verdween, begonnen ze te katten. Alleen omdat ze naar plekken als Frankrijk en Italië is geweest en naar Smith gaat, denkt ze dat ze beter is dan alle anderen. Waarom komt ze hier eigenlijk werken – haar ouders hebben een huis in Martha's Vineyard, weet je wel. En een meisje uit Saugus noemde Sam 'die bekakte jodin uit Newton'.

Niet dat ze haar niet mochten; het was onbehagen. Sam hoefde geen make-up op te doen of mooie kleren te kopen om er leuk uit te zien. Ze zag er altijd leuk uit. Zij hoefde niet haar uiterste best te doen om zichzelf interessant te maken, omdat ze interessant was. Met Sam in de buurt werden ze aan hun eigen beperkingen herinnerd. Ze benijdden haar. De enige mogelijkheid om dezelfde toekomst te krijgen als Sam was met een goeie partij te trouwen. Sam kon zich veroorloven kieskeurig te zijn.

Op de laatste zaterdag van juli stak er een storm op die de golven hoog opzweepte. Mike ging bodysurfen en strompelde een uur later terug naar zijn strandlaken. Hij zag iedereen volleyballen – iedereen behalve Sam. Zij zat in haar strandstoel Coke te drinken en had haar aandacht afwisselend bij de zonsondergang en het volleybalspel. Een van de meisjes gilde. Bill had zijn zwembroek laten zakken om haar zijn achterste te laten zien.

'Zeg tegen je vriend dat hij Clearasil moet proberen,' zei Sam, 'dat maakt korte metten met dat probleem.'

'Ik geloof niet dat het hem wat kan schelen.'

'Dat vind ik nou juist zo leuk aan hem.' Sam hield haar hoofd schuin en keek met samengeknepen ogen tegen het laatste zonlicht in. 'Waarom speel jij niet mee?'

'De golven waren veel te fijn om te laten schieten. En jij? Bang dat iemand zijn broek laat zakken?'

'Mijn moeder zei altijd dat je nooit een kans moest laten schieten om naar de zonsondergang te kijken. Je weet nooit wanneer het je laatste is.'

'Weet je zeker dat je geen Ierse katholiek bent?'

Sam lachte. Mike hield van dat aanstekelijke geluid; de manier waarop het hem iets deed. Zijn hoofd werd overspoeld door een gedachte waar zijn mond droog van werd en die zijn hart een beetje sneller deed slaan.

*Absoluut niet,* waarschuwde een stem. *In geen miljoen jaar.*

Maar het was zomer. Hij had het naar zijn zin en kom nou, hij was in de juiste stemming, waarom dan niet?

'De zonsondergang is nog mooier bij de kustlijn,' zei hij. 'Zin om een eindje te wandelen?'

'Ja, hoor.'

Zij woonde in Newton, een stad die hij altijd associeerde met geld en status. Haar beide ouders waren advocaat, afgestudeerd aan Harvard, en ze werkten bij hetzelfde advocatenkantoor in het centrum van Boston. Haar vader had een stageplaats voor haar geregeld. Intern ervaring opdoen bij een advocatenkantoor doet het prima op een cv, zei haar vader.

'Waarom ben je dan eigenlijk hier?' Ze leek meer op haar plaats in een oord als de Vineyard.

'Omdat mijn vader van zijn leven nooit op een plek als deze zou komen. En jij?'

Eén ding wist hij van zichzelf – dat hij er slecht in was zich anders voor te doen dan hij was. Dus vertelde hij het haar.

In september zou hij stoppen met de plaatselijke hogeschool en een aannemersbedrijf starten met niemand anders dan puistenkont William O'Malley. Mike hield ervan met zijn handen te werken. Het was een vaardigheid die Bills vader hem had bijgebracht, een kerel zonder bul van de universiteit, met een goed huis, zijn eigen trucks en elke drie jaar een splinternieuwe Ski-Doo sneeuwscooter. Wat had het voor zin om een lening af te sluiten en lessen te volgen die, als het erop aankwam, niets meer opleverden dan een duur potje aftrekken uit verveling, waardoor je je onbevredigd en bestolen voelde?

'Gefeliciteerd,' zei ze.

'Waarmee?'

'Dat je reëel bent. Dat je op je achttiende weet wie je bent en zo zeker bent van wat je in je leven wilt doen en dat je het lef hebt om ervoor te gaan. De meeste mensen doen hun leven lang niet anders dan pretenderen dat ze een geweldige baan hebben, terwijl ze er een hekel aan hebben. Jij zou je opgelucht moeten voelen.'

Drie weken later gingen ze met elkaar naar bed. De jaren zouden verstrijken, maar toch zou Mike voor altijd in staat zijn zich te herinneren hoe Sam eruitzag toen ze haar kleren uitdeed met de gordijnen die om haar heen opbolden; de koele lucht met de geur van gefrituurd zeebanket dat vanuit het restaurant beneden naar binnen woei; de elektrische aanraking waar hij kippenvel van kreeg; de manier waarop ze hem in zijn ogen staarde op dat finale moment waarin je hart begon te tollen en waaruit Mike opmaakte dat ze meer van zichzelf gaf dan alleen haar buitenkant.

Het had nooit moeten eindigen, maar dat deed het wel, in de laatste week van de zomer. Jess kwam in tranen uit Newport thuis en zei dat het een vergissing was geweest en dat ze weer met hem samen wilde zijn. Hij zei ja.

Hij wachtte tot Sam terugging naar de universiteit, voordat hij haar vertelde dat het voorbij was. Hij deed het via de telefoon en toen ze naar de reden vroeg, zei hij dat hij weer terugging naar Jess. Sam pikte het niet. Toen ze bleef aandringen begon hij haar telefoontjes te mijden. Misschien was hij bang de waarheid toe te geven: dat het verleden dat hij met Jess deelde comfortabel, vertrouwd en voorspelbaar voelde. Bovendien, hoe realistisch was het te hopen dat iemand als Sam op de lange termijn bij een kerel in werkkleding zonder academische graad zou blijven? Hij keerde terug naar het leven in Belham, en Sam, tja, die kon gaan en staan waar ze wilde.

Op een vroege zondagochtend, even voor zessen, werd Mike wakker doordat Sam op de voordeur stond te bonken. Hij smeekte Lou niet open te doen.

'Het is nogal wat om een stukje van je hart weg te geven, Michael. Als je er schijt aan hebt, heb dan tenminste het lef om me aan te kijken en te zeggen waarom.'

Sam bleef tien minuten wachten, sprong toen weer in haar Jeep en scheurde de straat uit.

'Het zal wel een verschrikkelijke afknapper zijn geweest,' zei Lou met een grijns. 'Dat krijg je, met zo'n chagrijn.'

'Meneer Sullivan?'

De ietwat vrouwelijke stem behoorde toe aan een broodmagere man van in de twintig met een zwarte broek en een zwart overhemd. Hij had een diepgebruinde huid en hoewel Mike nauwelijks deskundig was op dat gebied, was hij er tamelijk zeker van dat die gozer zijn wenkbrauwen epileerde of anderszins in vorm bracht. Hij had er in ieder geval wel *iets* mee gedaan.

'Hallo,' zei hij, en stak zijn hand uit. De handdruk was ongeveer zo stevig als een natte krant. 'Ik ben Anthony, Sams assistent. Sorry voor het wachten, maar het is hier zó ontzettend hectisch vandaag. Loopt u maar mee.'

Mike liep achter Anthony aan, die door gangen vol kostuums en mantelpakken navigeerde. Sommigen keken lichtelijk bevreemd op van hun juridische boeken naar zijn kleren. Mike was op de terugweg van zijn werk op het idee gekomen. Hij herinnerde zich de eerste twee namen van het advocatenkantoor en de geduldige dame van de telefoonmaatschappij had de rest aangevuld.

Sam stond in de boog van haar deur en zag er nog net zo uit als het intelligente meisje vol zelfvertrouwen op wie hij die zomer in New Hampshire verliefd was geworden.

Bill had gelijk. Ze zag er goed uit. Verdomd goed.

'Michael Sullivan,' zei ze. 'Hoelang is het geleden? Vijftien jaar?'

'Zoiets. Bedankt dat je me op zo korte termijn hebt kunnen inpassen, Sam.'

Anthony zei: 'Wat kan ik u te drinken brengen, meneer Sullivan? We hebben Pellegrino – '

'Koffie is prima,' zei Sam. 'Kom binnen, Sully.'

Het kantoor van Sam was ruwweg even groot als zijn zitkamer. Over de hele lengte van één wand stonden boekenkasten van kersenhout, maar het indrukwekkendste meubelstuk was haar bureau – of eigenlijk anderhalf bureau. Dat was net zolang als de laadklep van zijn truck en er stonden een computer, een printer en een fax op en toch was er nog ruim voldoende plek over voor al haar papieren en boeken.

'Wauw,' zei Mike. 'Je hebt zelfs een eigen toilet.'

'Met een douche. Dit is wat je krijgt in ruil voor een werkweek van negentig uur zonder sociaal leven.'

Sam ging achter haar bureau zitten. Mike nam plaats in een van de twee gerieflijke stoelen met zwartleren bekleding die voor haar bureau stonden. Anthony kwam zwierig binnen met een dienblad met twee porseleinen kopjes en een kan vol koffie. Hij zette het blad neer op de hoek van het bureau en vroeg of ze nog iets anders nodig hadden. Sam zei nee, bedankte hem en zei dat hij naar huis kon gaan. Anthony zei *adieu* en sloot de deur achter zich.

Sam zette een bril met schildpadmontuur op en ging met een kop koffie achterover in haar stoel zitten. 'Ik neem aan dat je niet voor de lol binnenwipt.'

'Was het maar zo. Ik neem aan dat je het nieuws hebt gevolgd.'

Sam knikte en haar gezicht werd zachter. 'Bill vertelde wat er is gebeurd, toen ik hem tegen het lijf liep,' zei ze. 'Ik vind het heel erg voor je.'

'Het jack van mijn dochter ligt al twee weken bij het lab. Iedere keer wanneer ik erover wil praten met de rechercheur die de zaak in behandeling heeft, ene meneer Merrick, houdt hij me aan het lijntje.'

'Misschien heeft hij de resultaten nog niet binnen.'

'Hij houdt ze onder zijn pet.'

'Weet je dat heel zeker?'

'Iemand die nauw met hem samenwerkt aan de zaak heeft het me gezegd. Mijn vraag is – de reden waarom ik je kom opzoeken – of hij dat wettelijk mag doen? Ik bedoel, als Merrick iets weet, dan kan hij het toch niet gewoon voor me verzwijgen, of wel?'

'Laat ik je allereerst zeggen dat ik geen criminele zaken behandel. Ik doe hoofdzakelijk contracten. Fusies en overnames – geen zorgen, ik zal je niet vervelen met de details. Ik kan je wel zeggen dat Merrick niet wettelijk verplicht is jou iets mee te delen.

Dat klinkt kil, ik weet het, maar rechercheurs die zich met moordzaken bezighouden, zijn over het algemeen keiharde lui. Afgezien daarvan, harteloos zijn ze ook niet, dus zou ik denken dat Merrick je wel op de hoogte wil houden van de vooruitgang in de zaak – tenzij hij een legitieme reden heeft om het niet te doen.'

Zijn aanvaring met Jonah was in de kranten en op tv nog eens dunnetjes overgedaan.

'Merrick denkt dat ik weer achter Jonah aan zal gaan,' zei Mike.

'Hij heeft alle reden om zich daar zorgen over te maken. Als ik zou moeten gissen, zeg ik dat hij bang is dat je zijn zaak zal verpesten en eerlijk gezegd is het hem er alleen om te doen die af te kunnen sluiten.'

'Als dat zo was, had hij Jonah al achter de tralies.'

Sam knikte meelevend.

Mike stak zijn hand op. 'Sorry, ik wil het echt niet op jou afreageren.'

'Je frustratie is volkomen begrijpelijk.'

'Sam, weet jij of er een manier is om erachter te komen wat er in het laboratoriumverslag staat?'

'Dan zou je met een strafrechtspecialist moeten gaan praten. Hoe zit het met degene die jouw strafzaak heeft behandeld?'

'Die is vorig jaar overleden.'

Sam dacht even na. 'Wij hebben hier de allerbeste strafpleiter van de staat, Martin Weinstein heet hij. Hij is op vakantie, maar ik geloof dat hij in de tweede helft van de volgende week terugkomt. Dan kan ik hem bellen.'

Weer wachten. Mike kon de slapeloze nachten en de uitputting die hij als een blok aan zijn been met zich meesleepte, en ook zijn groeiende behoefte om te drinken wel het hoofd bieden, maar van het wachten werd hij stapelgek. Mensen als Merrick en Sam hoefden zich niet aan losse eindjes vast te klampen. Zij gingen naar hun werk en klokten uit als de werkdag voorbij was en keerden terug naar hun andere leven, hun échte leven.

Sam zei: 'Mag ik je een persoonlijke vraag stellen?'

'Jazeker.'

'Waarom ik?'

'Bedoel je waarom ik bij jou aanklop?'

Sam knikte. 'Je kent toch zeker wel andere advocaten?'

'Eigenlijk niet. Jij bent de enige advocaat die ik ken. En die lui die ik door de jaren heen heb leren kennen zijn over het algemeen gladde draaikonten.'

'Dat is een vereiste voor dit werk.'

'Jij niet. Jij hebt me nooit ontzien.'

'Je had telefonisch tegen Anthony kunnen zeggen wat je wilde,' zei Sam. 'Dan had ik je teruggebeld.'

'Ik wilde persoonlijk met iemand praten, niet door een telefoon. En eerlijk gezegd kan ik al dat wachten niet meer aan. Bill vertelde dat hij jou gesproken had, hij noemde je kantoor en ik besloot jou te bellen, met het idee dat als er één advocaat was die me zou kunnen helpen, jij dat was.'

Sam knikte en fixeerde hem met een koele blik. 'Ik heb het nummer van Martins mobiele telefoon, maar ik kan niets beloven. Waar kan ik je bereiken?'

Mike zette zijn kop en schotel op de rand van haar bureau en haalde een visitekaartje uit zijn portemonnee. Hij schreef zijn telefoonnummer van thuis op de achterkant en gaf haar het kaartje.

'Bedankt,' zei hij.

'Als Martin je de rekening stuurt, ben je me niet meer zo dankbaar.'

Ze liep met hem mee naar de deur en deed hem open.

'Bill heeft mij ook over jou en je vrouw verteld,' zei ze. 'Ik heb het zelf meegemaakt. In het begin is het hard, maar daarna gaat het beter. En een scharrel is nu absoluut interessanter. Ik ben twee maanden geleden met een vent in zijn privé-vliegtuig naar Europa meegevlogen.'

'Dat was zeker hartstikke leuk.'

'Hij vloog er met me naartoe voor een concert van David Hasselhoff.'

'Dat is minder.'

'Zeg maar gadverdamme. Hou je taai, Sully.' Sam glimlachte en gaf hem een klopje op zijn arm.

Toen hij tien minuten later zijn truck startte, kon hij de aanraking van haar hand nog voelen. Vijftien jaar, dacht hij. Misschien was het onmogelijk om terug te gaan in de tijd, maar het was wél mogelijk om terug te gaan in je herinnering, naar de momenten die je ooit zo gekoesterd had.

# 20

Fang had behoorlijk last van buikloop, dus toen Michael zijn hoge gejank hoorde, gooide hij de dekens van zich af en rende met alleen zijn boxershort aan door het halfdonkere huis en trof de hond piepend in de huiskamer aan, met zijn neus letterlijk tegen de glazen schuifdeur aangedrukt.

Mike deed de deur open en Fang rende de verandatrap af en verdween in de dikke witte mist van voor de dageraad. Mike gaapte en luisterde naar Fang die door de achtertuin aan het gras liep te snuffelen, op zoek naar de precies de goede plek om zichzelf te ontlasten. Hoe nodig ze ook moesten, honden moesten per se de perfecte plek vinden –

Fang blafte en een luid, diep gegrom verscheurde de stilte van de ochtend. Voordat Mike hem terug kon roepen, schoot de hond het bos in.

Mike rende naar boven, trok snel zijn jeans, sneakers en zijn flanellen hemd die hij gisteravond had gedragen aan en ging de hordeur door, het pad op, dat het bos in leidde. Ergens in de mist kon hij Fang horen blaffen en het geknap van zwiepende takken waar hij door het bos rende.

Het pad kwam uit op een grotere weg die uit aangestampte aarde bestond en later een grote modderpoel zou zijn. Dit beboste terrein was het laatste overgebleven stukje land in Belham dat nog niet ontwikkeld was, onderdeel van een natuurreservaat of zoiets, en gedurende de winterweekends wemelde het op Salmon Brook Pond van de kleine kinderen die er leerden schaatsen, tieners die hockeywedstrijden hielden en volwassenen die elkaar ontmoetten om even bij te praten. Mike sloeg linksaf en holde over de weg. De mist was dik en Fangs geblaf was luid genoeg om de halve buurt wakker te maken. Het had vast en zeker de buurman, Bob Dowery, een gepensioneerde verkeerspiloot die zichzelf tot buurtwaakhond had uitgeroepen, gewekt en Mike wist zeker dat Bob zo meteen langs zou komen met die chagrijnige trek op zijn gezicht, om een preek af te steken over de verantwoordelijkheden van de hondenbezitter.

Het geblaf hield op. Mike ging over in wandeltempo en een paar minuten later zag hij de staart van Fang heen en weer gaan als een ruitenwisser in een storm. Daarmee toonde hij de wereld dat hij in hondenextase was. Er lag een man voorover op de rand van een steile helling. Het moest wel een man zijn. Een vrouw droeg geen duffels marinejack en een feloranje jagerspet die over de oren vastgemaakt werd.

De man kreunde. Zijn benen, zag Mike, lagen in een vreemde hoek naar buiten gedraaid.

Dat had Fang gedaan. De hond had met zijn meer dan vijftig kilo de man plat op de grond gegooid.

'Fang, hier!'

De hond had het te druk met het besnuffelen van de man. Mike pakte wat sneeuw, maakte een sneeuwbal en toen hij de aandacht van de hond eenmaal had, gooide hij die naar de weg, bij de vijver vandaan. Fang scheurde erachteraan en Mike richtte zich weer tot de man.

'Neemt u me niet kwalijk. Hij is ervandoor gegaan voor ik hem kon pakken. Bent u gewond?'

De man wuifde hem weg. Hij duwde zich op zijn handen omhoog, zijn hoofd gebogen en uit het zicht en hij kroop door de sneeuw in de richting van zijn stok en een rood plastic buisje – een astma-inhalator. Mike pakte de inhalator uit de sneeuw en stond op het punt hem terug te geven, toen hij de levervlekken op die handen en hun spinachtige vingers zag.

'Geef dat... aan... mij,' piepte de man.

Het hijgende piepgeluid van die stem ging als een kogel door Mikes brein. Hij ging rechtop staan en deed een stap achteruit.

*Stop die inhalator in zijn hand en loop weg.*

Ja. De voorwaarden van zijn proeftijd zeiden duidelijk dat het zijn verantwoordelijkheid was – nee, zijn plicht – om hem de inhalator te geven en weg te lopen. Stop hem in zijn handen, ren naar huis, bel 911 en daarna Merrick. Het was een ongeluk, rechercheur. De hond heeft het gedaan, ik zweer het. Ik pakte de inhalator en heb die in zijn hand gestopt. Ik ben weggegaan en heb 911 gebeld. Zie je nou, wat een goeie ziel ik ben? Zie je nou, hoe goed ik mijn kwaadheid onder controle heb, dokter T? Toe maar, laat me maar een blaastest doen, meneer Testa, die doorsta ik met vlag en wimpel.

Toen dacht Mike weer aan die gladde grijns van plezier op Jonahs gezicht in de supermarkt. Ik ben de baas over je, zei die grijns. Ik ben de baas over je dochter en nu ben ik de baas over jouw leven, en je kunt er geen ene mallemoer tegen doen.

*Stop die inhalator in zijn hand en loop weg.*

'Wat doe je hier zo vroeg?'

Jonah hield zijn hoofd voorover, wolkjes adem stoomden om zijn gezicht. 'Zonsopkomst. Ik ben hiernaartoe gekomen om de... zonsopkomst te zien voordat ik...' Elk woord kostte hem inspanning, alsof er een afschuwelijk gewicht op zijn borst drukte. 'Mijn inhalator...'

Mike knielde, hield zich in evenwicht op de ballen van zijn voeten en hield de inhalator tussen duim en wijsvinger.

'Kijk me aan.'

De vroegere priester sloeg traag zijn ogen op en ontmoette Mikes blik.

'Je vertelt me nu waar Sarah is,' zei Mike. 'Je gaat het me nu vertellen en dan geef ik je je inhalator terug.'

'Ik kan... niet ademen...'

'Mooi. Dan kun je nu eens voelen hoe ik me de afgelopen vijf jaar elke dag heb gevoeld.'

Paniek brak uit op Jonahs gezicht. Er kwam een ziekelijk gierend geluid uit zijn longen, dat Mike deed denken aan nat cement dat door een pijp wordt gegoten.

'Ik... niet – '

'Wat heb je met haar gedaan?'

Jonahs mond bewoog maar door en probeerde lucht te happen. Jonahs luchtpijp sloot zich en hij verdronk in al die frisse lucht. Mike was zich er vaag van bewust dat hij voor een deel genoegen schepte in deze aanblik, in de toenemende doodsangst in Jonahs ogen en stem.

Mike liet de inhalator voor Jonahs ogen bungelen. 'Eén pufje en je kunt weer ademen.'

'Ik... ik kan niet...'

'Dat kun je wel en dat zul je ook.'

'Alsjeblieft,' smeekte Jonah, en zijn ogen stonden hongerig en wanhopig.

'Wil je hierbuiten doodgaan?'

Jonah greep naar de inhalator. Mike sloot zijn vuist eromheen.

'Er is niemand die je komt helpen,' zei Mike, toen Jonahs knokige vingers als een razende Mikes vuist probeerden open te breken. 'Je gaat me vertellen wat er met Sarah en die andere meisjes is gebeurd, en je gaat het me nu vertellen, anders sterf je hierbuiten.'

Jonah wilde geen antwoord geven. Mike drukte met zijn duim op het metalen buisje en de inhalator maakte een sissend geluid, toen het medicijn in de lucht verdween.

'Ik... kan niet...'

Mike bleef op het buisje drukken en Jonah keek toe, bijna in tranen.

'Vertel op,' zei Mike tandenknarsend. 'Vertel het me, dan laat ik je in leven.'

Jonah zakte in de sneeuw in elkaar en zijn gezicht was rood van de zware inspanning. Mike ging dwars over hem heen zitten en greep hem bij de revers van zijn jas.

'Je moet het me vertellen. Je bent toch priester geweest, weet je nog? Je hebt mijn vergiffenis nodig.' Mike schudde hem door elkaar. 'Vertel op, wat is er met mijn dochter gebeurd.'

Jonahs bewoog met zijn mond, maar er kwam geen geluid uit.

Mike legde Jonahs lichaam achterover in de sneeuw en boog zich toen met zijn oor over Jonahs mond, dicht genoeg bij om de zure lucht van gal en paniek in Jonahs adem te ruiken. Het was een rottingslucht. Een doodslucht.

'Onze Vader die... in de hemelen zijt...'

Mike keek om. Jonah staarde naar de hemel, zijn lippen bloedeloos en met druppeltjes speeksel, piepend van het slijm en wie weet wat voor andere vloeistof zijn luchtpijp blokkeerde.

'... geheiligd zij... uw naam...'

Mike schudde hem nog eens. 'Je hebt mijn vergiffenis nodig.'

'... uw koninkrijk kome...'

'Maak het goed. Ik geef je de kans om het goed te maken, vertel het dan, kolerelijer.'

'... aarde als in de hemel...'

Mike rammelde hem door elkaar. 'Vertel het me, *godverdomme! VERTEL HET ME!*'

Er kwam een dromerige, wazige blik in Jonahs ogen. De mist begon op te trekken en in zijn ooghoek kon Mike Fang over de weg zien lopen, snuffelend langs de rand van de vijver. *Pirouette!* had Sarah gezegd en naar de tv gewezen, waar zo'n onderdeurtje van een meisje over het ijs schaatste en een sprong in de lucht maakte en ronddraaide voor ze weer op het ijs landde. *Ik wil de pirouette leren, pappie.* En hij had haar meegenomen naar de vijver, had haar de schaatsen aangetrokken en de veters gestrikt, twee melkkratten op elkaar gestapeld en haar handjes erboven op gelegd, en hij had haar verteld hoe ze zich moest afzetten, hoe ze haar evenwicht moest bewaren en Sarah deed dat ook, maar ze wilde wel weten wanneer hij haar de pirouettesprong zou laten zien. Het was best mogelijk dat ze, nu ze groot was geworden, had geleerd om het te doen, o ja, dat was heel goed mogelijk, alles was mogelijk als je maar bleef geloven, zo lang je geloofde en nog eens geloofde en goed was en je gebedjes opzei en God zou je beschermen, want God is liefde is geloof is licht en – '

'ZEG HET ME!'

De wolkjes stoom om Jonahs mond waren bijna verdwenen.

*Hij gaat dood.*

Laat hem doodgaan. Het kan me niet schelen.

*Als hij doodgaat, neemt hij zijn geheimen met zich mee.*

Mike stopte de inhalator in Jonahs mond en drukte op de verstuiver. Het medicijn siste uit het buisje. Nog twee, drie, vier sprays en Jonahs mond kwam weer tot leven, gretig zuigend aan de plastic tuit, als een hongerige zuigeling.

Een ogenblik later stonden Jonahs ogen weer gefocust.

Mike stond hijgend op. Ze staarden elkaar minutenlang aan, de laatste twee mannen die Sarah hadden aangeraakt.

'Zeg me dat ze nog leeft,' zei Mike. 'Zeg me dan tenminste dát.'

Het duurde nog een minuut voordat Jonah op adem was.

'Alleen God kent de waarheid.'

Vanuit zijn ooghoek zag Mike de stok. Zijn ogen gingen naar Jonahs knie. Ze zagen de stok erop neerkomen. Het bot werd verbrijzeld.

Mike liet de inhalator vallen en strompelde weg. Hij meende Jonah te horen huilen en hij dwong zichzelf door te lopen.

# 21

Later die dag, een zondag, organiseerde Bill een barbecue. Mike ging er al vroeg in de morgen heen om Bill te helpen de boel op te zetten. Hij zei niets tegen Bill over de ontmoeting met Jonah.

Er stonden twee biervaten in de hoek van de grote houten veranda en uit de luidsprekers aan de muur van de veranda bonkte muziek van de Rock of Boston, WBCN. Mike dronk ijsgekoelde blikjes Coke, dwong zichzelf te glimlachen en minzaam te doen en probeerde uit alle macht zichzelf in conversaties te verliezen. Hij begaf zich in de drukte van vrienden en buren van Bill, terwijl hij in zijn achterhoofd het gehuil van Jonah hoorde.

Misschien dat Jonahs bijna-doodervaring van vanochtend hem dwong het feit onder ogen te zien dat hij dagen, mogelijk zelfs uren van zijn dood verwijderd was. Misschien dat hij, doordat hij zijn leven terug had gekregen, althans, wat daarvan over was, misschien zou dat hem dwingen het hele kleine beetje menselijkheid dat hij nog bezat, op te graven.

Ik had me niet moeten omdraaien, dacht Mike. Ik had langer moeten wachten. Hij zou me iets verteld hebben, en dat heb ik verpest.

*Die paar minuten meer hadden niet uitgemaakt.*

Ik had het moeten proberen.

*En als hij je niet gaf wat je wilde, wat zou je dan gedaan hebben? Zou je de stok op zijn knieschijven hebben gebruikt?*

Mike wist niet waar hij banger voor was: de onbewogen kalmte die hij voelde toen hij toekeek hoe Jonah worstelde om lucht te krijgen, of het haast verveelde gemak waarmee hij teruggleed in de schaduw van zijn vroegere ik; de ik, waarvan hij tot aan deze ochtend overtuigd was geweest dat hij die alleen kon bereiken door te drinken. De razernij was er altijd aan de oppervlakte, besefte hij, niet onderhuids weggestopt; de drank was gewoon een slap excuus om hem te kunnen ontsteken.

Hij keek op zijn horloge. Het was na drieën. Misschien wist Merrick iets.

Mike pakte zijn mobiele telefoon, ging in een rustig hoekje van de achtertuin staan en toetste het doorkiesnummer van Merrick op het bureau in.

De telefoon ging over.

*Jonah gaat dood.*

Hij ging nog eens over.

*Je kunt er niets aan veranderen.*

En nog eens.

*Maar je moet het onder ogen zien.*

De voice-mail van Merrick ging aan. Mike sprak een boodschap in met het verzoek hem onmiddellijk terug te bellen en sloot het klepje. Zijn hart klopte sneller dan goed voor hem was en zijn gezicht glom van het zweet.

De laatste ochtend was hij Sarahs slaapkamer binnengegaan en had haar een kusje op haar hoofd gegeven, iedere ochtend hetzelfde ritueel, en het had hem telkens opnieuw verbaasd hoe zo'n klein iemand, die een deel van hem en toch ook geen deel van hem was, net als alle andere mensen in de wereld, hem alleen door naar haar te kijken kon vervullen met evenveel liefde als angst. En dat ging nooit weg. Van dat soort liefde wist je niets af tot je een kind had, tot je luiers ging verschonen en 's nachts met hen rondliep en naast hen ging liggen als ze ziek waren – tot het moment dat ze je voor het eerst aankeken en naar je glimlachten had je niet kunnen begrijpen hoe zeldzaam dat soort liefde was, hoe het je veranderde. Die ochtend had hij naar haar gekeken terwijl ze sliep en geweten dat dit genoeg was. Als dit alles was wat hij in het leven had, dan was hij gelukkig. En hij meende het.

*Dat leven is voorbij. Dat kun je niet terugkrijgen.*

Ze was te vroeg geboren en ze had het tegen alle verwachtingen in overleefd, en ze was dat prachtige, mooie, koppige kleine meisje geworden dat –

*Je moet haar loslaten. Je moet aan rouwverwerking doen en verdergaan.*

Verdergaan, waarheen?

*Daar kom je wel achter.*

Daar wil ik niet achter komen. Ik wil mijn dochter terug.

*Dat leven is voorbij.*

En het was al een hele tijd voorbij, toch? En het soort interim-leven dat hij nu leidde, liep ook ten einde. En Jonah ging vandaag of morgen dood – het maakte niet uit, want Mike wist dat Jonah zijn geheimen mee zou nemen in zijn graf en dat hij zou achter-blijven met Jonahs stem, die voor altijd zou voortleven in zijn hoofd, gedwongen om dezelfde ruimte te delen met zijn dochter.

Mike ging op zoek naar drank, maar hij stond droog.

Hij liep door de achtertuin en over de veranda naar de woon-keuken, waar op de tafel flessen frisdrank naast de flessen Jack Daniel's, Absolut en Captain Morgan waren neergezet.

Hij was alleen in de keuken.

Hij bekeek de fles Jack, toen zijn mobiele telefoon op heup begon te trillen.

Het was Merrick niet. Het was Sam.

'Mooi, daar ben je, Sully. Ik heb net een boodschap bij je thuis ingesproken.'

'Wat is er dan?'

'Ik heb onze privé-detective, die we altijd gebruiken om wat dingetjes naar boven te halen, ingeschakeld en, nou ja, ik ben erin geslaagd een kopie te krijgen van de laboratoriumuitslag van je dochters jack. Dit is wel heel kort dag, ik weet het, maar kun je binnen een uur naar de stad komen?'

'Ik ben al onderweg.'

# 22

Sam had geen grapje gemaakt over die lange uren. Het was een prachtige zondagmiddag en op het advocatenkantoor gonsde het van de activiteit. Het was niet zo druk als de vorige keer – er werd in ieder geval niet rondgeholvd met een urgentie alsof de wereld verging – maar op de gangen en in de kantoren was een flink aantal mensen ijverig bezig, met een opgefokte en explosieve energie. En op het bureau van Sam was het nog net zo rommelig als de vorige keer. Haar afvalbak zat vol met papieren zakken van afhaalvoedsel. Mike vroeg zich af of ze haar nachten meestal ook hier doorbracht.

Aan het hoofd van Sams vergadertafel zat een aantrekkelijke vrouw met kort, warrig blond haar en een grijs Black Dog-sweatshirt met een rits. Toen ze opstond blies ze een grote roze bel kauwgom op en liet hem knallen.

Sam zei: 'Mike, dit is Nancy Childs.'

'Hoegatet,' zei Nancy. Eén woord. Zij bezigt waarschijnlijk nog woorden als 'gaaf' en 'mafkees', dacht Mike, terwijl hij haar de hand schudde, behoorlijk stevig voor een secretaresse.

'Is de privé-detective al onderweg?' vroeg hij aan Sam.

Nancy zei: 'Hé joh, ze staat voor je.'

Om een of andere reden had Mike, toen Sam het woord 'privé-detective' gebruikte, zich een beeld gevormd van een vent van achter in de vijftig, een ex-diender of ex-FBI agent met een plukje haar dat verkeerd over zijn kale kruin was gekamd en in een pak van Sears – een soort Robert Urich misschien, zoals in *Spenser for Hire*, maar echt geen kauwgomkauwende, middelbare dame met een secretaresseopleiding.

'Zal ik raden?' zei Nancy met een grijns. 'Jij dacht dat ik de secretaresse was.'

'Sorry. Ik wist eigenlijk niet goed wat ik kon verwachten.'

'Geeft niet. Gebeurt constant. Sam en ik zijn er al aan gewend, maar het overkomt Sam minder omdat ze zich beter uitdrukt en kleedt dan ik. Je hebt gelijk, Sam, ik moet geen kauwgom meer kauwen en een dikke blaffer op mijn heup dragen.'

Nancy wierp Sam zo'n blik toe van 'wat een sukkels zijn die kerels toch', voordat ze ging zitten. Sam nam aan de andere kant van de tafel plaats en Mike trok een stoel naast Nancy bij. De plafondspots in het kantoor brandden gedempt en er kwam zachte jazzmuziek uit de luidsprekers op de boekenplanken.

'Sam zei dat je erin was geslaagd een kopie te bemachtigen van het onderzoek van het lab,' zei Mike.

'Inderdaad. Ik moest er wel de gunst van een paar hoge pieten voor inroepen.'

'Ik kan je niet zeggen hoezeer ik dit op prijs stel.'

'De reden waarom ik het over die gunsten heb,' zei Nancy, 'is dat ik sterk de nadruk erop moet leggen dat je deze informatie voor je houdt.'

'Ik snap het.'

'Werkelijk?'

'Hoezo, werkelijk?'

'Of je het werkelijk snápt. Je schijnt een heethoofd te zijn. Mijn ervaring met heethoofden is niet alleen dat ze hun impulsen niet kunnen beheersen, maar dat ze je ook altijd een trap onder je reet na geven.'

Daar zat Mike en zijn hersens deden hun best zich van haar uitspraken te ontdoen. In zijn ooghoek zag hij Sam in haar stoel gaan verzitten.

Nancy zei: 'Sorry, dat ik zo bot ben, maar ik ben niet goed in het houden van praatjes voor de vaak en in Algemeen Beschaafd Engels. Een heleboel mannen kunnen daar niet tegen, wat wellicht verklaart waarom ik nog vrijgezel ben. Nog iets wat Sam en ik gemeen hebben, weet je, afgezien van dat we meiden zijn.' Nancy glimlachte, maar het was geen grapje.

'Heb je er een bepaalde reden voor dat je me zo afzeikt?'

'De vorige keer dat iemand je hielp, gebruikte je dat om Jonah af te tuigen. Neem me niet kwalijk, maar dergelijke publiciteit kan ik missen als kiespijn.'

Dat Bill O'Reilly-gedoe van haar had hem kunnen hinderen en

dat zou het waarschijnlijk ook hebben gedaan, als hij er niet doof voor was geworden door zijn wekelijkse verbale worstelsessies met de koningin van de intimidatie, dokter T. Nancy Childs maakte gewoon deel uit van dezelfde kille routine volgens welke dokter T. en Testa en Merrick te werk gingen en Nancy deed dat op haar brutale, goudeerlijke klapkauwgommanier en haar houding van 'ik doe voor een kerel niet onder', om hem een beetje woede of ruzie te ontlokken, zodat ze haar dossier kon pakken en de deur uitlopen: sorry, Sam, maar ik doe geen zaken met heethoofden en zuiplappen.

'Ik ben vanochtend Francis Jonah tegen het lijf gelopen,' zei Mike.

Nancy kauwde door en wachtte op wat er nog meer kwam, of het kon haar eigenlijk niet schelen, wat wist hij niet.

'Mijn hond rende op hem af en gooide hem ondersteboven – en echt, dat is de zuivere waarheid,' zei Mike. 'Daar lag Jonah in de sneeuw naar adem te snakken, ik bedoel, écht bijna te stikken. Hij had zijn inhalator laten vallen en die heeft hij nodig om te ademen. Die inhalator lag vlak voor me. Ik pak dat ding en dan komt het idee bij me op om die inhalator aan hem te geven in ruil voor informatie over mijn dochter. Hij vertelt mij wat er met mijn dochter is gebeurd, ik geef hem de inhalator, zodat hij kan ademen. Nou, Nancy, zeg jij eens wat je zou doen in zo'n situatie?'

'Moeilijk te zeggen.'

'Vooruit, denk daar eens over na,' zei Mike. 'Ik zou het fijn vinden om jouw mening daarover te horen.'

Nancy tikte met haar nagels op de tafel.

Mike schudde zijn hoofd. 'Kijk, dat begrijp ik nou niet. Iedereen zegt tegen mij wat ik had móéten doen – weet je wel, ze doen hun werk als een natte krant en achteraf vellen ze een oordeel over mij. Maar als ik hun vraag zich in mijn situatie in te denken, dan halen ze hun schouders op, of klappen ze dicht, zoals jij. Dus, Nancy, wat ik eigenlijk tegen jou probeer te zeggen, is dat als jij een probleem hebt met wat ik uit liefde voor mijn dochter heb gedaan, steek dan dat laboratoriumverslag alsjeblieft samen met die houding van jou maar in je reet, want eerlijk gezegd – ik zeg dat echt uit de grond van mijn hart – eerlijk waar, ik wordt er zó ontzettend ziek en moe van om mezelf te proberen te verklaren tegenover mensen die geen enkel benul hebben.'

Er verstreken ettelijke seconden. Niemand zei iets.

Nancy pakte de leren tas die tegen haar stoelpoot stond. Vooruit maar, ga maar. Krijg de kolere. Hij was het zat om te smeken.

Ze ging niet weg. Ze pakte een blauwe dossiermap, legde die voor zich op tafel en sloeg hem open.

Een kleurenfoto van twintig bij dertig van Sarahs jack. Er lag een liniaal naast om de maten duidelijk te laten zien en de capuchon was opengeslagen.

'Wat is dat?' zei Mike, en hij wees naar de zwarte vlekken die een vierde deel van de linkerkant van de capuchon besloegen.

'Dat zijn bloedvlekken.'

Mike kreeg het gevoel alsof zijn hart in ijswater werd gedompeld.

'Ze hebben een DNA-test gedaan aan de hand van het bloed en het vergeleken met de monsters die ze in het dossier hadden – de haar die ze uit Sarahs borstel hadden meegenomen toen ze vermist was,' zei Nancy. 'De monsters kloppen.'

Hij herinnerde zich niet dat hij die avond op de Heuvel bloed had gezien.

*Die kon je ook niet zien. De rechercheur had de capuchon dichtgeslagen, weet je nog?*

Ja. De rechercheur met de honkbalpet van de Red Sox had de capuchon dichtgevouwen – met opzet. Merrick wilde niet dat hij de bloedvlekken zag en had er niet over gesproken, want als Mike van dat bloed had geweten, dan had hij met geen mogelijkheid –

Mike wendde zijn blik af van de foto en dacht aan zijn ontmoeting met Jonah, vanmorgen.

'Is er nog iets aan het jack dat opvalt?'

Hij zag eenzaamheid en angst. Hij zag verslagenheid.

Nancy zei: 'Het jack is in goede staat, vind je ook niet?'

Ze had gelijk. Afgezien van de bloedvlekken, zat er geen smetje aan, nergens een scheurtje, en de witte bontvoering aan de buitenste rand van de capuchon, jezus, die zag er schóón uit.

'Hij heeft het ergens bewaard,' zei Mike.

'Als het jack in een dergelijke staat is zou het inderdaad ergens bewaard moeten zijn. We weten intussen dat er een forensisch team van het politielab in Boston is gekomen dat na de verdwijning van Sarah Jonahs huis binnenste buiten heeft gekeerd. En we weten ook dat ze met lege handen zijn vertrokken; dat is de reden waarom ze geen zaak tegen Jonah hadden. Het vermoeden is nu, dat Jonah ergens dingen heeft verstopt, op een afgelegen locatie, een opslagmogelijkheid, misschien wel een kluis.'

'Ik dacht dat Merrick dat al had onderzocht.'

'Dat heeft hij ook – onder Jonahs echte naam én onder zijn schuilnaam. Nu je dochters jack voor de dag is gekomen, denkt Merrick dat als Jonah één valse naam had, wie weet of hij er niet nog een had? Ik hoor dat Merrick diep in die richting aan het graven is geweest.'

'Ik begrijp niet waarom hij het jack bewaard heeft. Het is een bewijsstuk.'

'Sommige seriemisdadigers bewaren vaak souvenirs van hun daden, zodat ze, nou ja, je weet wel...'

'Nee,' zei Mike, en hij keek haar aan, 'dat weet ik niet.'

'In het bezit zijn van een kledingstuk, een sieraad van het slachtoffer – ze noemen het een trofee. Sommige seriemisdadigers bewaren die voorwerpen vaak om hun misdrijf te kunnen herbeleven. Het is ook een manier om de macht over hun slachtoffers te behouden. Uit wat ik heb vernomen, blijkt dat Merrick al jaren in die richting onderzoek deed. Dat is ook de reden waarom hij hem in de gaten laat houden wanneer de datum van je dochters verdwijning nadert. Merrick heeft zelfs Jonahs afval doorzocht, telefoontjes nagetrokken – hij heeft het niet opgegeven. Het probleem is dat Jonah hoogst intelligent is. Zijn IQ is buitengewoon hoog en hij weet hoe hij zijn sporen moet verdoezelen, helaas.

'Laat ik nu je volgende vraag beantwoorden: Waarom hangt Jonah het jack aan een kruis en neemt hij het risico opnieuw onder de microscoop te worden gelegd? Zeker nu hij gaat sterven en dat in vrede wil doen?' zei Nancy. 'Dit is een volkomen rationele vraag, maar er is geen rationeel antwoord op, dat is het probleem. Ons normale boerenverstand is niet van toepassing op de Jonahs van deze wereld. Ik heb er met een paar forensische psychologen die ik respecteer over gepraat en de overheersende theorie luidt dat Jonah gepakt wil worden. Hoe idioot het ook klinkt, dat is met velen van hen het geval. Sommigen worden ook gepakt omdat ze erover willen opscheppen. Sommigen maken er een spelletje van, zoals Ted Bundy bijvoorbeeld.'

'Jonah ging vanochtend ook al bijna dood en hij wilde niet praten.'

'Waarom verbaast dat je?'

'Je was er niet bij. Hij was ontzettend bang dat hij doodging. Ik kon het in zijn ogen zien.'

'Natuurlijk was hij doodsbang. Je hebt hem al eens eerder aangevallen. Stikken of doodgeslagen worden. Waar zou jij voor kiezen?'

Mike zei: 'Heb je nog meer ontdekt?'

'Het lab heeft twee vezels gevonden, allebei synthetisch. Een ervan klopt met het imitatie wasbeerbont van de capuchon van Jonahs jack. Maar doorslaggevend is een haar, die het lab in een van de mouwen heeft gevonden.'

'Van Jonah.'

'Bingo. Mijn bronnen vermelden dat Merrick ieder moment met een huiszoekingsbevel bij Jonah op stoep kan staan. Met dit bewijs in handen waag ik een gokje dat Jonah niet meer thuiskomt.'

Daar was het dus. Na vijf jaar had hij een concreet bewijsstuk dat Jonah in verband bracht met Sarah.

Mike staarde naar de foto van het jack. Al die tijd, al die energie die in het gevecht was gaan zitten en hij verwachtte een gevoel van... van wat, eigenlijk? In het gelijk gesteld? Was dat het? Als dat het was, waarom voelde hij zich dan zo hol?

*Dat holle gevoel is shock.*

'Ik houd dit dossier,' zei Nancy. 'Als iemand je hiermee ziet en het belandt bij Merrick, of bij iemand anders die bij de zaak betrokken is, brand ik behoorlijk mijn billen.'

'Dank je wel.' Mike voelde zich volkomen daas.

'Graag gedaan.' Nancy stond op en liep met haar tas en de dossiermap in haar hand de kamer uit. Ze deed de deur van het kantoor achter zich dicht.

Mike ging achterover in zijn stoel zitten en wreef met zijn hand over het gladde oppervlak van de tafel. Hij keek uit het raam naar de gebouwen die de skyline van Boston vormden.

'Het spijt me dat Nancy zich zo agressief gedroeg,' zei Sam na een ogenblik. 'Ze is een goed mens. Ze heeft alleen een probleem met mensen die drinken. Haar vader en haar broer zijn allebei alcoholist.'

'Je weet in ieder geval wat je aan haar hebt. Bedankt dat je dit hebt kunnen regelen, Sam. Ik sta bij je in het krijt.'

'Kan ik nog iets voor je doen?'

Mike schudde zijn hoofd en sloot zijn ogen. Toen hij ze wreef in een poging het vocht daar weg te krijgen, zag hij het jack van Sarah voor zich, opgeborgen in een doos met bewijsstukken, dichtgeplakt, achter slot en grendel in een of andere donkere kast.

Toen hij zijn ogen opende zat Sam naar hem te staren. Haar gezicht was open, kwetsbaar, zoals het al die jaren geleden ook was tijdens de avonden aan het strand, toen ze daar zaten te praten en hun teleurstellingen en gekwetstheden met elkaar deelden. Toen had ze geluisterd naar de verhalen over zijn vader en ze had hem niet veroordeeld, en Mike zou wedden dat ze dat nu ook niet deed.

'Ik heb aldoor van die dromen,' zei Mike. 'Van Sarah, die in haar kamer ligt te slapen, en ze huilt. Ze houdt niet op met huilen.' Hij haalde diep adem en vervolgde: 'Ik pak een kussen en houd het over haar gezicht. Laatst had ik een andere droom. We zaten in een auto en Sarah huilde en ik schopte haar eruit. Ik. Haar vader. Waarom droom ik zulke dingen?'

# 23

Die nacht kwam Sarah hem halen.

Ze stond aan de rand van Salmon Brook Pond, met haar roze jack helemaal naar boven geritst, maar met haar capuchon naar achteren, en haar gezicht was duidelijk en vrolijk. Haar mond stond open en ze wreef met het puntje van haar tong over haar onderlip.

'*Kijk, pappie! Kijk!*' schreeuwde ze bij het hysterische af, terwijl ze met dat onzekere tap, tap, tapgeluid over de vijver krabbelde op die manier van 'o, jee, ik ga op mijn billen vallen', die alle jonge schaatsertjes hebben, hun armen wijd, fladderend als vleugels.

Mike ging naast haar schaatsen. Het was een volmaakte winterdag: een hardblauwe hemel, koude lucht, maar zonder dat gure waardoor je binnenbleef. Op de niervormige vijver was het druk met ouders en kinderen. Een eindje verder, aan de andere kant waar het niet zo vol was, werd een verhitte ijshockeywedstrijd gespeeld. Je hoorde het plofgeluid van de sticks op het ijs weerkaatsen in de lucht.

'Je doet het geweldig, Sarah.'

'Kom, schaats met me mee.'

'Mag ik je hand vastpakken?'

Daar moest Sarah over nadenken.

'Oké,' zei ze, tap, tap, tap, verder krabbelend. 'Maar we moeten wel de pirouettesprong maken.'

'Je weet toch dat ik dat niet kan, liefje.'

Sarah stopte met schaatsen, keek op en duwde haar bril wat verder omhoog op haar neus. Hier, buiten in het zonlicht, leek elke trek van haar gezicht uitvergroot: de kuiltjes in haar wangen met die bleke Ierse huid; het blauw van haar ogen.

'Maar de jury beoordeelt ons daarop,' zei ze.

Hij fronste zijn voorhoofd en probeerde haar gedachteproces te volgen.

'Op tv, pappie, weet je nog? Die man en die vrouw schaatsten rond en daar kregen ze punten voor.'

'O, je bedoelt de kunstschaatsers?'

'De man tilt het meisje op en houdt haar in de lucht en de jury geeft de punten.'

'O, dat kan ik wel. Ben je er klaar voor?'

'Klaar,' zei ze, en ze gaf hem haar handje, zo klein, dat het hem herinnerde aan de eerste zenuwslopende dagen van Sarah op de intensive care van de neonatologie in Mass General, de afdeling voor te vroeg geboren baby's, waar zijn dochter van vier pond werd bewaakt door monitoren, aangesloten op allerlei computergestuurde apparaten. Sarah had de grootste moeite om zelfstandig adem te halen omdat haar longen onderontwikkeld waren en vervolgens moest ze een gevecht leveren tegen een infectie die haar bijna het leven kostte.

*'Pappie!'*

'Ja, liefje?'

'Je let niet op. De jury kijkt naar ons. Ze wachten erop dat je me optilt en me voor je uit houdt.'

Hij deed wat hem werd opgedragen en hield haar voor zich uit – niet zo moeilijk, want ze woog nog geen twintig kilo. Sarah was nog altijd zo klein voor haar leeftijd.

Sarah spreidde haar armen en benen in de vorm van een X.

'De zeester! Nu jij.'

Hij tilde Sarah op, zette haar boven op zijn schouders, sloeg een arm om haar scheenbenen en trok haar benen dicht tegen zijn borst. Hij strekte zijn andere arm in een rechte lijn.

'Hoe vind je die?'

'Je moet roepen wat je doet, pappie!'

*(Woe-woef!)*

'De pijl!'

Sarah zei: 'Die naam vindt de jury vast niet goed.'

'En hoe zou jij het dan noemen?'

'Vechtende vis!'

(Fang blafte opnieuw: *Woe-woe-woef!*)


Mikes ogen schoten open. Het maanlicht stroomde de kamer binnen. Fang was niet in bed. Mike draaide zich om en zag de hond voor een van de open ramen staan die op de achtertuin uitkeken. Hij stond met zijn snuit tegen de hor gedrukt, snoof in de lucht en zijn staart ging van voor naar achter.

Zeker een wasbeer of zoiets. De ramen boven stonden open, er woeien allerlei geurtjes door het huis.

'Fang, hou eens op.'

De hond verroerde zich niet. Mike stond op, voelde het gezicht van Sarah vervagen en greep de hond snel bij zijn halsband.

'Pappie.'

Mike trok zich met een ruk van het raam terug en struikelde daarbij bijna over de hond. Fang draaide zich geschrokken om en begon te blaffen.

Sarahs stem. Het was Sarahs stem en die kwam van buiten.

*Het is de droom. De droom zweeft nog rond in je hoofd en je verbeelding, hij komt nog een keer boven.*

Een windvlaag blies de gordijnen naar achteren. Zijn hart klopte in zijn keel en hij ging op een knie zitten en tuurde langs de hor. De volle maan stond boven de donkere toppen van de dennenbomen en het maanlicht gaf de plekken waar nog restjes sneeuw lagen een lichte, neonblauwe kleur. Hij tuurde de achtertuin af en wachtte.

*Je begint stemmen te horen. Je bent Jonah vandaag tegengekomen en je had die droom en nu –*

'Pappie, waar ben je?'

'Woe-woe-wóéf!'

Sarahs stem. Het was Sarahs stem en ze riep hem.

Mike grabbelde naar zijn broek en trok hem aan. Zijn handen trilden toen hij de knoop en de rits dichtmaakte.

'Pappie?'

Hij stapte met zijn blote voeten in zijn sportschoenen en rende de trap af, de huiskamer in, met Fang blaffend achter zich aan. Mike maakte met bevende handen het slot van de glazen schuifdeur open en duwde hem opzij. De hond schoot hem voorbij de nacht in. Mike nam het pad. De takken en twijgen boven hem waren als waaiers van dennennaalden en bladeren en ze blokkeerden het maanlicht voor het grootste deel. Naarmate hij verder rende werd het steeds donkerder in het bos. Fang sprong ergens blaffend voor hem uit tussen terugspringende takjes door.

'Pappie, waar ben je?'

Sarahs stem, het was Sarahs stem, en door een of andere gods-wonder kwam ze terug naar huis en nu was ze in het bos ver-dwaald en straks zou hij haar zien en haar mee naar huis nemen.

*'Hier, hier ben ik, Sarah. Hier ben ik.'* Hij rende nog harder en struikelde bijna.

Mike stond bij de plek waar het pad op de zandweg uitkwam, verlicht door de maan.

'Sarah, ik ben hier bij je, in het bos.'

De wind floot door de bomen en schudde aan de grote takken boven hem. Mike wachtte tot ze antwoord gaf. Hij sperde zijn ogen wijdopen en nam elke schaduw en vorm in zich op. Hij stond te trillen op zijn benen en hij bleef maar slikken.

'Pappie?'

Haar stem klonk recht voor hem uit, dieper het bos in.

'Hou vol, Sarah, ik kom eraan.' Mike verliet het pad en baan-de zich een weg de helling af. De rubberzolen van zijn sport-schoenen glibberden weg op het half gesmolten ijs; hij dacht aan Sarahs stem, hoe heerlijk kalm en geduldig die klonk, en dat was goed, dat was geweldig, ontzettend goed.

Het was bijna pikdonker hier beneden en het terrein oneffen, met opeens hier en daar een kuil, grote keien waar je tegen aan-botste, afgevallen takjes en takken. Mike ging nog dieper het bos in. Hij liep snel, maar keek goed uit, terwijl takken langs zijn ge-zicht zwiepten en in zijn handen, armen en gezicht sneden. Voor hem, op een plek waar de sneeuw door de maan werd verlicht, meende hij Fang met zijn grote, massieve lijf tegen een steile hel-ling op te zien rennen.

'Ik kan je niet zien,' riep Sarah ergens boven hem, nog steeds geduldig, maar met een bange ondertoon.

'Ik ben vlak onder je,' riep Mike. 'Blijf gewoon waar je bent. Ik kom naar boven.'

Mike baande zich een weg tegen de steile helling op en greep zich aan takken vast om steun te zoeken. Het ging langzaam; hij kreeg geen grip met zijn sportschoenen.

'Pappie?' Sarah stond op het punt in huilen uit te barsten.

'Geen paniek, schatje. Blijf gewoon tegen me praten. Ik ben er bijna.'

Mike bleef zich een weg banen tegen die helling op. Het zweet gutste van zijn gezicht.

'Waar ben je?' riep Sarah opnieuw.

Fang blafte.

Beide geluiden waren boven hem, inmiddels luider en dichter bij.

'Luister gewoon naar de klank van mijn stem, Sarah. En die andere geluiden die je hoort, al dat geknap van takken – dat is Fang. Hij is meegekomen om je te zien. We hebben je allebei zo gemist.'

'Pappie, waar ben je?'

'Schatje, ik ben vlak – '

De stem klopte niet. Het was Sarahs stem, geen twijfel aan, maar het was haar oude stem – haar zes jaar oude stem. Sarah was nu elf. Haar stem zou nu anders klinken. Hij zou nu niet meer zo hoog en schril klinken. Hij zou toch zwaarder zijn, misschien.

'Sarah,' schreeuwde hij tegen de helling op. 'Zeg me de naam van je hond.'

Geen antwoord.

'Zeg me wat je lievelingskleur is.'

Fang blafte.

Eindelijk werd de helling wat minder steil. Het maanlicht sijpelde over het terrein waar Mike nu stond en hij kon de weg zien en daarachter een deel van Salmon Brook Road. Fang had zijn snuit tegen de grond gedrukt en snuffelde aan de wortels van een massieve, brede ahornboom.

'Pappie, waar ben je?'

Mike draaide zich om. Boven op een verrotte boomstronk stond zo'n draagbaar stereoapparaat, wat hij een *boom-box* placht te noemen. De speakers stonden in de richting van zijn huis gekeerd.

'Pappie?' riep Sarah uit de luidsprekers.

Mike keek al niet meer naar de radio. Zijn aandacht ging uit naar hetzelfde wat Fang bezighield: Francis Jonah. Hij hing aan een grote tak van de ahornboom.

*Denk aan Sarah*

# 24

Francis Jonah werd op vrijdag begraven, de eerste dag van de lente.

De laatste wil en het testament van de voormalige priester bepaalden dat de uitvaartdienst strikt privé moest zijn – absoluut geen journalisten erbij. Deze taak was weggelegd voor pastoor Connelly. De gerespecteerde en geliefde priester bezat veel invloed in de gemeenschap en hij slaagde erin de politie, die voor het overgrote deel zelf uit katholieken bestond, ervan te doordringen dat ze het oordeel aan God moesten overlaten en iemands laatste wensen dienden te eerbiedigen.

Wat pastoor Jack niet kon tegenhouden waren de lekken. Iemand had de media getipt, die voor de kerk hun kamp hadden opgeslagen.

De voordeuren van St. Stephen's gingen open en de dragers, vier jonge mannen die van begrafenisondernemer McGill-Flattery waren gehuurd, kwamen met de kist naar buiten en zagen daar onverwacht een groepje verslaggevers op de treden van de kerk staan. Geflits en geklik van camera's. Een politieafvaardiging kwam in actie om ruimte te maken op weg naar de lijkwagen.

Mike zat naast Slome Ed in de patrouillewagen aan de overkant van de straat. Hij had zijn ogen bedekt met een zonnebril en scande de gezichten van de meer dan honderd mensen die gekomen waren.

'Op de begraafplaats wordt het net zo erg,' zei Slome Ed. 'Nog erger, vermoed ik.'

Mike gaf geen antwoord. Hij zat alleen maar te staren, gehuld in een dun vlies dat hem van de rest van de wereld scheidde en dat langzaam oploste.

Slome Ed startte de patrouillewagen en reed weg bij het trottoir.

'We kunnen de media bij de begraafplaats weg houden, maar we kunnen ze niet verbieden hun camera's boven de muur van de begraafplaats te tillen. Ze hebben hun circus op Evergreen opgezet en ze staan op de daken van hun televisiewagens om een beter zicht te hebben op het graf. Je zei dat je niet op tv wilde. Als je er toch heen gaat, komt je gezicht in alle nieuwsuitzendingen.'

In het centrum was weinig verkeer. Ze reden Parker Street in, de steile heuvel op en toen ze door Evergreen kwamen, een lange straat met onderkomens voor de chronisch werklozen en hopeloze gevallen, zag Mike enkele bewoners bij elkaar voor hun huizen staan. Ze keken met slaperige en door een kater vertrokken gezichten toe, staken met bevende handen een sigaret op en dronken koffie, terwijl de verslaggevers hun haren en make-up in orde brachten. Hun wagens stonden op de trottoirs geparkeerd met de satellietantennes in de lucht.

'Als je alleen maar gaat om pastoor Jack te spreken,' zei Slome Ed, 'kan ik omkeren en je terugrijden naar zijn kantoor. En als je wilt kan ik wachten tot hij terugkomt.'

Slome Ed bood hem een uitweg. Eigenlijk was er geen reden om hiermee door te gaan – geen logische reden die Mike onder woorden kon brengen. Hij had het geprobeerd. Slome Ed had het hem gevraagd, Bill ook, maar Mike kon niet uitleggen waarom hij op de begraafplaats wilde zijn, noch aan hen, noch aan zichzelf; toch was de behoefte daar, een hevig emotionele, onverklaarbare drang, die hem zei dat hij bij de begrafenis van Jonah moest zijn. Misschien had die plotselinge behoefte te maken met de dromen over Sarah en de nieuwe dromen, waarbij Jonah op een koele, metalen tafel lag met zijn laatste woorden nog op zijn tong – Mike kon ze zien, Jezus, ze waren daar, laten we ze oppikken en er goed naar luisteren. Maar dat wilde niemand. Ze begonnen de mond van Jonah dicht te naaien en hij schreeuwde dat ze daarmee op moesten houden, maar dat werd genegeerd.

Die dromen waren een signaal om te blijven graven, voelde Mike. Of misschien wilde hij zichzelf alleen maar straffen. Ten slotte had hij dit allemaal aan het rollen gebracht.

Slome Ed sloeg linksaf Hancock op. Er stonden twee patrouillewagens bij de ingang. Hij draaide zijn raampje naar beneden en wuifde en een van de agenten deed de poort open. Ze reden de begraafplaats op en toen Slome Ed de wagen aan de kant zette, zag Mike op de heuvel heel duidelijk het stuk grond waar Jonah begraven zou worden. Hij voelde een golf van angst in hem opwellen die door het beschermende vlies heenjoeg als een kogel.

'Ik weet dat je erg close bent – was – met pastoor Jack,' begon Slome Ed, 'daarom denk ik dat hij er geen problemen mee heeft dat je hier bent. Maar als hij je vraagt weg te gaan, moeten we dat respecteren.'

Mike knikte en stapte uit. De zon scheen warm op zijn gezicht toen hij de helling met vochtig gras op liep naar iets wat op een gereedschapsschuur leek met rechts daarvan een groepje bomen die niet waren omgehakt.

Boven aangekomen ging Mike achter een boom staan en zag het hijsapparaat waarmee ze Jonahs kist in zijn laatste rustplaats zouden laten zakken. Geen bomen daar, geen schaduw. Het graf lag op open terrein en dat stemde hem om een onverklaarbare reden zorgelijk.

Ettelijke minuten later kwamen de lijkwagen en de limousine Evergreen op. Een stuk of zes verkeersagenten maakten de weg vrij om de auto's door te laten. Even later stonden de lijkwagen en de volgauto langs het trottoir geparkeerd en stapten de jonge dragers uit om de kist van Jonah de heuvel op te dragen. Pastoor Jack schreed in zijn priestergewaad achter hen aan.

De dragers zette Jonahs kist op het hijsapparaat en stapten achteruit. Mike veegde met de mouw van zijn sweatshirt over zijn voorhoofd.

Pastoor Jack sloeg zijn bijbel open. 'Laat ons bidden.'

'*Michael.*'

*Hij werd met een hevige schrik midden in de nacht wakker; er was iets mis met de baby. Jess is in de tweeëntwintigste week van haar zwangerschap, van een meisje dat Sarah gaat heten, en nu is er iets mis.*

*De sleutels en de portemonnee liggen op het nachtkastje, dus hoeft hij die niet midden in de nacht te gaan zoeken. Hij grijpt ze en gaat rechtop in bed zitten.*

'*Het is in orde, Michael. Geef me je hand.*'

*Dat doet hij en ze legt hem op haar buik.*
*Geschop. De baby schopt.*
*'Voel je dat?'*
*Hij voelt het. Sarah schopt als een woesteling. Jess gaat weer liggen en hij ontspant zich, gaat tegen haar rug aan liggen, met zijn hand op haar buik; dat gevoel van het leven dat zich onder haar huid vormt. Geef me dit, God. Geef me alleen dit, en dat zal genoeg zijn.*

Geratel van kettingen. Michael zag de kist in de grond zakken.

Jonah op de tafel van het mortuarium, vechtend om de woorden over zijn lippen te krijgen.

*Alleen God kent de waarheid.*

De kettingen hielden stil.

De kist lag nu in de grond en wachtte om begraven te worden.

'Amen,' sprak pastoor Jack, en hij sloot zijn bijbel.

Mike boorde zijn vingers in de bast van de boom. Het weerhield hem ervan te gaan schreeuwen.

Mike ijsbeerde over het gras rond de politiewagen om het kloppende gevoel uit zijn knieën te krijgen. Zijn mobiele telefoon trilde nu al voor de derde keer in de afgelopen twee minuten tegen zijn heup. Mike keek op de nummerweergave: BUITEN DIT GEBIED – het waren telefoontjes van Jess.

De ogen van pastoor Jack waren op hem gevestigd.

'Francis was een verbitterd mens. Verbitterd en erg boos. Hij ontkende alles.' Pastoor Jack schudde zijn hoofd en zuchtte. 'Ik heb het geprobeerd.'

Mike voelde een dikke brok in zijn keel die hij niet kon wegslikken.

'Het spijt me,' zei pastoor Jack.

Oké, oké, pastoor Jack wist dus niets. Dan was Merrick er altijd nog om mee te praten, en de verpleegster, Terry Russell. Een van de twee moest wel iets weten. Er was nog hoop.

Mikes telefoon ging weer.

'Michael?' Het was Jess en haar paniekstem had een vreemde nagalm.

'Ik kan je nauwelijks horen.'

'Ik bel vanuit Frankrijk.' De woorden klonken zo gehaast, dat het net leek alsof ze buiten adem was. 'Ik heb het net gehoord. Ik zat op een boerderij en daar is geen tv of – laat maar. Ik heb zojuist een vlucht geboekt en ben morgenmiddag weer thuis. Is alles in orde met je? Waar ben je?'

Mikes blik ging naar de heuvel en bleef hangen bij Jonahs grafsteen.

*Ik houd het niet meer uit, Bill. Ik ben het zat om met een geharnast iemand te leven. Ik ben het zat om met een vrouw te leven die levensangst heeft en die mij tot een gevangene in mijn eigen huis maakt. Ik ben het zat te moeten vechten voor zulke simpele dingen als sleeën met mijn dochter van zeseneenhalf. Ik ben het zat en ik wil eruit.*

Zijn eigen woorden, bijna een stil gebed, die avond op de Heuvel.

'Michael? Ben je daar nog?'

'Ik ben bij het graf van Jonah,' zei hij.

'Wat? Waarom? Waarom doe je jezelf dat aan?'

In zijn borst groeide de behoefte om te huilen en te schreeuwen. Hij wilde erin zwelgen, hij wilde wegkijken van het graf en kon het niet.

'Je moet ophouden met jezelf zo te kwellen. Hoe vaak heb ik het je al gezegd – weet je nog die keer in de supermarkt? Ik had Sarah bij me. Ik draaide even mijn hoofd om en weg was ze. Ze haalden de hele winkel overhoop en vijf minuten later zag ik haar buiten met die vrouw staan praten. Sarah dacht dat ze de moeder van een vriendinnetje was en was achter haar aan naar buiten gelopen – '

'Je begrijpt het niet.'

'Wat begrijp ik niet?' Jess leek bijna in tranen te zijn. 'Laat me alsjeblieft binnen. Ik wil je helpen.'

*Die avond op de Heuvel liet ik Sarah in haar eentje naar boven gaan, omdat ik ontzettend pissig op je was. Die avond bad ik om een uitweg en die ene keer heeft God geluisterd.*

'Praat met me, Michael. Sluit me niet weer buiten. Niet nu.'

Mike deed zijn mond open om te praten en er ontsnapte een gekreun. De schuld, de woede, de liefde voor zijn dochter die hij

# 25

Slome Ed draaide met de patrouillewagen zijn oprit op, waar Mikes truck stond.

'Jonahs verpleegster, Terry Russell,' zei Mike, 'heeft die wel eens verteld of Jonah in zijn slaap over Sarah praatte?'

'Iets dergelijks heb ik nooit gehoord.'

'Wat heeft ze Merrick verteld?'

'Ik ken de details niet. Daarvoor moet je met Merrick praten. Hij zit in Maine. Zijn vader is niet in orde, heb ik gehoord. Alzheimer. Hij zou vandaag terugkomen, dus zal ik hem jou laten bellen, dat beloof ik.'

'En hoe zit het met het autopsieverslag? Is daar iets uit gekomen?'

Slome Ed ging verzitten en de veren van zijn zitting kraakten. 'Sully, waarom ga je niet mee naar binnen? Sheila maakt verrukkelijke Parmezaanse kip.'

'Sheila?'

'Mijn nieuwe vriendin. Kom binnen, een beetje bijkletsen.'

'Een andere keer, misschien. Bedankt voor vandaag, Ed.'

'Ik weet dat je in Bams flat in Melrose logeert. Als je wat meer in de buurt wilt zitten, ik heb hier een kamer over. Je kunt hier altijd logeren tot het overgewaaid is. Over een paar dagen moet het wel weer tot rust gekomen zijn.'

Overgewaaid, dacht Mike. Tot rust gekomen.

Mike belde de informatielijn en reed twintig minuten later door Vikers Street, in wat de Oude Stad genoemd werd. De huizen hier waren een klasse beter vergeleken met die aan Evergreen: maisonnettes, van elkaar gescheiden door lange opritten; kleine, aardige grasveldjes aan de voorkant, omheind met kettinghekjes. Hier hing niet de geur van wanhoop. De huizen waren fris geschilderd, de struiken keurig bijgehouden, er stonden versgeplante bloemen en het was over het algemeen rustig in de straat. Iedereen was naar zijn werk, behalve de gepensioneerden, die hun auto's stonden te wassen of de ramen van hun huizen aan het schoonspuiten waren.

Nummer drieënvijftig had twee bovenverdiepingen en een veranda aan de voorkant, waarvan de treden en planken staalgrijs geschilderd waren. Mike parkeerde in de straat, stapte uit en jogde over het pad met flagstones en de treden op, naar de deur aan de linkerkant. Hij belde aan en was opgelucht toen hij voetstappen hoorde en de sloten werden geopend. De deur zwaaide open.

Het was de vrouw die hij die avond in het huis van Jonah had gezien.

'Meneer Sullivan,' zei Terry Russell.

'Neemt u me niet kwalijk dat ik onaangekondigd bij u binnenval, maar ik vroeg me af of ik even met u zou kunnen praten.'

'Natuurlijk,' zei ze, en ze deed de deur verder open.

Met drie stappen stond Mike in een grote, rechthoekige kamer met een hardhouten vloer, lichtgele wanden en een open haard van leisteen met boekenkasten aan beide zijden ervan. Er stonden een heleboel religieuze boeken in, met titels als *The Purpose Driven Life* en *Conversations with God*, en ook een heleboel porseleinen figuurtjes: Jezus aan het kruis, Sint Antonius en de Heilige Maagd Maria. Het zonlicht stroomde deze warme kamer binnen via ramen die uitkeken op de achtertuin. Daar liep een groepje van vier of vijf peuters om beurten tegen een voetbal te schoppen.

'Wilt u misschien iets drinken?' vroeg ze. Ze was gekleed in een spijkerbroek en een zwart vest, en er hing een eenvoudige gouden ketting met een kruis trots op haar witte coltrui. Dat was het enige sieraad dat ze droeg. Geen oorbellen of ringen – ook geen make-up. 'Ik heb geen koffie, maar wel thee en ook wat Coca-Cola.'

'Ik hoef niets, dank u.'

Zij ging aan een kant van een chocoladebruine bank zitten, het enige meubelstuk in de kamer. Mike ging aan de andere kant zitten. De ramen stonden op een kier en hij kon kinderen horen giechelen en naar elkaar schreeuwen.

'Wat kan ik voor u doen, meneer Sullivan?'

'Noem me maar Mike, alsjeblieft.'

'Zeg maar Terry.'

Mike forceerde een grijns. 'Ik heb begrepen dat u met de politie samenwerkte.'

Terry knikte. 'Toen Francis nog leefde werkte ik voor rechercheur Merrick. Aan het eind van iedere dag praatte ik met hem.'

Om een of andere reden maakte het hem boos toen hij haar Jonah bij zijn voornaam hoorde noemen.

'Ik maak uit je toon op dat rechercheur Merrick je nooit heeft verteld over mijn gesprekken met Francis.'

'Nee,' zei Mike, 'dat heeft hij niet.'

'Rechercheur Merrick was... nou ja, hij was tamelijk specifiek in zijn instructies aan mij.' Ze streek over de bovenkant van haar broek. Ze wilde zeker zachtmoedig te werk gaan en naar hij veronderstelde, haar woorden zorgvuldig kiezen. 'Dit spijt mij allemaal heel erg,' zei ze. 'Ik vind het gewoon afschuwelijk.'

'Er is niets om je voor te verontschuldigen. Ik hoopte alleen – ' Mikes stem haperde bij het woord, 'heeft Jonah ooit over Sarah gepraat?'

'Niet met mij. En ik heb hem nooit naar haar gevraagd. Dokter Boynton was op dat punt heel duidelijk.'

'Dokter Boynton?'

'Een karakterdeskundige of psychiater, ik weet niet precies wat hij was. Hij heeft een kantoor in Boston, geloof ik. In ieder geval, toen rechercheur Merrick mij benaderde en vroeg of ik wilde helpen bij het onderzoek, bracht hij me in contact met dokter Boynton. Wij bespraken mijn gesprekken met Francis. We werden tamelijk close – Francis en ik, bedoel ik. Het klinkt misschien gek, dat weet ik, monsterlijk zelfs tot op zekere hoogte, maar als iemand in de terminale fase verkeert, is het niet ongewoon als hij openhartiger wordt – zelfs tegenover vreemden. Francis had geen vrienden, als je zijn advocaat tenminste niet meetelt. Maar dat is niet echt een vriend, nietwaar?'

'Ik neem aan van niet.'

'Ik denk dat hij mij als een vriendin beschouwde,' zei Terry. 'In het begin ging het voornamelijk over koetjes en kalfjes. "Goedemorgen, Terry. Je ziet er leuk uit, vandaag, Terry. Is de wereld goed voor je?" Dat soort dingen. Maar na verloop van tijd werd hij opener. Hij vertelde me verhalen over hoe hij hier in Belham was opgegroeid, dat hij altijd had geweten dat hij priester wilde worden en hoe trots zijn moeder daarom op hem was.'

'Volgde Jonah het nieuws?' Mike herinnerde zich een of andere televisiepsycholoog, die Jonah afschilderde als een narcist, iemand die levendig geïnteresseerd is zichzelf op het nieuws te volgen en dat te gebruiken om de politie een stapje voor te blijven.

'Hij hield van actualiteitenprogramma's, CNN en programma's als *Crossfire*. Zodra een verslaggever over je weet wel, de zaak begon, schakelde Francis over naar een andere zender – althans, dat deed hij wel als ik er was.'

'Dus je hebt er nooit met hem over gesproken?'

'Nee. Dokter Boynton stelde voor, dat als het onderwerp ter sprake kwam, ik een benadering zou kiezen van wat hij de derde persoon noemde. Weet je wel, Francis een vraag stellen in de trant van: "Wat moet dat toch voor iemand zijn, dat hij dat jack op zo'n manier op de heuvel neerzet?" Dokter Boynton dacht dat je Francis dan wellicht zover kon krijgen dat hij openhartiger werd, dat hij er op een veilige manier over kon praten omdat hij niet over zichzelf sprak. Ik herinner me dat dokter Boynton zei dat die benadering bij Ted Bundy was toegepast. Hij ontkende iets te maken te hebben met wat er met die jonge vrouwen was gebeurd, maar toen de karakterdeskundigen van de FBI aan Bundy vroegen hoe hij daarover dacht, wat voor soort iemand zulke, je weet wel, gruweldaden zou plegen, praatte Bundy daarover in de derde persoon. "De man zou dat misdrijf op die en die manier hebben gepleegd."' Terry zuchtte. 'Ik probeerde hem aan het praten te krijgen. Het probleem was dat Jonah snel achteruitging. Overdag wilde hij alleen maar in zijn schommelstoel zitten, zijn fotoalbums doorkijken en met zijn speelgoed spelen. Dat doen ze allemaal – terugkeren naar hun kinderjaren. Ze willen plaatjes kijken, met speelgoed spelen, oude liedjes zingen, praten over mensen uit hun verleden. Daar troosten ze zichzelf mee. Een patiënte die ik vorig jaar had, Martha? Die nam een voetbal mee, overal waar ze heen ging: naar bed, naar het ziekenhuis, naar de wc, noem maar op. Ze wilde hem niet loslaten. Plotseling keek ze me heel ernstig aan en schreeuwde: "Vooruit, Terry, diep gaan! In Jezusnaam, ga diep!" Dat was me een portret, die Martha. Ik mis haar.'

Mike wilde voortmaken en rechtstreeks tot de kern komen, maar een sterke kant in hem wist hem te overtuigen van het belang geduldig te zijn. Terry had er tijd voor nodig en moest niet onderbroken worden met de ene vraag na de andere – de manier waarop Merrick haar waarschijnlijk had behandeld. Misschien was deze behoefte om te praten een manier voor haar om haar versie van Jonah te verzoenen met de mening van de rest van de wereld; of misschien wilde ze Jonah uit haar hoofd verdrijven en was praten de enige manier die ze daarvoor wist.

'Francis vroeg me een paar dozen met kerstversiering van zolder te halen. Hij wilde dat ik hem hielp kerstlichtjes in de woonkamer en zijn slaapkamer op te hangen. Het waren de gewone witte lampjes – geen lampjes die aan- en uitknipperden. Zijn moeder had wat speelgoed bewaard uit de tijd dat Francis klein was. Francis zat er gewoon mee in zijn handen. Soms huilde hij. Hij hield het meest van de kerstversiering. Ze hadden allemaal een verhaal. Francis was dol op verhalen vertellen.'

Mike kon zich er niets bij voorstellen dat Jonah ooit kind was geweest, opgevoed door een moeder, een jongetje dat een man was geworden en in een monster was veranderd.

''s Avonds zat Francis in zijn stoel naar die witte lichtjes te staren. Hij zat gewoon stilletjes in gedachten. De lichtjes brachten hem tot rust, denk ik. Die, en zijn medicijnen. Hij huilde veel. Hij was zo'n eenzame, verlaten oude man, en ik weet dat dat hem pijn deed.' Ze schudde haar hoofd, zichtbaar bedroefd.

'Het klinkt alsof je hem mocht,' zei Mike.

'Ik mocht de kant van hem die hij liet zien. Ik weet dat het verschrikkelijk moet klinken, in de wetenschap wat hij, je weet wel, gedaan heeft. Maar als mensen in een dergelijke situatie zoveel van zichzelf laten zien – met veel pijn en wetend dat ze gaan sterven – dan is het soms onmogelijk om geen emotionele band met hen te krijgen. Men leert je dat je dat moet afschermen, maar zeg eens eerlijk, hoe kun je dat? En ik vermoed dat ik me in zekere zin tot hem aangetrokken voelde omdat hij priester was. Dat brengt een zekere mate van respect mee. Ik heb erover gedacht vandaag naar zijn begrafenis te gaan.'

'Waarom ben je niet gegaan?'

'De media. Die kennen me niet en ik wil ze niet in mijn leven uitnodigen.' Terry zuchtte. 'Wat dat ook voor kant is geweest die tot zulke dingen in staat was, Francis hield hem voor me verborgen. Hoe hij zich gedroeg nadat ik weggegaan was en wat voor gedachten er door zijn hoofd gingen, dat zou ik niet kunnen zeggen. Als ik er was, deed Francis net zo menselijk als wij allemaal.'

'Verbaast het je dat hij zelfmoord pleegde?'

Terry dacht even na.

'Eerst wel,' zei ze. 'Om twee redenen. Francis was priester en hij wist dat het een zonde was. Ten tweede had hij geen lichamelijke pijn – in ieder geval zei hij me niet dat hij die had. Ik heb nog nooit een patiënt door zelfmoord verloren. Het is bijna ongehoord. Maar afgezien daarvan, Francis was niet zoals de meeste patiënten. Hij had van die... er ging veel in zijn hoofd om – dingen die ik niet kon behandelen. Misschien was het de schuld. En zoals ik zei, hij was zo eenzaam. Daar zijn geen medicijnen voor.'

'Dat hij zichzelf heeft opgehangen... dat leek niet zijn stijl.'

Terry haalde haar schouders op. 'Het is moeilijk te zeggen wat er in de hoofden van mensen omgaat. Ik heb Francis die ochtend nog gezien. Op die zondag. Hij leek... hij was zichzelf niet. Hij was volkomen overstuur. Ik heb nu wat tijd gehad om alles te verwerken en het enige antwoord dat ik kan bedenken is wat ik ook tegen rechercheur Merrick heb gezegd: ik denk dat Francis wist dat de politie hem zou komen arresteren, en dat hij had besloten liever zichzelf het leven te benemen dan de gevangenis in te gaan.'

Mike realiseerde zich nu dat zijn gang hierheen niet was om de hoop nieuw leven in te blazen. De reden waarom hij naar de begrafenis was gegaan en waarom hij hier met Terry zat te praten – het was een afsluiting.

'Ik vind dat verlies van jou zo erg,' zei ze.

Mike knikte. Er scheen niets meer te zijn wat hij wilde zeggen – althans, hij kon niets meer bedenken, dus bedankte hij haar en stond op.

Terry stak haar hand in de zak van haar sweater en haalde er een visitekaartje en een pen uit. Ze schreef iets op de achterkant en gaf het aan hem.

'Het nummer op de achterkant is mijn telefoonnummer thuis,' zei ze. 'Als je nog vragen hebt, wat dan ook, aarzel dan niet me te bellen.'

'Dat zal ik doen. Dank je wel.'

Mike bedankte haar en ze deed hem uitgeleide. Hij keek nog een keer naar haar gouden kruisje, bedankte haar nogmaals en ging naar buiten.

'Michael Sullivan?'

Hij draaide zich naar haar om.

Vanachter de hordeur zei ze: 'Ik zal jou en Sarah in mijn gebeden gedenken.'

Mike was op weg naar huis, toen, ziedaar! Merrick belde en vroeg of ze elkaar konden treffen.

'Als het gaat over wat de verpleegster je over Jonah heeft verteld, doe geen moeite. Ze was zo vriendelijk mij zelf in te lichten.'

'Ik heb het autopsieverslag,' zei Merrick. 'En we hebben wat voorwerpen in het huis van Jonah gevonden.'

Mike probeerde zich te concentreren, zodat hij niet ergens tegenop reed.

'Heb je op dit moment tijd?'

'Wat heb je gevonden?' In Mikes stem klonk een mengeling van vrees en hoop.

'Dat bespreek ik liever onder vier ogen.'

# 26

De Dakota was ook een voorbeeld van zo'n nieuwe zaak in het centrum, die van het ene moment op het andere uit de grond was geschoten. Hij zat helemaal achter in Main Street, waar Alexander's Shoes had gezeten en op de parkeerplaats stonden allemaal dure auto's, Saabs, BMW's, zelfs een Mercedes. De Dakota: Belham's eerste yuppiebar.

Vanbinnen zag het er zeker zo uit. Veel donkere betimmering en gedempte verlichting. Een lange bar vol flessen die schitterden in het licht van de dure spotjes en aan de rechterkant, meteen naast de bar, was een klein eetgedeelte met witgedekte tafeltjes en kaarsen, een perfecte plaats om zaken te doen of geheimen uit te wisselen bij een droge chardonnay en veel te dure voorgerechtjes. Links van de hoofdingang, je kwam er via een glazen deur, was een rookgedeelte met wijnrode leren stoelen en banken, en koffietafeltjes waar de *Wall Street Journal*, de *Financial Times* en tijdschriften als *Sailing* en *Vanity Fair* lagen. Merrick zat in een van die leren banken, tegenover de erkerramen die op Main Street uitkeken, met een glas port of een ander onbetaalbaar drankje in de hand. Met zijn andere hand bladerde hij in een tijdschrift dat opengeslagen op zijn schoot lag. Zijn zwarte pak en de weggetrokken, gekwelde trek op zijn gezicht gaven hem het uiterlijk van een begrafenisondernemer die even uitrust na een lange, zware dag.

Mike liet zich in de leren stoel vallen die tegenover Merrick stond en pakte zijn sigaretten. Merrick sloeg het tijdschrift dicht en legde het samen met het glas zachtjes terug op het glazen koffietafeltje tussen hen in. *Wine Spectator*. Godallemachtig.

'Het is zelfmoord geweest, zonder meer,' zei Merrick.

'In tegenstelling tot?' Mike had het blok hout gezien, dat naast Jonahs voeten lag. Je hoefde geen hersenspecialist te zijn om te bedenken dat Jonah op dat stuk hout was gaan staan, de lus om zijn nek had gelegd en er toen vanaf was gesprongen.

'Bij een zelfmoord moet je heel goed opletten. Vaak is zoiets een moord; iemand wordt gewurgd en het lichaam wordt naar een andere plek gebracht en daar opgehangen om het op zelfmoord te laten lijken. Als dat gebeurt vind je altijd twee ligaturen en dan weet je of je met een moord te maken hebt. Jonah had maar één ligatuur en dat paste bij het touw. Hij had ook petricaal bloedverlies – gesprongen bloedvaten in het wit binnen de oogranden. Dat is een kenmerkend teken dat iemand is gestorven aan asfyxie. En gelukkig was de sneeuw vochtig geworden door de dooi van de afgelopen tijd en met de koude lucht van die nacht zijn er wat voetafdrukken bewaard gebleven. We vonden verscheidene afdrukken van Jonahs laarzen. Een briefje hebben we niet gevonden. Maar als je dat cassettebandje met je dochters stem neemt...'

Merricks gezicht veranderde. Hij had verontrustend nieuws en probeerde nu te bedenken hoe hij het ging brengen.

*Hier komt het,* dacht Mike, en hij kneep in de uiteinden van de armleuningen.

'De technische recherche heeft gisteren het onderzoek in Jonahs huis afgesloten,' zei Merrick. 'Onder Jonahs bed vonden we een losse vloerplank. We hebben de vloer opengebroken, waar we een tamelijk omvangrijke ruimte onder de planken aantroffen. Daar lag Sarahs sneeuwbroek. Ook een kam met wat haren van Caroline Lenville. We vonden Ashley Giroux' pop in Jonahs bed. Zijn vingerafdrukken zaten overal.'

'Bee-Bee Pretty,' flapte Mike eruit. Die vreemde naam van de pop kwam zomaar in zijn hoofd op. Rose had hem een foto laten zien van Ashley met een popje met rood plastic haar en een voet die door de hond was afgebeten. Ashley had die pop op de dag dat ze verdween in haar rugzak.

'Jonah had een walkman naast zijn bed staan, met een bandje erin.' Er kwam een hapering van verdriet in de anders zo emotieloze stem van Merrick. 'De andere bandjes zaten in de la naast zijn nachtkastje. Sarah, Ashley en Caroline.'

'Heb je ze beluisterd ?'

Merrick knikte. Mike kneep in de rand van de stoel.

'Wat zei Sarah?'

'Alle drie de bandjes waren hoofdzakelijk hetzelfde – de meisjes klonken verdwaald, alsof ze in het donker zaten en niets konden zien.' Hij sprak traag en nadenkend. 'Het bandje dat je in het bos hoorde was een montage van het bandje dat Jonah bewaarde.'

Mike dacht terug aan wat Lou hem over Jonah had verteld, dat hij de naam van Sarah in zijn slaap noemde. Jonah sliep niet; hij maakte zijn... zijn wat? Zijn zelfmoordtape?'

'Er waren nog wat geluiden die we niet konden herkennen, dus hebben we de bandjes naar de FBI gestuurd om de geluidskwaliteit te verbeteren en te kunnen analyseren,' zei Merrick. 'Ik vermoed dat Jonah... ik denk dat hij ze naar een andere plaats bracht, niet in zijn huis. Er kan nog iets boven water komen. Als dat zo is, laat ik het je weten.'

'En hoe zit het met de honden?'

'Ik begrijp je niet?'

'De ochtend nadat ik Jonah vond, zag ik jullie met speurhonden.'

'Dat waren honden die naar lijken speuren.'

Mike grabbelde naar een sigaret. Hij zweefde voor een deel buiten zichzelf en keek naar beneden en observeerde hoe een ander deel van zijn brein zich pijnlijk bewust was van wat er werd gezegd en druk bezig was met zoeken naar mogelijke lacunes in Merricks woorden.

'De honden hebben niets gevonden,' zei Merrick. 'We doorzoeken het huis van Jonah nog steeds op dingen die ons een idee kunnen geven waar hij haar kan hebben... begraven. Het spijt me. Ik wou dat er een gemakkelijkere manier was om het uit te drukken.'

'En het huis van Jonah? Wat gebeurt daarmee?'

'De eigendommen van Jonah gaan naar de St. Stephen's-kerk. Pastoor Connelly is de executeur-testamentair. Hij wilde het geld vermaken aan een liefdadig doel dat pastoor Jack zelf mocht kiezen. Het huis is in een zeer slechte staat, dus neem ik aan dat er iemand komt die het koopt en sloopt en er een aardig huis in koloniale stijl neerzet of zoiets. Dat is goedkoper dan te proberen het te herstellen.'

Al die kamers, al die mogelijke geheimen die wachtten om afgebroken en vergeten te worden.

'Ik zou graag de kamers willen doorzoeken. Misschien zie ik iets wat jullie over het hoofd zouden zien.'

Merrick staarde hem aan alsof hij helemaal verdwaald was en geen idee had hoe hij thuis moest komen.

'Het zou kunnen,' zei Mike. 'En ik wil een kopie van het bandje van Sarah horen.'

'Om jezelf te kunnen straffen?'

'Ik wil het horen. Er zou iets in kunnen zitten. Jullie kennen mijn dochter niet zoals ik. Ze is pienter. Misschien heeft ze ons iets willen vertellen, weet je?'

'Ik heb de naam van een uitstekende hulpverlener bij rouw – '

'Het kan,' zei Mike. 'Kijk maar naar Elizabeth Smart. De politie had haar voor dood afgeschreven en de hele tijd was ze nog in leven. Als de familie op zeker moment naar de politie had geluisterd en was gestopt met erin te geloven, zou ze nooit gevonden zijn. Maar dat werd ze wel. Ze werd gevonden omdat haar familie erin bleef geloven.'

'Ik regel een bezoek aan Jonahs huis als je dat wilt. Geef me een paar dagen.' Merrick keek even op zijn horloge. 'Ik moet helaas weg. Wil je dat ik iemand bel?'

Het drong tot Mike door dat zijn enige overgebleven gezinslid een hond was. Dat de enige persoon die hij kon bellen, Bill was, zijn reddingslijn met de echte wereld.

'Ik denk dat ik hier nog even blijf hangen,' zei Mike. 'Bel me op wanneer ik het huis kan doorzoeken.'

'Dat zal ik doen.'

Merrick wachtte even, stond toen op en liep weg. Zijn schoenen klikten op de hardhouten vloer.

'Merrick?'

'Ja.'

'Ed vertelde me over je vader. Ik leef met je mee.'

'Zorg goed voor jezelf, Michael.'

Vier uur. De zon scheen alweer wat langer en het was helder en druk in Main Street. Mike herinnerde zich – dit was jaren geleden – dat hij precies op de plek stond waar hij nu zat en uit het raam keek, terwijl zijn moeder schoenen aan het passen was. De verkoper glimlachte beleefd en probeerde niet te kijken naar de buil of de bloeduitstorting op haar gezicht, wat het ook was. Ze was er niet meer, ze was dood, vermoord door Lou. Sarah was er ook niet meer, hoogstwaarschijnlijk dood, vermoord door Jonah.

Mike zag zichzelf elk jaar op de ochtend van de dag waarop Sarah verdween, seringen op de Heuvel leggen.

Die handeling was niet als een herinnering aan Sarah bedoeld; het was een ontkenning, zijn weigering de waarheid onder ogen te zien en haar te laten gaan.

Maar haar laten gaan, waarheen dan?

Er kwam een ober het vertrek binnen, een jonge vent van voor in de twintig, tot in de puntjes in het kostuum en met in beide oren een diamanten knopje. 'De man die hier daarnet zat zei dat het diner voor zijn rekening was,' zei hij. 'Kunt u me zeggen wie hij was? Hij komt me op een of andere manier bekend voor.'

'Weet u wie Sarah Sullivan is?'

'Nee.'

'Ach, waarom zou u ook. Ze is niet op MTV.'

'Neemt u me niet kwalijk, heb ik iets verkeerds gezegd?'

Mike zuchtte. 'Nee, hoor,' zei hij, 'het ligt niet aan u.'

# 27

Het juiste tijdstip om het te doen, wist hij, was wanneer het nog helder daglicht was.

Mike reed door Anderson en zag de boeketten, de kaarten, de kaarsen en uitvergrote foto's van Sarah over zijn grasveld en stoep verspreid liggen. Hij zag geen verslaggevers; ze hadden het voorlopig opgegeven, of ze waren nog altijd bij het huis van Jonah verzameld. Hij reed de oprit op en parkeerde zijn truck uit het zicht in de garage.

Binnen trok hij de stekker uit de telefoon in de keuken en in zijn slaapkamer. Hij kon zich niet veroorloven gestoord te worden; dat kon betekenen dat hij van gedachten zou veranderen over wat hij ging doen. Hij liep naar de kelder, pakte de spullen die hij nodig had bij elkaar en ging toen de trap weer op.

Sarahs kamer was vervuld van een warm, zacht licht. De geur, haar essentie, die in haar kussens, lakens en kleding had gezeten, was allang weg, mettertijd opgedroogd. Al het andere bleef hetzelfde: de tekentafel bij het raam; de foto met handtekening van Tom Brady, die ze van Bill had gekregen; het barbie-speelgoed in de hoek – barbies droomhuis, haar Mustang en haar privé-vliegtuig. Barbie had zelfs een eigen privé-McDonald's, vlak naast haar landhuis. Vier ingelijste foto's hingen boven Sarahs ledikant: een foto van Sarah die genomen was in de verloskamer; een van Jess, toen ze Sarah voor het eerst in haar armen had; Mike met haar in zijn armen; en nog een van Sarah, slapend in haar mandwieg. Die foto's waren Sarahs eigen idee geweest. Sarah was verbaasd en gefascineerd, dat ze ooit zó klein was geweest.

Hij begon met de barbiepoppen. Hij pakte ze een voor een op en legde ze zachtjes in de kartonnen doos. Het speelgoed, de kleertjes en de meubels zou hij weggeven. De foto's aan de muur boven haar bed zouden hier blijven hangen, tot hij zover was om ze weg te kunnen halen. De spulletjes waar een verhaal of speciale herinneringen aan vastzaten – zoals de beer met de tekst JE BENT BIJZONDER op zijn buik, die hij had gekocht in de cadeauwinkel van het ziekenhuis op de dag dat Sarah was geboren en die hij bij haar in de couveuse en later in haar wieg had gelegd – deze spulletjes zou hij in een doos doen en op zolder verbergen, naast de spullen van zijn moeder.

# 28

De volgende ochtend, op zaterdag, had Mike juist de telefoon in de keuken weer aangesloten, toen hij overging. SAMANTHA ELLIS, flitste het schermpje met de nummerweergave. Mike nam op. Het was even na negenen.

'Hoe gaat het met je?'

Die vraag stelde iedereen hem, alsof hij een terminale patiënt was, de volgende die na Jonah in de grond zou verdwijnen.

'Het gaat wel,' zei hij, terwijl hij zijn derde kop koffie inschonk.

'Hoe ziet je dag eruit?'

'Heel veel werk. Het mes op de keel.' Ze liepen achter met de verbouwing in Newton. Die moest aan het eind van de week voltooid zijn. Bill had zelf het leeuwendeel voor zijn rekening genomen en heel wat uren gedraaid. 'En jij? Zit je op kantoor?'

'Vandaag werk ik niet. Ik heb besloten voor de afwisseling eens te doen wat normale mensen doen en een weekend vrij genomen. Gisteravond heb ik op Lifetime naar vrouwen in gevaar-films zitten kijken. Vandaag ga ik naar yoga en daarna nog meer slechte televisie kijken. Op dit moment zie ik op ESPN drie kerels een telefoonmastrace doen.'

'Telefoonmastrace?'

'Serieus, hoor. Van die grote kerels met van die grote leren riemen om hun middel, die zichzelf omhoogwerken tegen een telefoonmast op. Ik houd best van sport, maar dit slaat nergens op. Heb jij een idee?'

'Zit er een naakte vrouw bovenin?'

'Niet dat ik zie.'

'Bier?'

'Ook niet.'

'Dan weten we allebei evenveel.'

Sam lachte. Dat geluid tilde hem vanbinnen op, het gaf hem een lichter gevoel.

'Heb jij eetplannen voor vanavond?'

'Sam, je hoeft niet – '

'Het is geen liefdadigheid.' Sam liet haar opmerking hangen om te benadrukken wat ze wilde zeggen. 'Luister. Ga gewoon aan je werk en doe wat je moet doen, en als je zin hebt om voor vanavond iets af te spreken, bel me dan op. Mag ook nog op het laatste nippertje als je wilt. Ik ben de hele dag hier. Heb je mijn nummer thuis?'

'Het stond op mijn nummerweergave.'

'Goed dan. Probeer niet te hard te werken.'

'Jij ook.' Mike hing op en de stem van Sam gonsde nog warm na door zijn gedachten.

Mike stond uit het open raam naar de seringenstruiken in de hoek van de achtertuin te staren, toen de telefoon opnieuw ging.

'Dus je bent van plan mij hier te laten wegrotten,' zei Lou.

'Waar heb je het over?'

'Je weet verdomd goed waar ik het over heb.' Lou's stem klonk buiten adem, afgeknepen, als iemand die net op het nippertje van de verdrinkingsdood was gered. 'Jou kennende heb je zeker een vreugdedansje gedaan toen je de ochtendkrant las.'

Mike keek uit het raam naar zijn brievenbus aan het eind van de oprit. Geen journalisten buiten – nog niet, tenminste. Hij wist zeker dat ze nog in Belham rondhingen. Met de draadloze telefoon tegen zijn oor gedrukt, liep Mike de keuken uit en de gang in.

'Het interesseert me geen moer wat ze zeggen,' zei Lou. 'Ik zeg je, ik heb het niet gedaan.'

Mike gooide de voordeur open, liep de treden af en jogde over het gras. De lucht was warm en er woei een briesje onder de heldere ochtendzon.

'Hoor je wat ik zeg? *Ik heb het niet gedaan.*'

Hij haalde de *Globe* van die dag uit de bus en sloeg hem open. Op de voorpagina stond een kleurenfoto van Lou, die werd weggeleid door twee rechercheurs. De kop boven de foto zei: MAN UIT BELHAM GEARRESTEERD WEGENS MOORD OP LIJFWACHT

'Mijn advocaat is gepensioneerd en woont in een andere staat,' zei Lou. 'Hoe zit het met die gast die jij had? Die heeft nogal wat voor je bereikt.'

Mikes ogen vlogen over het artikel. Woorden en zinnen sprongen op hem af: bewijzen die Lou in verband brengen met de moord op de lijfwacht, overleden aan de complicaties na een derdegraads verbranding; aanklacht ingediend; Lou's 'vermeende' connectie met maffiapersoonlijkheid 'Cadillac Jack' Scarlatta; zijn 'vermeende' medeplichtigheid aan de overvallen op verscheidene gepantserde geldtransporten.

'Luister je wel? Ik heb maar vijf minuten.'

Mike las door. 'Mijn advocaat is dood.'

'Dan moet je me er een bezorgen.'

Mike keek op van de krant. 'Wat?'

'Je moet me een advocaat bezorgen.'

Zijn blik ging omhoog naar de zolder. Zijn moeders bezittingen – de weinige die hij had weten te redden – waren opgeborgen in een schoenendoos. Kort voordat Lou naar Parijs ging had hij al haar kleren en foto's – zo ongeveer elk persoonlijk dingetje dat ze had achtergelaten – bijeengepakt en in een aluminium afvalbak in de achtertuin verbrand.

'Ellendig stuk vreten dat je bent,' zei Lou, en hij hing op.

# 29

Een uur later was Mike erachter.

Wat die raadselachtige ouweheer van hem betrof wist Mike één ding zeker: Lou was doodsbang in kleine, beperkte ruimten. Dat had Lou nooit rechtstreeks gezegd – Lou vertelde nooit iets. Maar het werd Mike op een regenachtige zondagmiddag opeens als een soort openbaring duidelijk, toen hij bij Bill thuis via de kabel naar *The Deer Hunter* zat te kijken. De scènes, waarin De-Niro en Walken als krijgsgevangenen in die kooien gepropt zaten – dat had Lou ook meegemaakt. Toen hij de film zag begreep hij meteen waarom Lou altijd per se met de trap wilde, in plaats van met de lift, waarom hij als het even kon niet vloog en waarom hij absoluut weigerde in een kleine auto te rijden. ('Er is verdomme geen ruimte om te ontsnappen. Als je een ongeluk met zo'n ding krijgt, ben je morsdood.')

Merrick was niet op het bureau, dus ging Mike met Slome Ed praten. Toen hij bij het bureau aankwam, zag hij de verzamelde verslaggevers op de parkeerplaats aan de voorkant staan. Mike reed om naar de achterkant, waar Slome Ed de deur voor hem openhield.

'Ze hebben je pa in voorarrest gezet, samen met Brian Delansky,' zei Slome Ed. 'Ken je die? Hij woont hier.'

'Er gaat geen belletje rinkelen,' zei Mike.

'Stel je een zuiplap voor van de omvang van Bill en twee keer zo mesjokke. Vannacht om twee uur vinden we Delansky praktisch bewusteloos op de grond, in het braaksel en het bloed. Je pa ligt op zijn brits te pitten. Een gebroken neus. Op de spoed-afdeling moesten ze het vocht uit Delansky's beide testikels laten weglopen. Delansky zegt dat hij uitgegleden en gevallen is. Hoe oud zei je dat Lou was?'

'Tegen de zestig.'

'Ik zweer je, Hannibal Lecter kan nog wat van hem leren.'

Slome Ed bleef voor de deur die naar de cel leidde staan. 'Een kwartier. Daarna moeten we hem gereedmaken om hem over te brengen.'

'Ik ken de procedure.'

'Je pa komt niet in aanmerking voor borgtocht. Probeer wat verstand in zijn hoofd te praten. Het gaat wat makkelijker als hij meewerkt.' Slome Ed deed de deur open en Mike liep de gedempt verlichte gang door.

Lou zat in de achterste cel voorovergebogen op zijn brits, met zijn handen om een blikje cola heen. Hij zag ziekelijk bleek, met een olieachtige glans op zijn gezicht. Ondanks de koelte in de ruimte had hij donkere zweetplekken in de oksels van zijn blauwe T-shirt. De kleine ruimte was een en al zweetlucht van dagen, vermengd met Old Spice en doorgerookte kleren.

Er was een klapstoeltje neergezet. Mike ging zitten.

Er gingen twee volle minuten voorbij. Lou had zich niet verroerd, noch gesproken.

'Ik ben opgegroeid met die knul, die Paulie Waters,' zei Lou eindelijk. 'Hij en ik zijn tegelijkertijd in dienst gegaan. Die ene keer, het was 's nachts, gingen we een dorp binnen dat met de grond gelijkgemaakt moest worden. Paulie keek toevallig de verkeerde kant op toen een spleetoog met een vlammenwerper hem in een wandelende fakkel veranderde. Een man die in brand staat, schreeuwt op een bepaalde manier. Dat geluid vergeet je nooit meer.'

'En wat voor geluid maken ze vlak voordat je ze door hun kop schiet?'

Lou keek op van zijn cola.

'De politie heeft sigarettenpeuken in de achtertuin van Jonah gevonden, achter de schuur,' zei Mike. 'Drie keer raden wiens vingerafdrukken erop stonden.'

'Ik ga niet voor de klotezooi van een ander de bak in.'

'Het waren dezelfde vingerafdrukken als op de twee glasscherven van de fles die was gebruikt voor de molotovcocktail. En als toetje, de buurman van Jonah zit bij het ROTC. Het toeval wil dat hij met zijn nachtkijker zat te spelen. Wie denk je dat hij de lampen op Jonahs achterbalkon zag losdraaien?'

'Hebben ze daar ook vingerafdrukken op gevonden?'

Mike gaf geen antwoord.

'Ik denk het niet,' zei Lou.

'Ze hebben je gouden aansteker in de sneeuw gevonden.'

'De laatste keer dat ik hem nog had, was ik bij McCarthy,' zei Lou. 'Iemand heeft hem uit mijn jaszak gejat. Vooruit, bel George McCarthy maar, die zal het je vertellen.'

'Probeert iemand je erin te luizen?'

'Verdomd als het niet waar is.'

'Ik heb begrepen dat je net op het moment dat je de stad uit wilde gaan, opgepakt bent.'

'Ik was op weg terug naar Florida.'

'Ik denk dat het nog lastig wordt om dat verhaal te verkopen.'

Lou knarsetandde en het kraakbeen bij zijn kaken zwol op.

'Ik heb wat rond gebeld,' zei Mike. Nadat het telefoongesprek met Lou was beëindigd, had Mike Sam teruggebeld en haar de situatie uitgelegd en ook het idee dat hij in zijn hoofd had. Ze luisterde, deed suggesties en was bereid te helpen.

'Frankie Dellanno,' zei Mike, 'ken je die nog?'

Lou knikte. 'Ouwe maffiabaas, leidde zijn mensen vanuit het North End.'

'De advocaat die ik in gedachten heb heeft niet alleen Frankie Dellanno uit de bak gehouden, hij verdedigde ook twee van Dellanno's loopjongens – Jimmy Fingers en een andere knaap die Prestano heet. Ze hebben nooit gezeten.'

'Wat is de naam van die advocaat?'

'Weinstein.'

'Stu Weinstein? Met dat kantoor in Brookline?'

'Nee. Dit is een andere vent, hij werkt vanuit Boston. Het is bijna onmogelijk hem te krijgen, maar ik heb een vriend die hem om een gunst kan vragen.'

'Vraag hem om die gunst.'

'Hij is erg duur.'

'Hoeveel?'

'Vijftigduizend aanbetaling.'

Lou aarzelde geen moment. 'Bel die kerel.'

'Die vijftigduizend zijn maar een voorschot. In een zaak als deze, met de bewijzen die ze tegen je hebben, kom je op een bedrag van minimaal honderdduizend, misschien wel twee keer zoveel. Kerels als Martin Weinstein werken niet op krediet.'

'Ik zei toch, bel hem.'

'Dat hangt helemaal van jou af.'

Lou kneep zijn ogen samen.

'Als jij mij helpt,' zei Mike, 'dan neemt mijn vriend contact op met die advocaat. Als je me niet helpt, sta je alleen. Zo luidt de afspraak.'

'Wat wil je?'

'Je gaat me vertellen wat er met mam gebeurd is.'

'Ik zit met mijn reet in de ellende en jij wilt al die rottigheid uit het verleden ophalen?'

Mike stond op.

'Ze is bij ons weggelopen,' zei Lou, 'en dat is het.'

'Een maand nadat ze vertrokken was, stuurde ze een pakje naar het huis van Bill, met een briefje erbij. Op dat briefje stond dat ze terug zou komen naar Belham. Hoe ben jij erachter gekomen waar ze zich schuilhield?'

'Als ik dat had geweten, denk je dan niet dat ik haar teruggehaald zou hebben?'

'Niet zonder haar eerst een ongenadig pak slaag te geven. Dat herinner je je vast nog wel.'

Lou nam een lange teug cola.

'Je was een paar dagen weg, weet je nog? Voor zaken? Natuurlijk weet je dat nog. Je kwam thuis, riep me naar de achtertuin en hing een verhaal op dat ze niet meer thuis zou komen, dat het tijd werd dat ik me er overheen zette. En dat zou ik misschien geaccepteerd hebben, als ik niet toevallig je koffer open op je bed had zien staan en besloot hem nader te bekijken.'

Mike stak zijn hand in zijn zak en haalde de vergeelde vliegtickets eruit. Hij tikte ermee tegen de tralies.

'Tickets naar Parijs en een pas op naam van ene Thom Peterson,' zei Mike. 'Die vent op de pasfoto lijkt merkwaardig veel op jou. Wil je hem zien?'

Je moest het Lou nageven, hij verblikte of verbloosde niet. Hij zette het blikje cola op de grond, leunde achterover op zijn bed en sloeg zijn handen achter zijn hoofd, alsof hij naar het weer-bericht luisterde.

'Het punt is dat je een gruwelijke hekel aan vliegen hebt,' zei Mike. 'Toch ben je op het vliegtuig gesprongen en helemaal naar Frankrijk gevlogen – onder een valse naam. Waarom heb je dat dan gedaan?'

Lou's gezicht was rood geworden en de dikke kabels van ade-ren op zijn armen zwollen op.

'Jij gaat mij vertellen wat je met haar gedaan hebt. Dan geef ik jou mijn woord dat ik alles doe wat in mijn macht ligt om je hier-uit te krijgen.'

'En als ik dat niet doe?' Lou's stem had een toon gekregen die hem waarschuwde: Je kunt met me klooien, maar wel op eigen risico.

'Ik heb gehoord dat de cellen in Walpole veel op de kooien van de krijgsgevangenen lijken.'

Lou zei niets, maar bleef liggen met een bepaalde glans in zijn ogen.

De deur ging open en Slome Ed liep naar hem toe.

'De tijd is om, Sully.'

'Geen punt, agent,' zei Lou, met een tevreden grijns op zijn vaalbleke gezicht. 'Aangezien je zo graag ouwe lijken opgraaft, Michael, begin dan eerst maar eens met je eigen vrouw – pardon, éx-vrouw. Vraag haar maar eens naar die gozer met wie ze in dat pension in Maine heeft liggen neuken, één week voordat jullie gingen trouwen.'

# 30

'Je hebt me nooit verteld over die tickets en dat paspoort,' zei Bill.

'Daar ga je ook niet mee lopen adverteren,' antwoordde Mike, en hielp Bill een van de op maat gemaakte kersenhouten kastjes op te tillen, die in Margaret Van Burens nieuwe fijnproeverskeuken zouden worden ingebouwd. Haar keuken werd een modelexemplaar voor in een tijdschrift, met kasten die op een totaal kwamen van tachtigduizend dollar, granieten aanrechten, twee vrieskisten en natuurlijk, het meesterstuk, een Viking-fornuis met oven. Alleen haatte Margaret Van Buren koken.

Bill zei: 'Het verbaast me dat Lou je er nooit naar heeft gevraagd.'

'Hij heeft vast gedacht dat hij ze ergens verloren was. Wie weet? Het is lang geleden.'

'Dus je hebt ze altijd bij je gehouden.'

'Vind je dat ik ze aan de politie had moeten geven?'

'Zij dachten dat Lou achter de verdwijning van je moeder zat.'

'Jij en ik weten allebei dat Lou, ook toen al, dienders op zijn loonlijst had staan. Dat heeft pastoor Jack meer dan eens bevestigd.'

'Da's waar.'

'Daar komt bij dat ik destijds negen was. Ik dacht dat als Lou ooit zou merken dat ik de tickets had, ik vermoedelijk ergens naast mijn moeder zou komen te liggen.'

'Denk je er nog steeds zo over?'

'Ik acht hem tot alles in staat.' Mike wiste het zweet van zijn voorhoofd. 'Ik dacht dat ik hem te pakken had. Lou heeft zo'n situatie nog nooit bij de hand gehad – gevangen, weet je wel – waarin hij mij nodig heeft om hem te helpen. Toen ik hem in deze gemoedstoestand de envelop liet zien, meende ik hem in een hoek te hebben gedreven.'

'En in plaats daarvan deelde hij een gerichte dreun uit in verband met Jess.'

'Ja,' zei Mike, terwijl hij begon te boren. 'Dat deed hij zeker.'

'Ga je haar bellen?'

'Nee.'

'Maar je bent het wel van plan.'

Het eerstvolgende uur zeiden ze niets. Toen ze klaar waren met de kasten, begonnen ze met het ophangen van planken in de inloopvoorraadkast.

'Dat Lou iemand op die manier in brand steekt,' zei Bill, 'dat vind ik niet kloppen.'

Mike hield op met wat hij aan het doen was en draaide zich om naar Bill.

'Hebben we het over dezelfde Lou bij wie ik ben opgegroeid? Je was erbij, toen hij John Simons hoofd tegen een bumper liet knallen en hem bijna om zeep hielp.'

'Of Lou in staat is iemand in brand te steken? Dat is de vraag niet. Daar is hij toe in staat en waarschijnlijk tot nog honderd andere dingen die jij en ik niet eens kunnen bedenken. Maar zich verschuilen achter een schuur en sigarettenpeuken en een gouden aansteker laten vallen – dat is nogal slordig, weet je.'

Mike had hetzelfde gedacht.

'Ik zal één ding over je pa zeggen, slordig was hij niet. Met al die klussen die hij deed was hij slim genoeg om niet gepakt te worden. Hij liet nooit bewijzen achter.'

*Dat komt doordat hij de lijken begroef op een plek waar niemand ze kon vinden.*

De rest van de middag zeiden ze niets meer. Het werd zes uur en Bill besloot ermee op te houden.

'Heb je in de stad met Sam afgesproken?' vroeg Bill, toen hij zijn jas greep.

'Ik maak hier nog wat dingen af en dan ga ik naar huis.'

'Goed idee. Waarom zou je de stad in gaan en plezier maken met een mooie vrouw, als je een avondje kan ruziemaken met je ex-vrouw?'

'Ik ga niet naar Rowley.' Maar hij was al twee keer naar zijn truck gelopen om Jess te bellen. Er werd nog steeds niet opgenomen. Haar vliegtuig had om drie uur moeten landen. Misschien had ze vertraging of misschien had ze een vlucht later genomen.

'De zus van Patty heeft de kinderen vanavond,' zei Bill. 'Patty en ik laten chinees bezorgen en gaan naar de nieuwe film van Adam Sandler kijken.'

'Hoe heb je haar zover gekregen dat ze daarnaar kijkt?'

'Omdat ze me het afgelopen weekend een film heeft laten uitzitten die *The Hours* heette. Ze zei dat er lesbiennes in voorkwamen.'

'Driemaal raden. Er kwamen geen lesbiennes in voor.'

'Jawel, maar niet van het hete soort.' Bill zuchtte en schudde zijn hoofd. 'Zet het uit je hoofd, Sully.'

'Zou jij dat kunnen?'

'Als het uit Lou's mond kwam? Ja, hoor.'

'Dus als iemand zoiets over Patty zou zeggen, zou je er gewoon overheen stappen.'

'Patty en ik zijn nog getrouwd. Jij en Jess zijn gescheiden. Wat maakt het nou nog uit?'

Mike pakte een grote papieren beker met koffie. 'Hoe laat wil je hier morgen afspreken?'

'Een week geleden zag ik een programma over hoe je je lichaam kunt doneren voor anatomische les tijdens de colleges van medicijnenstudenten. Het zou je verbazen hoe makkelijk dat is. Je hoeft er alleen maar een wat formulieren voor in te vullen. Jouw pa zou wel een heel bijzonder exemplaar zijn.'

# 31

De volgende dag belde Mike om vier uur bij Jess aan. Op het gras voor het huis stond een bordje TE KOOP.

Jess zag er verbazingwekkend goed uitgerust en piekfijn uit in haar blauwe designer-rok en ivoorkleurige shirt met een lange, aflopende V-hals. Haar haar zat ook anders, het was korter, met highlights, en terwijl hij haar zo opnam, stond hij er versteld van hoe deze vrouw, die hij al vanaf de middelbare school kende, het meisje dat ooit woonde in een spijkerbroek en een sweatshirt en de dag geslaagd vond als ze met vrienden en bier en eten in een laadklep bij een wedstrijd van de Patriots was, zich had omgevormd tot een heel andere vrouw, eentje die met veel zorg haar kleding uitkoos en wekenlang door Europa reisde.

Mike stapte de hal binnen en ze omhelsde hem onmiddellijk.

Terwijl hij haar zo vasthield kwamen de belangrijke herinneringen boven, de mijlpalen die hun leven hadden bepaald: hoe hij haar troostte op de begrafenis van haar vader; het dansen op hun bruiloft; de omhelzing, toen de neonatoloog binnenkwam om hun mee te delen dat Sarah haar longinfectie te boven was gekomen. Hij voelde ook alle kleinere, schijnbaar onbetekenende momenten die hij als een dagelijkse vanzelfsprekendheid had beschouwd: lachen bij een film, de zoen als hij naar zijn werk ging. Het maakte hem overstuur, in de war.

'Ik vind het zo erg,' zei ze tegen zijn borst, 'ik vind het zó ontzettend.'

Hij wist eigenlijk niet of ze het erg voor hem vond, of dat ze dat van Jonah erg vond, of allebei.

Jess maakte zich los en wreef in haar ooghoeken. Ze wist niet wat ze moest zeggen – of misschien wilde ze niets zeggen, nu nog niet, tenminste – en ze liep bij hem vandaan de eetkamer in. Het overgrote deel van het meubilair was al weg, merkte hij op.

'Wanneer vertrek je?'

'Dinsdagochtend,' zei Jess.

Over twee dagen.

'Dit is het beste wat ik je nog kon voorzetten,' zei Jess, met een weids gebaar naar de verschillende plastic borden met roerei, bacon, toast, stukken appel en meloen.

Mike ging zitten. De zon die door de ramen stroomde was warm op zijn gezicht. Hij klampte zich aan dat gevoel vast en aan de zoete geur van de koele lucht die naar binnen waaide, en hij luisterde, toen Jess uitlegde dat de potten en pannen – zo ongeveer alles uit de keuken – samen met wat selecte meubelstukken, al onderweg waren. Hij hoorde haar vaag iets zeggen over een verhuisbedrijf dat alles was komen inpakken, en hoe duur dat was.

*Jess ligt op haar rug en helpt een paar ruwe handen de knoopjes van haar shirt open te maken.*

Mike hield zijn ogen op de gesneden stukken suikermeloen gericht, toen het getal tien door zijn hoofd flitste. Hij concentreerde zich op dat getal, hield zich eraan vast en ademde lang en diep in door zijn neus. Diep ademhalen, tot in je buik – dat was de sleutel.

*Jess steekt haar duimen in de broekband van haar jeans en onderbroekje en werkt ze koortsachtig naar beneden over haar heupen en benen, alsof het denim in haar huid brandt.*

Jess zei iets tegen hem.

'Wat is er?' vroeg hij.

'Ik vroeg je wat er aan de hand is.'

Voor zijn geestesoog zag hij Lou grijnzen.

'Ik heb vrijdagavond het een en ander uit Sarahs kamer ingepakt,' zei Mike. Hij bleef naar zijn bord met eten en de felle kleuren van de meloen en de aardbeien kijken.

Jess vouwde haar handen op de tafel en wachtte.

'Dat voelde niet goed. Alsof ik tegen haar zei dat ik geen ruimte meer in mijn leven had. De volgende ochtend wilde ik alles weer net zo terugzetten als het was geweest.'

'Misschien ben je er nog niet klaar voor om afscheid te nemen,' opperde ze.

*Precies, dat is het, Jess. Ik weet niet of ik er ooit klaar voor ben.*

Hij zuchtte en zei: 'Hoeveel weet je?'

'Ik heb de verhalen gelezen op boston.com. *De Globe* heeft er veel werk van gemaakt.'

'Wil je dat ik je de rest vertel?'

'Alleen als jij dat zelf wilt.'

Mike begon met de nacht dat hij bij Jonah op de stoep stond en hij nam haar mee door de rest, tot en met zijn gesprek met Merrick in de Dakota, en terwijl hij praatte dreef zijn aandacht weg, door het raam naar de achtertuin met de stukken grasveld die groen werden en de bloeiende bloemen en de onderdelen van Sarahs klimrek – overal heen, behalve naar het gezicht van Jess. Hij dacht, dat als hij haar gezicht voor zijn ogen had, de gedachten die hij sinds het bezoek van gistermiddag aan Lou met zich meedroeg, zouden overkoken en dat hij zich niet zou kunnen beheersen en haar verbaal zou aanvallen, zoals hij dat gedurende hun huwelijk had gedaan.

'Die ochend, op het pad,' zei Mike, 'had ik hem moeten laten stikken.'

'Je hebt het juiste gedaan.'

Hij kon aan haar toon horen dat ze het niet meende.

'Ben je daarom zo boos?'

'Ik ben niet boos.'

'Je bent knalrood in je nek.'

'Ik heb het heet. Ik denk dat ik aangestoken ben door de verkoudheid die heerst.'

'Waarom mijd je het dan me aan te kijken? Dat doe je alleen als je probeert een ruzie te voorkomen.'

Ze had gelijk, natuurlijk. Jess herkende alle signalen van zijn stemmingen, ze kende alle noodgrepen en uitvluchten die hij gebruikte om zich aan een pijnlijk gesprek te onttrekken.

'Als je ergens kwaad over bent,' zei Jess, 'moet je het openlijk zeggen, dan praten we erover.'

Ze had een armband met diamanten om haar pols. Zeker een geschenk van haar nieuwe vriend. Hij staarde ernaar

*(en ze zoekt met haar vingers naar de boxershort van de man en als ze die gevonden heeft grijpt ze de stof en rukt hem hard naar beneden, misschien scheurt ze hem wel kapot, want wan-*

*neer Jess Armstrong iets wil, mensen, dan gaat ze ervoor, het ging toch altijd om haar behoeften, om wat zij wilde – nietwaar, Mike?)*

en voelde hoe Lou's woorden van gisteren hun tanden dieper in zijn grijze cellen boren.

Mike keek op, recht in haar ogen. 'Ik neem aan dat je weet wat er met Lou aan de hand is.'

'Ja,' zei ze met een zucht. 'Het is toch erg dat je boven op al het andere, je daar ook nog mee te maken hebt.'

'Het schijnt je niet te verbazen. Dat van Lou, bedoel ik.'

'Wat je vader betreft verbaas ik me nergens over.'

'Ik ben gisteren met hem gaan praten. In de cel.'

'Jezus.'

'Hij heeft mijn hulp nodig.'

'Waarom doe je jezelf dat in 's hemelsnaam aan?'

'Heb ik je wel eens verteld dat ik dacht dat Lou last had van claustrofobie?'

'Wat heeft dat te maken met bij hem op bezoek gaan?'

'Ik dacht dat ik hem op die zwakke plek kon raken om hem zover te krijgen dat hij me vertelde wat ik over mijn moeder wil weten. Ik had hem in een hoek gedreven en ditmaal had ik bewijzen.' Mike vertelde haar over de vliegtickets en het paspoort, hoe hij die gevonden had.

'Dat verhaal heb je me nooit verteld,' zei Jess. Ze keek pijnlijk gekwetst. 'Toen de politie kwam om vragen over je moeder te stellen, had je het hun moeten vertellen.'

'Daar zou ik geen goed aan hebben gedaan.'

Jess dacht even na en zei toen: 'Je zult wel gelijk hebben. Wat geheimhouding betreft is je vader een prof. En, heeft hij iets gezegd?'

*Lou zei helemaal niets over mijn moeder, Jess. Hij deed wat hij altijd deed: ontkennen, ontkennen en nog eens ontkennen. Wat hij wel deed, was iets ophoesten over jou met een andere man, het weekend voordat wij gingen trouwen. Ik zou het hebben weggewuifd, als die klootzak niet zo verdomd zelfvoldaan had gekeken toen hij het zei, alsof hij me tartte.*

Mike kende haar al vanaf de middelbare school. Elke twijfel

aan haar trouw zou zelfs nu nog een klap in haar gezicht zijn. Ze hield zich – en helaas het merendeel van de mensen – aan strikte morele gedragscodes. Toen een van Jess' beste vriendinnen van de middelbare school onthulde dat ze een affaire met een getrouwde man had, was Jess door het lint gegaan. Mike was thuis geweest en had Jess in de keuken gehoord: het kan me niet schelen hoeveel je van hem houdt, Carla, die man is getrouwd. Het is verkeerd.

Dus waarom zou Lou het zeggen?

*Jess is je enige schakel met de herinnering aan Sarah. Als je Jess deze vraag stelt, kun je wel dag zeggen met je handje.*

Jess legde haar hand op de zijne en kneep erin. Welke woorden hij ook verkoos met haar uit te wisselen, ze zou hem helpen door samen met hem de pijn te verdragen en, zoals ze gedurende hun huwelijk had gedaan, hem laten zien hoe hij erdoorheen moest laveren.

'Vertel,' zei ze.

'Hij ontkende dat hij er iets mee te maken had.'

'Waarom doe je dan zo verbaasd?'

'Ik dacht echt dat ik hem te pakken had. Je had zijn gezicht moeten zien. Hij gaat daar dood.'

'Mooi zo,' zei Jess, en ze kneep nog wat steviger in zijn hand. 'Mooi zo.'

# 32

In de maanden die op de verdwijning van Sarah volgden was Mike eraan gewend geraakt dat de telefoon ieder uur van de nacht ging. Toen hij hem hoorde overgaan draaide hij zich om, nam de draadloze telefoon op, in de verwachting dat het Jess of Merrick of weer een of andere achterlijke, werkloze loser met een zonderlinge inval was, die niets beters te doen had dan vanuit een telefooncel te bellen dat hij Sarah zogenaamd had gezien, of die beweerde te weten wat er met haar gebeurd was.

Het was Rose Giroux.

'Het is Ted,' klaagde ze.

Mike ging rechtop in bed zitten. Hij wist dat haar man drie hartaanvallen had gehad en dat de laatste hem bijna fataal was geworden.

'Hij heeft een onderzoeksplaats aan de Universiteit van Californië in San Diego geaccepteerd.'

'Ben je daarom zo ondersteboven?'

'Hij heeft het aangenomen zonder het mij te vertellen.'

Dat was niet echt een verrassing. Hij had de man nooit persoonlijk ontmoet, alleen foto's van Ted Giroux gezien, een beer van een kerel met een dikke, volle baard en een zwartgerande bril. Hij was scheikundig ingenieur, die, volgens Rose, het grootste deel van zijn tijd op zijn werk doorbracht of zichzelf in zijn kantoor in het souterrain opsloot. Op grond van die paar verhalen die Rose had verteld, had Mike hem als een kouwe kikker bestempeld.

'Ik heb hem gezegd dat ik niet wegging – dat ik dit huis niet kon verlaten,' zei Rose, en ze schraapte haar keel. 'Weet je wat hij tegen me zei? Hij zei: "Doe maar wat jij wilt, Rose, maar ik ga weg." Op die manier wil hij me straffen. Net als toen ik destijds wel eens iemand uitnodigde om te komen eten. Weet je nog dat ik je vertelde dat ik pastoor Jonah vaak bij ons op het avondeten vroeg?'

'Dat weet ik nog.'

'Dan zat hij naast onze Ashley en de andere kinderen aan tafel, en als hij weg was zei Ted elke keer tegen me – élke keer weer – wat voor een rare snoeshaan hij Jonah vond. Ik zei dan tegen Ted dat hij niet zo idioot moest doen. Ted gaat niet naar de kerk. Dat noemt hij hocus-pocus. Als hij van die dingen over pastoor Jonah zei, gaf ik hem een grote mond en daar werd Ted woest over.'

Rose snoot haar neus. Mike zag haar voor zich in een kamerjas, ergens in haar eentje in het donkere huis, met een Kleenex in haar dikke vuist gebald.

'Het was toen een heel andere tijd,' zei ze. 'Het is nog wel een aardige gemeenschap, maar in die tijd kenden we al onze buren. Onze kinderen groeiden met elkaar op. Ze sprongen op de fiets en reden waarheen ze maar wilden. Als je je kind opgaf voor de naschoolse opvang van de kerk, maakte je je niet ongerust of de priesters kinderen lastigvielen, of dat de kerk zoiets in de doofpot stopte. Zelfs toen de politie me vertelde dat de schoenen van Ashley in het kantoor van Jonah waren gevonden, toen ze me vertelden wat hij in Seattle had gedaan, verdedigde ik hem en ik zei tegen Ted dat er een of andere redelijke verklaring voor moest zijn. Je zette geen vraagtekens bij een priester. Je zette geen vraagtekens bij de kerk. En ik ontving die man bij me thúís. Ik ging bij hem te biecht. Ik vertróúwde hem.' Rose snoot opnieuw haar neus. 'Ted heeft het me nooit vergeven, weet je dat.'

Rose had uitentreuren over de verdwijning van haar dochter gepraat, maar nooit over hoe het van invloed was geweest op de relatie met haar man. Mike had altijd de indruk gekregen dat ze één front vormden, verbonden door het verdriet en de liefde voor hun dochter, en dat ze hun uiterste best deden een manier te vinden om samen verder te gaan.

'En weet je, Michael? Ted heeft gelijk. Hij heeft gelijk. Een moeder hoort haar kinderen te beschermen. De tekenen waren er en ik koos ervoor ze te negeren.'

'Het is jouw schuld niet,' zei hij, en wenste toen dat hij het terug kon nemen. Dit was de clichéreactie en trouwens, hoe vaak was dat zinnetje niet tegen hem gezegd? Hoe vaak had hij die woorden niet genegeerd, gewoon door de plee getrokken? Sarah, die alleen de Heuvel op ging – dat was zijn schuld. Je kunt je wel blijven verontschuldigen, maar niets kon dat feit veranderen. Woorden konden het verdriet niet uitwissen.

'Ik heb die verdomde eettafel nog steeds,' zei ze. 'Ted wilde hem absoluut niet wegdoen. Ashley was nog geen jaar weg of Ted ging naar haar kamer en pakte al haar kleren in en gaf ze weg – zonder het tegen mij te zeggen – hij zei dat ik door moest. Maar de eettafel? O, nee. Die konden we niet wegdoen. Hoe verschrikkelijk ik het ook vond om ernaar te kijken, we moesten hem houden, want hij was van zijn dierbare moedertje geweest. Ik wilde er niet meer aan eten, maar denk je dat het hem wat kon schelen? Hij wilde me straffen. Voor wat er met Ashley was gebeurd. Omdat ik weigerde met hem mee te gaan naar Cambridge, toen Harvard hem een onderzoeksplaats aanbood. Ik wilde voor de donder niet verhuizen, bovendien moesten we aan de kinderen denken. Ik wilde hun leven niet nog meer ontwrichten dan het al was. Maar Ted, die wilde per se een nieuwe start maken. Ten slotte heb ik gezegd dat als hij er zo over dacht, ik bij hem weg zou gaan.'

Ze snoof haar tranen weg en zei toen: 'Dit is mijn verdiende loon.'

'Niemand verdient dat, Rose.'

'De dokter zei dat die dingen gebeuren.'

'Hoe kon je nou van Jonahs verleden weten?'

'Ik bedoel de baby.'

'Ik begrijp je niet.'

'Er was een baby vóór Ashley kwam. Ted en ik dachten dat de zwangerschap goed verliep,' zei ze. De woorden kwamen naar buiten alsof ze uit haar borst werden gerukt. 'Halverwege de vierde maand kwamen we erachter dat de baby geen hersens had. De dokter gaf ons twee opties en Ted... Ted overtuigde me ervan wat de juiste, de humane keus was. Hij liet het zo wetenschappelijk en nuchter klinken. De dokter was heel vriendelijk en begrijpend, maar dat maakte niet uit. In de ogen van God had ik een moord begaan. Dat wist ik.'

Rose was uit hetzelfde onverbiddelijke katholieke hout gesneden als zijn moeder. Rose was een product van de katholieke school uit een tijd dat de nonnen je nog met een liniaal op je knokkels sloegen. Je ging iedere zondag naar de mis, je had actief deel aan de godsdienstige opvoeding en vorming van je kinderen – je volgde de regels en je deed wat je gezegd werd en je had onder geen énkele omstandigheid, om geen énkele reden, deel aan het grote kwaad dat bekendstond als abortus, noch keurde je het goed. Zulke zaken liet men aan God over.

Mike wilde tegen haar zeggen wat hij als de waarheid zag: dat het God niets kon schelen. Dat de enige persoon die op jou paste, jijzelf was.

'Volgens de canonieke leer is iedereen die abortus pleegt automatisch geëxcommuniceerd,' zei Rose. 'Dat wist ik, maar ik kon met, je weet wel, zo'n last, niet leven. Ik wilde de Akte van Berouw doen, maar ik kon niet biechten bij pastoor Jonah. Ik was bang dat hij me zou veroordelen. Dus ging ik drie dorpen verder met pastoor Morgan praten.'

Rose begon harder te huilen. 'Hij schreeuwde me toe,' fluisterde ze in tranen, 'dat ik het recht niet had zo'n beslissing te nemen, dat ik de baby geboren had moeten laten worden, zodat hij gedoopt had kunnen worden. Dan zou hij gepast begraven zijn en zijn ziel zou naar de hemel zijn gezonden. Maar dat had ik niet gedaan. Ik had de gemakkelijkste weg gekozen en zijn ziel tot de hel verdoemd.'

Tussen dit soort emotionele landmijnen laveren was een specialiteit van Jess. Zij hoefde nooit naar de juiste woorden te zoeken en stond nooit met haar mond vol tanden, zoals hij nu.

'Pastoor Jonah... die wist dat er iets mis was. Ik kon het niet langer voor me houden. Ik vertelde het hem. En weet je, Michael? Hij was zo zachtmoedig, zo goed voor me. Dat was waar ik aan dacht, toen al die dingen over hem naar buiten kwamen. Dat iemand zo'n zacht en vriendelijk mens is en dan honderdtachtig graden omdraait en doet wat hij Ashley heeft aangedaan, ik kan – ik kan dat gewoon niet begrijpen. Ik begrijp dat gewoon niet, Michael.' Rose stortte in, maar herstelde zich een ogenblik later weer. 'Het spijt me,' zei ze. 'Ik had je niet moeten opbellen en het allemaal op jouw bordje gooien. Ik weet niet waarom ik belde, eerlijk niet.'

'Dat is helemaal niet erg. Echt waar. Ik weet alleen niet wat ik moet zeggen. Ik ben nooit goed geweest in dit soort dingen.'

'Je hebt naar me geluisterd. Dat is meer dan Ted ooit heeft gedaan.'

'Is er iets wat ik voor je kan doen?'

'Vertel me over Sarah. Al die keren dat we hebben gepraat, heb je me nooit echt verteld hoe ze was… voor die tijd.'

'Wat wil je weten?'

'Alles,' zei Rose. 'Ik wil alles weten.'

# 33

'Het is een volstrekt legitieme vraag,' zei Bill, terwijl hij de hamburgers en hotdogs op de gasgrill die op de oprit stond, omdraaide. Het was een volmaakte lenteavond en iedereen stond buiten te genieten van de aangenaam koele lucht, gevuld met het geroep van kinderen die aan het einde van de straat aan het hockeyen waren.

Mike liet de gele rubberen lacrossebal op de oprit stuiteren om het hondenkwijl eraf te krijgen en toen de bal terugkaatste pakte hij hem en keilde hem door Bills achtertuin. Fang vloog er luid blaffend achteraan.

'Oké, dan, ik zou Spiderman zijn.'

'Jij bent gek.'

'Als ik mocht kiezen om een superheld te zijn, ja, dan koos ik voor Spiderman.'

'Maar Superman kan vliegen.'

'Spiderman ook. Hij zwaait aan zijn web.'

Bill schudde zijn hoofd. 'Zwaaien is geen vliegen, maat.'

'Het komt op hetzelfde neer.'

'Helemaal niet. Spiderman heeft hoge gebouwen nodig, wolkenkrabbers – je weet wel, waar hij zijn web aan vast kan maken. Anders zit hij aan de grond vast. Hoe zou hij kunnen zwaaien – pardon, vlíégen – over een graanveld?'

'Waarom zou Spiderman over een graanveld willen vliegen?'

'Stel je voor dat hij wordt opgeroepen om graancirkels te onderzoeken.'

'Graancirkels,' zei Mike. Fang stopte met de bal stevig in zijn bek in de buurt van de grill en inspecteerde die snuivend, alvorens hij naar Mike terug kwam slenteren.

'Die worden door aliens achtergelaten. Het maakt deel uit van hun navigatiesysteem,' zei Bill door de rook heen. 'Heb je die film *Signs* niet gezien?'

'Nee. Trouwens, waar ging die ruzie met Patty over, in verband met het grillen?'

'Omdat zij er laatst een tofoedog op had gelegd, met het idee dat ik het verschil niet zou proeven. Dat smerige ding smaakte naar zweetvoeten. Je moet die film *Signs* huren. Die vent die hem gemaakt heeft, M. Night? Een waar genie.'

Mike pakte de bal weer op en zag een zilveren BMW met getinte ruiten de weg naar Bills huis op glijden.

'Je hebt niet gezegd dat Bam ook kwam.'

'Bam heeft pas een Lexus geleasd,' zei Bill. 'Hé, misschien zijn het die lui van het Publishers Clearing House. Let op of je een camera ziet – en ballonnen. Ballonnen zijn vaste prik.'

'Die lui rijden in een bestelauto.'

Het portier van de bestuurder ging open en er sprong een jonge vent uit met kortgeknipt platinablond haar, dat met gel in stekels overeind werd gehouden. Zijn zeer magere lijf was gehuld in, ach jezus, een kastanjebruine broek en zwart overhemd. Hij zette een zwartgerande zonnebril op zijn neus.

'Meneer Sullivan! Ik ben het, Anthony!'

Bill pakte zijn fles Sam Adams. 'Hèhè! Nou weet ik waarom ik je recentelijk niet met meiden zie uitgaan.'

'Het is de secretaris van Sam.'

'Heeft Sam een nicht als secretaresse? Goh, lekkere meid.'

Mike gooide de bal door de achtertuin en liep toen de oprit af.

'We proberen u al de hele dag te bereiken op uw mobiele telefoon,' zei Anthony, toen Mike bij hem aankwam.

'Ik ben gisteravond vergeten mijn mobieltje op te laden. Wat is er?'

'Oké, houd u vast: uw vader heeft meneer Weinstein in de arm genomen als zijn advocaat.'

Mike voelde de huid van zijn gezicht verstrakken.

'Sam waarschuwde me al dat u zo zou kunnen reageren,' zei Anthony. 'Ik weet dat jullie een of andere deal hadden. Ik weet niet wat er mis is gegaan. Ik moest zeggen dat ze u straks belt.'

'Is Sam op kantoor?'

'Ze zit tot acht uur in een vergadering. Ze belt u zeker op, dat beloof ik.' Anthony stak zijn arm door het open autoraampje en greep een witte envelop van het dashboard. Hij gaf hem aan Mike. De envelop was verzegeld. 'Dit is iets wat meneer Weinstein persoonlijk aan u wilde laten overhandigen. De koeriers die wij in dienst hebben komen niet zo ver dus heeft ondergetekende zijn diensten aangeboden.'

'Dank je wel,' zei Mike, 'ik ben je een biertje schuldig.'

'Dat staat,' zei Antony met een knipoog. Hij stapte weer in zijn auto, wuifde met zijn hand uit het raampje gedag en spoedde zich weg.

Mike scheurde de envelop met zijn duim open. Er zaten een huissleutel en een opgevouwen stukje papier in. Hij pakte het papier, vouwde het open en las in het wegebbende avondlicht het bekende gekrabbel van Lou op het briefpapier van het advocatenkantoor.

*Michael,*

*Ze hebben me borgtocht geweigerd en ik zit in Cambridge vast tot de zaak voorkomt. Ik heb morgen om tien uur een afspraak met mijn advocaat. Hij ziet 50.000 dollar als voorschot tegemoet. Er ligt geld in een kluis in de vloer. Trek het tapijt in je oude slaapkamerkast los, daar vind je hem. De combi is 34-26-34. Neem het geld eruit en laat de rest liggen.*

*Je zei dat je een ruil wilde doen. Op de bodem van de kluis vind je een paar spullen die van je moeder waren. Breng me morgen het geld en ik zal alle vragen die je hebt beantwoorden. Ik mag bezoek ontvangen.*

*Ik heb niets te maken met het verbranden van die man.*

Mike vouwde het papier weer op en liep de oprit op. Het duizelde hem.

Bill wees met zijn barbecuetang naar de brief en zei: 'Is dat een liefdesbrief van je chique herenbezoek?'

Mike hield hem het papier voor. Bill pakte het met de barbecuetang bij een hoek vast en sloeg het open.

'Ik hoop maar dat je pa van een heet klimaat houdt,' zei Bill, en legde de brief op de grill. Mike zag het papier in vlammen opgaan en wenste dat hij hetzelfde kon doen met al die vragen in zijn hoofd. Allemaal op de brandstapel en weglopen.

# 34

Mike zat met zijn gsm tegen zijn oor gedrukt achterover in de stoel van zijn truck. Hij zei: 'Je zei dat Weinstein de zaak niet zou aannemen voordat jij hem het groene licht gaf.'

'Je vader had bij Miranda een boodschap ingesproken – '

'Wie?'

'Miranda, de secretaresse van Martin,' zei Sam. 'Je vader heeft een boodschap voor haar achtergelaten, die luidt, dat als Martin de zaak in handen zou nemen, hij een bonus tegemoet kon zien van vijfentwintigduizend, in cash. Als Martin je vader vrij zou pleiten, kon hij een bonus van honderdduizend verwachten. Het sleutelwoord is cash. Snap je waar ik heen wil?'

Ja, dat snapte hij. Boven op het percentage dat het advocaten-kantoor Martin Weinstein zou betalen voor het aanvaarden van de zaak, kon hij uitzien naar een eventuele bonus van honderd-vijfentwintigduizend dollar – belastingvrij, aangezien Lou met hem had afgesproken contant te betalen. Niets op papier, geen fiscale rompslomp.

'Laat me raden,' zei Mike, 'het kantoor ziet zeker geen cent van dat bonusgeld?'

'Martin strooit met wat geld in de richting van Miranda zodat ze haar mond houdt, en dat doet ze wel. Ze werkt al heel lang voor hem. Waar Martin gaat, is Miranda ook. Hij betaalt haar goed voor haar loyaliteit.'

'Ze heeft tot nog toe niet echt haar mond gehouden.'

'Miranda heeft me er niets over verteld. Dat was Martin.'

'Maakt het Martin nog iets uit waar dat geld vandaan komt?'

'Nee. Hij heeft het nodig. Hij heeft zijn oog op een nieuwe Bentley laten vallen.'

'Fijne gozer lijkt me dat.'

'Waarom heb je me niet gezegd dat je vader over zoveel geld beschikt?'

'Ik had geen idee.' Lou wapperde nooit met zijn geld. Ja, hij droeg wel maatkostuums, maar hij pompte geen geld in dure auto's of vakanties. Zijn huis in Belham is een ranch met één verdieping en er is een tijd geweest, in de eerste jaren sinds hij terugkwam uit Vietnam, dat we krap bij kas zaten.

Sam zei: 'Toen wij dit de eerste keer bespraken, heb ik je gezegd dat als je Martins naam als lokaas noemde – en dat heb je blijkbaar gedaan – de mogelijkheid bestond dat je vader de telefoon zou pakken en Martin rechtstreeks zou bellen.'

'Dat is de reden waarom ik dacht dat wij iets hadden afgesproken.'

'Je hebt er niet bij verteld dat je vader met flappen zou strooien. Als ik dat had geweten, had ik een andere tactiek gevolgd.'

Mike was niet nijdig op Sam; hij was nijdig op zichzelf. Hij was zó vol van het idee dat hij Lou in een hoek had gedreven, dat hij niet aan het geld had gedacht. Mike wist natuurlijk van de overvallen op de gepantserde geldtransporten en de lading geld, een totaal van twee miljoen. Zijn fout had gelegen in de – onjuiste – aanname, dat Lou al door het geld heen was. Mike had er niet aan gedacht dat Lou een type was dat ergens een ouwe sok met een heleboel geld had liggen.

*Vergeet niet al die tijd dat hij in Florida heeft gezeten. Denk je soms dat hij daar geen klusjes heeft opgeknapt?*

Sam zei: 'Waar maak je je zo druk om? Ik dacht dat je hem had afgeschreven.'

'Het maakt niet meer uit. Hoeveel ben ik je hiervoor verschuldigd?'

'Helemaal niets.'

'Laat ik je dan uitnodigen voor een etentje. Ik kom naar de stad en dan gaan we lekker ergens eten.'

'Lekker ergens eten kon wel eens gevaarlijk zijn voor je portemonnee.'

'Waar hebben we het over? Salades van vijftig dollar per portie?'

'O, nee. Veel en veel meer.'

'En ik moet gepaste kleding aan, veronderstel ik.'

'Reken maar.'

'Noem tijd en plaats. Ik bel je morgen.'

Mike hing op en keek uit het raampje naar het huis van Lou – en laat daar geen misverstand over bestaan, het was altijd Lou's huis geweest, moeder en zoon waren slechts gasten van wie het verblijf werd verlengd. Mike was net achttien geworden toen hij hier voor het laatst was. Nadat Lou naar zijn werk was gegaan, had Mike zijn spullen gepakt – wat hij bezat kon in twee dozen – en reed naar het huis van de O'Malleys, waar hij een kamer had, die was achterlaten door Chuck en Jim O'Malley, die tegelijkertijd in dienst gingen.

Dat was twintig jaar geleden en het oude buurtje was heringericht. De ranchwoningen waren afgebroken en vervangen door aardige ruime huizen in koloniale stijl. Sommige daarvan hadden garages voor twee auto's. In twee decennia tijd had Lou zijn huis niet opgeknapt of het een vrolijker aanzien gegeven in plaats van een benauwde schuilplaats voor een seriemoordenaar.

Mike zat in zijn truck naar zijn oude huis te staren en dacht aan het briefje van Lou. Lou bood hem een eenmalige deal. Als hij morgenochtend niet met het geld zou komen opdraven, was het voorbij. Lou zou zijn geheimen vrolijk meenemen in zijn graf. Net als Jonah.

*Hier komt niets goeds uit voort, dat weet je.*

Dat was die redelijke, verstandige stem, die hem het grootste deel van zijn vroege leven al heel wat moeilijkheden had bespaard. Verstandig, rationeel. Net als zijn moeder.

Mike stapte uit, sloot het portier af en liep het hellende grasveld op naar de voordeur. Hij viste de sleutels uit de zak van zijn jeans, maakte de deur open en stapte de woonkamer binnen, terwijl hij met zijn rechterhand over de wand gleed op zoek naar de lichtschakelaar.

In de kamer lag nog steeds hetzelfde laagpolige tapijt, de wanden waren nog steeds witgeschilderd en er was geen vlekje op te zien. Geen foto's, geen ingelijste reproducties. Achter de woonkamer lag een kleine keuken – hetzelfde witte linoleum, smetteloos schoon en gewreven zoals altijd, geen rommel op het groene aanrecht, de gootsteen of de keukentafel. Er hing een geur van ammonia en bleekmiddel in de lucht – scherpe, antiseptische geuren, die pasten bij de kille meubels: harde, functionele dingen, die uit een ziekenhuiskamer geplukt konden zijn, een plek waar je wel gedwongen was je kneuzingen en litteken te overpeinzen.

Mike sloot de deur achter zich. Hij was in zes passen de kamer en een deel van de keuken door. Hij drukte op een andere wandschakelaar en liep door de smalle gang, op het punt om naar zijn oude slaapkamer te gaan, toen hij voorbij Lou's openstaande slaapkamerdeur kwam en iets zag wat op fotolijstjes leek, die op een bureau stonden.

Mike draaide zich om, liep de slaapkamer binnen en deed het licht aan.

De ingelijste foto's waren van Sarah.

Vier nog wel, allemaal buitenshuis genomen en allemaal van Sarah op verschillende leeftijden. Sarah in een zonnig jurkje en op blote voeten naast Fang, ze leunde met haar ene hand op de rug van de hond; Sarah, die aan een paardenbloem rook; Sarah, die met Paula O'Malley speelde op het klimrek op de Heuvel; Sarah in haar roze sneeuwpak aan de hand van Mike, in de rij om van de heuvel af te glijden.

De foto's zagen er vertrouwd uit en tegelijk niet vertrouwd. Mike had zijn vader nooit foto's gegeven – Jess ook niet. Van zijn lang zal ze leven niet. Mike was de gedoodverfde gezinsfotograaf, Jess had namelijk geen geduld voor camera's, die maakte zich meer druk om haar handen vrij te houden, zodat ze Sarah kon opvangen voor het geval ze viel.

Mike had die foto's niet gemaakt. Dat had Lou gedaan. Lou had te verstaan gekregen dat hij uit de buurt moest blijven en had daarom Sarah door een cameralens gadegeslagen en deze momenten gestolen.

Er moesten meer foto's van Sarah zijn, meer filmrolletjes.

Mike doorzocht eerst Lou's bureauladen. Toen hij niets vond ging hij naar de laden van het nachtkastje, de schoenendozen op een plank in Lou's kast en ten slotte onder het bed. Niets.

Misschien zaten de foto's in de kluis.

Mike liep zijn oude slaapkamer binnen en deed het licht aan. De kamer was helemaal leeg. Net als de kast. Hij nam het Zwitserse legermes uit zijn zak, een kerstcadeau dat hij vorig jaar van de kinderen van Bill had gekregen, en nadat hij het juiste mesje had gekozen ging hij op zijn knieën zitten om een hoek van het tapijt los te maken. Toen hij een strip los had, pakte hij hem vast en gaf er een flinke ruk aan.

Lou had behoorlijk zijn best gedaan met de vloerkluis. Mike wist wel het een en ander van kluizen af. Een paar jaar terug, toen Jess een paar belangrijke documenten in huis wilde opbergen om niet steeds naar de kluis bij de bank te hoeven, had Mike een man laten komen van Trunco Safe in East Boston om alle verschillende modellen en opties door te nemen. Hoewel Lou's kluis een gelijksoortig model leek te zijn – vierkant, gemaakt van massief staal met een gladde dekplaat, perfect om onder een tapijt te verbergen – zou Mike willen wedden dat het model van Lou platen had die boorproef waren en beveiligd tegen het openbreken met geweld, een moker bijvoorbeeld. De kluis was in beton verzonken, waardoor het onmogelijk was hem eruit te trekken, behalve als je over bijzonder zwaar materieel beschikte.

Deze kluis was er niet toen hij nog kind was. Hij was dus minder dan vijf jaar oud. Toen Sarah verdween en voordat Jonah verdacht werd, hadden Merrick en zijn manschappen hun aandacht op Lou gevestigd en elke vierkante centimeter van zijn huis op zijn kop gezet, vanuit de gedachte dat Sarah gekidnapt was vanwege een van Lou's vroegere connecties. Slome Ed had nooit iets laten vallen over de vondst van een kluis vol contanten – of, wat dat aanging, foto's van Sarah.

Mike draaide aan het combinatieslot van de kluis. De combinatie klopte, hij trok aan het scharnier en hoorde de kluis openklikken.

Twee rijen van elk twee stapels gekreukelde biljetten van honderd dollar, bij elkaar gebonden met elastiek. Mike pakte een stapel en begon te tellen. Tienduizend – en dat was nog maar één stapeltje. Verdomd, hier moest veel meer liggen, afhankelijk van hoe diep de kluis was. Vijf minuten later wist hij het.

'Holy shit.' Het was een half miljoen, in *cash*.

*Natuurlijk*, zei een stem, *als hij het op de bank zette, zou de overheid zich ermee bemoeien en de rekeningen bevriezen.*

Er schoot een krankzinnige idee door Mikes hoofd. Doneer

het. *Nou ja, Lou, ik heb het geld gevonden. Alleen bedacht ik toen ineens dat het beter af zou zijn in handen van iemand anders. Weet je wel, het aan iemand geven die het echt nodig heeft. Ik heb het dus maar aan de ASPCA gegeven. Dat is een groep die zoekgeraakte en weggelopen honden opvangt. Je hoeft me niet te bedanken, Lou. De manier waarop je kijkt is voldoende dank.*

Hoe onbetaalbaar zo'n moment ook was, als hij dat deed, zou Lou hem voor altijd blijven opjagen.

Op de bodem van de kluis lag een envelop met elastiek eromheen. Mike stak zijn hand erin, haalde de envelop tevoorschijn en trok het elastiek eraf.

Foto's, maar niet van Sarah. Op de bovenste foto, de kleuren waren lichtelijk vervaagd en vergeeld door de jaren heen, zag je mensen wandelen in een straat met bakstenen en witte gebouwen vol licht. Eerst dacht Mike dat het misschien Faneuil Hall in Boston was. Maar deze omgeving was intiemer en had een buitenlandse sfeer.

*Zoals Parijs.*

Mike bestudeerde de gezichten op de foto's. Hij herkende niemand. Aan de manier waarop de mensen gekleed gingen zag hij dat het lente of zomer moest zijn. Hij draaide de foto om en zag de datum waarop hij ontwikkeld was op de achterkant staan: 16 juli 1976.

Juli. De maand dat Lou naar Parijs was gegaan. Volgende foto: een vrouw met matblond haar aan een tafeltje op een terras onder een witte luifel, begroeid met klimop. Haar ogen gingen schuil achter een zonnebril met een rond zwart montuur. Ze las een krant. Om haar heen zaten mensen een krant of een boek te lezen, te praten en koffie te drinken. Mike ging naar de volgende foto, een close-up van dezelfde vrouw, maar nu zonder zonnebril en ze glimlachte naar de man die tegenover haar zat. De rug van de man was naar de camera toe gekeerd, maar het gezicht van de vrouw was haarscherp te zien.

Het was zijn moeder.

Hij bekeek de rest van de foto's. Zijn moeder stond op allemaal, evenals haar gezelschap, een onbekende man, die veel langer was dan zij en die een scherpe haviksneus had, lange bakke-

baarden en dik, golvend zwart haar – een bankier of een belegger, naar het pak te oordelen. Moeilijk te zeggen. Wat hij wel
duidelijk kon zien was hoeveel zijn moeder om hem gaf. Op elke
foto hield ze óf zijn hand óf zijn arm vast. Op de laatste foto had
de man zijn arm om haar schouder geslagen terwijl ze door een
drukke straat liepen. De stralende glimlach van zijn moeder was
van hem afgewend, ze was veilig en gelukkig, blij dat ze weer in
Parijs terug was en door de straten van haar geboortestad en
woonplaats dwaalde.

# 35

Mike had een soort mannelijke uitgave van Sam verwacht: een lange, conservatief geklede vent, slank van het 's morgens vroeg hardlopen en squashen in de middag, een vent die in het weekend graag op zijn zeiljacht achteroverleunde met zijn vrienden Preston en Ashton, in de haven vlak bij zijn zomerhuis in Hyannis. Maar Martin Weinstein, met zijn olijfkleurige huid, glad achterovergekamde, dunner wordende zwarte haar, gouden Rolex en pinkring was helemaal het vlotte, Italiaanse type.

'Jij vraagt je af hoe het komt dat een jodenjongen op Tony Soprano lijkt, hè?' glimlachte Weinstein, en zijn grote kronen flitsten op. Zijn gewicht kwam in de buurt van de driehonderd pond, zijn lichaam was dik maar stevig. 'Mijn moeder is honderd procent Italiaans, mijn vader honderd procent joods. Ik en mijn twee jongere broers lijken op haar en we hebben het koppie van onze vader. Ik ben getrouwd met een Italiaanse vrouw en mijn twee kinderen zijn zo bleek als Ieren. Een genetisch wonder, zeg ik altijd.'

'Hier is het geld dat u wilde hebben,' zei Mike en hij wierp de envelop met geld naar Weinstein toe. 'Ik wil hem alleen spreken.'

'Geen gelul, precies je pa. Dat mag ik wel. Kom mee, dan breng ik je naar hem toe.'

Twee bewakers – oude grijze kerels met bierbuiken en dubbele onderkinnen – droegen Mike op de inhoud van zijn broekzakken in een plastic bak te leggen.

'En uw riem en schoenveters,' zei de bewaker.

'Weinstein zei: 'Potentiële wapens. Maak je geen zorgen, dat krijg je allemaal terug.'

Nadat Mike alles had overhandigd ging de bewaker met een metaaldetector over hem heen, verzocht hem toen zijn laarzen uit te trekken, onderzocht de hakken en de binnenkant grondig en gaf ze terug.

De bewaker knikte zijn partner toe en er klonk een zoemer. Het hek gleed ratelend open.

Er volgde een reeks gangen en gesloten hekken, de grendels werden geopend en weer gesloten. Weinstein ging voorop en Mike overdacht nogmaals hoe hij Lou zou benaderen.

De cipier zag Weinstein, knikte en pakte toen zijn sleutels om een deur te openen. Door de glazen wand heen kon hij Lou met gebogen hoofd op een stoel zien zitten, gekleed in een oranje gevangenispak. Hij bestudeerde de boeien om zijn polsen en de ketting die om zijn middel zat.

'Je hebt een kwartier,' zei Weinstein. Hij boog zich naar hem toe met de pepermuntlucht van zijn frisse-ademsnoepje. 'En wees een beetje aardig, oké? Je vader heeft de hele nacht overgegeven, koude rillingen – niet zo'n klein beetje. Ze hebben er een dokter bij moeten halen. Hij schijnt het behoorlijk te pakken te hebben.'

*Dit is geen griep. De juiste diagnose luidt claustrofobie.*

De advocaat deed de deur open. Het was een kleine kamer, waar een bureau en twee stoelen stonden. Het rook er naar zeep en scheerschuim. Lou keek niet op toen hij sprak.

'Heeft hij je het geld gegeven, Martin?'

'Het is in orde,' zei Weinstein. 'Lou, als je iets nodig hebt, ik sta vlak om de hoek van de deur.'

Weinstein deed de deur dicht. Mike schoof een stoel naar zich toe en ging zitten.

'Begin maar.'

'Over Jess of over de foto's die je in de kluis hebt gevonden? Die heb je toch gevonden, nietwaar?'

'Dat weet je wel,' zei Mike. 'Ik heb ook foto's van Sarah op je bureau gevonden. Wanneer heb je die genomen?'

Lou's ogen verstrakten toen het over zijn kleindochter ging. 'En, wat zei Jess over haar uitje van dat weekend?'

'Wie is die vent op de foto's?'

Lou keek grijnzend op. Hij zag er beroerd uit onder de tl-buizen. De huid onder zijn ogen was donker van het slaapgebrek en zijn dunne lippen waren bloedeloos. De zweetdruppels liepen over zijn voorhoofd.

'Je had het lef niet om het haar te vragen, hè?'

'We gaan het over mam hebben en je vertelt me eerst hoe je hebt ontdekt waar ze zich schuilhield.'

'Schuilhield,' herhaalde Lou, 'ben je echt zo achterlijk?'

'Verdomme, ik zweer je, als je probeert terug te krabbelen – '

'Arnold Mackey.'

'Wie is dat?'

'De postbode van de O'Malleys. Mackey kwam ieder vrijdagavond bij McCarthy. Op een avond komt hij binnen en vraagt aan mij waarom jouw post bij O'Malley wordt bezorgd. Hij ziet dat ik daar heel erg verbaasd over ben en vertelt me vervolgens over het pakketje dat je uit Parijs had ontvangen. We raken aan de praat, ik geef hem een paar biertjes en ik vraag hem een oogje in het zeil te houden of er nog meer post komt met jouw naam erop. Ik zei, dat als hij die aan mij persoonlijk overhandigde, ik twee biljetten van honderd dollar voor hem had klaarliggen.'

'Dus ze heeft een tweede pakje gestuurd.'

'Nee, het was meer een brief. Hij was geschreven op zo'n zware, dure briefkaart. Maar je moeder hechtte altijd waarde aan dure dingen. Heb ik wel eens verteld dat ik bijna failliet ging aan je moeder? In het begin zaten we krap, maar dat weerhield je moeder er niet van zichzelf op dure etentjes en avondjes in Boston te trakteren. Als ze dingen kocht verstopte ze die in huis. Zie je het voor je?'

'Wat stond er in die brief?'

'Van wie zei ze dat ze die blauwe sjaal had?'

'Dat weet ik niet meer.'

'Ik dacht dat je kwam om de waarheid te horen, Michael. Of kom je alleen om jouw versie ervan te verifiëren?'

'Ze zei dat ze hem van haar vader had gekregen.'

Lou ging achterover in zijn stoel zitten en vouwde zijn handen over zijn platte buik. 'Haar vader was ober. Die kon de boodschappen nauwelijks betalen. Mary's moeder overleed toen ze vier was.'

Mike zocht in zijn geheugen naar verhalen die zijn moeder over haar ouders had verteld, iets om af te zetten tegen wat Lou zei, als bewijs dat hij loog. Toen hij niets kon bedenken, zei hij: 'Vertel me wat er in die brief stond.'

'Ik weet de exacte woorden niet meer precies, maar het was iets in de trant van hoe erg ze je miste, dat ze in gedachten bij je was – je kent dat wel, van dat opbeurende slappe gelul.'

'Was dat het? Was dat alles wat ze schreef?'

'Bedoel je of ze schreef wanneer ze je zou komen halen? Ik herinner me wel dat ze een adres noemde, maar geen telefoonnummer. Ik vroeg me nog af waarom ze je haar telefoonnummer niet gaf.' Lou had zijn beroepsboksersgrijns opgezet, die blik van voldoening en genot als hij wist dat hij had gescoord. 'Ik heb dat briefje nog, weet je dat.'

Mike voelde zijn hart sneller slaan.

'Wil je weten waar het ligt?' vroeg Lou.

Lou zette hem voor de keus: je krabbelt terug, of je gaat door, dat moet jij weten.

'Ga naar huis, Michael.'

'Waar ligt die brief?'

'Beneden, in de kelder,' zei Lou. 'In de bovenste la van de Gerstner.'

De Gerstner was een massief eikenhouten gereedschapkist, gemaakt door H. Gerstner en Zonen. Daarin borg Lou al zijn precisiegereedschap op. Mike zei: 'Dus in die tweede brief noemde ze een retouradres. Zo heb je haar gevonden.'

Lou knipoogde. 'Je snapt het.'

'En toen je haar adres had sprong je op het vliegtuig naar Parijs.'

'Zo is het.'

'Met een vals paspoort.'

'Er was destijds een misverstand tussen mij en de autoriteiten. Zij dachten dat ik iets te maken had met de diefstal van zekere elektrische apparaten uit een opslagplaats in South Boston.'

'Maar je hebt een hekel aan vliegen, omdat je aan claustrofobie lijdt.'

'Ik heb een hekel aan vliegtuigen omdat ik ze niet vertrouw.'

'Maar waarom heb je haar niet gebeld? Je had haar adres, dan had je haar telefoonnummer ook kunnen achterhalen. Waarom nam je de moeite op het vliegtuig te stappen?'

'Een jongen heeft zijn moeder nodig,' zei Lou, en Mike hoorde de hitte in Lou's stem, woorden die samenkwamen als een gebalde vuist.

Waarom doet hij zo zelfverzekerd?

*Hij belazert de kluit.*

Maar waarom?

'Jij hebt je moeder altijd als een heilige beschouwd,' zei Lou. 'Maar hoe zit het dan met alle dingen die ik deed? De wedstrijden, de fietsen en de auto, je schoolgeld voor St. Stephen's. Toen jij en Bill de zaak opzetten heb ik jullie geld gegeven, ik heb jullie zelfs klanten bezorgd. Alles wat je ooit nodig had heb je gekregen.'

'Pakken slaag inbegrepen.'

'Het was nodig dat je een beetje hard werd. De zondagsschool en al die flauwekul van de kerk maakten je week. Dat is het probleem met jouw generatie. Jullie wentelen je in alle pijntjes die je in het leven tegenkomt en blijven er constant over doorjengelen. Geen wonder dat er tegenwoordig zoveel mietjes rondlopen.' Lou schudde zijn hoofd en boog zich toen naar voren, waardoor zijn kettingen rammelden. 'Heb je mij ooit horen zeiken over mijn situatie? Over mijn broer, die ik heb verloren in die kloteoorlog, of dat ik meer dan een jaar in krijgsgevangenschap heb gezeten?'

'Vertel me wat je met haar hebt gedaan.'

'Ik heb geprobeerd haar te overreden om weer naar huis te komen.'

'Je liegt.'

'Kregen we slaande ruzie? Zonder meer.' Geen verontschuldiging, geen berouw, noch op zijn gezicht, noch in zijn stem. 'Ongelukjes gebeuren, nietwaar? Net als die avond dat je naar Jonah ging. Ik weet zeker dat je er niet heen gegaan bent met de bedoeling hem in elkaar te rammen, maar toen je hem glashard hoorde liegen kon je je gewoon niet inhouden – of heb ik het nu helemaal mis?'

'Heb je recentelijk nog met je beste vriend Cadillac Jack gepraat?'

'Ik heb haar geen kwaad gedaan. Als je dat niet accepteert is dat jouw probleem.' Lou's toon was kalm – veel te kalm, vond Mike.

'Wie is die kerel op de foto's?'

'Jean Paul Latière.'

Voor hij het kon tegenhouden was er een verbaasde trek op Mikes gezicht gekomen.

'Ja, ik weet wie hij is,' zei Lou. 'Ze waren samen opgegroeid en heel erg aan elkaar verknocht, die twee – dikke maatjes, zou je kunnen zeggen. Jean Paul en je moeder waren een onafscheidelijk stel toen ze jong waren. Toen verhuisde je moeder naar de States. Ze was vijftien en hopeloos verliefd. Zij en Jean Paul hielden contact via brieven en over de telefoon – alleen was het Jean Paul die meestentijds moest bellen, omdat je moeders vader – jouw grootvader – telefoontjes naar Frankrijk niet zou hebben toegestaan. Toen Jean Paul ouder werd, negentien of zo, nam hij het vliegtuig hiernaartoe om je moeder op te zoeken. Hij kon zich dat veroorloven. Toen je moeder wegging werkte hij in de papierfabriek van zijn vader, weet je, hij werd ingewerkt om de familiezaak over te nemen. Latière Papier. Een groot bedrijf, daar. En Jean Paul, die vond het gewoon heerlijk om je moeder te bedelven onder de dure cadeaus. Zoals haar sjaal. Er doken zo nu en dan dure cadeaus op in huis.'

Onbewust wreef Michael over zijn voorhoofd en merkte dat het klam en vettig aanvoelde.

'Moeilijk te geloven, hè, dat je volmaakte, heilige moeder zulke smoezelige dingen deed.'

'Als ze een affaire had, neem ik haar dat niet kwalijk.'

'Een affaire? Ze was verliefd op hem op de dag dat we elkaar leerden kennen.'

'Waarom ging ze dan met jou in zee?'

'De familie van Jean Paul was heel succesvol, heel rijk. Een prestigieuze achtergrond, veel investeerders en lui in de politiek – je kent dat wel, van die stamboomflauwekul waar sommigen een nat broekje van krijgen. Niets wond jouw moeder zó op als geld. Het probleem was, dat Jean Pauls ouweheer niet wilde dat hij zich inliet met uitschot, ook al was dat uitschot zo mooi als je moeder – hij moest aan de bloedlijnen denken, weet je. Je moeder had veel weg van je vrouw – neem me niet kwalijk, je ex-vrouw. Ze hielden allebei van mooie dingen die je met geld kunt kopen, alleen was jouw moeder geen geduldige vrouw. En ik wist niet dat ze nog steeds haar hoop op Jean Paul had gevestigd, zelfs nog nadat we getrouwd waren. Ik heb altijd geweten dat die foto's onzin waren.'

'Welke foto's?'

'Je moeder hield er fotoalbums van de familie van Jean Paul op na. Die zal ze je toch wel eens hebben laten zien.'

De fotoalbums die ze in dozen in de kelder verstopt had – de foto's die ze ingepakt en meegenomen had – Mike herinnerde zich hoe ze die in haar eentje in de kelder zat te bekijken, die enkele keer dat hij haar erop betrapte dat ze huilde, en dat ze hem naast zich liet zitten om samen met hem naar de foto's te kijken en hem dan het verhaal van haar familie vertelde. Háár familie.

'Nee,' zei Mike, dat deed ze niet.'

'In de periode dat ik in Vietnam was kwam hij vaak in Belham. Zelfs toen ik thuisgekomen was kwam Jean Paul heel vaak naar Boston. Je moet hem wel eens ontmoet hebben op al die geheime missies die jullie met z'n tweeën hadden.'

Terwijl Lou praatte zocht Mike in zijn geheugen naar de man die hij op de foto's had gezien. Er ging geen belletje rinkelen bij het gezicht van de Fransman. Het was al lang geleden.

'Ik heb hem nooit ontmoet,' zei Mike.

'Hm. Dan vraag ik me af waarom. Enig idee?'

'Dus je wist van die affaire af?'

'Ik had mijn verdenkingen. Af en toe verse bloemen in huis – die had ze bij de bloemist gekocht, zei ze. Opeens dook er een mooi zilveren fotolijstje op, of mooie schoenen, een leuke jurk, en dan zei je moeder dat ze die had gevonden bij Goodwill, of een dergelijke zaak. Je moeder kon heel overtuigend praten met die lieve, zachte stem van haar – dat weet jij als geen ander. Ik heb nog nooit zo'n gladde leugenaarster gezien als die moeder van jou. Wist je dat ze een eigen postbus had in de stad? Daar stuurde Jean Paul zijn geschenken en het geld naartoe.'

Mike probeerde zich voor te stellen hoe ze zich mooi aankleedde en opmaakte om naar Boston te rijden voor een afspraak met die Jean Paul bij een zaak als de Four Seasons; maar Mike kon zich niets anders voor de geest halen dan haar tuttige kleren, haar zuinige manier van doen en de goedkope make-up die ze gebruik-te om haar blauwe plekken te verbergen. Dat beeld zat in zijn hoofd vast omdat het waar was – en Lou probeerde dat kapot te maken met zijn leugens. Het was stom en dwaas geweest te denken dat Lou ooit ergens recht voor uit zou komen. Lou loog voor zijn beroep, en hij loog nu ook.

'Je moeder wist dat ik die foto's nam,' zei Lou, 'en de hemel weet dat ik wilde – '

'Laten we alles maar even duidelijk op een rijtje zetten. Ik ben uitgepraat met je. De volgende keer zie ik je in de getuigenbank, waar ik aan iedereen vertel over die avond dat je bij me langs-kwam om te vertellen dat je in het huis van Jonah was geweest. Ik wil wedden dat de politie de afluisterapparatuur niet heeft ge-vonden.'

Lou's ogen hadden een verhitte, waterige glans gekregen. 'Mar-tin,' riep hij. 'Martin, wij zijn hier klaar.'

Mike boog zich over de tafel. 'Jij krijgt het daglicht niet meer te zien. Dat beloof ik je.'

De deur ging open en Lou zei: 'Het probleem was, dat Jean Paul wel van je moeder hield, maar niet van kinderen. Dus stelde hij haar voor de keus: een leven in Parijs, of een leven in Belham. Voor welk leven heeft ze gekozen, Michael?'

# 36

De eikenhouten gereedschapskist, de Gerstner, stond inderdaad op de plek die Lou had aangegeven: in de kelder, onder zo'n zelf in elkaar gezet plastic rek met planken. Hij zat op slot. In plaats van tijd te verliezen met het zoeken naar sleutels, pakte Mike een boor en boorde een gat door het slot. Hij herinnerde zich dat Lou als hij niet werkte of hooglopende ruzie met Mary had gehad hierheen ging om aan een of ander werkstuk te prutsen. Hij had het talent om meubels te maken, maar niet het geduld ervoor; hij had ooit een opbergkast gemaakt van massief eikenhout, maar deed daar drie jaar over. En hier had Mike met Lou's gereedschap het vogelhuisje gemaakt dat hij aan zijn moeder had gegeven.

De kist ging moeiteloos open. Op de bekleding van groen vilt lagen zes keurige stapeltjes enveloppen, bij elkaar gebonden met elastiekjes. Ze waren allemaal geadresseerd aan Mary Sullivan, in de bekende hanenpoten van Lou. Het papier was voor het grootste deel vergeeld en de postzegels in de hoeken waren omgekruld en konden ieder moment loslaten.

De oorlogsbrieven van Lou.

Wat gek dat hij die bewaard had, dacht Mike, het was zoiets sentimenteels en je kon Lou nauwelijks sentimenteel noemen. Nog gekker was dat hij ze zelfs geschreven had, want hij praatte zelden over wat daar gebeurd was.

Mike pakte een stapeltje en legde het op de werktafel die over de gehele lengte van een wand liep. Hij stak een sigaret op, maakte het elastiek los en pakte er een willekeurige envelop tussenuit. Het was een brief van één kantje, met potlood geschreven.

*13 mei 1965*

*Lieve Mary,*
*De zon schijnt altijd maar door en waar je ook gaat heb je zo'n dikke, klamme hitte. Stuur een ventilator op als het kan, ha, ha.*

*Het gaat er hier steeds heter aan toe. We zijn pas geleden met de helikopter naar Dodge City overgebracht en we zaten meteen midden in een vuurgevecht. Goddank dat ik mijn helm en mijn mitrailleur bij me had anders had ik het niet gehaald. Die spleetogen hielden ons daar twee uur onder vuur. Ik kon mijn kop zelfs niet optillen om te kijken waar ze zaten – zo erg was het. Ik ben van mijn leven nog niet zó bang geweest. Ik geloof niet in de hel, maar als er een bestaat dan is hij hier, absoluut.*

*Blijf met mijn broer praten. Ik wil niet dat hij hiernaartoe komt.*

*Schrijf me alsjeblieft. Je brieven slepen me er doorheen. Hoe gaat het met Michael? Wat doet hij zoal? Ik denk voortdurend aan jullie. Stuur me een foto van Michael op, als je kunt.*

*Veel liefs,*
*Lou*

*Bang, veel liefs.* Zulke woorden bezigde Lou nooit, maar hier had hij ze opgeschreven. Mike maakte nog een envelop open. Deze brief dateerde van een week later.

*We moeten een weg langs een begraafplaats bewaken. Ik slaap iedere nacht naast een grafsteen. We verliezen een man per dag, voornamelijk door die vervloekte hitte.*

*Ik houd van je, Mary. Ik weet dat we voordat ik wegging een woordenwisseling hebben gehad. En ik weet ook dat je krap in het geld zit en dat het nu heel moeilijk is voor jou en de baby, maar ik kom naar huis en maak het allemaal weer goed. Laat me niet in de steek. Geef dat wat we hebben niet op. Ik kom naar huis. Dat beloof ik je.*

Er waren nog zeker tien van dat soort brieven, allemaal geschreven op een bijna identieke manier: Lou beschreef de hel om hem heen en vroeg Mary hem terug te schrijven. De laatste brief luidde:

*Je zult het vast wel al weten van Dave Simmons. Hij stond vlak naast me – vlak náást me, Mary – en toen hij nieste werd hij*

*door zijn hoofd geschoten. Het was verdomme afschuwelijk.*
*Zou jij bij de vrouw van Dave langs willen gaan, om te zien*
*hoe het met haar gaat?*
*Houd op met me te straffen door te zwijgen en schrijf me,*
*alsjeblieft.*

Er lag een envelop ter grootte van een briefkaart op de bodem
van de la, boven op de dichtgeplakte flappen van oude foto-om-
slagen van Brick's (UW HERINNERINGEN ZIJN BIJ ONS IN GOEDE
HANDEN stond er op de flap). De kaart was geadresseerd aan Michael Sullivan op het vroegere adres van Bill – precies zoals Lou
had gezegd. Op deze kaart stond een retouradres in de hoek.

Mike pakte de envelop van de stapel en sloeg hem om. De
plakstrook van de achterflap was al geopend. Hij sloeg de flap
open en haalde de zware briefkaart eruit.

*Lieve Michael,*
*Het spijt me dat het zo lang heeft geduurd om je terug te schrij-*
*ven. Ik ben heel druk op zoek geweest naar een woning die*
*groot genoeg is voor ons tweeën. Parijs is ongelooflijk duur,*
*vooral hier op het Île St. Louis. Ik moet de huur voor de eer-*
*ste en de afgelopen maand betalen en een borgsom storten. Ik*
*werk als serveerster in een café, maar het geld komt moeizaam*
*binnen. Achteraf bezien had ik het geld dat ik van de bank heb*
*gehaald moeten gebruiken om hier iets voor ons te regelen,*
*maar ik moest aan je schoolgeld denken. Na alle tegenslagen*
*die je hebt gehad, wilde ik niet dat je ook nog naar een andere*
*school zou moeten, weg van je vrienden.*
*Ik kom je halen. Ik weet dat het langer heeft geduurd dan ik*
*had gezegd en ook dat je geduldig bent geweest. Je moet geduld*
*hebben. Je kunt me schrijven op het adres aan de voorkant van*
*de envelop.*
*Laat je vader dit adres niet vinden. Verstop deze brief op een*
*plek waar hij hem niet kan vinden. Als je vader ontdekt waar*
*ik me schuilhoud – ik hoef je er niet aan te herinneren waar je*
*vader toe in staat is.*
*Het restaurant waar ik werk heeft een schitterend uitzicht op*

*de Notre Dame, en terwijl ik hier zit te schrijven, kan ik uit het
raam de waterspuwers zien die je zo mooi vond.*

*Onthoud dat je moet blijven geloven, hoe erg het ook wordt.
Vergeet nooit hoeveel ik van je houd.*

*God zegene je,*
*Mama*

Mike liet de briefkaart weer in de envelop glijden. Toen hij slikte voelde zijn keel rauw aan.

*Je hebt je moeder altijd als een heilige beschouwd. Hoe zit het
dan met alle dingen die ik deed? De wedstrijden, de fietsen en de
auto, je schoolgeld voor St. Stephen's.*

Mike haalde de envelop van Brick Photo tevoorschijn en
maakte hem open. Hij verwachtte nog meer foto's te zien van
Sarah of zijn moeder. Hij verwachtte niet Jess te zien – een veel
jongere Jess – die bij iemand in een auto stapte. Mike bladerde
snel door de foto's heen en zag –

Hij smeet de envelop tegen de muur en de foto's vlogen over de
grond.

Mike maakte het waterdichte schot van de kelder open, liep de
trap op en ging Lou's zonovergoten achtertuin in. Hij pakte zijn
portemonnee en vond weggestopt achter zijn geld, het opgevouwen Post-it-briefje met Jess' nieuwe adres en telefoonnummer. Ze
had het hem afgelopen zondag meegegeven, vlak voordat hij wegging. *Als je iets nodig hebt, Michael – wat dan ook – bel me dan.*

Godverdomme, dat zal ik doen ook. Hij toetste het nummer in
en drukte de telefoon tegen zijn oor.

'Hallo,' zei Jess.

Zijn woorden voelden gezwollen aan in zijn keel. Hij opende
zijn mond, maar er kwam geen geluid uit.

'Hallo?' zei Jess nog eens.

Mike verbrak de verbinding en wiste zijn gezicht af.

*Je hebt je moeder altijd als een heilige beschouwd. Hoe zit het
dan met alle dingen die ik deed? De wedstrijden, de fietsen en de
auto, je schoolgeld voor St. Stephen's?*

Mike belde inlichtingen voor het nummer van de pastoors-
woning en verzocht doorverbonden te worden.

'U spreekt met Mike Sullivan,' zei hij tegen de secretaresse die de telefoon opnam. 'Ik moet pastoor Connelly spreken. Het is belangrijk.'

De secretaresse zette hem even in de wacht en toen kwam de stem van pastoor Jack aan de lijn. 'Hoe gaat het met je, Michael?'

'Ik hoop dat je me ergens mee kunt helpen. Een vraagje in verband met mijn moeder.'

'Ik zal mijn best doen,' zei pastoor Jack. Mike hoorde aan de stem van de priester hoe de muren opgetrokken werden. Mike wist dat zijn moeder erg close was geweest met pastoor Jack, die maar al te goed wist wat voor leven Mike thuis bij Lou had gehad. En Mike herinnerde zich hoe geschokt pastoor Jack had gereageerd op de vraag of hij iets wist over de verblijfplaats van zijn moeder. Als het een act was, dan verdiende hij een Oscar.

'Is er een manier om erachter te komen of zij mijn schoolgeld heeft betaald?'

'Je schoolgeld?'

'Ik weet dat het een rare vraag is, maar ik heb Lou zojuist gesproken, en die zei dat hij mijn schoolgeld betaalde. Is er een manier om erachter te komen of dat klopt?'

'Het klopt.'

'Weet je het zeker?'

'Absoluut. Hij kwam persoonlijk bij me om contant te betalen, nog niet zo lang nadat je moeder was weggegaan. Hij betaalde ieder jaar contant. Hij was de enige ouder die dat deed.'

Mike wist niet wat hij zeggen moest. 'Oké, bedankt.'

'Kan ik je verder nog ergens mee helpen?'

'Op dit moment niet.' Mike bedankte hem nogmaals en hing op.

*Achteraf bezien had ik het geld dat ik van de bank heb gehaald moeten gebruiken om hier iets voor ons te regelen, maar ik moest aan je schoolgeld denken. Na alle tegenslagen die je hebt gehad, wilde ik niet dat je ook nog naar een andere school zou moeten, weg van je vrienden.*

Dat waren de woorden van zijn moeder in de brief, maar het was een leugen. Lou zei dat hij het schoolgeld had betaald en dat had pastoor Jack zojuist bevestigd. Ze had tegen hem gelogen. Maar waarom?

'Hier moet een eind aan komen,' zei hij tegen niemand. 'Op een gegeven moment moet hier een eind aan komen.'

*Je hebt erom gevraagd, weet je nog?*

Een herinnering aan Sarah: ze reden samen naar de Main Street Diner, een paar weken na de dood van Bills moeder. Sarah moest toen vijf zijn geweest. Bills moeder was met Sarah omgegaan als met een van haar eigen kleinkinderen, dus gingen hij en Jess bij Sarah zitten om haar te vertellen dat Nana Jane was overleden. Toen had Jess het woord genomen en gezegd dat doodgaan betekende dat het lichaam was gestopt met bestaan en dat haar ziel naar de hemel was gegaan, maar dat alle mooie dingen die de mensen lief vonden aan Nana Jane, alle fijne momenten die ze met haar hadden beleefd – dat die herinneringen bij iedereen die van haar hield zouden blijven voortleven.

Sarah stelde een paar vragen en liep toen weg om met haar barbiepoppen te spelen. Na verloop van een paar dagen waren de vragen zo goed als gestopt en zij dachten dat Sarah eroverheen was – tot die dag in de truck, toen ze verkondigde dat ze nog verdrietig was.

'Ik mis Nana Jane,' zei Sarah.

'Wij allemaal, liefje.'

'Wanneer gaat de verdrietigheid weg, pappie?'

'Dat duurt een tijdje.'

'Hoeveel tijd?'

'Dat is voor iedereen anders. Je moet je hart de tijd geven om er ruimte voor te maken.'

'En wat gebeurt er als er geen ruimte in mijn hart meer over is?'

Dat was onmogelijk, had hij gezegd.

Maar nu vroeg hij zich af hoeveel verdriet een hart kon hebben, hoeveel waarheden het gedwongen was te aanvaarden, voordat het brak.

# 37

De weinige herinneringen die Mike aan Beacon Hill had waren wazig en stamden uit zijn jonge jaren – nachtelijke kroegentochten met Woeste Bill en de rest van de bende uit Belham. Beacon Hill beroemde zich erop dat de mooiste vrouwen van de stad er kwamen. Hij herinnerde zich de wijk als een oord voor de elite en de rijken, met gebouwen van baksteen, compleet met slechte parkeergelegenheid en lantaarnachtige straatverlichting. Beacon Hill leek klein, tot je er werkelijk doorheen liep. Dan was het net een doolhof, met zijn smalle straatjes met eenrichtingsverkeer, stenen trottoirs, huurappartementen en herenhuizen met bakstenen gevels. Voor de prijs daarvan kon je drie of vier aardige huizen in Belham kopen.

De smalle straten en de slechte parkeergelegenheid klopten nog steeds, en ook het baksteen. Maar toen Mike door Charles Street liep, werd hij verrast door het buurtsfeertje. Ja, er zat op beide hoeken wel een Starbucks en hij zag ook een Store 24 in de straat, maar verder leek Beacon Hill de pogingen om er winkelketens met grote namen te vestigen, zoals dat in het centrum van Belham was gebeurd, te hebben weerstaan. Voor een deel genoot hij van de gezellige drukte op deze warme lenteavond en van het kijken naar de mensen die winkel in en winkel uit liepen en op weg waren om te gaan eten. Het leidde hem af. Studenten met rugzakken zaten koffie te drinken en in hun mobiele telefoons te praten, en er liepen ouders met wandelwagentjes.

Mike sloeg linksaf, de straat van Sam in, vond het nummer en ging de steile stoep naar de voordeur op. Nadat hij uit het huis van Lou was weggegaan, wilde Mike een onbevooroordeelde kijk horen op wat hij dacht te gaan doen en omdat hij al wist wat Bill zou gaan zeggen, had hij Sam op kantoor gebeld.

Mike zag Sams naam op een koperen naambord staan, tussen de andere mensen die er woonden. Hij drukte op de zoemer en even later hoorde hij de deur opengaan. De woning van Sam was op de tweede etage. Hij liep de wenteltrap op en zag Sam al bij de deur op hem staan wachten, gekleed in jeans en een zwart overhemd met kraag. Zij was de enige vrouw die hij kende, die zich zo simpel en sober kon kleden en er toch sexy en elegant uitzien.

'Je hebt je haar laten knippen,' zei hij, 'en je hebt highlights.'

'Anthony heeft me overtuigd.'

'Het staat je geweldig,' zei hij. En dat was ook zo.

'Ik wilde eens wat anders. Anthony wilde ook dat ik mijn navel zou laten piercen, maar daar begin ik niet aan. Kom binnen.'

Haar huurappartement op de tweede etage was een ruime, zonnige woning met hoge plafonds. Een verbazend grote, luxe keuken domineerde de linkerhelft van de kamer. De tafel was gedekt voor twee, met mooi porselein en kristal en er stond al een geopende fles wijn klaar. Een tv met plasmascherm hing aan de bakstenen muur en links was een zithoek met zachtleren banken en mahoniehouten boekenkasten vol boeken.

'Dit is... wauw,' zei Mike. Hij had gedacht dat het hier veel kleiner zou zijn. In deze ruimte kon je probleemloos een gezin stichten.

'Dank je. Een vriend heeft me geholpen bij de inrichting. Het eten staat in de oven.'

'Heb je eten gekookt?'

'Een afhaalmaaltijd van Antonio. De beste Italiaan in de stad. Toen je belde om een afspraak te maken, vergat ik het te vragen. Ik hoop dat je nog steeds dol bent op Parmezaanse kip.'

Hij was verbaasd – en geroerd – dat ze het zich had herinnerd.

Sam zei: 'Wat wil je drinken?'

'Cola graag, als je dat hebt.'

Sam liep op blote voeten de keuken in, deed de koelkast open en gaf hem een ijskoud blikje cola.

'We kunnen nu gaan eten,' zei ze, 'maar we kunnen ook gaan zitten om te praten, wat je wilt.'

'Ik wil graag wel even zitten.'

Sam pakte haar wijnglas van het aanrecht en Mike volgde haar naar een alkoof met twee oversized, dik beklede stoelen, die tegenover elkaar stonden met een ottomane ertussen. Een groot raam keek uit op de straat en op een langgerekt ovaal gazon met een hek en bomen eromheen, dat hem op een of andere manier vaag bekend voorkwam.

'Wat is dat voor een plein daar?' vroeg Mike.

'Dat is Louisburg Square. Als je acht miljoen kunt missen kan ik je aan een goed pand helpen.'

'Acht *miljoen*.'

'En vergeet niet de vermogensbelasting, die komt neer op ongeveer vijftigduizend per jaar.'

Mike zette zijn Coke op een bijzettafeltje naast zijn stoel en pakte voor hij ging zitten de envelop uit zijn achterzak. Sam ging zitten en legde haar benen op de ottomane, haar voeten een paar centimeter bij zijn knie vandaan. Zo hadden ze altijd gezeten, herinnerde Mike zich. Sam wilde altijd recht tegenover hem zitten als ze serieus zaten te praten, soms had ze haar voeten op zijn been gelegd, terwijl Mike die onder het praten wreef.

'Ik weet eigenlijk niet waar ik moet beginnen,' zei Mike na een ogenblik.

'Begin maar bij het begin.'

'Dan zitten we hier de hele avond.'

'Als dat nodig is.'

Toen wist hij het weer.

Louisburg Square. Met Kerstmis. Zijn moeder nam hem ieder jaar mee naar de stad om naar de grote, verlichte boom op de Common te kijken, en daarna gingen ze naar Beacon Hill om een wandeling te maken met een gids die over de geschiedenis ervan vertelde en die altijd op Louisburg Square eindigde. De huurappartementen en herenhuizen waren niet open voor het publiek, maar soms, als de gordijnen op de begane grond niet gesloten waren, kon je door de grote ramen naar binnen kijken en de enorme kerstbomen van de waanzinnig rijke mensen zien. Het gekke was dat zijn moeder meer geïnteresseerd was in het kijken naar de mensen om haar heen dan te luisteren naar de geschiedenis van de herenhuizen, die ettelijke miljoenen dollars kostten en waar ooit Louisa May Alcott en de familie Kennedy hadden gewoond.

Hij herinnerde zich nog iets. Tijdens de laatste kerst met zijn moeder, was ze erg verstrooid geweest. Ze had nog willen blijven hangen nadat de wandeling voorbij was. Het sneeuwde en hoewel hij dat niet erg vond, had hij het wel erg koud. Het was guur, de wind beet in zijn huid en hij wilde weg. Zijn moeder zei dat dat niet kon, nog niet, omdat ze op een kennis wachtte. Kennis, ja. Dat was het woord dat ze gebruikte. *Kennis.* Dat verbaasde hem, omdat zijn moeder eigenlijk geen kennissen en vrienden had – althans, daar sprak ze nooit over. Hij was nog verbaasder, toen deze kennis van zijn moeder een man bleek te zijn.

Was die man Jean Paul geweest? Mike wist het niet. Hij kon zich niet herinneren hoe de man eruitzag of hoe hij gekleed was, maar hij herinnerde zich nog wel dat hij die man een hand gaf en de tedere manier waarop deze man zijn hand op de rug van zijn moeder legde en haar meevoerde naar een hoek, waar ze wel een eeuw lang leken te praten. De man had af en toe in Mikes richting gekeken.

'Voel je niet verplicht om te praten, Sully. We kunnen ook gewoon ontspannen blijven zitten, een gezellige avond hebben.'

Mike raakte de envelop aan, die op zijn dijbeen lag. 'Ga jij nog goed met je ex-man om?'

'God, nee.'

'Dus het is rottig geëindigd.'

'Dat is zacht uitgedrukt.'

'Vind je het vervelend als ik vraag hoe het is geëindigd?'

Sam nam een slokje wijn en zei toen: 'Ach, we hebben drie jaar lang geprobeerd een kind te verwekken, en toen het niet op een natuurlijke manier ging, begonnen we aan zo'n vruchtbaarheidsonderzoek. Pillen, hormoneninjecties – ik heb zelfs drie keer een reageerbuisbevruchting geprobeerd. Het mocht niet baten. Dus gingen we ermee om zoals alle rijpe volwassenen doen: we gingen allebei langer werken en stopten met praten. We dreven uit elkaar en toen kwam hij op een dag naar me toe en zei dat hij niet gelukkig was. Ik zei dat ik dat ook niet was en we besloten te gaan scheiden. Matt wilde ontzettend graag kinderen en aangezien ik hem die niet kon geven, wilde hij weg, weet je wel, ergens anders gaan zoeken. Adopteren was geen optie voor hem. Dat is de reden waarom hij me bedroog, vermoed ik.'

Mike wilde zeggen dat het hem speet, maar wilde haar stroom van gedachten niet onderbreken.

'Ik heb hem betrapt – twee keer,' zei Sam. 'Beide keren in een motel. Beide keren regende het en zat ik in mijn auto met een verrekijker. Ik zag hem de deur opendoen en dat sletje van hem gedag zoenen. Wat een cliché, hè? En hoe treurig het ook was – uitermate treurig – ik overtrof mezelf door hem beide keren terug te nemen. Ik pikte het toen hij beloofde dat hij haar niet meer zou ontmoeten. Ik had een trouwbelofte afgelegd, in voor- en tegenspoed, dus meende ik dat het bedrog onder tegenspoed viel en ik vermoed dat ik ergens vond dat ik het verdiend had, vanwege mijn foute eitjes.' Sam nam nog wat wijn en toen ze daarmee klaar was, begon ze ijverig een kreukel in haar broek glad te strijken. 'Tina heette ze. Zij was advocaat bij een ander kantoor. Een van Matts luie zaadcelletjes was een schot in de roos. Daarom wilde hij scheiden. Hij had een vrouw gevonden die hem een gezin ging schenken.'

'Dat is heel erg voor je, Sam.'

Ze haalde haar schouders op. 'Zo is het leven.'

'Dus je wist het.'

'Dat hij me bedroog? Ja, dat wist ik. Ik kwam er pas achter dat Tina zwanger was toen de echtscheidingspapieren al waren getekend. Het was een snelle scheiding – in feite gaf hij me alles wat ik hebben wilde. Maar de zwangerschap – die wist Matt wel heel erg stil te houden.'

'Heb je hem nooit gebeld om te vragen waarom hij je dat aandeed?'

'Matt is een egocentrische lul. Wat heeft het voor zin om iemand te bellen en te horen bevestigen wat je altijd al geweten hebt?'

Mike boog zich voorover en voelde Sams tenen tegen zijn buik drukken. Hij legde de envelop op haar schoot. 'Deze foto's zijn door Lou genomen,' zei hij. 'De week voordat ik trouwde.'

Sam zette haar wijnglas op de grond en maakte de envelop behoedzaam open. Terwijl ze de foto's bekeek, deed hij alsof hij de mensen die op straat liepen gadesloeg en probeerde niet aan de foto's te denken – zesendertig kiekjes, die een verhaal vertelden.

Jess, die in een Volvo stapte bij een man die Mike nooit had gezien en samen met hem naar New Hampshire reed (Lou had veel foto's gemaakt van de auto die via Route 128 en vervolgens Route 3 naar het noorden reed). Ze parkeerden op de parkeerplaats bij een boekhandel en staken daarna een drukke straat over en gingen de steile betonnen treden van een blauw huis op. Logies met ontbijt, zoals Lou had gezegd. De laatste drie foto's van het rolletje toonden Jess en de man die samen de treden weer af liepen, opnieuw in zijn auto stapten en elkaar zoenden.

Vanuit zijn ooghoek zag hij dat Sam de foto's terugstopte in de envelop. 'Deze foto's bewijzen nog niet dat ze een affaire had.'

Mike keek haar aan. 'En die laatste foto dan, waarop ze zoenen?'

'Zo duidelijk is dat niet te zien. Mij lijkt het alsof ze elkaar omhelzen.'

'Maar toch.'

'En je vader heeft je die foto's vandaag zomaar opeens gegeven?'

'Ik heb ze gevonden op de bodem van een gereedschapskist, samen met een briefje van mijn moeder, dat Lou had onderschept. Je herinnert je nog wel wat er met mijn moeder is gebeurd?'

'Ik herinner me dat je me wel eens hebt verteld dat ze weggelopen is.'

Mike begon met de dag waarop zijn moeder wegging en de reden waarom; hij vertelde Sam over de laatste drie gesprekken met Lou en eindigde met de tweede brief die hij in de gereedschapskist had gevonden. Hij vertelde Sam wat erin die brief stond en van de leugen over St. Stephen's. Toen hij klaar was, was de zon onder en waren de straatlantaarns aan.

'Dus nu denk je dat je moeder nooit van plan is geweest terug te komen naar huis?' Sams stem klonk zacht, bijna bevreesd, alsof ze bang was die vraag te stellen.

'Is Lou daarheen gegaan om foto's te maken van mijn moeder met die kerel? Ja. Of ik denk dat ze een affaire had? Daar ziet het wel naar uit. Of ik denk dat Lou haar probeerde over te halen terug te komen? Ik betwijfel het. Mensen die hem kwaad maken, verdwijnen. Dat is een feit.'

'Hij heeft je de waarheid verteld over het betalen van je school- geld. Dat heeft de priester bevestigd.'

'Sam, deze man liegt en moordt voor zijn beroep. Mijn moeder zou niet zomaar verdwijnen. Als ze nog leefde, zou ze me een brief hebben geschreven of hebben gebeld. Ze zou iets gedaan hebben.'

Sam knikte en luisterde.

'Toen mijn moeder verdween, kwam de politie. Heel vaak,' zei Mike. 'Hij had die foto's. Hij wist waar ze was en met wie ze was. Lou hoefde ze alleen maar te geven, dan zou hij boven elke verdenking verheven zijn.'

'En als jij achter die affaire was gekomen? Stel je voor wat dat met je gedaan zou hebben. Hoe oud was je toen? Negen?'

'Daaromtrent.'

'Wat de foto's van je ex-vrouw betreft,' zei Sam, 'kan ik alleen maar bedenken dat je vader iets over haar heeft ontdekt en dacht dat als hij jou de foto's liet zien, je bij haar weg zou gaan.'

'Maar dat heeft hij niet gedaan.'

'Misschien heeft hij je die foto's om dezelfde reden niet laten zien als de foto's van je moeder,' opperde Sam. 'Het feit dát hij dat niet deed, is tamelijk bewonderenswaardig, vind je niet?'

'Ik heb Lou iemand eens met een loden pijp zien aftuigen. Die vent had een grote schuld bij Lou's maatje, Cadillac Jack, uit- staan. De man ligt op de grond, hij roept, hij smeekt om zijn leven, maar Lou blijft slaan. Wat doet Lou vervolgens? Lou gaat naar huis om een dutje te doen.'

'Sully, ik wil geen psychologie van de koude grond bedrijven door te zeggen dat ik je vader begrijp. Dat doe ik niet. Uit alles wat je me hebt verteld blijkt wat mij betreft dat hij een pure schoft is. Afgezien daarvan blijkt hij ook een heel andere kant te hebben. Het kan zijn dat hij in plaats van je de foto's van je moe- der te laten zien, besloten heeft je tegen die waarheid in bescher- ming te nemen.'

'Is dat wat jij denkt?'

'Waarom zou hij anders die foto's maken? Echt, ik kan me niet voorstellen wat zulk nieuws op die leeftijd voor je zou hebben be- tekend. En misschien... het is maar een idee, misschien meende hij ergens dat het gemakkelijker zou zijn als je hém haatte dan wanneer je de waarheid zou kennen.'

Mike sloot zijn ogen en wreef erin. Hij zag Jess die andere man zoenen. Hij zag Lou door de straten van Parijs lopen, achter zijn vrouw en haar grote liefde aan, foto's maken en erover nadenken hoe hij Mary alleen kon ontmoeten. Mike zag die beelden voor zich en wilde de deur voor dat alles sluiten en weglopen, maar dat kon hij niet.

'Misschien zit ik er helemaal naast,' zei Sam. 'Ik weet niet wat je vader bezielt. En heel eerlijk gezegd weet ik ook nog steeds niet wat mijn eigen vader bezielt. Ik weet alleen dat mensen er een puinhoop van maken.'

'Ik heb vandaag Jess gebeld.'

'Wat zei ze?'

'Ze zei hallo en ik hing op.'

'Waarom heb je het Jess niet gevraagd op die dag dat je met haar ging lunchen?'

Mike dacht al dagenlang na over de reden daarvan. 'Ik was bang het haar te vragen. Dat, áls ze ja zou hebben gezegd, het alle goede tijden die we samen hebben gehad zou uitwissen. Dat het de manier waarop ik over haar denk en me haar herinner, zou veranderen.'

Sam bleef zwijgen. Mike dacht terug aan die nieuwe herinnering die hij zojuist had gehad. De kerstherinnering aan zijn moeder en die man in Beacon Hill. Was dat waar? Was die man Jean Paul geweest? Of hoestte zijn geest uit angst iets op? Die herinnering voelde echt, maar hij was er niet meer zo zeker van.

Sam zei: 'Laat het achter je.'

'Zou jij dat kunnen?'

'Dat hangt ervan af.'

'Van wat?'

'Van hoeveel deuren je nog wilt openen.'

Mike knikte. 'Die tweede brief van mijn moeder,' zei hij, 'had een adres op de envelop.'

Sam wachtte op wat volgde.

'Ik heb je vriendin Nancy gebeld en haar gevraagd of ze iets zou kunnen uitzoeken over dat adres, over mijn moeder en die vent, die Jean Paul. Ik dacht dat Nancy er beter in zou zijn haar te vinden dan ik.'

'Dus je hebt besloten te proberen haar te zoeken?'

'Ik heb al die tijd gedacht dat Lou haar iets had aangedaan, weet je. Dat hij haar ergens had begraven. Nu begin ik erachter te komen dat ze misschien nog leeft. Daar kan ik me niet voor af-sluiten.'

'En áls je moeder nog leeft?'

'Ik weet het niet, Sam. Eerlijk, ik weet het niet.'

# 38

De volgende drie dagen begroef Mike zich in het werk. 's Maandags voltooiden ze de aanbouw en keukenrenovatie bij Margaret Van Buren en verhuisden daarna naar het volgende adres, in Newton – bij de Dame met de Urn. Dotty Conasta was gepensioneerd en stokoud ('Zegt u nou eens eerlijk, was Mozes een stout jong toen u bij hem oppaste?' vroeg Bill haar steevast), tegen seniel aan (ze vertelde constant dezelfde verhalen over haar overleden man Stan) en duidelijk eenzaam (ze liep hen door alle kamers achterna). Normaliter ging het Mike verschrikkelijk op zijn zenuwen werken als een cliënt hem van minuut tot minuut op zijn lip zat, maar luisteren naar Dotty was nu een welkome afleiding van het continue malen, ziften en piekeren over zijn moeder, over Lou, over Jess en over de nieuwste aanwinst, die Jean Paul.

Nadat ze afgenokt waren, ging hij met Bill mee naar huis om te verzuipen in de chaos daar. Activiteit was belangrijk. Constante activiteit putte hem uit, dus hielp hij Patty met het afruimen van de tafel en de afwas, hielp de kinderen in bad doen – een heel karwei met de tweeling, die het heerlijk vond er een waterballet van te maken. Hij hielp Paula met haar huiswerk en nam haar mee op wandelingen met de hond. Dan praatten ze eigenlijk over onzin – waarom de televisieprogramma's tegenwoordig zo waardeloos waren, waarom jongens zo verwarrend waren, waarom tennis heen en weer ging. 's Avonds ging hij in het kantoor van Bill in de kelder zitten om kostenramingen door te nemen of naar ESPN en MTV te kijken, of wat Bill maar wilde zien. Mike dwong zichzelf zo lang mogelijk wakker te blijven voordat hij naar boven ging om te slapen. Bill begreep wat er aan de hand was en vroeg nergens naar.

Toen belde Nancy Childs.

'Ik heb een aanwijzing, maar mijn Frans is een beetje vastgeroest,' zei ze, en alsof ze zijn gedachten las, voegde ze eraan toe:

'Ja hoor, sommigen op de secretaresseopleiding deden echt een andere vreemde taal dan Spaans.'

'Wat heb je ontdekt?'

'Laat ik eerst alles op een rijtje zetten, daarna vertel ik het je. De reden waarom ik bel is, dat ik vind dat we Sam erbij moeten betrekken, omdat zij vloeiend Fransoos spreekt. Mee eens?'

Natuurlijk. Bovendien was Sam op de hoogte.

In de perioden van stilte, meestal als hij in bed lag, begon hij zich af te vragen wat Nancy precies had ontdekt. En dat gedoe met Jess vrat aan hem. De fotobeelden dreven elk moment door zijn gedachten. Af en toe pakte hij de telefoon en begon hij Jess' nummer in te toetsen en dan hing hij weer op, meestal al voordat hij overging. Wilde hij de waarheid weten? Of zocht hij een stok om de hond te slaan? Hij wist het niet.

Het werd vrijdagmiddag en Mike nam zich voor van de avond met Sam te genieten. Geen gepraat over Lou of Jess, niets daarvan.

Hij bezat één zwart pak, volmaakt geschikt voor zowel huwelijken als begrafenissen. Toen hij klaar was met zich te kleden, kwam hij beneden in de keuken van Bill en zag de tweeling aan tafel zitten. Ze hadden allebei een shirt en een short aan en zaten te slurpen aan ijslolly's met druivensmaak, die langs hun handen op hun bordjes dropen.

Bill floot. 'Helemaal het heertje.'

'Vader gaat op stap.'

De telefoon ging. 'Nou nog een dikke sigaar en je bent compleet,' zei Bill, die naar de gang holde om de telefoon uit de woonkamer te pakken.

Grace haalde met een smakgeluid de ijslolly uit haar mond. Haar lippen en haar tong waren paars.

'Ga je trouwen?'

'Nee,' zei Mike, 'ik ga alleen maar uit eten.'

'In een pak?'

'Het is een heel keurig restaurant.'

'Papa draagt geen pak naar een restaurant.'

'Dat klopt.'

'Mama heeft gezegd dat papa slechte tafelmanieren heeft.'

'Dat klopt ook.'

'Gaat papa met je mee?'

'Nee, ik ga met een kennis.'

'Een meisje?'

Mike knikte en zocht zijn autosleuteltjes tussen de door elkaar liggende kranten en kleurboeken die op een grote stapel op de keukentafel lagen.

Grace zei: 'Je das is lelijk.'

'Vind je?'

'Papa heeft een mooiere. Met Snoopy erop. Meisjes houden van Snoopy.' En Grace keek Emma aan: 'Hij hangt in papa's kast. Ga hem eens halen.'

Deze keer deed Emma wat haar gevraagd werd en haastte zich weg.

'Je moet bloemen voor haar meenemen,' zei Grace. 'Meisjes houden van bloemen. Mama houdt van bloemen, maar ze zegt dat papa nooit genoeg voor haar meebrengt en als hij het doet zijn het de verkeerde.'

Mike had zijn sleutels gevonden. 'Zeg, schat?'

'Ja, oom Michael?'

'Zul je altijd zo blijven?' Hij gaf haar glimlachend een kus op haar voorhoofd.

Grace glimlachte terug. 'Meisjes vinden het ook fijn als je een ijsje voor ze meeneemt.'

Op Route 1 naar het zuiden was het een chaos. Mike had er niet aan gedacht dat het vrijdag laat in de middag was, spitsuur dus, en er waren evenveel mensen haastig op weg de stad uit als de stad in. Hij zat net als iedereen bumper aan bumper in zijn truck en kroop langzaam voorwaarts naar de tolpoortjes bij Tobin Bridge.

Er steeg een vliegtuig op en terwijl Mike toekeek hoe het boven de wolkenkrabbers van het centrum van Boston uit klom, moest hij weer aan Jess denken en hoe zij, net als zijn moeder, haar leven had opgepakt en van hun problemen was weggevlogen. Alleen klopte dat niet. Je liet je problemen nooit echt achter je; je verplaatste ze alleen ergens anders heen. Je kon de halve wereld rondvliegen en je bleef toch wie je was. Maar het verbaasde hem wel hoeveel mensen hun boeltje pakten en alles wat ze kenden achter zich lieten, om te proberen op een of andere nieuwe locatie te aarden met het idee dat ze dan iemand anders waren dan zichzelf. Zoals Jess, met haar kleren. Misschien was je manier van kleden wel de sleutel en kocht je zo voor jezelf wat afstand. En tijd. Ja. Tijd en afstand konden je alles laten vergeten, zelfs een zoon of dochter. *Vraag maar aan je moeder*, dacht Mike. *Vraag maar aan je ex-vrouw.*

Het diner nam drie uur in beslag en eindigde met een rekening die nog hoger was dan zijn maandelijkse kosten voor de truck. Toen ze buitenkwamen was het donker, de avondlucht was koel en geladen met een bijna elektrische opwinding, de pure vreugde die je voelt als je weer buiten kunt zijn na zo'n afgrijslijke winter in New England.

'Je had me moeten laten meebetalen,' zei Sam, terwijl ze een stuk stof om haar schouders sloeg dat een kruising was tussen een sjaal en een cape. Ze liep op zwarte hoge hakken en een schitterende zwarte jurk met een split helemaal tot op haar rechterdijbeen.

'Ik heb gezegd dat ik je mee uitnam naar een restaurant van jouw keus. Dat was de afspraak.'

'Dat weet ik wel, maar dat je je helemaal opdoft – vanwege zo'n fijnproeversrestaurant, Michael Sullivan, ik ben positief geschokt.'

'Ik probeer me een beetje te ontwikkelen nu ik de middelbare leeftijd nader.'

'Dus je hebt wel zin om te gaan dansen?'

Mike krabde aan zijn mondhoek.

'De uitdrukking op je gezicht is onbetaalbaar,' zei Sam. 'Ik plaagde je maar wat. Op deze schoenen kan ik niet dansen. Die zijn moordend.'

'Laten we een taxi nemen.'

'En een avond als deze verspillen? Absoluut niet.'

Ze leidde hem door Newbury Street, de Boston-versie van

Rodeo Drive. Het was na negenen en het verkeer zat muurvast en op de trottoirs wemelde het van de jonge mensen die erg serieus keken en deden alsof ze op weg waren naar belangrijke plaatsen. Toen hij een paar van deze stellen gadesloeg moest hij denken aan de foto's van Jean Paul en zijn moeder – zijn nieuwe, verbeterde moeder van de foto's.

'Herinner je je nog die keer dat we naar Marty's Crab gingen?' zei Sam.

Mike glimlachte. Het was een rit van twee uur naar die haveloze buurttent midden in Ugunquit in Maine. Tot op de dag van vandaag had hij nooit meer zulk lekker zeebanket gegeten.

'We hebben mooie tijden beleefd,' zei Sam.

'Dat is waar. Dat is echt waar.'

'Waarom kwam er dan een eind aan?' Sam glimlachte, zelfs nadat ze dat had gezegd.

Mike stak zijn handen in zijn zak en rammelde met het kleingeld en de autosleuteltjes. Hij keek de straat uit.

'Ik ben alleen maar nieuwsgierig,' zei Sam. 'Ik beloof dat ik je niet ga slaan.'

'Beloof je dat?'

'Ik zweer het zelfs.'

'Goed, als je het zweert.' Zijn ogen schoten heen en weer van het altijd brandende licht in het centrum van Boston naar het verkeer dat zich rond het Stadspark aan Arlington krulde. 'De waarheid is,' zei hij, 'dat ik bang was. Jij ging naar college, met een grootse bestemming, ik keerde terug naar wat bekend en veilig was. Wat moet ik ervan zeggen? Ik was negentien en stom.'

Ze staken over en liepen het Stadspark in, langs het standbeeld van Paul Revere op zijn paard.

Sam zei: 'Hoe ga je eigenlijk om met al die dingen die deze week zijn gebeurd? Je hebt onder het eten niet veel gezegd.'

'Ik ben op het punt aanbeland dat ik ziek word van mijn eigen gepraat.'

'Het is goed om te praten.'

'Niet als je je problemen over anderen uitstort. Het is wel prettig om voor de afwisseling iemand anders over zijn leven te horen praten.'

'Je stort niks over me uit, en, dat je het maar weet, ik vond het fijn toen je die avond bij me langskwam.'

Ze liepen over de brug over de vijver. Onder hen, op de steiger waar de zwanenboten aan de ketting lagen, wees een klein meisje naar de echte zwanen en zei iets tegen haar vader. Mike voelde zijn binnenste samenknijpen en de adem stokte in zijn keel.

'Nancy belde me toen ik in het verkeer vastzat,' zei hij. 'Het adres dat op de brief stond is van een café in Parijs, alleen had mijn moeder daar nooit gewerkt – tenminste, niet onder de naam Mary Sullivan. Nancy zei dat jij degene was die gebeld had en met de eigenaar had gesproken.'

Sam knikte. Ze wist dus dat het café al twee generaties in het bezit was en geleid werd door één familie. Die familie had bovendien nog twee zeer succesvolle restaurants geopend in dezelfde wijk en in geen daarvan had Mary Sullivan gewerkt. Het zou kunnen dat ze een andere naam had aangenomen toen ze in Parijs kwam, misschien zelfs wettelijk haar naam had gewijzigd, uit vrees dat Lou haar zou vinden.

Inmiddels had Mike zijn moeder op twee leugens betrapt: dat zij het schoolgeld voor St. Stephen's had betaald en dat ze in het café werkte.

Mike zei: 'Wat weet je nog meer?'

'Alleen dat van de restaurants.'

Mike dacht een ogenblik na, om de dingen die Nancy hem had verteld op een rijtje te zetten.

'Jean Paul Latière leeft nog. Hij is nog altijd eigenaar en directeur van zijn vaders papierfabriek, Latière Papier. Hij is achtenvijftig, van dezelfde leeftijd als mijn moeder, en hij woont nog steeds op dat eiland – die naam vergeet ik steeds.'

'Île St.-Louis.'

'Ja, precies. Jean Paul is maar één keer getrouwd geweest. Hij trouwde ongeveer twee jaar voordat mijn moeder met Lou trouwde, met een vrouw die Margot Paradis heette. Jean Paul is in november 1977 – dat is ongeveer een jaar nadat mijn moeder daarheen verhuisde – van Paradis gescheiden. Hij is nooit hertrouwd. Geen kinderen.'

Sam zei niets, ze wist al wat Lou had gezegd over het feit dat Jean Paul geen kinderen wilde.

'Die kerel schijnt ook constant op pad te zijn,' vervolgde Mike. 'Hij heeft veel telefoonnummers. Nancy is er eindelijk in geslaagd hem aan de telefoon te krijgen door zich uit te geven als onderdirecteur van een of andere bekende papierfabriek hier in de VS. Heb je er bezwaar tegen als ik rook?'

'Niet als je mij er ook een geeft.'

'Rook jij dan?'

'Ik ben vier jaar geleden gestopt, maar af en toe vind ik het nog wel lekker.'

Mike haalde zijn pakje tevoorschijn en stak eerst haar sigaret en toen de zijne aan.

'Terug naar Nancy,' zei hij na een ogenblik. 'Ze vroeg hem niets over Mary Sullivan. Ze dacht dat ik dat misschien wilde doen, weet je wel, rechtstreeks met Jean Paul praten. Hij spreekt zeer goed Engels.'

Ze liepen langs de bronzen eenden waarvan Sarah dacht dat ze 's avonds tot leven kwamen en stopten bij het kruispunt Beacon Street en Charles. Sam pakte hem bij de arm toen ze de straat over schoten en liet hem weer los toen ze bij de stoep aankwamen.

Sam zei: 'Denk je erover hem op te bellen?'

'Jean Paul?'

Sam knikte.

'Ik moet eerst iets anders doen.'

'Jess,' zei Sam.

'Ik dacht dat ik het achter me kon laten.'

'Het is moeilijk om zoiets achter je te laten.' Sam zweeg even en zei toen: 'Wanneer ga je?'

'Morgenochtend. Ik heb Jess gebeld en gevraagd of ze thuis was.'

'Wat zei ze toen je haar vertelde dat je naar New York kwam?'

'Ik heb gezegd dat ik daar een paar dagen zou zijn met een vriend van me, Bam-Bam, en dat ik haar wilde zien om te praten. We gaan samen lunchen.'

Sam knikte en scheen over iets na te denken.

'Als je iets nodig hebt, bel me dan.'

'Dat zal ik doen.' Mike zag het bordje met Mt. Vernon, sloeg rechtsaf en liep haar straat in. Hij had een stap of zes gezet, toen Sam hem riep.

'Waar ga je naartoe?' Ze stond op de hoek, in de schaduw naast de drankwinkel.

'Ik wilde je thuisbrengen.'

'Opa, het is halftien. Ben je al moe – of ben je bang dat je niet op tijd in het bejaardentehuis terug bent?'

'We mogen tegenwoordig tot elf uur buiten wandelen. En ik ben niet moe, nee.'

Mike liep naar haar toe en hield haar ogen even met de zijne vast. De oude gevoelens die hij voor haar had gehad waren er nog – gedeukt en gehavend, en misschien een beetje anders na zo lang niet bij elkaar te zijn geweest, maar ze waren er beslist nog. En Sam wist het ook. Hij kon het zien aan de manier waarop ze nu naar hem terugkeek.

Sam zei: 'Wil je naar huis?'

'Niet echt. Jij?'

'Ook niet echt.'

'Heb je ideeën? Niet dansen, alsjeblieft.'

'Ik dacht aan cannoli's.'

'Ik heb al een hele tijd geen lekkere cannoli's meer gegeten.'

'Dan heb je geluk. Ik weet een prima zaakje in het North End. Heb je zin?'

'Ik wel.'

Ze liepen Charles Street uit en Sam liet haar arm door de zijne glijden.

# 39

New York was precies Boston, maar dan met doping: hoger, weidser, gemener, klaar om je op te vreten als je achteloos, onhandig of regelrecht stupide was. Regel nummer een van het stadsleven was dat je er alles aan deed om er niet als een toerist uit te zien. Dat hield in dat je gelijke tred hield met de voetgangers en dat je verdomd goed uit moest kijken waar je liep; maar die boerenkinkel aan de overkant (zo te zien rechtstreeks afkomstig uit een graanschuur in Iowa, jasses) probeerde zijn aandacht te verdelen tussen het lezen van de straatbordjes en het raadplegen van de plattegrond, die hij als een krant voor zijn gezicht uitgespreid hield. Op de hoek stond een gestoorde met een groot wit bord, waarop stond JULLIE VERLOSSING IS NABIJ, KLOOTZAKKEN!

Dit was nu het mooie van een stad als New York: nooit gebrek aan gratis voorstellingen.

Het was een schitterende lentedag – Tanqueray-tijd, zoals Bam-Bam placht te zeggen – de warme middagzon op zijn gezicht die hem deed denken aan de weekends op de boot van Bam, waar ze 's middags zorgeloos achter een borrel zaten te lachen. Mike zat op een terras en zag hoe Mr. Iowa als een kip zonder kop tegen een kloon van Magilla Gorilla op botste, bij wie zelfs Bill in het niet viel, toen hij Jess in het oog kreeg. Terwijl hij haar aan zag komen lopen, kon hij de glimlach op haar gezicht zien, het soort automatische goedgehumeurdheid die voortkwam uit het genot van warme lucht en zonneschijn – of van het anoniem zijn – in een stad waar de mensen niet naar je bleven staren.

'Niet te geloven dat je er werkelijk bent.'

Jess bleef bij het tafeltje staan.

Hij forceerde een grijns. 'Ik ben er dus,' zei hij. Zijn stem klonk krachtig, beheerst.

Jess trok haar zonnebril omhoog en parkeerde hem boven op haar hoofd.

'Waar is Bam?' vroeg ze.

'Er is iets tussengekomen. We zijn met ons tweeën.'

Jess zat net of er kwam een ober bij het tafeltje staan, overijverig veronderstelde Mike, of de man wilde misschien gewoon Jess eens goed bekijken. Mike bedacht dat de tijd eerder een bondgenoot dan een vijand voor Jess was geweest. Zij bestelde een witte wijn en toen de ober was weggehold zette ze haar tasje vlak naast zich op de grond. Mike probeerde zich terug te verplaatsen naar de periode die op de fotobeelden was vastgelegd. In die tijd was Jess nog een leuke meid geweest, hoewel de voorzichtigheid die later zijn en Sarahs leven zou beheersen, al binnensijpelde toen Jess voor de eerste keer hoorde dat ze in verwachting was – en die na de tweede miskraam permanent aanwezig bleef.

'En,' zei Jess met een glimlach, terwijl ze achterover ging zitten in haar stoel en haar benen over elkaar sloeg, 'wat gaan jij en Bam vanavond voor leuks doen?'

Toen hij naar haar keek, dacht hij terug aan haar 'ik zal nooit tegen je liegen, Michael' – en 'er zullen tussen ons nooit geheimen bestaan, Michael' – filosofieën over het leven en het huwelijk. Een affaire druiste in tegen alles wat ze was – in ieder geval tegen alles wat ze pretendeerde te zijn in de tijd dat ze samenleefden. Holle frasen, of bracht Jess in praktijk wat ze preekte? Hoog tijd om daar achter te komen.

Er was geen sympathieke manier om het te doen. Hij liet de envelop over tafel glijden in het volle besef dat hij de goede sfeer tussen hen torpedeerde.

'Deze behoren jou toe,' zei Mike.

Jess probeerde in zijn ogen iets te lezen, een hint van wat er gaande was, en toen ze daar niets vond pakte ze de envelop en schudde de foto's zachtjes op het tafeltje uit.

De bovenste foto was die van haar en haar vriendje of seksmaatje, of wat hij ook voor haar had betekend, toen ze hand in hand de stoeptreden van het pension afliepen. Mike had ervoor gezorgd dat die foto boven op lag, voordat hij de envelop dichtmaakte. Als hij haar gezicht zag zou dat hem de waarheid vertellen over wat daar gebeurd was.

Jess' lippen gingen van elkaar en het bloed trok uit haar wangen weg. Ze bleef naar de foto van haar vroegere zelf staren en trachtte te voorkomen dat wat ze zag, door de muur heen drong die ze de afgelopen vijf jaar na het verlies van Sarah om zich heen had opgetrokken. Jess slikte en haar ogen werden smal, alsof ze wilde zeggen: ik laat me door jou niet kapotmaken. Het was dezelfde felle blik die ze die avond in de keuken op hem had afgevuurd toen hij druipnat thuiskwam van de Heuvel en meedeelde dat Sarah vermist was.

Maar het brak haar wél. Hij wist het, toen ze langzaam haar hoofd van de foto afwendde en naar de straat keek. Het was een blik van volslagen verlatenheid die hem deed denken aan het meisje van de middelbare school op wie hij verliefd was geworden, dat voor haar slaapkamerraam stond te kijken toen de politiewagen de oprit opkwam. Toen de twee agenten langzaam de stoep op kwamen, drie uur na het tijdstip waarop haar vader thuis had moeten zijn, had ze al geweten dat ze er waren om haar te vertellen waarom haar vader niet van zijn werk was thuisgekomen.

'Hoelang?' zei Mike. Hij voelde iets heets en scherps in zijn binnenste knappen en wegzinken. Hij had zich geestelijk op deze mogelijkheid voorbereid, maar dat het zich nu vlak voor zijn ogen ontrolde – dat was iets anders.

De ober kwam en zette de witte wijn bij Jess neer. Hij vroeg of ze al zover waren om een lunch te bestellen. Mike schudde zijn hoofd. De ober stormde weg, gepikeerd dat de rekening straks maar een kleine fooi zou opleveren.

'Hoeláng?' vroeg hij opnieuw. Jess deinsde terug voor de woede in zijn stem.

*Hoe graag je de tafel ook omver wilt gooien en haar te grazen nemen – volstrekt terecht, wil ik erbij zeggen – je moet een besluit nemen, en wel nu meteen: wil je weten wat er is gebeurd, of wil je haar straffen? Want je kunt maar één van de twee doen; allebei kan niet.*

Mike begon opnieuw. 'Ik ben er per ongeluk over gestruikeld.'

Jess lachte cynisch. 'Dat betwijfel ik. Als het op Lou aankomt bestaan er geen ongelukjes.'

'Wist je dan dat hij die foto's had gemaakt?'

Ze gaf geen antwoord. Ze bleef naar de straat kijken, haar ogen schoten van het een naar het ander.

Mike zei: 'Ga je nog praten?'

'Waarom? Ik weet zeker dat Lou je alles heeft verteld.'

Als hij zei dat hij niet met Lou had gesproken en was gekomen om het van haar zelf te horen, zou ze dan de ruimte krijgen die ze nodig had om te liegen en zich eruit te praten? Ze was niet verplicht om vrijwillig de waarheid op te biechten, maar als ze geloofde dat Lou hem had ingelicht...

'Waarom ben je hier? Om je te verlustigen? Om de voldoening te smaken me mijn fout in te wrijven?' Jess keek hem aan. Mike zag aan haar ogen dat haar keiharde vastberadenheid terrein won. Ze sloot zich af.

'Ik kom voor een verklaring,' zei hij, zo kalm als hij kon.

'Nee, dat doe je niet. Je komt om je op me af te reageren. En, raad eens? Daar heb ik geen trek meer in.'

'Jess, ik – '

'Nee, ik doe niet mee. Ik heb een fout begaan – een grote fout – en dat heeft me verscheurd op een manier die jij nooit zult begrijpen. Maar ik heb het mezelf vergeven. Dat was een lange weg, maar ik heb het mezelf vergeven en ik ben verdergegaan. Dat deel van mijn leven – ' ze wees naar de foto's op het tafeltje – 'dát deel van mijn leven is over.'

'Verdien ik het dan niet om verder te gaan?'

Ze griste haar tasje van de grond.

'Zeg me alleen maar wat ik verkeerd heb gedaan. De reden waarom je je toevlucht zocht bij die man.'

Jess schoof haar stoel achteruit en stond op. Mike stond ook op, liep om de tafel heen en pakte haar bij haar arm.

'Ik heb er niet om gevraagd dit te vinden,' zei Mike, 'maar ik héb het gevonden. Nu schieten me voortdurend vragen door mijn hoofd. Ik heb geen ruimte voor die vragen. Niet na wat er met Sarah is gebeurd.'

Jess liep niet weg, maar hij kon zien dat ze een manier bedacht om te verdwijnen.

'Het enige wat ik vraag is een verklaring,' zei Mike. 'Ik denk dat dat eerlijk is.'

Mike meende dat haar gezicht iets verzachtte. Dat was ook zo. Ze liet haar tas los en zette hem weer op de grond. Hij liet haar arm los.

'Dank je,' zei hij, en ze gingen weer zitten.

'Ik zal duidelijk zijn. Ik praat er nu over en daar blijft het bij. Als ik weg ben is de kwestie gesloten.'

*Maak je geen zorgen. Als je weg bent, ben ik niet van plan ooit nog met je te praten.*

Jess pakte haar glas wijn, ging er goed voor zitten en sloeg haar benen over elkaar. Haar gezicht stond verontwaardigd, een vrouw die zich voorbereidde op een kruisverhoor.

'Ken ik die vent?' vroeg Mike.

'Nee.'

'Hoe heet hij?'

'Ik dacht dat Lou je alles had verteld.'

'Hij heeft geen naam genoemd.'

'Doe die naam ertoe?'

'Ik denk het niet.'

Jess nam een slok wijn.

'Rodger,' zei ze. 'In de zomer dat jij en ik verloofd waren, heb ik dat huis in Newport gehuurd, weet je nog?'

Dat herinnerde hij zich. Het was een drukke zomer voor hem geweest. Het bedrijf met Bill liep goed, begon te floreren. Jess was leerkracht bij het speciaal onderwijs en had de zomers vrij; ze werkte alleen zo nu en dan als serveerster bij The Ground Round in Danvers. Een vriendin van college vroeg haar of ze zin had in een huis in Newport te gaan zitten met nog vier andere meiden. Jess had aan hem gevraagd of hij dat een probleem vond en hij had nee gezegd, het zou zelfs wel leuk zijn er elk tweede weekend naartoe te komen en een vrije dag aan het strand te liggen.

Jess zei: 'Er was een weekend dat je niet kwam. Toen leerde ik Rodger op een feestje kennen. Hij was achter in de dertig en werkte in het financiële centrum van Boston. Hij was zo anders dan de mensen met wie jij en ik waren opgegroeid. Zo ontwikkeld... jij zou hem een boekenwurm noemen, denk ik. Hij las iedere ochtend de *New York Times* en de *Wall Street Journal*. Mijn vader las alleen het sportgedeelte van de *Herald* en mijn moeder, ach, je weet wel, die hield zich totaal niet bezig met wat er in de wereld buiten Belham gebeurde. Rodger was belegger, maar hij had een passie voor kunst en architectuur. Hij had een zomer lang in een villa in Toscane gezeten. Hij had allemaal verhalen over zijn reizen door Europa. Hij was gek op zeilen.'

'Dus je wilt zeggen dat je hem aantrekkelijk vond omdat hij rijk was?'

Ze keek hem fel aan. 'Zo oppervlakkig ben ik niet, dat weet je best.'

Mike stak zijn handen op en zei: 'Wat was het dan wel?'

'Rodger was... hij had alles zo goed voor elkaar. Ik wist niets van beleggen af en ik was nooit verder geweest dan Rhode Island. Maar hij was in mij geïnteresseerd en dat trok me aan. Ik wilde ontdekken waarom hij mij aardig kon vinden, vermoed ik. Ik begreep niet waarom. En ik was niet van plan om verliefd op hem te worden.'

Hij hoorde het woordje *verliefd* vallen en kromp ineen toen het door hem heen schoot.

*Het kon je toch niet schelen?* vroeg een stem.

Jess zag de reactie op zijn gezicht. 'Het was een heel warrige periode in mijn leven,' zei ze bij wijze van verontschuldiging. 'Rodger wist van jou. Hij wist dat ik van je hield. Ik verborg niets voor hem. Hij wist dat ik bang was je te verliezen. Te verliezen wat wij hadden.'

Mike drukte een vingernagel in het eelt in zijn hand en was zich bewust van de hitte die in zijn nek opsteeg en die zich over zijn gezicht begon te verspreiden.

'Die zomer dat jij in Hampton Beach zat, vertelde je dat je iemand had ontmoet. Cindy, of zo,' zei Jess. 'Ik herinner me dat je me vertelde dat je dacht dat je verliefd op haar was.'

'Toen waren jij en ik nog niet verloofd.'

'In die periode van mijn leven geloofde ik dat je hart gemaakt was om alleen maar van één persoon te houden. En ik dacht dat jij die persoon was. Ik koos voor jou omdat ik dacht dat ik bij jou hoorde, maar Jezus, Michael, we waren zo jong toen we trouwden. We waren praktisch kinderen. We wisten niet wat we deden.'

'En waarom heb je besloten met Rodger te breken en met mij genoegen te nemen?'

'Dat was geen genoegen nemen.'

'Hoe wil je het dan noemen?'

Jess legde een elleboog op de stoelleuning en wreef over haar voorhoofd alsof ze een opkomende migraine wilde wegmasseren. Terwijl hij wachtte tot ze verderging haalde hij een paar keer diep adem en bad erom dat hij de groeiende behoefte om haar aan te vliegen kon smoren. Hij wist niet exact waar die drang vandaan kwam – Jess beschreef een voorval dat, zeg maar, twintig jaar geleden had plaatsgevonden.

'Het werd september, tijd om weer aan het werk te gaan,' zei Jess. 'Ik had mezelf ervan overtuigd dat iemand als Rodger niet serieus in mij geïnteresseerd kon zijn, dus zei ik tegen mezelf dat het een vergissing was en maakte het uit.'

'Maar hij wilde het niet uitmaken.'

Jess staarde hem aan met de blik die je hebt als je mensen tegen het lijf loopt die je ooit hebt gekend maar liever niet meer tegenkomt.

'Hij bleef terugkomen,' zei Mike. 'Dus wanneer nam je het besluit weer fulltime met hem te neuken?'

'Je hoeft niet grof te worden.'

'Hoe zou jij het dan noemen?' Hij was hier gekomen met de inschatting dat het waar was wat hij dacht. Naar de hel met vriendelijk blijven.

'Ik noem het een fout. Een grote fout,' zei Jess. 'Ik probeerde vrienden met hem te blijven – alleen maar vrienden – maar we voelden ons tot elkaar aangetrokken en... nou ja, wat ik deed was verkeerd. Jij en ik zouden gaan trouwen en het had nooit zo mogen escaleren. Maar het gebeurde en ik wist dat ik er een eind aan moest maken. Wat Lou jou ook over die avond heeft verteld, toen was ik al bezig me los te maken van Rodger.'

'Welke avond?'

'Die avond dat ik Lou in het restaurant zag.' Jess keek zoekend in Mikes ogen. 'Heeft hij je dat niet verteld?'

'Ik had maar een paar minuten met hem. Hij is niet erg gedetailleerd geweest.'

'Ik had met Rodger afgesproken te gaan dineren in een restaurant in Charlestown. Ik zei hem dat het voorbij was, dat ik er niet meer tegen kon. Ik ging naar het toilet en daar stond Lou in de hal, met zo'n vette glimlach op zijn gezicht. Hij bracht me naar een tafeltje achterin, begon erover hoe leuk het was me te zien, dat ik er zo goed uitzag, en toen gooide hij de foto's op tafel, net als jij nu.'

Jess nam een slok van haar wijn. 'Hij zei dat ik het moest uitmaken met Rodger, wat ik toch al van plan was. Hij zei, dat als hij me nog een keer met Rodger zag, hij jou de foto's zou laten zien. Daarna zei je vader dat ik, je weet wel, er persoonlijk voor moest zorgen dat het weer goed kwam tussen jou en hem. Ik heb gezegd dat ik het zou proberen en je vader benadrukte dat het in mijn eigen belang zou zijn ervoor te zorgen dat het lukte.'

Mike probeerde zich die tijd te binnen te roepen, maar kon zich niet herinneren dat Jess ooit iets positiefs over Lou had gezegd.

'Iedere dag wanneer je thuiskwam was ik bang dat Lou iets tegen je had gezegd,' zei Jess. 'En toen je vader betrokken raakte bij die overval op de gepantserde geldtransporten en toen ik hoorde dat hij naar Florida was vertrokken, had ik het gevoel dat ik weer adem kon halen.'

'Wat fijn voor je.'

'Niet doen.'

'Niet doen wat?'

'Me op die manier aankijken. Je hebt het recht niet om over mij te oordelen.'

'Je moet me niet kwalijk nemen dat ik het moeilijk vind al dat gezeik van je te slikken over hoe erg je in de war was en niet wist wat je voelde.'

De huid op Jess' gezicht verstrakte en haar keiharde vastbeslotenheid knokte om voet aan de grond te houden. 'Je hebt verdomme wel lef, zeg, na wat er met Sarah is gebeurd.'

'Dat heeft er niets mee – '

'Jij was degene die haar in haar eentje de heuvel op liet gaan, weet je nog. Maar heb ik ooit ronduit tegen je gezegd dat het jouw schuld was? Héb ik dat?'

Mikes ogen gleden van haar weg. De vrouwen aan het andere tafeltje wierpen tersluikse blikken naar hen.

'Zo is het, godverdomme, dat heb ik niet gedaan.' De tranen biggelden over Jess' wangen, maar haar stem was helder en krachtig. 'Ik wilde het wel. Ik gaf jou de schuld van wat er gebeurd was en ik haatte je erom, en je zult nooit weten hoe vaak ik het je had willen toeschreeuwen. Maar dat heb ik nooit gedaan, Michael. Ik heb het niet gedaan, omdat ik wist dat die woorden je door merg en been zouden gaan. Er gebeuren ongelukken en wat er met mij is gebeurd was een ongeluk. Toen ik ontdekte dat ik in verwachting was, hoe ontzettend ik dat ook vond, moest ik het wel doen. Het was slecht en immoreel en ik wist dat ik een moord pleegde, maar ik moest het doen. Ik kon niet de baby van die andere man in ons huwelijk meebrengen. Het was verkeerd, maar ik heb het toch gedaan. Ik deed het omdat ik bij jou wilde blijven. Omdat ik van jou hield.'

Mike zag zichzelf naar voren leunen in zijn stoel, alsof hij uit zichzelf was getreden en vanaf de zijlijn toekeek bij wat zich hier openbaarde.

'Het was een vergissing,' zei Jess met een vertrokken gezicht, ze kon nu elk moment in snikken uitbarsten. 'Het zou iedereen in zijn leven toegestaan moeten zijn één grote fout te maken, zonder er voor altijd voor te moeten boeten, maar dat heb ik wel gedaan. De dokter heeft alles verknald – het is nóg een wonder dat Sarah geboren is – en toen strafte God me en pakte me mijn baby af. *Mijn* baby. *Mijn* Sarah.'

Mike wist niet hoe snel hij overeind moest komen. Hij stootte met de bovenkant van zijn dijbeen tegen de onderkant van het tafeltje dat omkiepte, en voordat hij het kon tegenhouden vielen het glas en de koffiekop in scherven op de grond. Jess had zich niet verroerd.

'Ik vergaf het je die dag op de begraafplaats. Nu is het jouw beurt. Zeg dat je het me vergeeft.'

Mike baande zich struikelend een weg tussen de stoelen en tafels door naar de straat. Hij keek naar links en naar rechts, niet wetend in welke richting hij moest gaan. Hij wankelde op zijn benen, die slap aanvoelden.

'Zeg dat je het me vergeeft,' schreeuwde Jess. 'Zeg het.'
Hij koos een richting en kwam in beweging.
'Zeg het,' schreeuwde Jess. *'Ga niet weg zonder het te zeggen.'*
*Niet omkijken,* zei een stem. *Wat je ook doet, gewoon door-
lopen, en niet omkijken.*

# 40

Toen Mike bleef staan liep het zweet van zijn gezicht en zijn rug en oksels waren drijfnat. Hij wist niet hoelang hij had gelopen of waar hij was. Hij stond bij een bank en er waren verbazend weinig voetgangers op straat. De middagzon werd tegengehouden door hoge gebouwen en wolkenkrabbers.

Wat er nu net met Jess was voorgevallen, was exact hetzelfde als bij zijn laatste bezoek aan Lou: Mike was gegaan met de verwachting iets te zullen ontdekken, om vervolgens een klap in zijn gezicht te krijgen van iets wat nog veel en veel erger was. Hij had verwacht dat Jess zou bevestigen wat op de foto's stond. Maar een zwangerschap?

Hij had de eerste zwangerschap per ongeluk ontdekt. Ze verhuurden de bovenverdieping van een maisonnette en hij gebruikte de kamer die over was als kantoor. Hij was een cheque met een flink bedrag kwijtgeraakt, dat overgemaakt moest worden om de huur te betalen en nadat hij zijn hele kantoor overhoop had gehaald en hem nog niet had gevonden, dacht hij dat de cheque misschien per ongeluk in een vuilnisbak terecht was gekomen. Hij ging naar de garage om de vuilniszakken te doorzoeken en vond de cheque helemaal op de bodem van een zak geplakt, samen met drie doosjes zwangerschapstests. Eerst vond hij een van de plastic teststrips, toen de andere twee. Ze waren alledrie positief. Hij kende dit van high school, de schrik die ze destijds hadden gehad, toen Jess bij hem thuis kwam om te vertellen dat ze al drie weken lang niet ongesteld was geworden. Ze hadden twee zwangerschapstests gekocht – 'ze zijn niet altijd betrouwbaar,' had Jess tegen hem gezegd – en waren toen naar haar huis gereden, omdat haar moeder niet thuis was. Beide tests bleken negatief. Niet in verwachting. Twee dagen later was Jess ongesteld.

Daar stond hij dan met drie positieve zwangerschapstests in zijn hand.

Hij herinnerde zich dat hij enigszins verrast was. Ze hadden er wel over gesproken dat ze op zeker moment een gezin wilden stichten met drie, misschien zelfs vier kinderen, maar ze hadden het nog niet geprobeerd. Aan de andere kant waren ze ook niet heel erg voorzichtig geweest. En Jess was nooit aan de pil gegaan, omdat ze er op een of andere manier allergisch op reageerde.

Je kunt een miskraam krijgen, had ze hem die avond verteld – nerveus, herinnerde hij zich nu. Gedurende de eerste drie maanden, zeker als je voor de eerste keer zwanger werd, was het niet ongewoon om één miskraam te krijgen. Ze had de tests gedaan en nog een paar weken willen wachten voordat ze het hem vertelde. En toen, alsof ze een soort sterk voorgevoel had gehad, kreeg ze een miskraam.

Maar dat was dus een leugen geweest. Ze was wel degelijk in verwachting, maar niet van hem, en die baby was helemaal niet op een miskraam uitgelopen. Ze had tegen hem gelogen, en hij had die leugen aanvaard.

*Je had geen reden haar niet te geloven.*

Precies. Want goed beschouwd, hoe kon je een ander ooit werkelijk kennen? Je zweert je eed van trouw voor het oog van God en je belooft elkaar plechtig eerlijk en open te zijn, maar de echte waarheden waren dingen waarover je met geen mens sprak, misschien niet eens met jezelf. Wat een ander te zien kreeg, was wat je hun toestond te zien: een mix van waarheden en halve waarheden, leugentjes om bestwil en soms gewoon iets wat je verzonnen had. Uiteindelijk moest je al die rookgordijnen accepteren, de gok wagen en je best doen – als je niet de rest van je leven alleen wilde blijven.

De momenten die in die beelden opgesloten lagen waren geen bedrog; het was troost. Rodger kuste haar niet, hij omhelsde haar, om haar te troosten na haar… ingreep.

Mike stak zijn hand in zijn zak om een sigaret te pakken. Hij stak er een op en dacht na over wat er gebeurd zou zijn als hij die foto's jaren geleden had gezien. Zou hij bij haar gebleven zijn? Absoluut niet. Absolúút niet. Er zijn dingen in het leven die je iemand niet kunt vergeven.

*Maar zij vergaf het jou wel.*

Mike dacht aan de opmerking van Sam dat de mensen er een puinhoop van maakten. Verdomd als het niet waar was. Iedereen die hij kende leidde een dubbelleven en begroef zijn schrijnende geheimen – zelfs iemand als Rose Giroux; Rose, die zo vroom was als het maar kon, die gaf toe dat ze een –

Mike bleef staan.

Twee vrouwen met vermiste kinderen hadden een zwangerschap laten beëindigen.

Een aanwijzing of een krankzinnig toeval?

Hij haalde zijn mobiele telefoon van zijn riem, bekeek alle nummers die hij had voorgeprogrammeerd, vond dat van Rose en drukte op de sneltoets.

'Ik ben zo blij dat je belt,' zei Rose. 'Ik vind het afschuwelijk, dat van laatst.'

'Dat geeft niet, Rose. De reden waarom ik je bel heeft te maken met... je weet wel, dat wat je hebt laten doen. Ik snap best dat het je misschien als een vreemde vraag in de oren klinkt, maar mag ik weten waar je dat hebt laten doen?'

Hij hoorde dat ze diep ademhaalde.

'Ik weet dat het persoonlijk is, Rose, maar het zou wel eens belangrijk kunnen zijn.'

'Ik vind het niet erg dat je het vraagt. Alleen doordat ik het er laatst uitgeflapt heb; ik probeer het te vergeten.' Haar stem klonk stijf, koud. Het duurde lang voordat ze zei: 'Concord, New Hampshire.'

'Beschrijf het voor me.'

'Het zag eruit als een huis. Dat is het eerste wat me te binnen schiet. Er stond geen bord aan de buitenkant. Toentertijd, als je dat... met je liet doen, moest je het stiekem doen. Niet als tegenwoordig. Nu kun je gewoon de Gouden Gids opslaan en vind je adressen waar ze er trots mee adverteren. Het was zo kil daarbinnen, en de mensen daar – '

'Beschrijf de buitenkant. Hoe zag het er aan de buitenkant uit? Was het blauw?'

'Wit,' zei ze, zonder te aarzelen.

'Weet je het zeker?'

'Ik herinner me alles van die dag nog. Ik moest een heel steile betonnen trap op. Die trap vergeet ik nooit meer. Het was alsof ik een berg beklom. Toen ik weer buiten kwam voelde ik me nog zo beroerd en licht in mijn hoofd, dat Stan me moest vasthouden en me de trap af moest helpen. Ik had steeds het gevoel dat ik ging vallen.'

Net als op de foto. Rose beschreef dezelfde plaats.

Mike zei: 'Rose, weet jij het telefoonnummer van Cindy Gillmore?'

'Ze heet geen Gillmore meer. Het is Clarkston. Ze is hertrouwd en heeft haar naam veranderd – ze heeft zelfs haar voornaam veranderd in Margaret. Margaret Ann Clarkston.'

'O ja. Dat was ik vergeten. Heb je het nummer?'

'Ze praat niet met je, geloof me. Toen Jonah dood was wilde ik haar bellen om te zeggen dat ik met haar meeleefde. Ik wist dat ze een geheim nummer had en dat ze waarschijnlijk niet met me wilde praten.'

'Maar je hebt haar toch gebeld,' zei Mike. Rose, die altijd moedertje speelde en wilde weten of het goed ging met de mensen.

'Ik weet dat het niet hoort, maar ik heb een vriendin bij het telefoonbedrijf, en zij gaf me haar nieuwe nummer. Ik heb haar gebeld... met de gedachte dat ik haar een hand wilde reiken en met haar praten, zoals ik met jou heb gepraat. Ze snauwde dat het nummer niet voor niets geheim was en hing op.'

'Geef het me toch maar.'

'Mag ik vragen waarom? Je hebt nooit met haar willen praten.'

'Dat weet ik, maar...'

'Heeft het met Jonah te maken?' Roses stem klonk wat minder somber, klaarde op.

'Hoor eens, het is waarschijnlijk een strohalm, hoor.'

'Zeg het toch maar.'

'Ik moet eerst met Cindy praten. Als het klopt wat ik denk, bel ik jou morgen meteen op.'

'Kun je even blijven hangen? Ik moet het opzoeken.'

'Doe maar rustig aan.'

Rose deed een deur open en kwakte de telefoon op iets hards neer. Terwijl hij luisterde naar de zachte geluiden in de verte, haar schoenen die over de grond klikten, laden die open en dicht werden getrokken, dacht hij erover na hoe hij Cindy Gillmore alias Margaret Ann Clarkston zou benaderen. Alles wees erop dat ze niet wilde praten over wat er met haar dochter was gebeurd. Als ze een nummerweergave had gehad, zou ze de naam van Rose Giroux hebben herkend zodra hij op het schermpje verscheen. Maar Cindy had de telefoon opgenomen en Rose een veeg uit de pan gegeven.

Een dergelijke houding zou Cindy niet hebben als er iemand van de politie belde.

Merrick zou het niet doen. Wat hem betrof was de zaak gesloten. Slome Ed misschien wel. Waarschijnlijk druiste het tegen een of andere regel in, maar misschien –

Rose kwam weer aan de lijn. 'Hier komt het,' zei ze, en ze gaf hem het nummer.

'Bedankt, Rose.'

'Beloof me dat je belt als je iets ontdekt.'

'Met mijn hand op mijn hart,' zei Mike en hing op.

Tegen de tijd dat hij twee straten verder een telefooncel had gevonden, had hij een solide – en hopelijk bruikbaar – verhaal rond. Hij toetste het nummer in

*(dit is waanzin)*

en was opgelucht toen er werd opgenomen.

'Hallo?' vroeg een opgewekte vrouwenstem.

'Mevrouw Clarkston?'

'Ja.'

'Mevrouw Clarkston, mijn naam is rechercheur Smits. Neemt u me niet kwalijk dat ik u lastigval, maar ik moet u even spreken. Ik heb een korte vraag aan u.'

'Ik wil niet meer met jullie praten. Jullie zijn hier dag in dag uit geweest en ik heb jullie alles verteld wat ik weet over dat vervloekte monster. Ik heb het gehad. Begrijpt u dat? Ik ben het zát.'

Ze had geen nummerweergave. Ze ging ervan uit dat hij belde vanuit de stad waar ze woonde.

*Maar je gezicht – en je stem – is op de televisie geweest, op CNN zelfs. Als ze je stem nu eens herkent?*

Hij kon nu niet meer terug. Hij lanceerde meteen zijn vraag: 'Mevrouw Clarkston, bent u katholiek?'

'Is dat uw vraag?'

'Ik begrijp dat het een gekke vraag is, maar het is van belang.'

'Ik was katholiek, met de nadruk op wás.'

'Hebt u... ik besef dat dit uiterst persoonlijk is, maar ik moet het weten, hebt u ooit een abortus ondergaan voordat Caroline werd geboren?'

Het bleef oorverdovend stil aan de andere kant.

'Ik weet dat dit een verschrikkelijk moeilijke tijd voor u geweest moet zijn,' zei Mike. 'Gelooft u mij, als er iemand is die dit begrijpt, dan ben ik het. Ik zou het u niet vragen als het niet buitengewoon belangrijk was.'

'Mijn dochter is al vierentwintig jaar dood.' De flinkheid was uit haar stem verdwenen; die hield nu het midden tussen huilen en woede. 'Ik wil het niet meer doormaken. Ik heb het gehad met jullie. Ik heb mijn naam niet zonder reden veranderd. Jullie nemen me dit leven niet ook nog af.'

'Dus het is ja?'

Toen klonk het tuutgeluid van de telefoon; ze had opgehangen. Mike legde de hoorn op de haak en liep de straat op, met een hand in de lucht om een taxi aan te houden. Met de andere hand toetste hij op zijn mobieltje het nummer van Merrick in.

# 41

'Dus je hebt het tegen Merrick gezegd,' zei Bill tegen Mike. 'Laat hij het verder maar uitzoeken.'

'Ik ben er tamelijk zeker van dat hij het erbij laat zitten.'

'Sully, hij zei dat hij ernaar zou kijken.'

'Ik ben niet onder de indruk.'

Bill ging weer door met zijn schuimspons over de motorkap van Patty's nieuwe felgele Ford Escape. Hij had een korte broek aan, rubberen teenslippers en een hemd met korte mouwen, waardoor je zijn tatoeages op allebei zijn vlezige biceps zag. Het zijden hemd was bedrukt met honderden miniatuurvoorpagina's van *Playboy*.

Het liep tegen zessen en het zonlicht werd minder, maar de lucht was nog warm. Mike was zojuist teruggekeerd uit het kantoor van Merrick. Na de landing op Logan was hij rechtstreeks naar het politiebureau gegaan om met Merrick te spreken, die hem had ontvangen. Mike vertelde de rechercheur alles, behalve dat hij de rol van politieman had gespeeld.

'Leuk kleurtje,' zei Mike. 'Waren de roze allemaal uitverkocht?'

'Patty heeft hem uitgezocht,' zei Bill op vlakke toon. 'Ik heb er niets mee te maken.'

'Heb je daarom zo de pest in?'

'Het is een lange dag geweest. De tweeling.' Bill schudde zijn hoofd. 'Er zijn momenten dat ik zou willen dat ik onvruchtbaar was geweest.'

'Ik wil er alles onder verwedden dat Margaret Clarkston de ingreep in New Hampshire heeft laten uitvoeren.'

De gespannen trek op Bills gezicht was dezelfde als die van Merrick zo-even: niet praten, gewoon jaknikken, hopelijk houd die gast dan zijn kop en gaat hij weg.

Mike zette zijn Coke op de oprit neer en liep naar Bill toe.

'Vind je het dan niet op zijn minst een beetje vreemd dat die vrouwen alledrie een abortus hebben gehad?'

Bil haalde zijn schouders op. 'Het gebeurt vaker dan je denkt.'

'En als ze het alledrie in dezelfde kliniek hebben laten doen?'

'Oké, laten we zegen dat het waar is wat je zegt.'

'Laten we dat eens doen.'

'Wat is dan het verband met Jonah?'

'Dat weet ik niet. Dat is de reden waarom ik het bij Merrick heb neergelegd. Zoiets noem je een aanwijzing.'

Bill liet zijn spons in de emmer vallen en pakte zijn flesje Sam Adams van de motorkap.

'Voor de draad ermee.'

'Ik moest net denken aan vrijdagavond, toen je piekfijn gekleed beneden in de keuken kwam. De volgende ochtend komt Grace naar me toe en ze zegt: 'Oom Michael lacht weer.'

'Hier vraag ik niet om.'

'Ja, dat doe je wel.' Bill wees onder het praten met zijn bierflesje naar Mike. 'Jij was degene die naar Lou ging en hem uitgeknepen hebt, net zolang tot hij die dingen over je moeder uitspuugde. Dat danst allemaal door je hoofd. En alsof dat niet genoeg is ga je naar New York om al die rotzooi van Jess op te rakelen. Waar gaat het over? Het slaat helemaal nergens op.'

'Ik denk dat het de moeite waard is.'

'Ja, het is een prettige afleiding.'

'Van wat?'

Bill legde zijn beide onderarmen op de motorkap van de Escape. Hij plukte aan het etiket van het bierflesje, terwijl de druppels van de SUV dropen.

'Wat ik zeg, zeg ik uit liefde. Laat Sarah los. Wil je huilen, schreeuwen – wil je het op een zuipen zetten, prima, zeg het maar, ik blijf bij je als je wilt. Maar al dat gewroet... daar moet je mee ophouden, Sully. Op een gegeven moment moet je verdergaan en van het leven genieten.'

Mike stak een sigaret op en wendde zijn hoofd af naar de voortuin, waar Grace en Emma met hun barbiepoppen zaten te spelen. Paula zat op de stoep met een telefoon tegen haar oor gedrukt en wreef met haar vrije hand over Fangs buik. De hond lag bijna zwijmelend op zijn zij.

Paula zag Mike kijken en ze wuifde. Mike wuifde terug.

'Ze wordt groot, hè?'

'Het spijt me, Sully. Ik weet dat het niet genoeg is, maar dat is alles wat ik kan zeggen.'

'Ik ga er weer eens vandoor.'

'Blijf eten. Patty maakt steaks. Je hoeft achteraf geen Alka-Seltzer te nemen.'

'Een andere keer. Nog bedankt dat je op de hond hebt gepast. Een fijne avond met je gezin,' zei Mike, en hij liep weg om Fang te halen.

# 42

Mike was op weg naar huis, toen hij om een onverklaarbare reden de behoefte voelde om naar de begraafplaats te gaan. Zonder erbij na te denken keerde hij en nu stond hij in een soort trance bij het graf van Jonah. Fang was in de truck gebleven, te moe om een vin te verroeren.

Die ochtend, toen hij hier was en zich niet meer goed had kunnen houden tegenover Jess aan de telefoon, had hij wel om Sarah gehuild, dat zonder meer, maar hij was niet in staat haar lós te laten. Ook later nog, toen hij Merrick tussen de regels door min of meer hoorde zeggen dat Sarah dood was, wilde een deel van Mike nog steeds de hoop niet opgeven. Toen hij haar kamer opruimde was er een kreet van hoop in hem opgestegen, die zei dat het verkeerd was wat hij nu deed. En nu, bij het graf, voelde hij weer die niet-aflatende hoop. *Ik ga niet weg en denk maar niet dat je me kunt dwingen.*

Misschien had Bill gelijk. Misschien was al dat gewroet een afleiding.

Jonah lag onder de groene zoden, verzegeld achter hout, geconserveerd met balsemvloeistof. Het gras was pas gemaaid. Mike zag het natte gras aan de zijkanten van zijn schoenen kleven en herinnerde zich, hoe heerlijk Sarah het vond om op blote voeten rond te rennen. Af en toe kwam ze binnen met groene vlekken op haar voetzolen en zaten de stukjes gras op het hele tapijt, zodat Jess door het lint ging. Hij herinnerde zich dat ze het lekker vond de kaas van haar pizza te schrapen – 'pappie, dat is het lekkerste van alles en ik wil alleen het allerlekkerste opeten' – en hoe ze tekeerging als ze zelf haar kleren niet mocht kiezen of zeggen hoeveel bessen er in haar pannenkoeken gingen of het aantal chocolaatjes in de koekjes die zij en Jess samen bakten. Als hij aan Sarah dacht, waren het altijd die momenten van koppigheid die bij hem naar boven kwamen, de maniertjes die ze had om haar zin door te drijven en te bewijzen dat ze zelfstandig was en een eigen mening had. God mocht je bijstaan als je haar de voet dwarszette. Deze herinneringen aan Sarah – die taaie levendigheid waarmee ze door het leven ging – misschien waren die ook wel een afleiding. Misschien wilde hij niet zien hoe gedwee ze met Jonah mee was gegaan, hoe overstuur ze ook was.

*Waarom heb je niet geschopt en geschreeuwd toen Jonah je optilde, Sarah? Waarom kreeg je niet een van die driftbuien, waar je patent op had? Ik zou je gehoord hebben. Waarom ben je gewoon bij me weggelopen?*

Die kist bevatte niet een, maar vier doden. En zo zou het altijd blijven – tenzij hij een aparte dienst voor Sarah wilde houden, misschien om haar sneeuwjack en -broek te begraven als de politie ze vrijgaf. Maar je begroef geen dingen. Je begroef mensen. Je bereidde hen voor op hun reis onder de grond en wat er mogelijk daarna kwam. Je nam geen afscheid van een sneeuwpak. *Hij* kon dat niet.

Hoe moet ik afscheid nemen van iets wat ik niet eens ken? Wanneer was het juiste moment daar om de mensen van wie je hield op te geven?

Mike draaide zich om en staarde naar Evergreen Street. Twee jongens hielden er een zwaardgevecht met stokken, het ging er verhit aan toe, de moeder of de oppas zat in een plastic tuinstoel op de veranda in een tijdschrift op haar schoot te bladeren.

Als hij een of andere dienst liet houden zou dat zijn vriendenkring misschien duidelijk maken dat hij eindelijk had geaccepteerd dat Sarah weg was. Ik houd van je, Sarah. Dag. En laat nu godverdomme iedereen oprotten.

Even later pakte hij zijn mobiele telefoon en toetste het nummer van Sam in.

'Je hebt zeker warme oortjes,' zei Sam, 'ik had het net over je.'

'O ja? Met wie?'

'Met Nancy. Ik had haar zojuist aan de telefoon. Ze belde om me te vertellen van de blind date die ze gisteravond had.'

Mike dacht eraan hoe Nancy zo'n gast zou benaderen met die onbehouwen manieren van haar. Arme donder.

Sam zei: 'Hoe was het in New York?'

'Het was... ben je in de stemming voor gezelschap?'
'Jawel. Heb je al gegeten?'
'Nee. Hoe sta je tegenover honden?'
'Ik heb terriërs gehad.'
'En grote kwijlende honden?'
'Ik heb ruim voldoende handdoeken.'
'Laatste vraag: Als Nancy kan, heb je er dan bezwaar tegen als ik haar vraag ook te komen?'
'Helemaal niet. Wat is er dan?'
Mike vestigde zijn blik weer op het graf van Jonah. 'Dat leg ik wel uit als ik bij je ben.'

Tijdens het eten lichtte Mike Sam in over New York, Merrick en Bill.
'Je begrijpt zeker wel waarom ik Nancy gevraagd heb te komen,' zei hij.
'Logisch, zeker na wat je me nu net verteld hebt.'
'Dus wat vind jij ervan?'
'Het maakt niet uit wat ik ervan vind. Als jij er behoefte aan hebt deze dingen op te graven, moet je dat doen. Graaf zo diep als je wilt, en als je vindt dat je moet stoppen, stop er dan mee. Er is geen juist antwoord. Wat heeft iemand te maken met wat een ander zegt of denkt?'
'Je slaat de spijker altijd precies op zijn kop, Sam.'
'Het is beter dan je leven uitzitten in dat beroerde grijze midden.'
Ze aten een tijdje zwijgend door. Mike zei: 'Ik vond het heel prettig, de vorige keer.'
'De cannoli's waren lekker.'
'Ik had het over mijn gezelschap.'
'Weet ik,' glimlachte Sam.
Het wás een fijne avond geweest. Leuk en ongedwongen. Zonder de noodzaak om toneel te spelen of iets op een bepaalde manier te zeggen. Het behaaglijke ritme dat ze ooit hadden gehad was terug en hij wilde het niet verknoeien.
'Mijn leven is nogal een zooitje,' zei hij.
'Ieders leven is een zooitje, Sully.'
De bel ging en Fang hief zijn slaperige kop van de vloer. Sam

drukte op de deuropener en liet Nancy binnen. Toen ze de eet-kamer binnenkwam en 'hoegatet?' brulde, krabbelde Fang over-eind om haar te begroeten. Druk kwispelend begon hij haar he-lemaal te besnuffelen.

Mike zei: 'Moet ik hem weghalen?'

'Ben je mal? Zoveel affectie heb ik in weken niet meer van een kerel ontvangen.' Fang liep achter Nancy aan toen ze naar de tafel liep en ging zitten. 'En,' zei ze tegen Mike, 'wat moet je me zo nodig vertellen?'

Mike legde het uit. Toen hij klaar was, zweeg Nancy. Om het tot zich door te laten dringen, nam Mike aan. Sam had de ramen openstaan; een koele avondbries, vermengd met de geluiden van verkeer en mensen, vulde de kamer.

'Oké,' zei Nancy. 'Margaret Clarkston heeft niet rechtstreeks toegegeven dat ze een abortus heeft ondergaan.'

'Nee, dat heeft ze niet rechtstreeks gezegd,' zei Mike, 'maar ik weet wel dat mijn vraag in de roos was.'

Sam zei tegen Nancy: 'Kun jij erachter komen of ze zo'n in-greep heeft ondergaan?'

'Normaal gesproken zou ik ja zeggen,' zei Nancy. 'De ziekte-kostenverzekeraars zijn daar tegenwoordig van op de hoogte. En alles ligt opgeslagen bij het MIB.'

Mike zei: 'Wat is het MIB?'

'Het Medical Information Bureau,' zei Nancy. 'Dat is in feite een computernetwerk waar al je medische rapporten in opgesla-gen zijn. Het wordt hoofdzakelijk gebruikt door de ziektekosten-verzekeraars.'

'Ik dacht dat je medische geschiedenis privé was.'

'Welkom in het digitale tijdperk. Laat het MIB maar zitten. Ik betwijfel of je daar enige informatie vindt. Margaret Clarkston is ergens achter in de zestig, niet?'

'Zesenzestig,' zei Mike. Haar leeftijd had pas nog in een arti-kel in de *Globe* gestaan.

'Dat wil zeggen dat ze Caroline kreeg toen ze zevenentwintig was – behoorlijk oud voor die tijd. Laten we dan aannemen dat ze die ingreep heeft laten uitvoeren toen ze, eh, zeg maar twintig was. Dat is vijfenveertig jaar geleden – in 1958. Toen liep jouw pa nog met een vest, hij rookte een pijp en je moeder was o zo blij dat ze moedertje kon spelen. Toen sprak je het woord abortus niet eens uit, laat staan dat je er een pleegde.'

Sam voegde eraan toe: 'En als ze het heeft laten doen, is er een grote kans dat het in het geniep is gebeurd.'

'En hopelijk door een arts die zijn vak verstond,' zei Nany. 'Je betaalde contant, het werd gedaan en dan maar bidden dat het goedkwam. Het was toen een heel andere tijd. Geen advertenties in de Gouden Gids, geen pro-life spotjes op de tv. Vóór zevenenzestig was abortus illegaal.'

'En er waren ook geen computers,' zei Sam, 'geen pc's, althans. Indertijd bewaarden ze alles nog op papier.'

Mike zei: 'Dus er is geen verslag van die ingrepen.'

'Over Clarkston? Dat betwijfel ik. Zelfs toen Rose Giroux het liet doen, wed ik dat het in het geheim gebeurde,' zei Nancy. 'Waarschijnlijk gaven veel vrouwen een valse naam op en ze betaalden contant. Geen rapport. En zelfs als er wel een rapport werd bijgehouden – ik zou zeggen dat het haast onmogelijk is, maar laten we zeggen dat er wel ergens een papieren dossier bestaat, dan kan ik er alleen bij komen als ik iemand omkoop die in die kliniek werkt. Ik denk dat die weg doodloopt. Ik wil wedden dat die kliniek in New Hampshire nog niet eens bestond toen Margaret Clarkston het liet doen.'

'Dus je wilt me eigenlijk vertellen dat er geen manieren zijn om erachter te komen,' zei Mike, die zich verslagen voelde.

'De beste manier is om het rechtstreeks te vragen en dat heb je gedaan. Als Merrick haar belt, neem ik aan dat ze nee zegt. De politie neemt meestal niet telefonisch contact op. Die staan onaangekondigd voor je deur, duwen je een insigne onder je neus en gaan net zolang door tot je ze geeft wat ze hebben willen. Wat zegt hij ervan?'

'Hij zei dat hij ernaar zou kijken.'

'En dat geloof je niet,' zei Nancy, 'en daarom zit ik hier.'

'Precies.'

'Mag ik eerlijk zijn?'

'Ben je wel eens iets anders dan?' vroeg Mike.

Er kwam even een grijns bij Nancy's mondhoek en verdween

weer. 'Mijn bronnen hebben me meegedeeld dat de politie al persoonlijke bezittingen van alle drie de meisjes in het huis van Jonah heeft gevonden, onder de vloer in zijn slaapkamer. En we weten van het bloed in de capuchon van het jack. We weten ook van Jonahs zelfmoord.'

Mike haalde diep adem.

'Het spijt me,' zei Nancy. 'Ik denk dat ik de zin niet inzie van een onderzoek naar iets wat al doodgelopen is en wat je pijn alleen maar rekt.'

'Waarom ben ik de enige die dit vreemd vindt?'

'Vrouwen krijgen een abortus. Niet alle vrouwen, maar áls een vrouw ertoe overgaat, loopt ze er niet mee te koop. Misschien neemt ze een of twee vriendinnen in vertrouwen, maar ze houdt het meestal stil, ze pakt haar leven weer op en probeert te verwerken wat ze gedaan heeft.

'Wat me op het tweede punt brengt,' zei Nancy. 'Jij bent katholiek. Als onverwoestbare medekatholiek spreek ik uit eigen ervaring als ik zeg dat katholieken, of we er nog wat aan doen of niet, voor altijd geobsedeerd blijven van schaamte en schuld. Ik hang heus niet de psycholoog uit, hoor, maar heb je er wel eens over nagedacht dat je behoefte om tegen alle overweldigende bewijzen in door te gaan met wroeten, te maken kan hebben met een poging recht te zetten wat er die avond op de Heuvel is gebeurd?'

'En als er nou eens onder dit alles een verband met Jonah begraven ligt?'

'Zoals?'

'Dat weet ik niet,' zei Mike. 'Maar dat wil niet zeggen dat er niet een of ander verband is.'

'Ik vind het vervelend om te zeggen,' zei Nancy, 'maar ik vind dat je je aan een strohalm vastklampt.'

'Dus je bent niet bereid om het idee te overwegen?'

'Mijn tarief is honderdtwintig per uur, plus onkosten. Wil je dat ik graaf? Dan graaf ik. Jij betaalt ervoor.'

'Ik vind dat een beetje graafwerk de moeite waard kan zijn.'

'Oké,' zei Nancy, 'dan ben ik nu officieel ingehuurd. Laat me even een blocnote pakken, dan beginnen we.'

# 43

De volgende morgen om kwart voor zeven ging bij Mike de telefoon.

'Nadine houdt vanavond een handleesparty bij Bam thuis,' zei woeste Bill.

'Weet Bam dat?'

'Hij weet het en hij komt ook. Jij en ik gaan ook. We gaan om de beurt video-opnamen maken van Bam als zijn aura wordt gelezen. Wat ben je nu aan het doen?'

'Ik lig in bed naast een grote natte plek.'

'Zo mag ik het horen.'

'Het is hondenkwijl. Wat is dat voor gegil?'

'De tweeling waarschijnlijk. Ze rennen om het huis – ik zweer je, Patty doet cafeïne in hun melk. Ik zit aan de keukentafel met een bak muesli. Dat je het maar weet, de Lucky Charms zijn niet meer wat het geweest is. Heb je al ontbeten?'

'Sommige mensen vinden het prettig om op zondag uit te slapen.'

'Kom hiernaartoe. En neem de hond en pastoor Jack mee. De tweeling moet geëxorceerd worden.'

Mike sprong onder de douche. Nancy Childs zou vandaag naar de doop van haar petekind in Wellfleet gaan, een stadje op de uiterste punt van de Kaap. Ze zou later in de middag terugkomen om hopelijk een gesprek te hebben met Jonahs verpleegster, Terry Russell. Nancy had beloofd hem halverwege de volgende week op te bellen en hem op de hoogte te brengen. Daarmee waren ze gisteravond geëindigd.

Maar nu? Mike zag er het nut niet van in te wachten. Nancy wist evenveel als hij over wat er aan de hand was – in feite wist zij waarschijnlijk minder, waarom zou hij dan wachten? Waarom zou hij het balletje niet aan het rollen brengen? Het beste moment om te gaan praten was in de ochtend, na een goede nachtrust, als je geest ontspannen en nog fris was.

Nadat hij zich had aangekleed, haalde Mike zijn leren schrijf-map uit zijn werkkamer en ging op weg naar het huis van Terry Russell.

Er stonden twee auto's op haar oprit geparkeerd. Mike zette de auto langs het trottoir, stapte uit en ging de stoep van Terry op. De ramen aan de voorkant stonden open, maar de jaloezieën waren naar beneden en er zat een spleet van vijf centimeter tus-sen de vensterbank en de jaloezieën. Hij wilde kijken of ze al wakker was – het was halfnegen – dus boog hij zich voorover en gluurde door de hor, opgelucht dat hij een schaduw over de ach-terste wand zag gaan, waar hij twee rijen met keurig geëtiket-teerde dozen ontwaarde. Terry was thuis en naar het zachte ge-rinkel te oordelen was ze zeker bezig haar vaatwasmachine leeg te halen.

Hij kwam overeind, belde aan en verwachtte voetstappen te zullen horen. Hij wachtte een hele minuut, liep toen terug naar het raam en boog zich weer voorover. De schaduw van Terry be-woog niet meer. Terry was roerloos blijven staan.

'Terry, het is Michael Sullivan. Kan ik je heel even spreken?'

Er kwamen benen de keuken uit en Mike stond net weer over-eind toen Terry de voordeur op een kier had geopend.

'Sorry, ik dacht dat je misschien een verslaggever was,' fluister-de ze bijna achter de hordeur. Ze droeg een spijkerbroek, sport-schoenen en een eenvoudig grijs Champion-sweatshirt, en haar gouden kruis was als altijd goed zichtbaar. Haar handen staken in hetzelfde soort gele rubberhandschoenen die Jess altijd aanhad als ze de badkamer en het fornuis schoonmaakte. 'Kom binnen.'

Het was koel in het appartement en het rook er zwaar naar schoonmaakmiddelen. De boekenkasten waren leeggeruimd, de inhoud ervan ingepakt in dozen die netjes opgestapeld en van eti-ketten voorzien bij het raam stonden.

'Ik wist niet dat je ging verhuizen,' zei hij.

'Ik tot een paar dagen geleden ook niet. Er deed zich een gewel-dige kans voor en toen dacht ik, dat laat ik me niet ontglippen.'

'Naar de glimlach op je gezicht oordelen zal het wel niets te maken hebben met je werk.'

Haar glimlach kreeg nog meer wattage. 'Een goede vriendin

van me werkt in een kuuroord in Phoenix, Arizona. Ze belde op en we raakten in gesprek. Toen begon ze erover dat het kuuroord een nieuwe massagetherapeut zocht. Sally – die vriendin – wist dat ik jaren geleden massagetherapie heb gegeven, dus praten we verder en Sally vertelt me over het lekkere weer daar, je weet wel, altijd warm en zonnig – fantastisch weer voor mensen die aan fibromyalgie lijden.'

Mike keek haar verbijsterd aan.

'Fibromyalgie is... nou ja, de artsen weten nog steeds niet exact wat het is, maar het lijkt alsof je altijd een zware griep hebt en je spieren doen altijd pijn. In de winter wordt het erger en we hebben een vreselijke winter gehad. Maar goed,' vervolgde ze opgewekt, 'Sally is net als ik vrijgezel en ze heeft een heel leuk huis. Ik kan bij haar wonen tot ik een eigen huurwoning heb gevonden – maar ik kon ook voorgoed bij haar intrekken, zei ze.'

'Dat klinkt spannend.'

'Ik zie er echt naar uit, vooral na alles wat – ' Ze hield zich in. 'Sorry. Ik wil niet ongevoelig overkomen.'

'Dat doe je niet. Ik ben blij voor je.'

'Dank je wel. Maar wat voert jou hierheen op dit tijdstip? En ook nog met een schrijfmap.'

'Je zult wel doodziek worden van al dat beantwoorden van vragen.'

Terry glimlachte beleefd. 'Ik zou jokken als ik nee zei.'

'Word je nog steeds door journalisten lastiggevallen?' vroeg Mike. Hem hadden ze met rust gelaten, of misschien hadden ze er genoeg van aldoor achter hem aan te hollen en het opgegeven.

'De telefoontjes zijn een stuk minder geworden, maar zo nu en dan komen ze zomaar bij je binnenvallen – vat dat alsjeblieft niet verkeerd op.'

Mike wuifde het weg. 'Geloof me, ik weet waar je het over hebt. Het is alleen, nou ja, ik ben op wat informatie gestuit en ik wilde niet wachten tot Nancy Childs – zij onderzoekt die kwestie – naar je toekwam. Ze zal je vanmiddag vermoedelijk opbellen. Ben je dan thuis?'

Nu keek Terry verbijsterd. 'Ik dacht dat de zaak gesloten was – tenminste, dat zei inspecteur Merrick tegen me.'

'Sorry. Deze Nancy is privé-detective. Mijn vraag komt een beetje vergezocht over, dat weet ik, maar neem het even voor lief.'

'Laten we gaan zitten.'

Mike ging op dezelfde plek zitten als de vorige keer. 'Gisteren kwam ik erachter dat mijn vrouw, evenals de vrouwen uit de andere gezinnen, Rose Giroux en Margaret Clarkston, drie zeer katholieke vrouwen een – ' hij wilde het woord *abortus* niet laten vallen tegenover deze supervrome katholiek – 'ervoor hadden gekozen een zwangerschap te laten beëindigen.'

De geschoktheid op Terry's gezicht kon haar walging nauwelijks verhullen.

'Wat Margaret Clarkston betreft weet ik het niet zeker,' zei Mike, 'maar ik weet wel zeker dat Rose Giroux en mijn vrouw het bij dezelfde kliniek in New Hampshire hebben laten doen. Rose Giroux – dat is de moeder van Ashley – vertelde mij dat ze er met Jonah over had gesproken.'

'Tijdens de biecht?'

'Ja. De eerste priester had er niet erg begripvol op gereageerd en zei – '

'En terecht dat hij dat niet deed. Wat die vrouw heeft gedaan is moord.'

'Jonah vergaf – '

'Het is moord. Sommige priesters vergeven iemand dat soort dingen – net als sommige priesters en kardinalen de beesten die seksuele vergrijpen pleegden willens en wetens naar een andere parochie overplaatsten en hun weerzinwekkende daden in de doofpot stopten. Je macht misbruiken om zoiets te verdoezelen is absoluut schandalig. Dat is een zonde. Maar God zal op passende wijze met hen afrekenen, evenals met pastoor Jonah.'

Er viel een akelige stilte in de kamer.

'Het spijt me,' zei hij, 'het was niet mijn bedoeling je overstuur te maken.'

De verontwaardigde trek op Terry's gezicht smolt langzaam weg. Haar gelaatsuitdrukking werd zachter en keerde terug naar de opgewekte, vriendelijke vrouw die hem aan de deur had begroet.

'Ik moet me verontschuldigen,' zei ze. 'Ik had niet zo'n tirade moeten houden. Het is alleen... Wat er in Boston met kardinaal Law is voorgevallen, en wat je me nu vertelt over pastoor Jonah – dat maakt dat ik het moeilijk vind om te blijven geloven.'

'In God?'

'Nee, niet in God.'

*Nee, natuurlijk niet, gek – hoe durf je zoiets zelfs maar te denken.*

'Toen ik opgroeide,' vervolgde ze, 'was het nooit bij me opgekomen dat de katholieke Kerk een politieke organisatie zou zijn. Maar dat is precies wat het is. Het is een bedrijf. Dat is het altijd geweest, neem ik aan, maar dat wilde er bij mij niet in, totdat mijn zuster haar eerste huwelijk wilde laten ontbinden. Ze was een jaar getrouwd en ze had een dochtertje, toen haar man gewoon zijn boeltje pakte en wegliep. Hij wilde niets meer met haar te maken hebben. De kerk wilde haar huwelijk niet ontbinden op grond van het feit dat ze een kind had. Zet dit voorbeeld af tegen dat van de zoon van senator Jeweetwel, die twintig jaar getrouwd was en vier kinderen had. De priester ontbond dat huwelijk meteen. Dat is om moedeloos van te worden, maar zo krijg je dingen in het leven voor elkaar – en ook in de katholieke Kerk. Je wilt niet wéten wat pastoor Jonah me allemaal heeft verteld.'

'Zoals?'

'Hij praatte er steeds over hoe politiek de Kerk was. Ik weet zeker dat sommige dingen, nou ja, misschien wel alles, voortkwamen uit zijn verbittering over het feit dat hij uit zijn ambt was gezet. Hij miste het. Het priesterschap, bedoel ik.'

*En de mantel van geheimhouding waarin het voorzag,* voegde Mike er bij zichzelf aan toe.

'Ik weet dat pastoor Jonah veel met pastoor Connelly praatte,' zei ze. 'Hij is priester van St. Stephen's. Pastoor Jonah sprak met veel eerbied over hem.'

'Pastoor Jack staat op mijn lijstje. Is er nog meer wat je me zou kunnen vertellen? Wat dan ook?' klampte Mike zich inmiddels vast.

'Ik heb je alles verteld wat ik weet. De kant van pastoor Jonah die zich aan de meisjes vergreep en die de voorwerpen onder de planken van zijn slaapkamer bewaarde – over die man weet ik niets. Ik kende alleen de man die kanker had.' Ze trok met haar schouders. 'Het spijt me.'

'Ik laat je verdergaan met de schoonmaak,' zei Mike, die opstond. 'Nogmaals bedankt dat je de tijd voor me hebt genomen.'

# 44

Onderweg naar huis belde Mike Nancy op haar mobiele telefoon en liet een korte boodschap achter met de belangrijkste punten uit het gesprek met Terry Russell. Daarna maakte hij een pitstop bij Mackenzie's Market. Mackenzie liep als een trein, sinds een plaatselijke inwoner daar drie jaar geleden het winnende lot met een jackpot van dertig miljoen had gekocht. Er was ook een eet-gelegenheid waar ze heerlijk belegde Italiaanse bollen en super-sandwiches met gehakt maakten, en in de ochtend ontbijtsand-wiches.

Mike bestelde een volkorensandwich met gebakken ei en ba-con en koffie, en nam een zondaguitgave van de *Globe* en de *He-rald* mee. Hij at zijn sandwich in de truck op en las het sportge-deelte van de *Gobe* – te veel honkbal; maar ja, dit was ook het seizoen. Tien minuten later gooide hij de krant op de zitplaats naast hem en zag een groep van voornamelijk tieners met kastie-knuppels Delaney opkomen. Zeker op weg naar Ruggers Park. Je ging 's avonds niet naar Ruggers Park als je er niet op uit was om drugs te scoren. 's Morgens vond je vaak condooms en sigaretten en lege drankflessen verspreid op het gras en in de dugouts, waar de hoeren meestal hun klanten mee naartoe namen.

Zo was het altijd geweest. Toen hij nog jong was – en als het erop aankwam was dat nog niet zo lang geleden, toch? – hielden de bandjes uit de omgeving in de zomer gratis concerten in het park. Hij speelde er touch football en het ergste waar indertijd voor moest oppassen waren de glasscherven. Op een zomerna-middag – de laatste met zijn moeder, in feite – was hij op het scherpe bodemstuk van een bierflesje gevallen en had hij zijn knie opengehaald. Het had zoveel pijn gedaan, dat hij er zeker van was dat er glasscherven onder zijn knieschijf waren gedrongen.

Hij kon niet op zijn fiets naar huis rijden, dus hadden Bill en die magere spriet Gerry Nitembalm met zijn enorme gebit, hem geholpen terug te lopen naar Mackenzie. Meneer Demarkis, de buurman van Gerry, zag de bloedende jaap in Mikes knie en zei dat hij meteen in de auto moest gaan zitten, en Bill was mee ingestapt.

Op grond van zijn leeftijd moest Mike een ouder of wettelijk voogd een formulier laten tekenen, zodat het ziekenhuis toestemming had, hulp te verlenen. Hij belde wel langer dan een halfuur naar huis, maar zijn moeder nam niet op.

'Ze zei dat ze de hele dag thuis zou zijn,' zei Mike tegen Bill.

'Dan moet je je vader bellen.'

'Ben je gek?'

'Wil je dan de hele avond pijn zitten lijden?'

Bill belde naar de garage, kreeg Cadillac Jack aan de lijn en legde de situatie uit. Lou verscheen een kwartier later met een rood gezicht dat met de seconde roder werd, toen hij Bills verklaring aanhoorde van wat er in het park was gebeurd. Bill legde vooral de nadruk op het woord óngeluk.

'Hoe vaak heb ik je niet gezegd dat je daar niet mag spelen vanwege het glas?' zei Lou. 'Nou heb je je knie in de prak liggen. Van de herfst speel jij niet tegen Pop Warner.'

Bill zei: 'Het is mijn schuld, meneer Sullivan. Mike wilde er niet heen, en ik heb hem ertoe aangezet.'

'Vooruit, naar huis jij, Billy,' zei Lou.

Bill bleef bij de deur van de afdeling spoedgevallen staan, draaide zich om en zei voordat hij wegging geluidloos 'het spijt me' tegen Mike.

Twee uur later, met zijn knie onder de krammen en in het verband, stond Mike op krukken geleund te kijken hoe Lou drie biljetten van honderd dollar uit zijn portefeuille plukte om de rekening van het ziekenhuis te betalen. Toen Mike de deuren van de spoedafdeling uit hobbelde, zaten Bill en zijn vader op de stenen stoep te wachten.

'Sully,' zei meneer O'Malley, 'hoe is het met je knie?'

Lou gaf antwoord: 'Alleen wat lelijke japen. Hij heeft verdomd veel geluk dat hij zijn knie niet geruïneerd heeft.'

'Een ongelukje kan voorkomen,' zei meneer O'Malley, en wendde zich toen tot Lou. 'Weet je nog van vroeger, Lou? Die zomer dat je aan het donderjagen was in Salmon Brook Pond en dat je uitgleed en je pols brak? Je was zestien, weet je nog.'

Lou liep hem straal voorbij, zonder iets te zeggen.

Mike zat op de achterbank op weg naar huis en Lou zat voor-in te roken en te knarsetanden. Mike probeerde zich in te houden en zijn geest af te leiden van wat er zou gebeuren zodra ze thuiskwamen. Hij was vanbinnen helemaal verkrampt.

Er gebeurde niets – met hem niet, tenminste. Maar toen zijn moeder binnenkwam? Door het kussen heen, dat hij over zijn hoofd had getrokken, hoorde hij het geschreeuw, het breken van borden en het hulpgeroep achter zijn gesloten kamerdeur. Lou was hels, omdat zijn vrouw daar in het ziekenhuis had moeten zitten – niet hij. Althans, dat was waar Mike dacht dat de ruzie over ging.

De openbare telefoon bij Mackenzie was er nog steeds, naast de afvalbak. De telefoon was van een nieuw type met zo'n felgele hoorn, die leuk zou staan bij Bills nieuwe Ford Escape. Mike staarde naar de telefoon, terwijl de herinnering aan het ziekenhuis nog in zijn hoofd doorzeurde; eigenlijk wist hij niet goed waar zo'n herinnering inmiddels thuishoorde – zoals zovele.

*Ik dacht dat je kwam om de waarheid te horen, Michael.*

De woorden van Lou tijdens het bezoek in de gevangenis.

Mike stapte uit de truck en liep naar de telefoon. Hij stak zijn ene hand in zijn achterzak met zijn portemonnee. Het papiertje met de telefoonnummers zat in het hoesje van zijn chipkaart, die hij gebruikte als zijn mobiele telefoon ermee ophield. Hij pakte de hoorn en toetste een nul om verbonden te worden.

'Ik wil bellen ten laste van mijn chipkaart,' zei Mike, toen de operator aan de lijn kwam.

'En welk nummer wilt u bellen, meneer?'

'Het is in Frankrijk,' zei Mike. 'Kunt u het voor me intoetsen?'

'Jazeker, meneer. Geeft u het nummer maar.'

*Probeer eerst het nummer thuis en werk dan het lijstje af.* Mike noemde het nummer, toen het nummer van zijn chipkaart en de operator verzocht hem te wachten. Een ogenblik later hoorde Mike dat de verbinding totstandkwam en dat de telefoon ergens in een huis aan de andere kant van de wereld overging. Mike

voelde hoe zijn maag verkrampte bij dat geluid en eigenlijk wilde
hij weer ophangen.

De telefoon werd opgenomen. '*Allô*,' klonk een mannenstem.
De adem bleef in Mikes keel steken.

'*Allô.*'

'Jean Paul Latière.'

'*C'est Jean Paul.*'

'Neemt u me niet kwalijk. Ik spreek geen Frans.'

'Met Jean Paul.'

'Ik bel u op in verband met Mary Sullivan.'

'Het spijt me, maar ik ken geen – '

'Mijn naam is Michael Sullivan. Ik ben haar zoon.'

Een korte stilte aan de andere kant en Mike begon snel te spreken. 'Ik heb foto's van u beiden in Frankrijk. Ik weet dat ze daarheen is gegaan om bij u te zijn. Ik weet alles over u en uw connectie met haar.' De woorden tuimelden over elkaar heen in hun
haast om gezegd te worden. 'Al die tijd heb ik gedacht dat Lou
– dat was haar man. Lou Sullivan. Ik weet zeker dat ze over hem
gepraat heeft. Over wat hij deed voor de kost.'

Weer viel er een stilte, toen Mike zijn adem inhield en zich
voorstelde hoe Jean Paul, gekleed in een snel pak, in een of andere dure antieke stoel in zijn herenhuis of hoe ze dat daar
noemden, bij zichzelf zat te overleggen of hij antwoord op de
vragen zou geven, of een beleefde manier zou zoeken om op te
hangen.

'Ik heb maar een paar vragen. Vijf minuutjes, en ik laat u terugkeren naar uw eigen leven.'

'*Jésus doux et plein de grâce.*'

'Bekijk het eens vanuit mijn standpunt,' zei Mike. 'U zou dat
toch ook willen weten, nietwaar?'

Aan de andere kant van de lijn zuchtte Jean Paul diep in de
hoorn. 'Dit is... ik voer dit gesprek liever niet.'

'Ik moet het weten,' zei Mike, en hij klemde zijn hand om de
hoorn. 'Alstublieft.'

Het duurde een volle minuut voordat Jean Paul iets zei.

'Francine Broux. Uw moeder had haar naam veranderd. Ze
was doodsbang voor uw vader.'

'Ik weet dat Lou met het vliegtuig daarheen is gegaan en haar gevonden heeft.'

'Ja.' Weer een diepe zucht, toen voegde Jean Paul eraan toe: 'Ik weet er alles van.'

'Wat is er gebeurd?'

'Hij heeft haar geslagen. Ze had een gebroken neus en twee gebroken ribben.'

Mike legde zijn linkerarm boven op het telefoonapparaat en boog zich voorover. Toen hij met zijn tong over zijn verhemelte ging, merkte hij dat het kurkdroog was.

'Ze had hier een heel prettig leven,' zei Jean Paul. 'Ik hield erg veel van haar.'

Er zat een hapering in de stem van Jean Paul, die Mike waarschuwde dat hij moest ophangen en wegrennen.

'Het is ongeveer een jaar geleden gebeurd,' zei Jean Paul. 'Ze werd wakker met pijn op de borst. Ik heb haar snel naar het ziekenhuis gebracht... het spijt me.'

Al die tijd had zijn moeder dus geleefd.

Mike voelde zijn ogen prikken en probeerde het weg te knipperen. 'Ik heb u een keer ontmoet, nietwaar? Dat was in Boston. Ik was bij haar, op een kerstwandeling in Beacon Hill, en ze deed net alsof ze u per ongeluk tegen het lijf liep. Ze stelde u aan me voor als een vriend van haar.'

Een korte stilte. Toen zei Jean Paul: 'Ja. Dat was ik.'

'Alleen had u niet verwacht dat ze met mij zou komen aanzetten.'

Jean Paul zei niets.

'Die avond dus,' zei Mike, 'toen heeft ze zeker, eh, geprobeerd u ervan te overtuigen mij erbij te nemen?'

'Ik wist al vroeg één ding zeker: dat ik niet uit het goede hout gesneden ben om vader te zijn. Ik ben erg egoïstisch. Zeer egocentrisch en op mezelf gericht.'

'Ze is nooit van plan geweest om terug te komen, om mij op te halen, nietwaar?'

Jean Paul gaf geen antwoord.

'Ze drukte me vooral op het hart ervoor te zorgen dat Lou er niet achter kwam waar ze zich schuilhield,' zei Mike. 'Maar het maakte niet uit of hij dat wel of niet ontdekte. Ze was niet van plan om terug te komen. Ze deed die brieven op de bus en toen ze me niet kwam ophalen, wist ze dat ik Lou daar de schuld van zou geven.'

'Ik was het niet eens met je moeders keuze.'

'Maar u vond het ook niet erg.'

'Wij waren jong,' verklaarde Jean Paul. 'En als je jong bent, doe je dwaze dingen en je staat niet stil bij de gevolgen. Hoe je daarmee verder moet leven.'

'Heeft ze ooit haar besluit betreurd?'

'Ik kan niet voor je moeder spreken.'

'Dat hebt u zojuist gedaan.' Mike hing op en voelde het medaillon met de Heilige Antonius, dat zijn moeder hem die avond in de kerk had gegeven, tegen zijn borst bungelen.

# 45

Mike reed juist de parkeerplaats van Mackenzie af, toen zijn mobiele telefoon ging.

'De vorige keer dat ik mijn boodschappen checkte, had ik nog geen partner,' zei Nancy.

'Je had het vandaag druk, dus dacht ik, laat ik vast wat doen, het balletje aan het rollen brengen,' zei Mike.

'Als ik hulp wilde had ik je er gisteravond wel om gevraagd. Je begint niet zomaar – '

'Nancy, ik waarschuw je, ik ben niet in de stemming.'

Hij hoorde haar aan de andere kant scherp inademen. Ze zei: 'In je boodschap vertelde je dat ze door het lint ging toen je over die abortussen begon.'

'Een beetje wel.'

'Herhaal het, woord voor woord. Laat niets weg.'

In de daaropvolgende vijf minuten legde Mike uit wat er bij Terry was gebeurd.

'Dat is een tamelijk heftige reactie,' zei Nancy toen hij klaar was.

'Die vrouw is Katholiek met een hoofdletter K. Ze draagt een kruis boven op haar trui.'

'Ik ben ook katholiek.'

'Maar niet met een hoofdletter K. Geloof me, dat maakt een groot verschil.'

'Toch zou ik tegenover een vreemde niet zo op tilt slaan. Wat nog meer?'

'Ik zei je al dat ze naar Arizona gaat verhuizen.'

'Vanwege die spieraandoening?'

'Dat heeft ermee te maken. Ik kreeg de indruk dat het meer om haar vriendin ging.'

'Wat is de naam van die vriendin?'

Mike dacht even na. 'Ik weet die naam niet meer,' zei hij.

'Jezus Christus.'

'Wat geeft dat? Ze is geen verdachte, Nancy.'

'Ho-ho, was jij niet degene die mij gisteravond vroeg verder te graven?'

'Ja, ik – '

'Het is mijn werk om met mensen te praten, hun vragen te stellen, te zoeken naar hiaten in hun verhaal. Als er dingen zijn die niet kloppen – als mij iets vreemd toeschijnt – dan ga ik daar dieper op door. Dus, wil jij dat ik mijn werk doe, of handel je het liever zelf af?'

'Nee,' zei Mike knarsetandend, 'ik wil dat jij het doet.'

'Oké, dan. Heeft Terry nog iets anders over Jonah gezegd?'

'Nee. Eigenlijk wilde ze vooral benadrukken dat ze die kant van hem niet kende.'

'Is dat wat ze zei? Is dat de manier waarop ze het formuleerde?'

'Ze zei iets in de trant van "die kant van hem die zich aan de meisjes vergreep en die hun spullen onder de vloerplanken van zijn slaapkamer verborgen hield – die kant van hem kende ik niet".'

'Ze zei dus dat hun spullen onder de vloerplanken van zijn slaapkamer opgeslagen waren.'

'Dat is wat ze zei.'

'Weet je het zeker?'

'Absoluut zeker.'

'Die informatie stond niet in de kranten en was niet op de televisie.'

Mike had het nieuws op de televisie niet gevolgd en ook de kranten niet gelezen. 'Dan heeft ze het misschien van Merrick gehoord,' zei hij.

'Merrick zou dit soort details niet met haar bespreken.'

'Met mij wel.'

'Dat is iets anders. Dat deed hij om je ervan te overtuigen – ' Nancy hield zich in.

'Om me ervan te overtuigen dat het voorbij was? Wilde je dat zeggen?'

'Wanneer heeft ze Merrick voor het laatst gesproken?'

'Ik heb geen idee. Wil je dat ik terugga om het haar te vragen?'
'Nee, maar aangezien jij zo graag detective speelt, moet je dat maar gaan doen tot ik daar ben,' zei Nancy. 'Ga daar in je truck zitten en bel me als ze het huis verlaat. Ik wil niet dat ze verdwijnt voordat ik de kans heb gehad om met haar te praten. Ik ben onderweg.'

# 46

Mike zag een parkeerplaats langs het trottoir, ongeveer een blok verwijderd van de maisonnettewoning van Terry Russell. Het was een plek in de schaduw van een boom, met een goed uitzicht op de voordeur en veranda van de verpleegster. Hij zette zijn stoel wat achterover en stak een sigaret op. Terwijl hij rookte hield hij de voorkant van Terry's huis en de oprit in de gaten. Hij was weer negen en zag zichzelf op zijn nieuwe fiets over hun oprit heen en weer fietsen – dat was geen gering verjaardags-cadeau van Lou geweest. Mike probeerde aan iets anders te denken en hoorde Lou roepen, vanuit de achtertuin. Toen zag hij Lou fris gedoucht in een schoon wit onderhemd en een spijker-broek zonder één kreukje, op de achtertrap zitten.

'Ga eens rustig zitten, maatje,' zei Lou, die op de trede naast hem klopte. 'Ik en jij moeten eens praten.'

Het was een klamme avond in juli, de lucht was zwaar van de hitte en de geur van pas gemaaid gras en muls van boombast. Mike was op het uiterste puntje van de trede gaan zitten met een ruime armlengte tussen hen in – de ruimte die hij nodig had om weg te kunnen rennen. Lou scheen niet kwaad te zijn – nog niet, tenminste. Op dat moment waren zijn ogen gevestigd op Ned King, hun buurman, die op zijn knieën in zijn tuin aan het werk was. Zijn bruine korte broek en het harde, perzikkleurige plastic van zijn kunstbeen zaten vol aarde.

'Dat heeft een mijn gedaan,' zei Lou. 'Hij stapte erop en zijn been werd helemaal afgerukt. En nu heeft die arme donder ook nog kanker. Agent Orange. Je zou denken, dat God af en toe eens zou glimlachen en je verder met rust liet.'

Louis Sullivan, onderscheiden met een Purple Heart, schudde zuchtend zijn hoofd. Treurig of boos, misschien beide, Mike wist het nooit. Zijn vaders stemmingen en de dingen die hem zo grillig en licht ontvlambaar maakten, waren ongeveer even voorspelbaar als het weer in New England.

'Je moeder komt niet meer terug,' zei Lou. 'Niet over een week, niet over een jaar. Ze is weg, begrijp je dat?'

'Waar naartoe?' vroeg Mike, maar hij wist het antwoord al.

Een maand nadat ze weggegaan was, werd er een gevoerde, aan Mike geadresseerde envelop op het adres van Bill bezorgd. In die envelop zaten een zilveren sleutelhanger en een briefkaart. *De volgende keer dat ik je schrijf, heb ik een adres waar je me terug kunt schrijven*, had zijn moeder geschreven. *Nog even en dan ben je hier bij mij in Parijs. Blijf geloven, Michael. Onthoud dat je moet blijven geloven, hoe erg het ook wordt. En denk eraan dat je dit voor je houdt. Ik hoef je er niet aan te herinneren wat je vader me zou aandoen als hij ontdekte waar ik me schuilhoud.*

Parijs. Zijn moeder woonde in Parijs.

Lou nam een slok uit zijn bierflesje en liet het flesje daarna tussen zijn benen hangen. Mike lette goed op Lou's handen, wachtte erop dat hij ze tot vuisten balde – het zekere teken dat er een pak slaag aan zat te komen.

'Het maakt niet uit waar ze heen gegaan is,' zei Lou. 'Ze heeft ons verlaten. Daar gaat het om. En met bidden breng je haar niet terug. God trekt zich geen reet aan van jouw problemen. Het kan hem niet schelen dat je been door een mijn wordt afgerukt of waarom je broer in een of andere kloteoorlog is gesneuveld of waarom je moeder is weggelopen. Hij neemt, en hij blijft nemen, want in de aard der zaak is God een sadistische klootzak. Onthou dat, als pastoor Jack de volgende keer weer roept dat Hij zo'n geweldig, goddelijk plan voor iedereen heeft.'

Mike speelde met het idee zijn vader de waarheid te zeggen en hij stelde zich voor hoe dat zou aankomen. Maar als Lou erachterkwam waar ze zat, zou zijn vader jacht op haar maken en haar vermoorden, wist Mike. Mike had de verhalen gehoord over hoe zijn vader mensen liet verdwijnen. Dat niet alleen, hij had de woede van zijn vader aan den lijve ondervonden. Die stond letterlijk in zijn huid getatoeëerd.

'Als je wilt huilen, ga je gang, dan ben je het kwijt. Je hoeft je er niet voor te schamen. Ik huilde toen ik hoorde dat mijn broer was gesneuveld en ik huilde ook toen mijn moeder werd begraven.' Lou had zijn zoon aangekeken, op zoek naar een reactie.

'Ik ben oké.'

'Je wilt een kerel zijn. Dat respecteer ik.' Lou had Mike in zijn nek gegrepen en hard geknepen en het zweet had over Mikes rug gelopen. 'Maak je geen zorgen, Michael. Het komt in orde. Dat zul je zien.'

Mike vroeg of hij weg mocht; hij had met Bill bij Buzzy afgesproken. Lou knikte en Mike holde de gang door naar zijn kamer. Toen hij langs de slaapkamer van zijn vader kwam waar de deur een beetje openstond, ving hij een flits van iets metaligs op, waardoor hij stopte.

Boven op Lou's geopende koffer stond een camera – echt een heel mooie zo te zien. Wat deed Lou met een camera? En waar was hij de afgelopen vier dagen geweest?

Mike keek uit het raam van zijn vaders slaapkamer. Zijn vader zat nog op de verandatrap. Mike liep door de kamer en pakte de camera op. Toen zag hij in een hoek van de koffer een envelop zitten. Er zaten vliegtickets in naar Parijs, alleen de naam op de tickets was Thom Petersen – dezelfde naam stond ook op het paspoort met een foto van Lou met een baard en een snor.

En terwijl hij in zijn truck zat, dacht Mike weer aan die avond met zijn moeder in de kerk: *Echt dapper zijn – échte moed – is iets van de geest. Zoals het geloof hebben dat het beter zal gaan in je leven, ook als het daar niet naar uitziet. Geloof hebben – dat is echte moed, Michael. Blijf altijd geloven, hoe erg het ook lijkt. Laat je dat nooit afpakken, niet door je vader of door wie dan ook.*

Dat was de misleiding, gevolgd door haar eerste brief: *En denk eraan dat je dit voor je houdt. Ik hoef je er niet aan te herinneren wat je vader zou doen als hij ontdekte waar ik me schuilhoud.*

En toen de tweede: *Ik kom je halen... Je moet geduldig blijven... Laat je vader dit adres niet vinden... Als je vader zou ontdekken waar ik me schuilhoud – ik hoef je er niet aan te herinneren waar je vader toe in staat is.*

Mike stelde zich voor hoe zijn moeder elk van die brieven op de bus deed, of hoe ze die dingen daar in Parijs noemen – zijn moeder wist exact wat ze deed.

Maar toch... had hij niet ergens, nog voordat hij ontdekte dat

Lou naar Parijs was gegaan, wel geweten dat zijn moeder niet meer thuis zou komen? Had hij niet beseft dat ze, als ze hem werkelijk had willen ophalen, in de loop van die vijf maanden dat ze weg was wel een of andere regeling zou hebben getroffen? Een of andere poging had gedaan? Ze zou tenminste wel íéts hebben geprobeerd.

*Je moeder kon heel overtuigend zijn met die lieve zachte stem van haar – dat weet jij als geen ander. Ik heb nog nooit zo'n gladde leugenaarster gezien als die moeder van jou.*

Het gekke was, dat je geest van elke ervaring of trauma díé deeltjes afschaafde die hij niet nodig had of niet wilde hebben. Zodat het gemakkelijker op te slaan was, vermoedde hij. Of misschien was het een overlevingsmechanisme. Misschien kon het brein die twee tegengestelde dingen gewoon niet onderbrengen – hoe sommige mensen in gelijke mate konden liefhebben, haten en moorden plegen. Misschien was de reden waarom hij zichzelf niet kon zien als een alcoholist met een gewelddadige inslag, een spiegel van zijn moorddadige vader, wel dezelfde reden waarom hij niet kon inzien hoe Sarah gedwee met Jonah mee zou gaan, hoe Jess hem ontrouw kon zijn, hoe zijn moeder niet meer thuis zou komen omdat ze voor hem geen ruimte had in haar nieuwe leven. De waarheid accepteren betekende de hele waarheid accepteren en hij voelde zijn geest doorzakken onder het gewicht ervan.

Mike zag voor zich hoe Lou achterover op zijn bed lag, zijn handen achter zijn hoofd geklemd, en hoe de zweetdruppeltjes langs zijn voorhoofd liepen terwijl hij naar de tralies van zijn cel staarde.

*Geef het maar toe, Michael, je leven was een stuk simpeler toen je nog druk bezig was me te haten.*

Er stopte een blauwgrijze Volvo op de hoek van Dibbons Street, die toen met een ruk links afsloeg en daarna snel weer rechtsaf, Terry's oprit op. Eerst dacht Mike dat de Volvo achteruit zou rijden om te keren, maar toen kwam Terry de deur uit en de trap af rennen, met in één hand een dikke zwartleren aktetas en haar handtas. Ze keek de straat in alsof ze iemand verwachtte. Mike had zich inmiddels verder onderuit laten zakken.

*Dit is belachelijk.* Hij pakte zijn mobieltje en nadat hij Nancy's nummer had ingetoetst, kwam hij een stukje overeind en tuurde over het dashboard van zijn truck. Terry leunde nog door het raampje van de zitplaats naast de chauffeur van de Volvo. Ze had de aktetas niet meer in haar hand, alleen nog haar handtas.

'Wat is er aan de hand?' vroeg Nancy.

Mike legde uit wat er gebeurde en bleef kijken, toen de chauffeur uit de Volvo stapte.

'Herken je die vent?' vroeg Nancy.

Peper-en-zoutkleurig haar, tamelijk lang – een meter tachtig ongeveer – in een wit shirt, een kakibroek en sportschoenen. Mike wist zeker dat hij die man nog nooit eerder had gezien. 'Nee,' zei hij. 'Op dit moment rent hij de trap op naar Terry's woning.'

'Wat doet Terry?'

'Ze gaat achter het stuur van de Volvo zitten… Nu rijdt ze de oprit af.'

'Kun je het nummerbord zien?'

'Ja.'

'Geef me het nummer door.'

Toen Mike dat had gedaan, zei Nancy: 'Rijd achter haar aan. Ik wil weten waar ze naartoe gaat.'

'Vind je niet dat we een beetje – '

'Doe het nou maar gewoon. Weet ze dat je in een truck rijdt?'

'Ik heb geen idee.' Terry was de oprit af en reed nu aan de andere kant van de straat, bij hem vandaan. Mike klemde de telefoon tussen zijn oor en zijn schouder en startte de truck.

Nancy zei: 'Heb je wel eens iemand gevolgd?'

'Ja, ik doe niet anders. Ik pik een vrouw op en volg haar, gewoon voor de lol.' Hij reed de straat uit. De Volvo stond voor het rode licht. Ze had geen richtingaanwijzer aan.

'Wat jij moet doen, is zo ver mogelijk achter haar blijven zonder haar kwijt te raken,' zei Nancy. 'Als ze gaat checken of ze gevolgd wordt, zoekt ze twee of drie auto's achter zich. Jij zit in de truck wat hoger, dus heb je een beter zicht op de weg en hoef je niet zo heel dicht achter haar te blijven. Heb je een vriend die een oogje op haar huis kan houden tot ik er ben?'

'Vind je dit niet een beetje extreem?'

'Is dat ja of nee?'

'Ik heb wel iemand in gedachten.' Mike was nu ook bij het verkeerslicht.

'Laat hij mij bellen. Jij blijft Terry volgen, en wat je ook doet, raak haar niet kwijt.' Nancy hing op.

De Volvo sloeg linksaf en reed nu richting Grafton. Een dikke kilometer verder was de afslag naar Route One.

Terry ging een eindje rijden. Nou en?

*Waarom zou ze de Volvo van die man nemen? Waarom niet haar eigen auto?*

Hij begon alle mogelijke verklaringen door te nemen: misschien had haar auto een of ander mechanisch defect. Misschien – ach, verdorie, wie zal het weten. Er konden tientallen verklaringen zijn en allemaal volstrekt legitiem.

Maar toch voelde hij onder het rijden dat de paranoia van Nancy zich vermengde met die van hem. Oké, Terry hád vreemd gedaan, een beetje fanatiek zelfs over die abortuskwestie. En toen ze haar huis uit kwam had ze wel in de straat om zich heen gekeken om te checken. Waarom? Zocht ze hem? De politie?

*En niet te vergeten, ze had gepraat over de voorwerpen die Jonah onder de vloerplanken van zijn slaapkamer had verstopt.*

Mike belde Bill.

'Ik moet je om een grote gunst vragen en ik heb geen tijd om je uit te leggen waarom,' zei Mike. 'Je moet het gewoon voor me doen, oké?'

'Kom maar op.'

'Heb je een pen?'

'Ik sta in de keuken, vlak naast het schoolbord. Brand los.'

Mike gaf Bill een korte uitleg van wat er aan de hand was en ratelde toen het adres en het nummer van Nancy's mobiele telefoon af. 'Houd het huis in de gaten,' zei Mike. 'Bel Nancy, zeg haar dat je daar bent en houd haar op de hoogte.'

'Ik laat mijn mobiel aanstaan,' zei Bill. 'Waar ga jij naartoe?'

'Wist ik het maar.'

# 47

De daaropvolgende twee uur bleef Mike achter Terry aan rijden. Ze reed in noordelijke richting, via Route 93 en vervolgens Route 89. Ze reed een flink stuk door New Hampshire en ging nu in de richting van Vermont, zonder enig moment vaart te minderen.

Iemand volgen was moeilijk – en nog veel moeilijker als er geen auto's tussen jou en de ander zaten. Op dit moment reden ze op een rustige tweebaansweg met bomen aan weerskanten. De Volvo zat een flink eind voor hem uit, maar was nog wel zichtbaar, en ze had nog altijd een gestaag vaartje van honderd kilometer per uur. Terry had geen enkele keer versneld. Of omdat ze geen haast had om op haar bestemming te komen, of ze paste op om de snelheidslimiet niet te overschrijden omdat ze geen risico wilde lopen aangehouden te worden.

*In godsnaam, wat ben je van plan, Terry?*

En wat was het verband met Sarah? Die vraag bleef onder het rijden in zijn hoofd zoemen, op zoek naar een antwoord.

Mike controleerde zijn benzinemeter. De eerste tank was bijna leeg, maar de tweede was goddank nog vol. Terry moest ergens stoppen om te tanken. Ze had inmiddels zeker driekwart tank leeggereden.

Zijn mobieltje ging over. Nancy.

'Sorry, dat het zo lang duurde, maar de computervriend die ik altijd inschakel is net klaar met het doornemen van Terry's telefoongesprekken. Geen telefoontjes van en naar Arizona, noch bij haar thuis, noch op haar mobiele telefoon,' zei ze. 'En die fibromyalgie? Ook dat is gelogen. We hebben haar medische gegevens gecheckt; helemaal niets.'

'Wie is de eigenaar van die Volvo?'

'Dat moet Anthony Lundi zijn. Hij heeft een huis in Medford, is getrouwd, heeft twee kinderen. Hij was bij de politie, maar is zes jaar geleden met vervroegd pensioen gegaan – waarom weet ik nog niet. Ik weet wel twee andere dingen van de man. Ten eerste is hij ooit aangehouden wegens verstoring van de openbare orde – dat was na zijn pensionering – en nu moet je goed luisteren, dat was tijdens een protestdemonstratie bij een abortuskliniek.'

Eerst die idiote reactie van Terry, nu deze informatie over haar vriend.

'Ten tweede,' zei Nancy, 'is die man een schoonmaakwonder. Ik heb die gast het afgelopen halfuur door mijn kijker zitten bekijken. Momenteel is hij de muren van Terry's appartement aan het afschrobben. Ik denk dat ik hem inhuur om mijn huis schoon te maken.'

'Het kan ook zijn dat hij haar gewoon helpt met de verhuizing. Als je een huis verlaat wordt er van je verwacht dat je het schoon achterlaat.' Mike zei dat nu wel, maar hij geloofde het zelf ook niet helemaal.

'Of, als je iemand als Ted Bundy bent maak je je appartement en je auto onberispelijk schoon, om geen bewijs achter te laten.'

'Van wat?'

'Dat gaan we uitzoeken. Wat doet Terry nu?'

'Ze is nog steeds aan het rijden.'

'Hier zit echt een luchtje aan. Blijf achter haar zitten en raak haar niet kwijt,' zei Nancy, en ze hing op.

De warme zon die hem vanochtend had begroet, was weg, vervangen door donkere wolken. Mike zag de Volvo over de horizon wippen en gaf een beetje gas om haar bij te houden.

Was ze soms op weg naar Canada?

*Daar kom je gauw genoeg achter.*

Mike zag een lange lege weg voor zich. De Volvo was nergens te bekennen.

Paniek overviel hem. Rechts in de verte waren een tankstation van Mobil en een Burger King. Als ze daar niet was gestopt, moest ze afgeslagen zijn bij de afrit na het tankstation.

*Eerst het tankstation checken.*

Mike trapte het gaspedaal helemaal in en scheurde regelrecht de parkeerplaats van de Mobil op. *Laat ze hier zijn, Jezus, God, laat ze niet ergens afgeslagen zijn –*

Daar stond de Volvo, geparkeerd bij een van de benzinepompen. Hij wist niet of ze wel of niet in de auto zat; misschien was ze uitgestapt om naar het toilet te gaan en iets te eten. Maar het was haar auto. Hij herkende het nummerbord.

Mike keerde en zette de truck bij een pomp, drie inritten verder. Hij bedacht dat hij net zo goed kon gaan tanken, aangezien hij niet wist hoe ver Terry van plan was te rijden. Zijn truck stond niet bepaald verscholen, maar Terry zou achterom moeten kijken om hem te zien. Hij was net bezig met tanken toen hij Terry door de deuren van de Burger King naar buiten zag komen. Zij kon hem niet zien. Ze liep met haar rug naar hem toe en terwijl Mike haar in de gaten hield merkte hij dat ze geen haast had om naar haar auto terug te keren. Ze keek ook niet om zich heen, zoals ze had gedaan toen ze haar huis verliet. Ze maakte een ontspannen indruk. Mooi zo. Ze stapte weer in de Volvo en startte de auto.

Mike wachtte even om haar een voorsprong te geven en toen hij weer in de truck stapte, zag hij dat Terry bij een openbare telefoon was gestopt en nu buiten stond te telefoneren. Hij keerde en reed naar de andere kant van het terrein, waar hij zijn auto achteruit inparkeerde in de buurt van de luchtslang. Terry had opgehangen, zag hij, en ze liep terug naar haar auto.

Ze reed alleen niet weg.

Er verstreken twee minuten. Vijf. Terry was er nog.

Misschien zat ze haar lunch op te eten.

*Of wachtte ze op iemand.*

En toen kwam er nog een gedachte bij hem op, een nieuwe, angstaanjagende: als Terry inderdaad op iemand wachtte, wat moest hij dan doen als die ander, of anderen, op kwam dagen? Hij kon maar één iemand volgen.

*De politie bellen.*

En wat moest hij dan zeggen? Hallo, mijn naam is Michael Sullivan. Ik ben de vader van Sarah Sullivan, het meisje dat al vijf jaar vermist is. Wat u moet doen is hierheen komen om Terry Russell, de voormalige verpleegster van Francis Jonah, te arresteren.

*En waarom heeft het zo'n haast, meneer Sullivan?*

Het heeft haast omdat Terry Russell heel vreemd doet. Ze heeft tegen me gelogen en nu rijdt ze in de auto van een vriend door Vermont op weg naar God weet waar – ik neem aan Canada. En ze heeft daarnet vanuit een openbare telefoon met iemand gebeld. Ik weet niet wie ze belde, maar ik weet wel dat ze een mobiele telefoon heeft. Erg verdacht, vindt u niet?

*Misschien heeft ze een slechte ontvangst op haar mobiel.*

Of misschien heeft het iets te maken met Jonah – en Sarah. Waarom zou ze anders in de auto van haar vriend stappen en naar het noorden rijden?

*Ik begrijp het helemaal, meneer Sullivan. Nu ik u toch aan de lijn heb, kunt u me meteen uw bovenwijdte doorgeven. We vinden het altijd prettig als onze psychiatrische patiënten zich comfortabel voelen in hun dwangbuis.*

Ik meen het serieus.

*Natuurlijk doet u dat. De stemmen in uw hoofd kunnen zó verdomd overtuigend klinken! Welnu, als de dokters komen, meneer Sullivan, maakt u zich dan geen zorgen. U krijgt even een spuitje, een klein prikje maar, en al die nare stemmen in uw hoofd zweven gewoon weg. Waar zei u ook alweer dat u was?*

Op dit moment was Terry alleen.

Neem je het risico, of wacht je?

Mike pakte zijn mobiele telefoon, stapte uit zijn truck en begon te rennen.

# 48

Mike maakte het portier aan de andere kant van de auto open en wierp zich naar binnen. Toen Terry hem zag, schrok ze hevig. De hamburger en frietjes, die op geel vetvrij papier op haar schoot lagen, vielen op de grond. Het papieren bekertje gleed uit haar hand en de inhoud ging over de console tussen de twee stoelen in.

'Wat doe je – '

'Merrick heeft jou nooit verteld dat die voorwerpen waren gevonden,' zei Mike, 'maar toch wist jij dat ze onder de vloerplanken onder het bed van Jonah waren gevonden. Dat is tamelijk gedetailleerde kennis, Terry.'

'Ik heb nooit gezegd – '

'Hou op met die flauwekul. Het is voorbij.'

Ze maakte een snelle beweging naar het portier. Hij reikte met zijn hand om haar heen en sloeg het portier in het slot.

'*Hou op, je bent gek –* '

Hij sloeg zijn hand over haar mond. 'Als je gaat schreeuwen komt de politie,' zei hij. 'Ik denk niet dat je dat wilt, of wel, Terry?' Hij schudde haar door elkaar. 'Nou, Terry?'

Haar neusgaten trilden toen ze ademhaalde en ze keek in haar achteruitkijkspiegel. Mike keek over zijn schouder uit het achterraam. Er liepen mensen over de parkeerplaats van het tankstation naar de Burger King, maar niemand keek in hun richting. Op de achterbank lag de zwartleren aktetas die ze meegenomen had uit haar huis.

'We blijven hier niet op je vrienden zitten wachten,' zei hij. 'Ik haal mijn hand weg en jij houdt je stem gedempt, begrepen?'

Ze knikte.

Mike haalde zijn hand van haar mond. Terry bevochtigde haar lippen en ze had grote ogen van angst.

'Ik heb de politie erover horen praten,' zei ze met een zachte, trillende stem. 'Ze zeiden dat ze een pop en je dochters sneeuw-pak hadden gevonden. Dat is de waarheid, ik zweer het.'

'Dan vind je het vast niet erg om met de politie te praten. Rijden maar.'

'Ik zal doen wat je zegt. Doe me alleen geen pijn.'

Terry startte de auto. Mike zat half omgedraaid in zijn stoel en keek naar haar gezicht toen ze optrok. Haar portier zat op slot. Hij hoefde niet bang te zijn dat ze zou proberen de benen te nemen.

Ze stopte aan het eind van de parkeerplaats. 'Waar wil je dat ik naartoe rijd?' vroeg ze.

'Naar het zuiden. Je wilt vast dolgraag weer naar huis om de auto terug te geven aan je politievriend Anthony Lundi.'

Terry vertrok geen spier van haar gezicht. 'Mag ik mijn veiligheidsriem omdoen, alsjeblieft?' vroeg ze.

'Ga je gang.'

Heel kalm deed ze haar gordel om en drukte op de knopjes die de ramen sloten. Ze sloeg linksaf en reed terug over de weg, nooit harder dan honderd, beide handen aan het stuur – op tien en twee uur, precies volgens de regels.

'Je vriend Anthony Lundi,' zei Mike. 'Wat doet hij daar in je huis?'

'Tony kennende is hij daar waarschijnlijk aan het schoonmaken.'

Dat verraste hem; hij had verwacht haar op een nieuwe leugen te betrappen.

Terry vervolgde: 'Ik heb op het moment erg veel pijn, dus vroeg ik Tony mij te komen helpen met schoonmaken. Hij helpt me ook met de rest van het inpakken en daarna met het verhuizen van de dozen.'

'De pijn van de fibromyalgie.'

'Ja. Tony is zo aardig – '

'Je hebt geen fibromyalgie.'

Terry keek nog steeds onverstoorbaar.

'En je hebt nooit telefoontjes ontvangen uit Arizona,' zei Mike. 'Ik heb je laten checken.'

'Oké.'

'Je probeert het niet te ontkennen?'

'Mijn vriendin Sally woont in Nashua, New Hampshire. Ze heeft daar net een baan gekregen.'

'Ik weet van de arrestatie van je vriend Tony, vanwege zijn protestactie tegen een abortuskliniek.'

'Dat is al lang geleden. Dat doet hij niet meer. Ik heb hem gezegd dat het geen zin heeft om de protesteren. God rekent te zijner tijd wel met dat soort mensen af.'

'Dat soort mensen' zei ze heel bits, maar de rest van haar woorden rolden kalm van haar tong. Haar nervositeit was verdwenen, haar gezicht nu ontspannen, alsof ze alleen in haar auto zat en genoot van een rustig autoritje door het landschap.

Zonder Terry uit het oog te verliezen stak Mike zijn hand uit naar de achterbank en ritste de vakken van de aktetas open. Hij vond iets wat leek op een laptop. Dat was het ook – zo'n dun, lichtgewicht model. Hij hield hem bij haar gezicht.

'Waarom rij je helemaal hiernaartoe met dat ding?' zei Mike.

'Mijn harde schijf is gecrasht. Ik kan geen enkel bestand meer openen, dus heeft een vriend aangeboden ernaar te kijken. Hij is een expert in het herstellen van verloren gegane bestanden op kapotte schijven, dus ben ik hierheen gereden voor een afspraak.'

Geen hapering in haar stem, geen aarzeling.

'Zijn naam is Larry Pintarski,' zei ze. 'Ik kan je Larry's naam en adres geven als je hem wilt bellen. Maar dan moeten we stoppen en vanuit een telefooncel bellen. Ik kreeg geen signaal op mijn mobiele telefoon.'

'Dus je liet alles waar je mee bezig was vallen om helemaal hierheen te rijden.'

'Dit is het enige moment waarop hij er aan kan werken.'

'Waarom heb je deze auto geleend?'

'Omdat ik transmissieproblemen heb met mijn eigen auto en ik zo'n lange rit er niet mee aandurfde. Ik heb maandag een afspraak bij de garage.'

Mike keek snel door de achterruit. Er zaten geen auto's achter hen.

'Er is echt geen samenzwering,' zei Terry. 'Mijn bankrekeningen, mijn cv – mijn hele leven staat op die computer en ik moet – '

'Waarom ben je niet doorgereden naar het huis van die persoon?'

'Omdat het moeilijk is dat huis te bereiken. De vorige keer dat ik er was is twee jaar geleden en toen ben ik verdwaald. Ik heb geen richtingsgevoel. Om het me gemakkelijker te maken zei Larry dat ik bij het tankstation op hem moest wachten. Dat deed ik dus toen jij me ontvoerde. Toe maar, bel hem maar als je wilt.'

Terry gaf zo soepel antwoord op al zijn vragen en het klonk allemaal zo redelijk, dat hij merkte dat hij daar voor een deel op inging.

'Je leeft onder enorme stress, Mike – en dat is heel begrijpelijk. Ik heb zelf geen kinderen, dus zal ik niet net doen alsof ik weet wat je doormaakt. Waar ik wel iets van af weet, mijn ervaringsgebied, is verdriet. Ik weet dat het gevoel van rouw soms zo sterk kan zijn dat het je verblindt. Ik begrijp dat en ik wil je helpen. Zeg maar wat je wilt.'

'Ik ben van plan de waarheid over mijn dochter te achterhalen en daar doe ik alles voor, begrijp je dat?' Mike probeerde haar nu bang te maken.

'Wat ik niet heb kan ik je niet geven.'

Het waren dezelfde woorden die Jonah die ochtend op het pad ook had gebruikt.

'Degene die verantwoordelijk is voor wat er met je dochter is gebeurd, is heengegaan,' zei Terry. 'Ik kan er niets aan veranderen, en ik kan er ook niets aan veranderen dat die drie meisjes nu bij God zijn.'

'Je wist dat die spullen onder de vloerplanken lagen.'

'Ik heb gezegd, dat ik toevallig hoorde – '

'Ik heb Merrick al gesproken,' loog Mike. 'Hij heeft je nooit iets verteld. Niemand.'

'Ik heb het toevallig gehoord.'

'Lulkoek.'

'Ik wil geen ruzie met je maken. We zullen met rechercheur Merrick gaan praten, als je dat wilt. En ik doe ook geen aangifte. Dat beloof ik.'

De vastberadenheid die hem gedurende de hele rit had gevoed, brokkelde nu af. Waarom was Terry zo meegaand? Niets wat hij zei maakte dat ze zich versprak. Ze had overal een antwoord op. Was het mogelijk dat hij het bij het verkeerde eind had? *Wat ontgaat me?*

Terry draaide haar gezicht naar hem toe en schonk hem een meelevende blik. 'Je moet je dochter loslaten. Als je dat niet doet, zal het je kapotmaken.'

Mike opende haar laptop. 'Je vindt het zeker niet erg als ik even een blik op je laptop werp om je verhaal te verifiëren, hè?'

'De aan-knop zit helemaal links, die met het groene vierkantje erin.'

Hij zette de laptop boven op de console tussen hen in en drukte op de knop.

Terry ging boven op de rem staan.

# 49

Mike zat opzij gedraaid toen Terry op de rem stond en hij voelde hoe hij met de zijkant van zijn hoofd tegen de voorruit knalde. Felwitte bollen van pijn explodeerden voor zijn ogen. Hij sloeg weer achterover in zijn stoel en het gillende geluid van slippende rubberbanden vulde de lucht. Terry gaf gas en zijn hoofd tolde en schreeuwde. Hij probeerde ergens houvast te vinden, toen ze weer keihard remde. Vlak voor hij zijn ogen dichtkneep zag hij de blauwe cijfers van de klokradio opgloeien. Hij sloeg met zijn voorhoofd tegen de radio; nog meer witte lichtbollen die uit elkaar spatten. Toen hij terugklapte tegen de stoelleuning was hij zich er nog vaag van bewust dat de auto van de weg was geraakt en over de hellende, met gras begroeide middenberm naar beneden hobbelde.

En toen, stilte.

Er gingen pijnscheuten door zijn rug en elke spier leek verrekt en gekneusd te zijn. Maar hij was wel bij bewustzijn. Hij meende een portier open te horen gaan, ja, het wás open; een aanhoudend ping-ping-ping-geluid vulde de auto.

*(Ze stapt uit, snel, snel, kom overeind, doe iets, grijp haar, anders doet ze nog iets anders. Jezus ze weet iets over Sarah, ze moet, ze moet iets weten, ze weet iets, vooruit schiet op, ze weet)*

Mike deed zijn ogen open en kon wazig zien dat Terry nog in haar stoel zat. Hij knipperde met zijn ogen om ze wat beter te kunnen focussen, helder genoeg om te zien dat ze haar veiligheidsriem had losgemaakt, de laptop tegen haar borst geklemd hield, en dat ze met haar ene hand zat te zoeken in iets wat op haar handtas leek.

Mike greep naar haar. Ze draaide zich om, gaf een schreeuw en stompte met grof geweld haar vuist in zijn gezicht, twee, drie keer, tot hij erin slaagde zijn hand om haar pols te klemmen. Terry draaide haar lichaam en probeerde zich los te worstelen.

De laptop viel naar buiten, op de grond. De vrije hand waarmee ze aan het zoeken was kwam uit het tasje tevoorschijn met, *o shit*, een vuurwapen.

Mike wierp zich uit alle macht naar voren.

Het schot was oorverdovend. De voorruit lag aan diggelen en het regende glasscherven. Hij lag zijwaarts op haar en moest al zijn kracht gebruiken om haar hand met het vuurwapen vast te houden, terwijl zij met haar andere hand in zijn gezicht beukte. Hij drukte de rug van haar hand in een glasscherf die nog in het raam zat en Terry begon te krijsen – een hoog gekrijs van razernij, dat hem door merg en been ging en hem bang maakte. *Normale mensen gillen niet zo, deze vrouw is krankzinnig en ze weet wat er met Sarah is gebeurd, o god, ze WEET HET.*

Ze liet het wapen vallen. Het rolde op de grond in de buurt van het gaspedaal en de rem. Mike probeerde het te pakken. Terry rukte zich los en vloog de auto uit.

Met het wapen in zijn hand tuimelde Mike naar buiten, op de grond. Terry had de laptop opgepakt, maar zette hem opengeklapt weer neer en begon er met haar sportschoenen boven op te dansen.

'Stop,' schreeuwde Mike. 'Stop, of ik schiet, ik zweer het je.'

Terry negeerde hem en bleef doorgaan met trappen. Leunend op de auto kwam Mike overeind, maar viel haast weer om. Hij kon geen evenwicht vinden, alsof hij dronken was.

*Niet dronken,* corrigeerde een stem hem, *je hebt een hersenschudding.*

Het scherm van de laptop was kapot en er lagen een heleboel plastic toetsen en losse onderdelen over de grond verspreid. Hij wankelde naar haar toe en toen ze hem met het wapen aan zag komen, draaide ze zich om en rende het bos in.

Hij mikte laag, met de bedoeling een paar waarschuwingsschoten te lossen. Hij had nog nooit met een vuurwapen geschoten en toen hij de trekker overhaalde was hij verbaasd toen het afging. Hij schoot nog eens.

Terry gaf een schreeuw en hij zag dat ze door haar benen zakte.

Toen hij haar inhaalde zag hij haar wel drie keer en heel wazig. Mike mikte met het wapen op alledrie, opgelucht, toen hij even later merkte dat de drie gestaltes weer tot één versmolten. Hij bleef met zijn ogen knipperen, om zich ervan te vergewissen dat Terry er nog was. Ze was er nog. Er zat een donkerrode vlek op haar spijkerbroek en ze greep er met haar handen naar. Haar haren waren een wilde warboel. De mouw van haar trui was gescheurd.

'Wat heb je met Sarah gedaan?'

Terry schonk geen aandacht aan hem. Ze vouwde haar handen en begon te bidden.

Mike drukte het vuurwapen tegen haar slaap. 'Mijn dochter,' zei hij. 'Vertel me over mijn dochter.'

Terry ging door met bidden. Haar ogen stonden glazig en ze staarde op zo'n holle manier die hem deed denken aan een donker, leeg huis. Was ze in trance? Waar ze ook was, hier niet.

'De politie is al ingeschakeld,' zei Mike. Zijn mond was kurkdroog en hij had moeite met het formuleren van zijn gedachten. Er druppelde bloed langs zijn gezicht; hij kon het langs zijn achterhoofd en zijn voorhoofd voelen sijpelen en zag dat er een druppel op de mouw van zijn shirt viel. Hij bloedde, maar hoe erg? 'Dat waar jij mee bezig bent – '

'Dat is zoveel groter dan jij,' zei ze, terwijl ze haar hoofd met een ruk naar hem toedraaide. 'Jij kunt me niet bang maken. Ik handel naar de wil van God en God alleen zal me beschermen.'

Mike duwde de loop van het vuurwapen harder tegen de zijkant van haar hoofd en hield het schuin. 'Zeg me waar ze is,' zei hij. 'Zeg me waar ze is en ik laat je in leven.'

'Ik speel geen handjeklap met zondaars. Zondaars zullen worden gestraft. Jij, die hoer van een wijf van je – jullie zullen allemaal veroordeeld worden, net als pastoor Jonah. Toen het touw om zijn nek was gelegd, verzette hij er zich niet tegen omdat hij wist dat hij had gezondigd door die moorddadige hoeren vergiffenis te schenken. Hij zal de straf van God niet ontgaan, want Gods straf is snel.'

'Je hebt Jonah omgebracht.' Dat klopte niet. Jonah had zelfmoord gepleegd; dat had Merrick toch zelf gezegd? Ja, natuurlijk zei hij dat. Ja, in het restaurant in Belham, Dakota. Mike herinnerde het zich – althans, hij meende het zich te herinneren. Hij wist het niet meer zeker.

'Je dochter is dood,' zei Terry.

Mike knipperde weer en viel bijna om.

'We hebben haar gedood.'

'Je liegt.'

'Verlos me,' zei Terry, en ze sloot haar mond om het wapen, haar lippen een gruwelijke glimlach rond de loop.

Mike voelde zijn vinger om de trekker spannen.

*Doe het niet*, schreeuwde een stem tegen hem. *Maak geen martelaar van die gek, dat is exáct wat ze wil dat je doet.*

Hij rukte het wapen uit haar mond en drukte Terry met zijn andere hand tegen de grond. Ze verzette zich niet, zelfs niet toen hij haar op haar buik draaide. Terry's gezicht lag opzij gedraaid, haar ogen waren gesloten en ze mompelde iets wat op een gebed leek. Mike stond weer op, plantte zijn voet op haar middel en nadat hij het wapen in zijn linkerhand had genomen, pakte hij zijn mobiele telefoon uit zijn achterzak. Hij stond op het punt 911 in te toetsen, toen hij in de gaten kreeg dat hij de cijfers niet kon zien. Ze gingen wazig aan en uit voor zijn ogen. En ook het gezicht van Terry. Alles om hem heen.

Mike knipperde weer en bleef dat doen tot alles weer helder werd en toetste toen 911 in.

'Ik heb haar,' zei hij tegen de man die opnam.

'Wie hebt u, meneer?'

'Terry Russell. De verpleegster van Francis Jonah. Ze weet wat er met Sarah is gebeurd – Sarah Sullivan, dat is mijn dochter. Ik ben haar vader.' De woorden rolden eruit, hij schreeuwde bijna. 'Ik ben haar vader, Mike Sullivan. U moet hier komen. U moet hier onmiddellijk naartoe komen.'

'Meneer Sullivan, ik moet u vragen wat langzamer aan te doen en – '

'Luister naar me. U moet hier *onmiddellijk* mensen naartoe sturen. Er is niet veel tijd.'

'Zeg me waar u bent.'

Mike gaf de operator aanwijzingen en liet ze hem vervolgens herhalen. 'Ik heb een wapen tegen haar hoofd,' zei hij. 'Ik heb al een keer op haar geschoten. Begrijpt u wat ik hiermee zeggen wil?'

'Ja, ik begrijp het.' De toon van de operator werd alert. Hij begon langzaam en luid te spreken, opdat er geen misverstand kon rijzen. 'Er is hulp onderweg, meneer Sullivan. Blijft u aan de telefoon met me praten. U wilt toch zeker niet iets doen waar u de rest van uw leven spijt van heeft.'

'Dan moeten jullie opschieten.' Mike hing op. Het werd nóg moeilijker om zich te concentreren en te vechten tegen de behoefte te gaan zitten en misschien even zijn ogen te sluiten. Niet slapen, gewoon even uitrusten.

*DAT ZEGT JE HERSENSCHUDDING. NIET DOEN. JE BENT ER ZO DICHTBIJ. JE MOET ERTEGEN VECHTEN. ALS JE GAAT ZITTEN DOE JE JE OGEN DICHT EN DAN VERLIES JE SARAH OPNIEUW. WIL JE DAT?*

Nee. Nee, dat wilde hij niet – hij moest er niet aan dénken. Sarah leefde. Wat Terry ook zei, Sarah leefde en hij zou haar niet weer in de steek laten.

De behoefte om te zitten en uit te rusten kwam opnieuw opzetten en hij bedwong het door eraan te denken hoe Sarah op het punt stond de Heuvel op te lopen, maar nu, nu hij haar zijn hand gaf, pakte ze hem en hij kon de zachtheid van haar handje voelen, en ze glimlachte, haar bril die zo scheef op haar gezicht stond, hij kon haar gezicht zien, haar mooie gezichtje, hij kon het zien, zo ontzettend helder.

'Maak je geen zorgen, Sarah. Pappie laat je niet gaan, ik beloof het.'

'Ze is weg,' zei Terry. 'Je zult haar nooit vinden.'

Terry glimlachte – tenminste, Mike dacht dat ze dat deed. Haar gezicht, de grond, alles om hem heen zwom niet weg, het smolt. Hij knipperde wel drie, vier keer met zijn ogen. Het smelten wilde niet ophouden.

Terry was weer aan het bidden; hij kon haar horen mompelen. Mike drukte het wapen tegen haar slaap.

'Vertel op,' zei hij, en hij spande de trekker. 'Vertel het me nu.'

# 50

Mikes ogen gingen knipperend open. Hij zag een aan de wand gemonteerde televisie met een oude aflevering van *De Simpsons*. Homers kont stond om een of andere reden in brand; hij rende schreeuwend rond op zoek naar een plek om de vlammen uit te doven.

Mike hoorde zacht gegrinnik en zijn ogen gleden opzij naar een jonge, aantrekkelijke vrouw met kort blond haar, die bezig was aantekeningen te maken op een kaart. Ze droeg een witte doktersjas en er hing een stethoscoop om haar nek.

Een dokter of een verpleegster. Hij lag in een ziekenhuis.

*(Terry)*

*(wie?)*

hij bracht een hand naar zijn gezicht en toen hij zijn voorhoofd aanraakte

*(Terry is de verpleegster van Jonah)*

voelde hij dik verbandgaas aan de rechterkant van zijn hoofd.

*(Ik volgde Terry. Ik volgde haar naar een tankstation en toen stapte ik bij haar in de Volvo en Terry werd gek en – )*

'Sarah,' kraakte hij.

'Meneer Sullivan, niet uw hoofd optillen.'

Pijnscheuten flitsten door zijn hoofd en hij liet het terugvallen op het kussen. O, jezus christus. Hij draaide zich op zijn zij en wilde overgeven.

'Dat is goed, rustig en ontspannen blijven liggen,' zei de vrouw. Ze kwam aan zijn bed staan. 'Ik ben dokter Tracy.'

'Ik moet met de politie praten.'

'Rustig aan, meneer Sullivan.'

'U begrijpt het niet.'

'Ik begrijp het wel. De FBI is hier.'

Mike knipperde met zijn ogen en staarde haar aan.

'Dat is echt zo. Buiten uw kamer staat een agent te trappelen om met u te praten, maar eerst moet u een paar vragen van mij beantwoorden. Wat is uw voornaam.'

'Michael.'

'En waar woont u?'

'Belham. Belham, Massachusetts. Het ligt vlak buiten Boston. Waar ben ik?'

'In Vermont. Weet u hoe u hier bent gekomen?'

'Ik herinner me dat ik in het bos was.'

'Was u alleen?'

'Nee. Ik was met een vrouw. Terry Russell. Zij was de verpleegster van Jonah. Alstublieft, ik moet onmiddellijk de FBI-agent spreken.'

'Beantwoordt u op dit moment alleen even mijn vragen, oké?'

De arts begon een waslijst van ogenschijnlijk belachelijke vragen te stellen: wat de datum van vandaag was, het jaar, de naam van de president. Mike beantwoordde ze allemaal correct en daarna ging de dokter verder met uit te leggen dat hij een tweedegraads hersenschudding had. De CT-scan was goed: geen interne bloedingen in de hersenen.

'Wij houden u vannacht nog hier,' zei de dokter. 'Vanavond komt een verpleegster om u wakker te maken. Als u moeite hebt met wakker worden, als u verward bent of als u begint over te geven, houden we u hier en doen we nog een paar tests. Ik denk dat het allemaal in orde is, maar de eerste paar weken moet u uw hersenen de tijd geven om te herstellen. Dat betekent: geen fysieke inspanning, geen werk, veel rust.'

'Ik kan me niet herinneren hoe ik hier gekomen ben.'

'Soms hebben patiënten met hoofdletsel last van gedeeltelijk geheugenverlies. Dat is heel normaal. U hebt behoorlijk wat tikken op uw hoofd gehad.'

Dat stond buiten kijf. Door de medicijnen die ze hem hadden gegeven heen kon Mike zwakjes de rechterkant van zijn schedel voelen kloppen.

De deur ging open en er kwam een man in een pak en een stropdas binnen. Hij had keurig geknipt blond haar en zijn gezicht was een en al zakelijkheid.

'Meneer Sullivan, ik ben special agent Mark Ferrell.'

'Mijn dochter,' zei Mike weer.

De trek op Ferrells gezicht veranderde iets – werd gesloten, vond Mike, en hij voelde zijn hart overslaan.

'Daar gaan we het allemaal over hebben,' zei Ferrell. 'Voelt u zich in staat om te praten?'

Voordat Mike antwoord kon geven, zei de dokter: 'Doet u rustig aan met hem.'

'Dat doe ik,' zei Ferrell, 'op mijn erewoord.'

'Mooi,' zei de dokter, 'dan vindt u het vast niet erg als ik blijf, om te zien of u zich aan uw woord houdt.'

Ferrell ging op het verwarmingsrooster zitten. Mike zei: 'Terry Russell.'

'Die is in hechtenis genomen. De State Police heeft haar achtervolgd op de snelweg en had er een hele klus aan om haar te pakken te krijgen.'

Mike herinnerde zich dat Terry op haar knieën lag te bidden. Hij herinnerde zich dat hij de haan van de trekker spande om haar bang te maken. *Nou, dat is niet helemaal waar, hè?* Nee. Hij wilde haar wel bang maken, ja, maar dat andere deel van hem had nog een kogel door haar heen willen jagen. Die gedachte had hem niet zozeer beangstigd als wel slaperig gemaakt en hij wist nog dat hij een stap achteruit had gedaan, nog een stap en toen... *shit*, wat was hij kwijt?

De dokter zei: 'Gaat het wel, meneer Sullivan?'

'Ik herinner me niet wat er in het bos is gebeurd.'

'Dat komt vast wel weer bij u boven,' zei Ferrell. 'Op dit moment zijn mijn mensen bezig Terry Russell te verhoren en de FBI assisteert bij het onderzoek in Belham. Haar maatje Lundi is in hechtenis genomen. Hij wil onderhandelen over een lichtere straf in ruil voor informatie. En we hebben Terry's laptop. We raken nog maar net het toplaagje van wat hier aan de hand is, maar ik zal u vertellen wat ik tot dusverre weet. Als u iets niet begrijpt of als u een vraag hebt, onderbreek me dan meteen, oké?'

Mike knikte. Waarom praatte Ferrell zo langzaam?

*Hij praat niet langzaam*, antwoordde een stem. *Het is je hoofd. Die is als boksbal gebruikt en nu zit je onder de medicijnen, dus zorg ervoor dat je oplet. Dit is misschien wel de enige kans die je hebt.*

Ferrell zei: 'Wat wij op dit moment weten, is dat Terry Russell en Anthony Lundi deel uitmaken van een radicale, extreem christelijke pro life-groepering, die zichzelf de Soldaten van de Waarheid en het Licht noemen. Wij denken dat deze groep al een kleine twintig jaar actief is. Wat deze groepering doet is jonge kinderen ontvoeren van ouders die een abortus hebben laten uitvoeren. Deze kinderen worden gehersenspoeld zodat ze denken dat hun ouders dood zijn en vervolgens bij christelijke volwassenen in huis geplaatst die om een of andere reden zelf geen kinderen kunnen krijgen. De nieuwe ouders van deze ontvoerde kinderen behoren ook tot de groep – op die manier hebben ze dit niveau van geheimhouding zo lang kunnen volhouden – en wonen voor het grootste deel in andere landen, voornamelijk in Canada. Deze groep opereert op een Al Qaeda-achtige manier, via strikt gecodeerde e-mail. Ze lieten leden van deze groepering door het hele land in abortusklinieken werken, waar ze gegevens over verschillende vrouwen verzamelden, die ze – '

'Heeft Terry jullie dat allemaal verteld?' Mike kon niet geloven dat Terry al die informatie zou prijsgeven. Ze had geweigerd te praten met een vuurwapen tegen haar hoofd. Waarom zou ze nu praten?

'Terry weigert mee te werken,' zei Ferrell. 'Maar haar vriend Lundi? Hij is een ex-diender, dus die kent het klappen van de zweep. Eerst wilde hij niet praten, maar toen we hem vertelden dat we de laptop hadden gevonden, was hij niet meer te stoppen.'

'Nee.'

'Wat nee?'

'Ze heeft de laptop kapotgemaakt. Ik heb het gezien. Het scherm was weg.'

'O. Foutje van mij. Ik ga er altijd van uit dat iedereen van computers op de hoogte is. Ja, technisch had ze de laptop kapotgemaakt. Maar het belangrijkste heeft ze niet kapot gekregen, de harde schijf. Dat dingetje hebben we verwijderd en in een andere computer gezet en toen onze jongens eenmaal de beveiliging hadden gehackt, konden we aan de slag. Wat we tot nu toe hebben ontdekt is het adresboek van Terry met de namen van al die mensen, hun adressen en telefoonnummers. En we hebben kopieën van haar e-mails van de afgelopen drie maanden. Ze wist het niet, maar haar e-mailprogramma sloeg automatisch elke e-mail die ze verzond of ontving op.'

Dat verklaarde waarom Terry zo'n haast had om de laptop het huis uit te krijgen. *Ik vertelde haar over de abortussen en toen raakte ze in paniek. Ze bedacht dat het slechts een kwestie van tijd was of de politie zou voor de deur staan – en als ze kwamen en om een of andere reden beslag zouden leggen op de laptop als bewijsstuk, zouden ze haar harde schijf kunnen lezen en zien wat er opgeslagen was.*

'Terry pleegde onderweg een paar telefoontjes met een mobiele telefoon,' zei Ferrell. 'Het lijkt erop dat ze enkele leden van haar groep belde, die vervolgens de families waarschuwden – je weet wel, zodat ze de benen konden nemen. Gaat het wel?'

'Alleen een beetje slaperig. Blijf praten.' Hij was bang dat als Ferrell stopte met praten hij weer in slaap zou vallen en zijn hoop zou vervliegen, en dat als hij weer wakker werd iemand binnen zou komen en zeggen dat dit een droom was geweest, sorry, meneer Sullivan, het spijt me heel erg.

'Er stond heel wat informatie over Jonah in de e-mails,' zei Ferrell. 'Het eerste meisje dat hij al die jaren geleden zou hebben aangerand? De moeder van dat meisje maakte deel uit van Terry's groep en zij wist haar dochter te overreden het spel mee te spelen. Het kwam goed uit dat het meisje de aanklacht introk vlak voordat de zaak voor de rechter kwam, maar dat deed er al niet meer toe. Het zaad van de twijfel was gezaaid.'

'Ik kan dit niet volgen.'

'Terry's groep haatte Jonah, omdat ze wisten dat hij vrouwen die een abortus hadden ondergaan vergiffenis had geschonken. Jonah vertegenwoordigde – en ik citeer – "het voortgaande morele verval van de katholieke Kerk". Zij vonden dat Jonah het recht niet had priester te zijn, dus wat deed deze groep? Ze richtten de verdenking van de verdwijningen van de drie meisjes op hem.'

Wacht even. Zei Ferrell dat Jonah onschuldig was? Dat kon toch niet waar zijn.

Mike zei: 'Merrick vond die spullen onder de vloer in Jonahs slaapkamer. Hij heeft cassettebandjes gevonden.'

'Die heeft Terry daar allemaal neergelegd,' zei Ferrell. 'En Lundi hing het jack aan het kruis. Het is louter toeval dat Jonah die avond rond de top van de heuvel liep, maar het maakte niet uit of hij het jack vond of iemand anders. Als het jack werd gevonden zou jij het identificeren en dan zou de politie regelrecht naar Jonah gaan en hem weer onder de microscoop leggen.'

Jonahs stem, die avond toen hij opbelde: *Ik zal in vrede sterven. Dat neem je me niet af. Jij niet, de politie niet, de media niet. Blijf uit mijn buurt, of ik laat je wegrotten in de gevangenis.*

'Dus waarom deden ze dat allemaal terwijl Jonah al stervende was?' zei Ferrell. 'Ze wilden hem zo lang mogelijk laten lijden. Jonah bekende tegenover Terry dat hij doodsbang was om alleen in een gevangeniscel te sterven. Het enige wat hij wilde was zijn laatste dagen in vrede te leven en thuis te sterven. Toen het er niet naar uit zag dat de politie Jonah zou arresteren, bedachten Terry en Lundi het idee hem te verbranden. Natuurlijk wist Lundi dat de politie een onderzoek zou instellen, dus moesten ze de verdenking op iemand anders richten.'

'Lou,' zei Mike.

'Je snapt het. Lundi wist dat jouw vader bij Jonahs huis rondsnuffelde, dus zette Lundi een val voor hem. Het was Lundi die op die avond achter het schuurtje wachtte en het was Lundi die de molotovcocktail gooide. Lundi liet de aansteker van je vader en een paar sigarettenpeuken vallen en wie werd er gepakt? We hebben al contact met je vaders advocaat opgenomen.'

Mikes aandacht was nog steeds bij Jonah. 'Jonah was dus...' Hij kreeg het niet uit zijn strot.

Ferrell knikte. 'Onschuldig. Zijn zelfmoord was in scène gezet. Terry pompte hem vol morfine en Lundi slingerde hem over zijn schouder – wat niet moeilijk was, aangezien Jonah toen al zo uitgemergeld was. De politie komt, vindt het bandje met je dochters stem, ze doen hun werk en ze vinden maar één verwurgingsplek om Jonahs nek. Gezien de geschiedenis van Jonah, leek het erop dat ze hier een zelfmoord bij de hand hadden. Zaak gesloten. Er ging geen rood lampje branden bij al die morfine in zijn lichaam, want Jonah gebruikte dat bij de behandeling van de kanker.'

Toen herinnerde Mike zich de woorden van Terry in verband

met Jonah: *Toen het touw om zijn nek was gelegd, verzette hij zich er niet tegen, omdat hij wist dat hij had gezondigd door die moorddadige hoeren vergiffenis te schenken. Hij zal de straf van God niet ontgaan, want Gods straf is snel.*

Mike zag voor zich hoe Jonah worstelde in de lus die steeds strakker om zijn nek kwam te zitten en het besef van wat er werkelijk met hem gebeurd was door zijn hoofd schreeuwde. Mike probeerde zich voor te stellen hoe Jonah dat laatste ogenblik van zijn leven onderging.

*Alleen God kent de waarheid.*

Onschuldig. Jonah was al die tijd onschuldig geweest. Jonah had al die tijd de waarheid verteld.

*En ik probeerde hem om te brengen – tweemaal zelfs.*

Het koude zweet brak Mike uit.

Ferrell zei: 'Ze hebben die arme drommel tot op het allerlaatste moment laten lijden. Toen Lundi de strop om Jonahs nek legde, biechtte hij aan Jonah op wat ze hem hadden aangedaan en schopten hem toen van het houtblok. Het staat allemaal tot in details in de e-mails tussen Terry en Lundi.'

Ferrells telefoon ging.

'De hele operatie is zo verbijsterend simpel dat het aan genialiteit grenst. Excuseer me even.' Hij liep naar de andere kant van de kamer. Mike zag hoe de agent zijn telefoon tegen zijn oor drukte en begon te fluisteren.

*Alleen God kent de waarheid.*

Mikes ogen werden zwaar. Hij sloot ze en hield zichzelf wakker door zich te concentreren op de stem van de agent en het geklik van zijn schoenen. Ze zouden Sarah vinden. Mike wist het. Geen God zou hem zover laten komen, zo dichtbij brengen, om haar dan weer te laten verdwijnen. Zo gemeen zou God niet voor een tweede keer zijn.

Mike viel in slaap.

'Meneer Sullivan?'

De stem van de FBI-agent. Mike opende zijn ogen en zag dat het donker was in de kamer.

'Ik heb zojuist de bevestiging gekregen,' zei Ferrell, en een glimlach brak door op zijn gezicht. 'We hebben haar. We hebben uw dochter gevonden.'

*Zo dichtbij, en toch zover weg*

# 51

'Ik ben niet zo'n, je weet wel, natuurmens, maar zelfs ik kan een uitzicht als dit waarderen.'

Bill had gelijk. Het wás een indrukwekkend uitzicht. Overal waar je keek zag je dalen met bloeiende bomen. De boerderij in Vermont met zijn uitgestrekte doolhof van kamers, lag volledig geïsoleerd. Het was een veilig huis, had special agent Mark Ferrell verklaard, dat voornamelijk als tijdelijke schuilplaats diende voordat mensen in het Witness Protection Program werden geplaatst. Met alle mediagekte rond het verhaal van Sarah, vond de FBI het beter om de hereniging hier te laten plaatsvinden, op een plek waar geen camera's en microfoons waren en Sarah de tijd zou hebben om te wennen.

In het huis achter hem ging een telefoon. Mike draaide zijn hoofd om en zag door het raam agent Ferrell over de parketvloer lopen en in een mobiele telefoon praten. De vrouw in het zwarte kostuum was de kinderpsycholoog, Tina Davis. Mike had gistermiddag én een groot deel van de avond met Davis gepraat en geluisterd, toen zij uitlegde hoe Sarah benaderd moest worden en wat hij kon verwachten.

*De belangrijkste persoon in dit alles is Sarah,* had dokter Davis benadrukt. *Ze zal in het begin erg in de war zijn. Ze moet zich aan een heleboel dingen aanpassen: dat haar ouders nog leven, dat jij en je vrouw gescheiden zijn. Ze zou zelfs boos kunnen zijn. Ze wil misschien niet praten. Dat is allemaal normaal. De familie Myer is erg goed voor haar geweest.*

De familie Myer. Katholiek, geen kinderen. Dina Myer, die geen kinderen kan krijgen en het zich niet kan veroorloven een kind te adopteren. Dina en Albert Myer, lid van Terry Russells radicale pro life-groep. Het verhaal waarmee elke nieuwsuitzending en elke krant opende – en dat, volgens Ferrell, almaar groter zou worden. Mike kon het allemaal niet in zich opnemen. Hij kon zich niet voorstellen hoe Sarah aan dit alles het hoofd zou bieden.

Bill zei: 'Heb je Jess al gesproken?'

'Nog niet.' Jess zat halverwege haar vierentwintiguursvlucht naar Australië, toen het nieuws over Sarah bekend werd. Toen het vliegtuig landde was de Australische politie aan boord gekomen om haar de situatie uit te leggen. En nu zat Jess weer in het vliegtuig terug naar huis en zou later die avond landen.

Mikes mobiele telefoon ging. Hij had hem aanstaan voor het geval Jess besloot hem te bellen.

Het was het nummer van Sams kantoor.

Nancy Childs was aan de lijn. 'Hoe voel je je, pappie?'

'Opgewonden. Ontzettend bang. Zeg het maar.'

'Het komt allemaal goed.'

'Dat zeggen ze aldoor.'

'Het is echt zo. Zeg, je begrijpt zeker wel dat het iets gigantisch is wat jij allemaal naar boven hebt gehaald. Je zult worden bedolven onder de telefoontjes – Oprah, Diane Sawyer, literair agenten die je verhaal naar buiten willen brengen en verkopen als film van de week. Ik adviseer je iemand in de arm te nemen die jou tegenover de media vertegenwoordigt, zodat jij je aandacht op je dochter kunt richten. Ik heb hier de naam van iemand die erg goed is, Lucy Waters. Ik zal haar later vandaag laten bellen op je mobiele telefoon. Is dat goed?'

'Dat is prima. Nancy, ik wil je bedanken – '

'Ik bleef graven omdat jij dat wilde. Iedereen, ik incluis, zei dat je ermee op moest houden en haar los moest laten, maar dat heb je niet gedaan. Jij, meneer Sullivan, bent erin blijven geloven, dus als je iemand wilt bedanken moet je in de spiegel kijken.'

'Kun jij een man wel uit laten praten?'

'Weer zoiets wat Sam en ik gemeen hebben. Nu ik het toch over haar heb, hier komt ze. Blijf aan de lijn.'

Sam nam het over: 'Ik wil je niet ophouden. Ik wilde alleen even zeggen hoe blij ik voor je ben.'

'Zonder jou had ik het niet voor elkaar gekregen. Dank je, Sam. Voor alles.'

De achterdeur ging open en agent Ferrell kwam naar buiten.

Niet in pak en stropdas, maar in een spijkerbroek, een wit shirt en een fleece vest.

Mike zei: 'Ik moet ophangen. Kan ik je later terugbellen?'

'Ik ga nergens heen.'

'Ik ook niet,' zei Mike. Hij bedankte haar nogmaals en hing op.

Deze ochtend glimlachte Ferrell, zijn blauwe ogen stonden opgewekt en onbezorgd. Mike mocht Ferrell. Geen vraag was hem te dom of te vaak gesteld. De eerste twee dagen bleef Mike, tussen de vragen van Ferrell door, zeggen: 'Weet je wel zeker dat het meisje dat jullie hebben gevonden Sarah is? Jullie twijfelen er helemaal niet aan?' En dan glimlachte Ferrell steeds en bevestigde opnieuw wat hij wist: *Er bestaat geen twijfel over dat ze je dochter is. We hebben haar vingerafdrukken vergeleken en wij zeggen altijd: vingerafdrukken liegen niet.*

En toch voelde Mike die angst weer bij hem naar binnen kruipen. *Sorry, meneer Sullivan, maar er is een vergissing gemaakt.* En dan zouden ze hem terugrijden naar Belham, terug naar zijn lege huis, waar de verslaggevers op hem wachtten. En dan zou hij in die microfoons moeten zeggen: *Sorry, het is allemaal een groot misverstand geweest.*

'Je dochter is onderweg,' zei Ferrell. 'Ze zal binnen een uur hier zijn. Meneer O'Malley, u begrijpt dat – '

'Ik weet het, strikt familie, we willen haar niet in de war maken, omdat ze toch al verward genoeg is. Dokter Hot Legs daarbinnen heeft me al ingeseind.'

'De auto staat voor het huis te wachten,' zei Ferrell, en wendde zich toen tot Mike. 'Dokter Davis wil je even spreken, nog een paar dingen doornemen, voordat je dochter hier is.'

*Je dochter.*

Sarah was onderweg hierheen.

Naar hem toe.

Om weer thuis te komen.

En Mike werd vervuld van blijdschap tot het punt waarop hij dacht dat hij uit elkaar zou barsten.

Met die vreugde kwam een nieuwe reeks angsten boven.

'Als ze me nu eens niet herkent?' vroeg Mike aan dokter Davis.

'Dat kan best in het begin. Ze was zes toen ze werd meegenomen.'

'Eneenhalf.'

'Pardon?'

'Sarah was zeseneenhalf toen ze werd meegenomen.'

Dokter Davis glimlachte. Ze leek oprecht mee te leven met de situatie en te willen helpen. Mike merkte dat hij open tegenover haar wilde zijn, zijn hart op tafel wilde leggen en het met haar ontleden – wat ze maar wilde.

Ze zaten in de huiskamer, dokter Davis in een stoel bij het raam dat uitkeek over de lange, slingerende oprit. Mike zat voorovergebogen op een bank, handenwrijvend tussen zijn knieën en hij staarde naar de vloer.

'Hoeveel herinner jij je nog van toen je zes was?' vroeg dokter Davis.

Mike kon alleen maar losse dingen ophoesten: dat hij overstak naar de tuin van de buren; dat hij bij Lou in een roeiboot stapte; dat hij in een winkel ruziemaakte met zijn moeder omdat hij twee kleurboeken wilde hebben in plaats van een.

'Misschien heeft Sarah wel herinneringen aan jou en je vrouw, maar die zijn waarschijnlijk diep weggestopt,' zei ze. 'Maar dat is slechts tijdelijk. Die herinneringen zullen bij haar boven komen, maar je moet haar de tijd geven. Wat Sarah nu doormaakt is heel traumatisch. Ze is gehersenspoeld – dat deden ze met al die kinderen. Daarom pakte de groep ook alleen maar jonge kinderen. Sarah heeft van Dina en Albert Myer te horen gekregen dat jij en je vrouw gestorven waren en ze woont bij een nieuw gezin in een ander land. En dan, als een donderslag bij heldere hemel, komt de politie binnen en haalt haar weg. Sarah komt er niet alleen achter dat jij en je vrouw nog leven, ze ontdekt ook dat de familie Myer haar ontvoerd heeft. Het is mogelijk dat Sarah dingen heeft opgevangen van het feit dat de Myers lid waren van die radicale christelijke groepering. In ieder geval heeft ze heel wat te verwerken. En misschien wil Sarah het op dit moment niet verwerken. Dat is oké. Denk maar aan hoe jij je voelde toen je het nieuws over je moeder hoorde.'

Mike knikte. Dat had hij dokter Davis gisteren allemaal verteld.

'En als ze naar hen wil terugkeren?'

'Dat gebeurt niet,' zei ze. 'Ze gaan de gevangenis in.'

'Maar het zou toch kunnen dat ze terug wil. Dat is toch mogelijk, nietwaar?' Mike sloeg zijn ogen naar haar op.

'Jij bent haar vader,' zei dokter Davis. 'Aan dat feit verandert niets. Ja, je zult onderweg hobbels tegenkomen en er kunnen momenten zijn dat je gefrustreerd en kwaad bent over de onrechtvaardigheid van wat er is gebeurd. Maar het kómt goed. Ze is bijna twaalf. Ze is nog jong. Je kunt nog steeds een stuk van haar kindertijd meemaken. Jij hebt tijd en dat is een geschenk dat sommige van de andere gezinnen niet hebben. Onthoud dat.'

Mike dacht aan Ashley Giroux, die achter in de twintig was, in het laatste jaar van haar studie en die in Italië woonde; Caroline Lenville was in de veertig en getrouwd, ze had twee kinderen en woonde nog geen twee kilometer bij haar adoptieouders – was dat wel het goede woord? – vandaan, in New Brunswick in Canada. Zou hij liever in die positie zijn geweest, waarin hij moest proberen de band te herstellen met iemand die volwassen was?

'Ze zijn er,' zei dokter Davis.

Mike draaide zich om en zag twee Lincolns stilhouden op de oprit.

Hij stond op en zijn hart bonkte zo snel dat hij zeker wist dat hij het loodje zou leggen. Hij kon de kop al zien: VADER DOOD DOOR HARTAANVAL BIJ HERENIGING MET VERMISTE DOCHTER.

Waar was hij zo bang voor? Hij had wel tigduizend keer gebeden om dit ogenblik, en nu het daar was, vlak voor hem, daar achter de voordeur, brak het zweet hem uit en voerde zijn maag dubbele salto's uit.

Langzaam en diep ademhalen. Het zou goed gaan. Het zou allemaal in orde komen.

'Meneer Sullivan?'

Mike wiste het zweet van zijn voorhoofd. Hij probeerde zijn benen uit. Een beetje wankel, maar oké.

'Jij bent haar vader. Vergeet dat niet.'

En met die woorden opende Mike de deur en ging zijn dochter tegemoet.

# 52

Sarah was groot – veel groter dan hij zich had voorgesteld.

En mager – niet doordat ze niet genoeg at, maar door al het groeien dat ze deed.

Ze had geen bril meer.

En ook geen paardenstaart. Haar haren waren kortgeknipt, op schouderlengte, precies zoals hij het zich had voorgesteld en het was zo blond, zo fijn, dat het in de zon wel wit leek.

Geen oorbellen, geen sieraden. Ze ging heel eenvoudig gekleed in een spijkerbroek, witte sportschoenen en een roze T-shirt met lange mouwen, met een kleine regenboogprint in het midden.

Maar het allermooiste – waardoor hij bijna voor het oog van iedereen instortte – was dat hij haar gezicht zag. Hij kon nóg die koppige trekken van het meisje van zes zien dat die avond op de heuvel zijn hand niet had willen pakken.

Sarah stond tussen de drie agenten in, haar handen voor zich gevouwen, en staarde met gebogen hoofd naar haar schoenen. Ze was overstuur. Als ze wist dat ze iets verkeerds had gedaan boog ze altijd haar hoofd en staarde ze naar haar voeten of de grond, om je niet recht in je ogen te hoeven kijken. Toen hij haar zo zag, wilde hij naar haar toe rennen, haar vastpakken, tegen zich aan drukken en alle angst en verdriet en alle vragen die in haar ogen stonden van haar overnemen – net als toen ze klein was, toen ze nog van hem was.

Maar dat zou nu niet op die manier werken.

Mike greep de leuning vast en liep één voor één de treden af, want hij wilde de gelegenheid hebben om haar in zich op te nemen, maar eigenlijk was hij bang dat hij zich een gat in zijn hoofd zou vallen als hij sneller liep, waardoor de hereniging in het ziekenhuis zou moeten plaatsvinden. Toen hij op het grind stapte had hij nog steeds zijn hand om de leuning en kneep er-in.

Dokter Davis zei tegen de verzamelde mensen: 'Laten we hen even de ruimte geven.'

Iedereen knikte en liep weg. Sarah sloeg haar blik op en volgde een gedrongen vrouw in een spijkerbroek en een lichtblauw shirt. Vast de psycholoog, dacht Mike. Na een paar meter stopte de vrouw en leunde tegen de motorkap van de Lincoln.

Mike liep naar zijn dochter toe, maar kwam niet te dichtbij, om haar wat ademruimte te geven met al die ogen die op haar gevestigd waren – en op hem.

'Hoi,' zei hij, blij dat zijn stem zelfverzekerd en sterk klonk.

'Hoi,' zei ze zachtjes.

Toen hij voor het eerst haar stem hoorde wilde hij zijn armen uitstrekken en haar aanraken, om zich ervan te vergewissen dat ze echt was.

'Hoe was de rit?'

'Lang,' zei ze zacht, nog steeds met haar ogen op haar schoenen gefixeerd.

'Wil je even je benen strekken, een eindje lopen?'

Sarahs blik schoot naar Mike. Die ogen hadden ooit vanuit haar wiegje naar hem opgekeken, hem ooit gezocht in hun huis, opgewonden als hij thuiskwam – deze ogen, die hij mede geschapen en gevormd had, staarden nu naar hem terug, bestudeerden hem, verwonderd wie hij was.

*Sarah, herinner je je onze laatste kerst samen? Je was zo opgewonden dat je me al om vier uur kwam wakker maken en in mijn oor fluisterde: 'Hij is weer geweest, pappie! De kerstman is weer geweest!' Weet je nog dat we mammie niet wakker wilden maken en dat jij en ik samen naar beneden gingen om pannenkoeken te bakken, en dat ze verbrandden en dat je ervan had geproefd en jakkie zei en hem toen aan Fang gaf? Weet je nog dat je olijven niet lekker vond, maar dat je ze bleef proberen en dan zo'n ontzettend vies gezicht trok? Herinner je je die zaterdagochtend nog, toen je al je poppen en knuffelbeesten mee naar beneden nam en in de zitkamer op de bank zette en zelf op het koffietafeltje ging staan, omdat je dacht dat dat het podium was?*

Hij had honderden van dit soort kleine herinneringen. Maar ze hadden nu geen enkele betekenis. Wat zij had waren de herinneringen aan de familie Myer – herinneringen, verhalen en gebeurtenissen die niet van hem waren.

Sarah bleef zwijgen.

*Zeg me dat je het je herinnert, Sarah. Alsjeblieft. Geef me tenminste iets.*

'Ik wil wel een stukje wandelen,' zei Sarah.

Achter het huis waren een schuur en een paardenstal. Maar er waren geen paarden. Er was ook iets wat op een kleine schaatspiste leek, vond Mike. Sarah keek er ook naar en vroeg zich waarschijnlijk hetzelfde af.

Terwijl ze de helling af liepen in de richting van het pad, overwoog hij of hij het eerst zou gaan praten of wachten tot zij iets zou zeggen. Op dit moment leek ze van de vredige rust te genieten. Die had ze waarschijnlijk de afgelopen paar dagen nogal ontbeerd, dus besloot hij te wachten tot zij een gesprek begon.

Er gingen tien minuten voorbij en toen vond hij dat hij deze toestand niet langer kon volhouden.

'Ik besef dat je waarschijnlijk erg in de war bent – misschien zelfs bang. Dat is oké, hoor. Ik begrijp het best als je niet wilt praten. Het gaat om jou. En om jouw gevoelens.'

Sarah knikte niet, gaf geen respons; ze bleef doorlopen, met haar ogen recht voor zich uit. Hij wilde de pijn die hij de afgelopen vijf jaar vanbinnen met zich mee had gedragen in woorden gieten die ze kon bevatten en die een brug zouden slaan waar ze overheen kon lopen en de hel zien die hij had doorgemaakt.

'Ze zeiden dat jullie gestorven waren,' zei Sarah.

Mike knikte en probeerde de kwaadheid en de veroordeling van zijn gezicht te weren.

'Ik weet nog dat ik bij hen in de keuken zat en dat zij me allebei vertelden dat jullie dood waren en dat er slechte mannen naar me op zoek waren,' zei ze. 'Om die reden veranderden ze mijn naam in Susan Myer. Dat was de enige manier om me te beschermen tegen die slechte mannen. En ze zeiden dat als ik iemand mijn echte naam vertelde, de slechte mannen me misschien zouden komen zoeken en mij en hen allebei pijn zouden doen.'

*Luisteren. Dit gaat om Sarah. Het is jouw taak om te luisteren.*

'Meneer en mevrouw Myer waren altijd zo aardig voor me,' zei ze. 'Ze schreeuwden nooit tegen me. Ze gingen met me naar Disney World. Ik ging met hen mee naar de kerk. Waarom zouden ze tegen me liegen?'

*Omdat het religieuze fanatici zijn, Sarah. Ze hadden allemaal het ziekelijke geloof dat God via hen sprak – niet via de priesters, die zijn moreel net zo afvallig als wij allemaal. Daarom straften ze pastoor Jonah. Hij matigde zich aan vrouwen die voor God speelden te vergeven.*

Mikes gedachten gingen even uit naar Jonah, wiens lichaam nu koud in de grond lag. Jonah had tot het bittere einde toe geleden. Hij zag er niet de noodzaak van in dit aan Sarah te vertellen.

'Soms kun je zo sterk en met zoveel intensiteit in iets geloven, dat het je verblindt,' zei hij. 'Als dat gebeurt, als je met je hele hart en ziel gelooft dat wat jij denkt of doet het juiste is, dan kun je alleen nog maar dát zien. Meneer en mevrouw Myer geloofden met hart en ziel dat wat zij zeiden en deden het juiste was.'

'Maar ze lógen,' zei Sarah.

'Dat weet ik. En ik zou willen dat ik het kon veranderen, maar dat kan ik niet. Als je ouder wordt zul je merken dat de mensen tegen je liegen – soms ook mensen die heel dicht bij je staan. Dat is treurig en het is kwetsend, maar het gebeurt. Daarom is het zo belangrijk aan de fijne dingen te denken. Zoals dit.'

Mike stak zijn hand in zijn achterzak en gaf Sarah een stapeltje losse foto's.

'Sorry, dat ze een beetje gekreukeld zijn,' zei hij. 'Ik ben er per ongeluk op gaan zitten.'

Sarah ging langzamer lopen toen ze de foto van Jess bestudeerde.

'Je moeder komt later op de dag hiernaartoe.'

Sarah bleef een poosje naar de foto kijken. Mike wachtte om antwoord te geven als ze iets wilde vragen. Sarah ging verder naar de volgende foto.

'O, jee,' zei ze, en ze bleef staan. 'Is dat een jonge beer?'

'Dat is jouw hond. Fang. Hij is een bull mastiff.'

'Hij is gigántisch.'

'En hij kwijlt ontzettend. Op de volgende foto zie je hem als puppy.'

Sarah keek. Maar ze staarde niet naar Fang. Haar ogen waren gevestigd op het meisje met de bril en de scheve tanden, dat naast de slapende puppy zat. Mike had deze foto gekozen in de hoop dat het een herinnering zou oproepen.

Hij ging wat dichter bij haar staan toen ze naar de volgende foto keek; een korrelige kleurenfoto van Lou Sullivan uit de krant, genomen toen hij de gevangenis verliet. Bill had hem vanochtend het uitgeknipte artikel gegeven en Mike had het opgevouwen en in zijn achterzak gestoken met de bedoeling het later te lezen.

'Wie is dat?'

'Hij is... hij heeft me geholpen jou te vinden.'

'Zijn naam is Lou Sullivan,' zei Sarah. 'Dat is jouw achternaam.'

*Het is ook jouw achternaam.*

'Is hij familie van je?'

Mike knikte. 'Dat is mijn vader,' zei hij, 'jouw grootvader.'

Sarah stak hem de foto's toe.

'Ze zijn voor jou,' zei hij. 'Je mag ze houden.'

'Kun jij ze voor me bewaren? Ik wil ze niet kwijtraken.'

Haar gezicht stond gesloten. Hij had haar te veel gepusht.

'Natuurlijk, dat is goed.' Mike glimlachte, maar geforceerd, en het kostte hem moeite om zijn glimlach vast te houden. Hij pakte de foto's aan en stopte ze weer in zijn achterzak.

'Ik heb honger. Ik denk dat ik terugga om wat te eten.'

'Oké,' zei hij. 'Vind je het erg als ik nog even hier blijf?'

'Nee.'

'Oké.'

'Oké dan. Tot straks.' Sarah draaide zich om en holde bij hem weg, de helling weer op, naar het huis waar dokter Davis en de andere psychologe zaten te wachten.

*Later.*

Het was oké, maande hij zichzelf. Ze hadden nu tijd. Dat hadden ze in ieder geval.

# 53

's Avonds om elf uur ging Mike naar de veranda om een sigaret te roken. De lucht was zwart, bezaaid met sterren en de winterkou hing nog in de lucht. Hij stak zijn sigaret op, ging in de schommelstoel zitten en legde zijn voeten op de reling. Hij voelde de zwaarte van deze dag tot in zijn botten.

Sarah had een groot deel van de middag bij dokter Davis en de andere zielknijper doorgebracht. Ze had plotseling niet meer willen praten en alleen in haar kamer willen zitten, met de deur dicht.

'Het heeft haar overweldigd,' had dokter Davis hem uitgelegd. 'Ze heeft veel te verwerken. Geef het de tijd.'

Hij had het vijf jaar gegeven. Sarah had al dat gepraat niet nodig. Wat zij nodig had was thuis zijn, niet hier in die enorme boerderij vol vreemde kamers en vreemde gezichten. Ze moest terug zijn in háár huis, in háár kamer en op háár bed zitten; hij zou naast haar gaan zitten en ze zouden samen foto's kijken, vanaf de dag dat ze geboren was tot de dag dat ze van hem werd weggenomen – al die foto's en alle video's, telkens weer, tot Sarah zich eindelijk naar hem zou omdraaien en zeggen –

'Roken is slecht voor je.'

Mike draaide zich om. Sarah stond op de veranda.

'Dat is zo.' Hij trapte de sigaret uit op de vloer en gooide toen de peuk het donker in. Hij haalde zijn voeten van de reling.

Sarah kwam naast hem staan. Ze had een grijze joggingbroek aan en een spijkerjasje over een T-shirt. Mike vroeg zich af wie dat jasje had gekocht, of het een verjaardagscadeau was of iets wat ze zelf had uitgezocht, een herinnering aan haar thuis van de afgelopen vijf jaar en dat een troost voor haar was, nu ze wachtte in dit vreemde huis voor ze naar een ander vreemd huis ging met een andere vreemde slaapkamer.

'Kun je niet slapen?' vroeg hij.

'Nee.'

'Het is een lange dag geweest.'

Sarah knikte. Ze had een probleem; het stond op haar gezicht te lezen.

*Ze komt je vertellen dat ze terug wil naar haar andere familie.* Maar dat zou niet gebeuren. Sarah zou niet teruggaan naar Canada, maar de goede, warme gevoelens die ze voor de familie Myer koesterde waren heel echt en die zouden niet weggaan.

'Dit litteken,' zei Sarah, en ze wees naar de huid bij haar rechterslaap en boog zich naar hem toe, zodat hij het kon zien. Het was een flauw litteken, ongeveer tweeënhalve centimeter lang en gekarteld. 'Ik kan me niet herinneren hoe dat gekomen is. Weet jij het?'

Hij dacht aan het opgedroogde bloed dat hij aan de binnenkant van haar capuchon had gezien.

'Nee,' zei Mike. 'Dat weet ik niet.'

Sarah knikte. Ze leek bijna in tranen. Hij weerstond het verlangen haar in zijn armen te sluiten. *Forceer niets,* had dokter Davis gezegd. *Laat haar naar jou toe komen. En het allerbelangrijkste is dat je luistert. Luister zonder een oordeel te vellen en zonder boosheid.*

Mike zei: 'Het spijt me zo dat je dit allemaal moet meemaken.'

Sarah staarde naar de bomen en de bladeren, die ritselden in de wind.

'Toen we vandaag aan het wandelen waren zag ik die schaatsbaan,' zei ze. 'Het zag er tenminste uit als een schaatsbaan.'

'Ik denk ook dat het dat was.'

'In bed moest ik daaraan denken – aan die schaatsbaan, bedoel ik. Lag er achter jouw huis soms een vijver?'

Mike knikte. 'Salmon Brook.'

'Dat ligt in het bos, hè?'

'Er loopt een pad achter het huis. Je had het kunstschaatsen op de televisie gezien en je wilde dat ik jou leerde schaatsen.'

'Jij had van die kratten of zoiets op het ijs gezet.'

'Plastic melkkratten. Ik zette er twee op elkaar en jij hield ze aan de bovenkant vast bij het schaatsen. Na een tijdje wilde je ze niet meer. Je wilde los schaatsen. Toen je viel en ik naar je toe kwam om je te helpen werd je zó boos. Je wilde zelf leren opstaan. Schaatsen, zwemmen – vooral sleeën.'

De laatste woorden waren eruit geglipt voordat Mike besefte wat hij had gezegd. Hij wenste dat hij ze weer kon inslikken.

Maar het was in orde. De woorden spoelden gewoon over Sarah heen. Ze bleef met een dromerige blik naar de bomen staren alsof ze ver weg was, alsof de herinnering die hij voor haar beschreef zich voor haar ogen afspeelde.

'Maar toen werd ik er beter in.'

'O ja,' zei Mike, 'je kreeg het helemaal door.'

'En we deden een spelletje op de schaats. Je tilde me voor je uit bij het schaatsten.'

Er ging een koude rilling door hem heen. Hij wilde iets zeggen, haar aansporen door te gaan, maar hij was té bang dat hij iets zou zeggen of doen, wat haar contact met dat wazige herinneringsfragment zou verbreken.

'Jij tilde me op en ik riep allemaal namen,' zei Sarah. 'Dat waren gekke namen, hè? Hongerige Rups, of zoiets.'

Mike slikte. 'Zoiets, ja.'

Sarah knikte langzaam, helemaal terug in een tijd die ze samen hadden opgebouwd en waarin ze ooit samen waren geweest.

'Ja,' zei ze met een verlegen glimlach, 'dat weet ik nog.'